KB221091

우리 한시 삼백수

7언절구 편

우리 한시 삼백수 _7언절구 편

1판 1쇄 발행 2013. 12. 29.
1판 10쇄 발행 2025. 5. 1.

지은이 정민

발행처 김영사
발행인 박강휘
등록 1979년 5월 17일(제406-2003-036호)
주소 경기도 파주시 문발로 197(문발동) 우편번호 10881
전화 마케팅부 031)955-3100, 편집부 031)955-3200 | 팩스 031)955-3111

값은 뒤표지에 있습니다.
ISBN 978-89-349-6624-1 03810

홈페이지 www.gimmyoung.com 블로그 blog.naver.com/gybook
인스타그램 instagram.com/gimmyoung 이메일 bestbook@gimmyoung.com

좋은 독자가 좋은 책을 만듭니다.
김영사는 독자 여러분의 의견에 항상 귀 기울이고 있습니다.

우리 한시(漢詩) 삼백수

정민 평역

7언절구 편

일러두기

- 7언절구를 작가 연대순으로 정리했다.
- 생몰이 분명치 않을 경우, 역대 시선집의 연대순 배열을 참고하여 배치했다.
- 시어 중 풀이가 필요한 표현은 따로 어휘를 풀어 설명했다.
- 한시의 원문 아래 한글 독음을 달았다.
- 평설을 작품의 행간 이해를 돕는 수준으로 그치고, 형식적 요소나 고사 설명은 할애(割愛)했다.
- 작가에 대한 설명은 뒤쪽 부록에 가나다순으로 모아 실었다.
- 제목은 작가 이름 아래 원제와 풀이 제목을 달고, 표제는 내용에 맞춰 따로 달았다.

우리 한시(漢詩) 삼백수

7언절구 편

머리말

좋은 시를 만나면 기뻤다. 하나하나 찌를 찔러 표시해두었다. 아침에 학교 연구실에 올라와 컴퓨터를 켜면 일과를 시작하기 전에 매일 한시 한 수씩을 우리말로 옮기고 감상을 적어나갔다. 잊어버리고 한 3, 4년을 계속했다. 작품 한 수를 추가할 때마다 작가의 생몰연대순으로 하나의 파일에 차곡차곡 정리해두었다. 어느덧 5언절구와 7언절구가 각 3백수씩 6백수가 모였다. 연대순으로 정리해서 주욱 내려오며 읽어보니, 제법 시대마다의 목소리가 뚜렷하게 달라지는 것이 보인다. 통시적 정리를 겸한 셈이다.

2002년부터 2004년까지 작업했다. 벌써 내 손을 떠난 지 10년가량 된다. 재워둔 곶감처럼 든든해서 이따금 하나씩 뽑아 혼자 맛보곤 했다. 그 사이에 다른 작업에 치여 자꾸 미루다 보니 출판이 많이 늦어졌다. 작품을 우리말로 풀이하고 평설을 쓴 뒤 끝에 어휘에 대한 설명을 얹었다. 한시에는 우리말 독음을 달았다.

시는 절제의 언어다. 할 말을 감출수록 빛난다. 시인이 말하지 않아도 헤아리지 못할 것이 없다. 소풍날 보물찾기가 이처럼 재미있을까? 몇 글자 안 되는 표현 너머 아마득한 성채가 솟아 있다. 그 높은 성채의 아기자기한 이면을 그저 담벼

락 너머에서 기웃기웃 들여다본 느낌이랄까?

번역도 시가 되어야겠기에 3, 4조의 가락을 굳이 고집했다. 고른 시는 전적으로 고른 이의 취향이지만, 작품은《대동시선(大東詩選)》이나《국조시산(國朝詩刪)》같은 정평 있는 선집에서 고르려고 애썼다. 작가별로 한 수씩을 싣는 것을 원칙으로 하되, 몇 수씩 실은 경우도 있다. 작품성에서 놓치기 아까웠기 때문이다. 먼저 7언절구 3백수를 묶고, 잇따라 5언절구 3백수를 펴내겠다.

3백수는《시경(詩經)》3백 편의 남은 뜻을 따르려 함이다. 시삼백은 동양 문화권에서 최고의 앤솔러지란 뜻과 같다. 최고의 걸작만 망라했다는 의미다. 날마다 한 수씩 읽어나가도 휴일을 빼고 나면 근 한 해 살림에 가깝다. 편안하게 옛사람의 뜨락을 산보하는 기분으로 그 간결한 언어의 가락과 옛 시심의 안뜰을 감상하기 바란다.

2013년 세밑 행당서실에서

정민

차례

가야산

최치원 崔致遠, 857-?
〈가야산의 독서당에 쓰다 題伽倻山讀書堂〉

미친 물결 쌓인 돌 뭇부리를 울리니
지척서도 사람 말 분간하기 어렵구나.
올타글타 하는 소리 내 귀에 들릴까봐
흐르는 물 부러 시켜 산을 온통 감싼게지.

狂噴疊石吼重巒　人語難分咫尺間
광 분 첩 석 후 중 만　인 어 난 분 지 척 간
常恐是非聲到耳　故教流水盡籠山
상 공 시 비 성 도 이　고 교 류 수 진 롱 산

광분狂噴 미친 듯이 뿜는 물결. 후吼 울다. 큰 소리를 내며 울부짖다. 중만重巒 중첩된 멧부리. 난분難分 분간하기가 어렵다. 시비성是非聲 옳으니 그르니 하며 다투는 소리. 고교故教 고故는 일부러, 고의로. 교教는 '~로 하여금 ~하게 하다'는 사역동사. 롱산籠山 산을 에워싸다.

✲

가야산으로 들어왔다. 옳고 그름 따지느라 조용할 날 없는 세상은 이제 흥미가 없다. 당나라에서 큰 포부 품고 돌아왔지만, 받은 것은 질시와 모멸뿐이다. 능력을 마음껏 펼치고 싶었는데, 비아냥거림과 냉대로 돌아왔다. 가야산 홍류동 깊은 계곡, 나는 이제 여기서 살겠다. 세상과 담쌓고 살겠다. 골 사이로 쏟아져 내린 물이 힘껏 바위에 부딪쳐 옆 사람 말소리도 안 들리는 곳, 나는 여기서 조용히 살다 가겠다. 분노도 지우고 슬픔도 지우고, 그래도 자꾸 세상 쪽으로 향하는 내 귀도 지우고, 그렇게 살다 흔적 없이 가겠다.

달빛과 산빛

최항 崔沆, ?-1024
〈절구絶句〉

뜨락 가득 달빛은 연기 없는 등불이요
자리 드는 산빛은 청치 않은 손님일세.
솔바람 가락은 악보 밖을 연주하니
보배로이 여길 뿐 남에겐 못 전하리.

滿庭月色無烟燭　入座山光不速賓
만 정 월 색 무 연 촉　입 좌 산 광 불 속 빈
更有松絃彈譜外　只堪珍重未傳人
갱 유 송 현 탄 보 외　지 감 진 중 미 전 인

불속빈不速賓 초대하지 않은 손님. 불청객. 송현松絃 바람이 빠져나가는 소나무 가지가 들려주는 가락. 탄보외彈譜外 악보로 옮길 수 없는 가락을 연주함. 미전인未傳人 남에게 전하지 못한다. 알려줄 수가 없다.

✲

뜨락에 달빛이 훙건하다. 대낮 같다. 자리를 깔고 앉으니, 청한 일 없는 청산이 슬그머니 엉덩이를 걸치며 자리로 든다. 겅중겅중 솔가지 사이로 바람이 지나면서 악보로는 잡을 수 없는 가락을 들려준다. 산속의 호젓한 삶이지만 이런 뜻밖의 기쁨이 있다. 이 보배로운 기쁨을 남에게 알려주고 싶어도 나는 아직 그 방법을 모르겠다. 말해주어 봤자 그들은 나를 이상한 사람으로 취급할 테니 말이다. 이 시는 최충(崔沖)의 작품으로 잘못 알려져 왔다. 최항으로 바로잡는다.

성난 물결

박인량 朴寅亮, ?-1096
〈오자서의 묘에서伍子胥廟〉

동문에 눈알 걸고 분이 여태 안 풀려서
푸른 강물 천 년 동안 파도가 이는구나.
지금 사람 선현의 뜻 알지도 못하고서
파도 머리 높이가 얼마냐고 묻는구나.

掛眼東門憤未消 碧江千古起波濤
괘 안 동 문 분 미 소 벽 강 천 고 기 파 도
今人不識前賢志 但問潮頭幾尺高
금 인 불 식 전 현 지 단 문 조 두 기 척 고

괘안掛眼 오자서가 죽을 때 자기 눈알을 오나라 동문에 걸어 오나라가 망하는 꼴을 자기 눈으로 똑똑히 보게 해달라고 했던 고사. 분미소憤未消 분이 해소되지 않았다. 조두潮頭 파도의 머리. 중국 절강성 앞의 강물은 밀물 때 엄청난 높이의 물결이 밀려와 장관을 이룬다.

✿

사신 온 길에 오자서의 사당 앞에 섰다. 두 눈을 똑바로 뜨고 나라 망하는 꼴을 봐야 분이 풀리겠다며 오나라 동문 위에 자기 눈알을 뽑아 걸어달라는 유언을 남겼던 오자서. 그의 분노는 천년 지난 오늘에도 다 풀리지 않았는가, 오늘도 절강성 앞 강물은 성난 물결이 저 멀리서 밀려온다. 지금 사람들은 그 옛날의 일은 까맣게 잊은 채, 밀려오는 파도의 높이가 얼마나 되는지만 물을 뿐이다. 그 원울(寃鬱)이 맺힌 푸른 분노는 관심도 없다.

소를 타고

곽여 郭輿, 1058-1130
〈장원정에서 응제함長源亭應製野叟騎牛〉

태평스런 용모에 멋대로 소를 타고
부슬비에 반쯤 젖어 언덕 머리 지나네.
가까이에 물가 집이 있는 줄 알겠나니
그를 따라 지는 해도 시냇가를 따라간다.

太平容貌恣騎牛　半濕殘霏過隴頭
태 평 용 모 자 기 우　반 습 잔 비 과 롱 두
知有水邊家近在　從他落日傍溪流
지 유 수 변 가 근 재　종 타 락 일 방 계 류

자恣 멋대로. 내키는 대로. 잔비殘霏 부슬부슬 내리는 비. 롱두隴頭 언덕 머리.

✿

장원정(長源亭)에서 임금을 모시고 있다가 눈앞의 광경을 보고 지은 시다. 아무 걱정 없는 태평스런 표정의 늙은이 하나가 소등에 올라 앉아 끄덕끄덕 가고 있다. 내리던 비에 부슬부슬 젖은 채 언덕을 지나 물가로 간다. 소가 가는 방향을 보니 그의 집이 물가 근처 어디쯤인 것을 짐작하겠다. 그의 뒤편으로 지는 해가 마치 보호자라도 된다는 듯 시내 길을 따라 물끄러미 쫓아간다. 나도 저 늙은이를 따라가서 풍경 속으로 지워지고 싶다.

강남 꿈

정지상 鄭知常, ?-1135
〈술 취한 뒤醉後〉

복사꽃 붉은 비에 새들은 지저귀고
집 둘레 청산은 푸른 이내 잠겨 있네.
머리에 쓴 오사모(烏紗帽)는 귀찮아 제멋대로
꽃 언덕에 취해 자며 강남이나 꿈꾸리.

桃花紅雨鳥喃喃　繞屋青山間翠嵐
도 화 홍 우 조 남 남　요 옥 청 산 간 취 람
一頂烏紗慵不整　醉眠花塢夢江南
일 정 오 사 용 불 정　취 면 화 오 몽 강 남

홍우紅雨 비 오듯 떨어지는 붉은 꽃잎. 남남喃喃 새가 지저귀는 소리. 요옥繞屋 집을 에워싸다. 간間 ~사이에 있다. 취람翠嵐 남(嵐)은 이내. 산에 떠다니는 푸른 기운을 말함. 푸른 이내. 오사烏紗 오사모. 예전 관리가 쓰던 검은 모자. 용불정慵不整 게을러 가지런하지 않음. 화오花塢 꽃이 핀 언덕.

✿

복사꽃 분분히 지는 봄날, 꽃 언덕에 누워 강남 땅을 꿈꾼다. 가는 봄이 아쉬운 새들의 노래소리. 집을 에워싼 청산엔 푸른 기운이 자옥하다. 머리에 쓴 오사모는 그가 지금 관리의 신분임을 암시한다. 고달픈 벼슬길은 매일매일 성가시고 귀찮은 일뿐이다. 안타까운 봄날을 이리 보낼 수야 없지. 옷매무새도 멋대로 흩뜨리고 모자도 삐딱하게 쓴 채, 꽃비를 맞으며 거나하게 취해 눕는다. 강남 땅 아름다운 풍광과 어여쁜 아가씨들 꿈이나 꾸어야겠다.

대동강

정지상 鄭知常, ?-1135
〈대동강大同江〉

비 갠 긴 둑에 풀빛이 어여쁜데
님 보내는 남포에서 슬픈 노래 부르네.
대동강 저 물은 언제나 마르려나
이별 눈물 해마다 푸른 물결 보태느니.

雨歇長堤草色多　送君南浦動悲歌
우 헐 장 제 초 색 다　송 군 남 포 동 비 가
大同江水何時盡　別淚年年添綠波
대 동 강 수 하 시 진　별 루 년 년 첨 록 파

헐歇 그치다. 비가 개다. 장제長堤 길게 쌓은 제방. 방죽. 동動 노래를 부르다. 첨添 보태다. 첨가하다.

✲

긴 둑에 비 그치자 풀빛이 짙어온다. 추운 겨울이 떠나니 님도 떠난다. 남포의 푸른 물결 앞에 나는 속수무책이다. 돛 달고 떠나는 뱃머리 보며 발만 동동 안타깝다. 저 강물이 바싹 말라 바닥이 드러나면 나도 뒤따라가련만. 하지만 내 이별 눈물이 님 보낸 강물 위로 마르지 않고 떨어지니, 강물 말라 뒤따라가 볼 날은 아예 오지 않을 것 같다. 이 시를 읽으면 고등학교 1학년 첫 국어 시간, 이수복 시인의 시, "이 비 그치면 / 내 마음 강나루 긴 언덕에 / 서러운 풀빛이 짙어오것다. / 푸르른 보리밭길 맑은 하늘엔 / 종달새만 무어라고 지껄이것다. / 이 비 그치면 / 시새워 벙그러질 고운 꽃밭 속 / 처녀애들 짝하여 새로이 서고 / 임 앞에 타오르는 향연과 같이 / 땅에선 또 아지랑이 타오르것다."를 배우던 그날이 자꾸 겹쳐진다.

늦가을

김부식 金富軾, 1075–1151
〈안화사에서 재를 올리고 安和寺致齋〉

늦가을 뜨락 나무 그림자 촘촘하고
고요한 밤 바위 위의 샘 소리는 또랑또랑.
잠 깨니 싸늘하여 비 오는가 싶어서
갈대숲에 고깃배를 대던 그때 떠올렸지.

窮秋影密庭前樹　靜夜聲高石上泉
궁 추 영 밀 정 전 수　정 야 성 고 석 상 천
睡起凄然如有雨　憶曾蘆葦泊漁船
수 기 처 연 여 유 우　억 증 로 위 박 어 선

궁추窮秋 늦가을. 처연凄然 싸늘하여 오싹함. 로위蘆葦 갈대숲.

✲

안화사에서 재를 올리고, 절에서 하룻밤 묵으며 지은 시다. 가을도 끝나가는 저녁 어스름, 뜰 앞의 나무는 검은 장막으로 절집을 에워싼다. 밤 들자 들리는 것은 연신 흘러 떨어지는 샘물 소리뿐. 오싹한 한기에 잠을 깨고는 비가 오는 줄만 알았다. 눈을 가만 감고 스멀스멀 돋는 한기 속으로 쏟아지던 물소리에, 시인은 문득 예전 갈대물가에 고깃배를 묶어두고 하룻밤 지새우던 그날 일이 떠올랐다. 감았던 눈을 뜨면 가물대는 등불이 조촐하다. 나는 깊이 숨을 들이마신다.

산수벽

김부의金富儀, 1079–1136
〈강릉에서 금강산으로 가는 안상인을 전송하며江陵送安上人之楓嶽〉

강릉은 날 따뜻해 꽃이 먼저 피건만
금강산은 날씨 추워 눈이 아직 안 녹았네.
스님의 산수벽을 깔깔깔 웃노니
곳에 따라 편안히 소요하지 못하시네.

江陵日暖花先發　楓嶽天寒雪未消
강 릉 일 난 화 선 발　풍 악 천 한 설 미 소
飜笑上人山水癖　未能隨處作逍遙
번 소 상 인 산 수 벽　미 능 수 처 작 소 요

일난日暖 날이 따뜻하다. 설미소雪未消 눈이 아직 녹지 않았다. 번소飜笑 화들짝 웃다. 상인上人 승려를 높여 부르는 호칭. 산수벽山水癖 산수를 병적으로 사랑하는 마음. 수처隨處 곳을 따라. 소요逍遙 거닐며 여유롭게 노닒.

✿

스님! 그새 돌아가십니까? 강릉은 날이 좋아 벌써 봄꽃이 저리 피었습니다. 예쁘지 않습니까? 금강산은 아직도 봄이 멀어서 여태 지난겨울 눈이 그대로 있습니다. 이 좋은 꽃 좀 더 보고 머물다 가시지, 무에 그리 서둘러 가십니까? 만사 인연 따라 사는 법이라고 저희들에게 그렇게 가르치시더니, 막상 스님께선 수처소요(隨處逍遙)가 잘 안 되시는 모양이시지요? 산 그리운 병이 그새 도지신 게지요?

눈물만

한교여 韓皦如, 고려 예종조
〈홀에 써서 섭관반에게 드림書笏呈葉舘伴〉

이별을 하자 하니 눈물만 주룩주룩
이 생에선 다시 올 기약이 바이 없네.
보옥에다 내 깊은 뜻 진술하여 드리노니
이 물건 볼 때마다 그리는 이 기억하소.

泣涕汍瀾欲別離　此生無復再來期
읍 체 환 란 욕 별 리　차 생 무 부 재 래 기
謾將寶玉陳深意　莫忘思人見物時
만 장 보 옥 진 심 의　막 망 사 인 견 물 시

읍체泣涕 울며 눈물을 떨굼. 환란汍瀾 눈물이 주룩주룩 흐르는 모양. 만장謾將 장차 멋대로. 진심의陳深意 깊은 뜻을 진술하다. 막망莫忘 잊지 말라.

✲

이제 우리 헤어지면 살아 다시 만날 날이 없겠지. 그런 생각 때문이었을까? 사신 가서 관반(館伴)으로 정들었던 섭학사(葉學士)와 작별하려니, 말에 앞서 눈물이 주루룩 떨어진다. 창졸간의 이별에 마련한 선물도 없어 지니고 있던 홀(笏)에다 시 한 수를 적어 건넨다. 여보시오, 섭학사! 이 돌에다 내 깊은 정을 새겨 드리오. 여기 머무는 동안 그대의 따뜻한 배려 속에 모든 일을 무사히 잘 마칠 수 있었소. 혹 이 물건 볼 때마다 저 멀리 고려에서 그대의 깊은 정을 그리워하는 한 사람이 있음을 기억해준다면 고맙겠소. 정은 길고 말은 짧소.

비단 글자

고조기 高兆基, ?-1157
〈먼 데 계신 님께寄遠〉

비단 글자 수를 놓아 옥문관에 부치노니
그대여 보중하사 진지 많이 드옵소서.
봉후는 이 바로 대장부의 일일러니
누란을 베지 않곤 돌아오지 마옵소서.

錦字裁成寄玉關　勸君珍重好加飡
금 자 재 성 기 옥 관　권 군 진 중 호 가 손
封侯自是男兒事　不斬樓蘭未擬還
봉 후 자 시 남 아 사　불 참 루 란 미 의 환

금자錦字 비단으로 수놓은 글자. 재성裁成 마름질해 완성하다. 옥관玉關 변방의 관문인 옥문관(玉門關). 권군勸君 그대에게 권한다. 가손加飡 진지를 많이 드십시오. 봉후封侯 나라에 공을 세워 제후에 봉해짐. 불참不斬 베지 않고는. 루란樓蘭 북방 오랑캐의 별칭. 미의환未擬還 돌아올 생각도 하지 말라.

✲

비단에다 수를 놓아 님께 보낼 편지를 썼다. 님은 지금쯤은 척박한 변방 수자리 생활에 지쳐 수척하여지셨겠지? 나라 위해 떠나신 몸, 힘드셔도 참으소서. 거친 음식이라도 진지 많이 드셔서, 저 흉노를 무찌르고 큰 공 세워 돌아오실 날 기다립니다. 이곳 걱정은 하지 마세요. 큰 뜻 부디 이루셔서 승리의 깃발 나부끼며 흉노의 목을 걸고 개선하시길 빕니다. 행여 흉노를 무찌르지 못하시면 오실 생각도 마셔요. 저는 기쁘게 만날 그날만을 손꼽아 기다립니다.

곱던 얼굴

정습명 鄭襲明, ?-1151
〈기녀에게 주다 贈妓〉

온갖 꽃 덤불 속에 담박하고 곱던 얼굴
갑자기 광풍 맞아 붉은 빛 시들었네.
달수(獺髓)로도 고운 뺨은 되살리지 못하여
오릉의 공자님네 안타까움 한이 없네.

百花叢裏淡丰容　忽被狂風減却紅
백 화 총 리 담 풍 용　홀 피 광 풍 감 각 홍
獺髓未能醫玉頰　五陵公子恨無窮
달 수 미 능 의 옥 협　오 릉 공 자 한 무 궁

총리叢裏 덤불 속. 여기서는 수많은 아름다운 여인들 가운데의 의미. 풍용丰容 풍성하여 고운 용모. 감각홍減却紅 문득 어여쁨이 시들다. 달수獺髓 수달의 골수. 이것을 옥가루와 호박(琥珀)에 섞으면 주름살을 펴주는 약물을 만들 수 있다. 의옥협醫玉頰 옥같은 뺨을 치료하다. 오릉공자五陵公子 오릉은 당나라 때 유곽이 있던 거리. 오릉공자는 술집을 들락거리는 귀가집 한량들을 가리킴.

✿

늙은 기생에게 장난 삼아 써준 시다. 자네 한때는 참 예뻤겠네. 꽃밭 속에 서 있어도 담백하고 기품 있는 아름다움이 단연 눈에 띄었겠지. 하지만 미인박명(美人薄命)이라던가? 어느 날 미친 바람에 꺾여 곱던 자태 이울고 보니, 어떤 약물로도 젊은 날의 그 아름다움은 다시 되찾을 길이 없네그려. 한 시절 뭇 남정네들 마음을 온통 설레게 하던 그 자태 다시 볼 길 없으니, 안타깝기 그지없네. 딱하기 그지없네.

산새

김약수 金若水, 생몰미상
〈임실 공관 벽에 쓰다題任實公館〉

노목이 우거진 옛 시내에 와 보니
집집마다 푸성귀로 배조차 못 불리네.
산새는 근심 겨운 백성 맘도 모른 채
다만 그저 숲 속 향해 마음껏 노래하네.

老木荒榛來古溪　家家猶未飽蔬藜
노 목 황 진 래 고 계　가 가 유 미 포 소 려
山禽不識憂民意　惟向林間自在啼
산 금 불 식 우 민 의　유 향 림 간 자 재 제

황진荒榛 거칠고 무성함. 소려蔬藜 푸성귀와 명아주풀. 자재自在 자유롭게 아무 걸림이 없는 모양.

✲

흉년 든 임실로 시찰차 왔다. 숲은 무성하고 덤불만 우거졌다. 기근 든 백성들은 푸성귀로도 배를 불릴 수가 없다. 누렇게 황달이 들어 참혹하다. 저 철딱서니 없는 산새만 온종일 푸지게 운다. 이쪽은 배고파서 울 힘조차 없는데, 무슨 봄날이 저리도 신나는지 하루 종일 조잘댄다. 쉴 새 없이 떠들어댄다. 힘없이 누운 백성들 모습이 안쓰러워 공관의 빈 벽에 낙서를 한다.

꾀꼬리 소리

임춘 林椿, 고려 인종조
〈늦봄 꾀꼬리 소리를 듣고서暮春聞鶯〉

농가에 오디 익고 보리도 익어갈 제
초록 나무 꾀꼬리 소리 처음으로 듣는구나.
꽃 아래 서울 손님 마치도 안다는 듯
은근히 재잘재잘 잠시도 쉬지 않네.

田家葚熟麥將稠　綠樹初聞黃栗留
전 가 심 숙 맥 장 조　녹 수 초 문 황 률 류
似識洛陽花下客　慇懃百囀未能休
사 식 낙 양 화 하 객　은 근 백 전 미 능 휴

심葚 오디. 뽕나무 열매. 조稠 열매가 꽉 들어참. 익다. 황률류黃栗留 꾀꼬리의 한자 명칭. 낙양洛陽 서울. 은근慇懃 부지런히 애쓰는 모양. 백전百囀 온갖 소리를 내며 지저귐.

✲

무신란으로 인해 모든 꿈이 짓밟혔다. 탄탄해 보이던 앞날은 급전직하 곤두박질쳤다. 그다음부터는 살아도 산 것이 아니라, 살아남은 것일 뿐이다. 시인은 절대의 궁핍 속에서 서울 언저리를 떠돌다, 만년엔 처가가 있던 경주로 내려가 거기서 굶어 죽었다. 하지만 시 속에는 그런 그늘이 없다. 봄이 다 가도록 꾀꼬리 소리 못 듣다가 느닷없는 소리에 마음이 다 환해진다. 서울서 듣던 네 목소리를 여기서 듣는구나. 녀석은 내 주위를 떠나지 않고 쉴 새 없이 수다를 떤다. "예전에 뵌 분 같아요. 어디서 봤죠? 저 모르시겠어요?" 잠시도 쉬지 않고 조잘대는 수다에, 마치 내가 예전 서울 꽃 그늘 아래 벗들과 술잔 앞에 놓고 노닐던 착각을 했다. 이렇게 또 한 봄이 떠내려간다.

어부

김극기 金克己, 고려 명종조
〈어옹漁翁〉

하늘은 어옹에게 넉넉지를 않아서
일부러 강호에 순풍 적게 보내네.
인간 세상 험하다고 그대여 웃지 마소
자신이 도리어 급류 속에 있는 것을.

天翁尙不貰漁翁　故遣江湖少順風
천 옹 상 불 세 어 옹　고 견 강 호 소 순 풍
人世嶮巇君莫笑　自家還在急流中
인 세 험 희 군 막 소　자 가 환 재 급 류 중

천옹天翁 조물주. 세貰 세를 주다. 받아들이다. 고故 일부러. 고의로. 견遣 보내다. 험희嶮巇 산이 험하고 가파른 모양. 막소莫笑 웃지 말아라. 자가自家 자신. 환還 도리어.

✲

어옹은 강호에 배 한 척 띄워놓고 인간 세상의 험한 벼슬길을 비웃는다. 아직도 그 먼지 구덩이 속에서 티격태격 싸우는가? 나처럼 강물에 배 띄워 유유히 세월이나 낚으며 살지 않구서. 어옹은 흐뭇해서 먼지가 풀풀 이는 세상을 향해 연민의 표정을 짓는다. 하지만, 여보시게 어옹이여! 강호도 마냥 좋기만 한 것은 아니라네. 도처에 급한 여울목이 기다리고 있고, 물속에 잠긴 바위는 배 밑창을 노리고 있네. 순풍에 돛 단 듯이 자네 뜻대로 누릴 수 있는 게 아니란 말일세. 그저 쓴 시가 아니다. 어지러운 세상을 외면한 채 혼자만의 안락에 겨운 무리들을 향한 일침이다.

시골 아낙

김극기 金克己, 고려 명종조
〈도중에 문득途中卽事〉

한 줄기 길 푸른 이끼 말 발굽이 빽빽한데
매미 소리 다시 울고 길은 높고 낮구나.
궁한 마을 아낙네는 생각이 외려 많아
나무 비녀 매만지며 버들 시내 비춰보네.

一徑靑苔澁馬蹄　蟬聲斷續路高低
일 경 청 태 삽 마 제　선 성 단 속 로 고 저
窮村婦女猶多思　笑整荊釵照柳溪
궁 촌 부 녀 유 다 사　소 정 형 차 조 류 계

일경一徑 한 줄기 길. 청태靑苔 푸른 이끼. 삽澁 껄끄럽다. 단속斷續 끊어졌다 이어졌다 함. 소정笑整 웃으며 매만지다. 형차荊釵 가시나무로 깎아만든 비녀.

✿

이끼 낀 소롯길에 말발굽이 자꾸 미끄러진다. 말이 주춤거릴 때마다 매미는 울음을 뚝 그친다. 저만치 가면 그제야 마음 놓고 배포 크게 다시 운다. 매미의 목청이 치솟으면 길도 오르막으로 가팔라지고, 목청이 잦아들 때쯤 해서 길은 내리막길로 돌아선다. 끄떡끄떡 말 잔등 위에서 길 타령이 늘어졌다. 저만치 있던 시골 아낙이 외간 남자를 보더니 알듯 모를 듯한 미소를 머금고 나무로 깎아 만든 비녀를 매만지며 시냇물에 제 자태를 비춰본다. 얄궂다.

비 맞고

김극기 金克己, 고려 명종조
〈동쪽 교외에서 비를 만나 東郊値雨〉

누런 먼지 아득히 갠 하늘에 자욱하여
부채 들고 갈바람이 날 더럽힘 괴로워라.
늦은 구름 능히 비를 뿌려줌이 고맙구나
도중에 찌든 먼지 깨끗이 씻어주니.

黃塵漠漠漲晴旻 擧扇西風厭汚人
황 진 막 막 창 청 민 거 선 서 풍 염 오 인
多謝晩雲能作雨 半途湔洗滿衣塵
다 사 만 운 능 작 우 반 도 전 세 만 의 진

막막漠漠 아득한 모양. 창청민漲晴旻 갠 하늘에 넘치다. 염오인厭汚人 사람을 오염시킴을 염증내다. 전세湔洗 씻어내다.

✲

가을바람은 먼지 바람이다. 마른 먼지가 푸른 하늘을 막막히 막아선다. 흙먼지가 옷 속에도 입속에도 서걱인다. 부채를 들어 먼지를 막지만 소용이 없다. 오후 늦게 조촐히 내린 비가 먼지를 차분히 가라앉힌다. 마치 오는 도중 먼지에 찌든 옷을 세탁해주기라도 하겠다는 듯이. 잔광의 따가움이 여태 남은 상쾌한 초가을의 소묘다.

군밤

이인로 李仁老, 1152-1220
〈밤을 주우며拾栗〉

서리 뒤에 터진 밤톨 반짝반짝 빛나니
젖은 새벽 숲 사이엔 이슬 아니 말랐네.
꼬맹이들 불러와 묵은 불씨 헤집자
옥 껍질 다 타더니 황금 탄환 터지누나.

霜餘脫實亦斕斑　曉濕林間露未乾
상 여 탈 실 역 란 반　효 습 림 간 로 미 건
喚起兒童開宿火　燒殘玉殼迸金丸
환 기 아 동 개 숙 화　소 잔 옥 각 병 금 환

상여霜餘 서리 내린 뒤. 탈실脫實 밤송이에서 튀어나온 밤알. 란반斕斑 반짝반짝 빛나는 모양. 로미건露未乾 이슬이 마르지 않음. 환기喚起 불러오다. 숙화宿火 간밤의 묵은 불씨. 옥각玉殼 옥빛 껍질. 밤 껍질. 병迸 튀어오르다. 솟구치다. 금환金丸 황금 탄환. 밤 알맹이.

✲

서리 맞고 밤송이가 쩍쩍 벌어진다. 잘 익은 놈부터 제 무게를 못 이겨 풀섶으로 떨어진다. 이슬이 채 마르지 않은 새벽, 바짓단을 풀물에 적시며 숲에서 알밤을 줍는다. 잔뜩 주워다가 하인 녀석을 불러와 아궁이에 재워둔 묵은 불씨 속에 던져 넣게 한다. 겉껍질이 타는가 싶더니만 보늬가 갈라지더니 황금빛 밤 알맹이가 총알 튀어나오듯 여기저기서 뻥뻥 터진다. 통쾌하다.

물고기

이규보 李奎報, 1168-1241
〈물고기를 노래함 詠魚〉

빼끔빼끔 물고기들 잠겼다간 다시 뜨니
뜻 얻어 멋대로 노닌다고 말을 하네.
따져보니 잠시도 한가할 때 없구나
어부가 겨우 가자 백로가 또 엿본다네.

圉圉紅鱗沒又浮　人言得志任遨遊
어 어 홍 린 몰 우 부　인 언 득 지 임 오 유
細思片隙無閑暇　漁父纔歸鷺又謀
세 사 편 극 무 한 가　어 부 재 귀 로 우 모

어어圉圉 답답하게 뜻을 펴지 못하는 모양. 몰우부沒又浮 잠겼다가 다시 뜨다. 오유遨遊 멋대로 놀다. 세사細思 곰곰이 생각하다. 편극片隙 짧은 틈. 재纔 겨우.

✿

물고기가 수면 위로 올라와 뻐끔대더니 이내 깊이 잠긴다. 사람들은 물가에서 아무 거리낌 없이 저 놀고 싶은 대로 노니는 그 모습을 선망한다. 하지만 막상 물고기의 속은 모르고 하는 소리다. 좀 전엔 어부가 낚싯대를 드리워 잠시도 마음 놓고 먹이를 물 수가 없었다. 어부가 낚시를 걷기에 한시름 덜었다 싶었는데, 이때다 싶었는지 해오라기가 물가로 날아와 또 고기를 노린다. 물속에서 태평스레 노는 듯 보여도, 마음속의 전전긍긍은 가실 날이 없다.

여름날

이규보 李奎報, 1168-1241
〈여름날夏日〉

홑적삼 대자리에 바람 난간 누웠자니
꾀꼬리 두세 소리 곤한 잠을 깨우네.
빽빽한 잎 시든 꽃은 봄 가고도 남았는데
구름 새로 햇살 돋아 빗속에도 밝구나.

輕衫小簟臥風欞　夢斷啼鶯三兩聲
경 삼 소 점 와 풍 령　몽 단 제 앵 삼 량 성
密葉翳花春後在　薄雲漏日雨中明
밀 엽 예 화 춘 후 재　박 운 루 일 우 중 명

경삼輕衫 홑적삼. 소점小簟 크기가 작은 대자리. 풍령風欞 바람이 드는 난간. 예화翳花 시든 꽃. 박운루일薄雲漏日 엷은 구름의 터진 사이로 햇살이 새어나옴.

✲

홀적삼에 대자리를 깔고 누각 위 바람이 솔솔 불어오는 난간 아래 눕는다. 세상의 시간은 멈춰섰다. 괴안국(槐安國)의 꿈이 한창 달콤한데, 숲에서 우는 꾀꼬리 소리에 잠을 깨고 말았다. 꽃 시절은 하마 갔는데, 여태도 빽빽이 돋은 잎새들 틈 사이에 달려 있는 늦은 꽃 몇 송이를 본다. 빗방울이 후득인다. 엷은 구름 틈새로 햇살이 비어져 나온다. 기지개를 주욱 켜며 일어난다.

부끄러움

이규보 李奎報, 1168-1241
〈12월 변산 가는 말 위에서十二月邊山馬上作〉

추운 새벽 빈 집에 맑은 바람 일더니
갠 저녁 긴 하늘 구름장이 걷히누나.
문밖의 몇 사람들 손이 모두 얼었는데
나 홀로 비단 이불 덮은 것이 부끄럽네.

曉寒虛閣生淸籟　夕霽長天卷駮雲
효 한 허 각 생 청 뢰　석 제 장 천 권 박 운
門外幾人皆墮指　媿予猶擁綺羅熏
문 외 기 인 개 타 지　괴 여 유 옹 기 라 훈

청뢰淸籟 맑은 바람 소리. 권卷 말다. 말려가다. 박운駮雲 어지러이 뜬 구름. 타지墮指 동상에 걸려 손가락이 떨어짐. 몹시 심한 추위. 괴媿 부끄럽다. 기라훈綺羅熏 비단의 내음. 여기서는 비단 이불.

✲

변산에 작목사(斫木使)가 되어 재목을 구하러 갔을 때, 추운 겨울 고생하는 아랫사람들을 보며 안쓰러움을 못 이겨 지은 시다. 혼자 자는 빈 방에 새벽 한기가 오싹하다. 창밖에는 새벽부터 챙챙한 바람이 차다. 저물녘 하늘 위에 걸렸던 구름이 바람에 밀려 지워진다. 하늘이 저리 맑으니 오늘 밤은 날이 몹시 춥겠구나. 아랫것들은 손가락이 끊어질 듯한 추위에 연신 발을 동동 구른다. 윗사람이라고 따뜻한 비단 이불 속에 누워 그 소리를 듣고 있는 내가 부끄럽다.

봄비

진화 陳澕, 생몰미상
〈봄날의 흥취春興〉

작은 매화 떨어지고 버들가지 날리는데
한가로이 이내 밟는 걸음걸음 더디다.
강가 주막 문을 닫아 사람 소리 들리잖고
온 강 봄비는 실실이 푸르구나.

小梅零落柳僛垂　閑踏青嵐步步遲
소매영락류기수　한답청람보보지
漁店閉門人語少　一江春雨碧絲絲
어점폐문인어소　일강춘우벽사사

영락零落 꽃이 져서 떨어지다. 기수僛垂 드리운 가지가 나부끼다. 청람靑嵐 푸른 이내. 사사絲絲 실실이. 한 올 한 올마다.

✿

매화꽃이 땅 위에 진다. 그사이에 물오른 버들가지가 금빛 실을 드리운 채 봄바람에 머리채를 일렁인다. 봄 산에 자욱한 푸른 이내〔嵐〕를 한 발 한 발 디뎌 밟으며 뒷짐 지고 걷는다. 풀린 대지는 발끝마다 부드러운 탄력을 안겨준다. 저도 모르는 사이에 걸음을 강가 주막집 쪽으로 옮긴다. 봄 안개 속을 거니노라니, 컬컬한 막걸리 한잔이 생각났던 것이다. 하지만 닫힌 주막집 문 앞에서 그는 그만 머쓱해진다. 한 올 한 올 푸른 봄비의 가닥들이 강물 위로 끝도 없이 제 실꾸리를 풀고 있다.

늦봄

진화陳澕, 생몰미상
〈봄도 늦어春晩〉

비 갠 정원에 이끼가 돋아나고
인적 없는 사립문은 낮에도 열리잖네.
푸른 섬돌 진 꽃잎이 한 치나 쌓였는데
봄바람에 불려갔다 다시 불려오는구나.

雨餘庭院簇莓苔　人靜雙扉晝不開
우 여 정 원 족 매 태　인 정 쌍 비 주 불 개
碧砌落花深一寸　東風吹去又吹來
벽 체 락 화 심 일 촌　동 풍 취 거 우 취 래

우여雨餘 비 온 뒤. 족매태簇莓苔 이끼가 파릇파릇 돋아남. 인정人靜 인적이 없어 고요함. 쌍비雙扉 문짝이 두 개인 사립문. 벽체碧砌 푸른 섬돌. 동풍東風 봄바람.

✲

봄비가 지나더니 마당에 푸른 이끼가 파릇파릇 돋았다. 찾는 이 없는 집 대문은 대낮까지 닫힌 그대로다. 마당엔 진 꽃잎이 한 치 넘게 쌓였다. 무료한 봄바람은 저 혼자 심술이 나서 공연히 이리 불었다 저리 불었다 한다. 그때마다 꽃잎 방석이 허공에 온통 흩날린다. 적막히 닫힌 대문 안에서 주인은 봄바람의 바쁜 속뜻을 곰곰이 헤아리고 있다. 그렇게 또 한 시절과 작별한다.

은세계

혜심 慧諶, 1178-1234
〈눈 온 뒤 대중에게 보이다因雪示衆〉

대지는 은세계로 변하여 버려
온몸이 수정궁에 살고 있는 듯.
화서(華胥)의 꿈 뉘 능히 길이 잠기리
대숲엔 바람 불고 해는 중천에.

大地變成銀世界　渾身住在水精宮
대 지 변 성 은 세 계　혼 신 주 재 수 정 궁
誰能久作華胥夢　風撼琅玕日已中
수 능 구 작 화 서 몽　풍 감 랑 간 일 이 중

혼신渾身 전신(全身). 온몸. 수정궁水晶宮 수정으로 만든 궁전. 화서몽華胥夢 황제(黃帝)가 낮잠에 화서의 나라에 가서 그 나라가 잘 다스려지는 모습을 보았다는 고사. 길몽의 뜻으로 쓰임. 감撼 흔들다. 랑간琅玕 대나무를 아름답게 꾸며 형용한 말. 일이중日已中 해가 이미 중천에 떠 있다.

✲

고려 때 혜심 스님이 눈 온 날 아침 법단에 올라 대중들에게 법어(法語)로 내린 말씀이다. 밤새 내린 눈 때문에 세상이 온통 은빛으로 변했다. 수정궁궐이 따로 없다. 어제까지 찌든 삶이 눈뜨고 보니 다 달라졌다. 하지만 달콤한 꿈은 깨게 마련이다. 내린 눈은 금세 녹는다. 바람은 대숲을 흔들어 쌓인 눈을 털고, 해님은 이미 중천에 높이 솟았다. 대중들아! 이제 그만 꿈에서 깨어나라. 미망(迷妄)과 집착(執着)의 고리를 끊자. 내린 눈은 다시 녹겠지만, 어제의 나는 내가 아니다. 새 눈 새 마음으로 새 세상을 맞이하자.

소식

혜심 慧諶, 1178-1234
〈국사께서 돌아가신 날 國師圓寂日〉

봄 깊은 절 뜨락은 깨끗해 먼지 없고
한 잎 한 잎 진 꽃이 푸른 이끼 점 찍네.
그 누가 소림 소식 끊겼다고 하는가
저녁 바람 이따금 꽃향기 보내오네.

春深院落淨無埃　片片殘花點綠苔
춘 심 원 락 정 무 애　편 편 잔 화 점 록 태
誰道少林消息絕　晚風時送暗香來
수 도 소 림 소 식 절　만 풍 시 송 암 향 래

원적일圓寂日 원만하게 입적(入寂)함. 승려의 죽음을 나타내는 표현. 원락院落 울타리. 여기서는 절집의 뜨락을 가리킴. 무애無埃 먼지 한 점 없이 깨끗한 모습. 점點 점을 찍다. 수도誰道 누가 말을 하는가? 소림소식少林消息 소림사의 소식. 예전 달마대사가 소림사에서 면벽 7년 만에 크게 깨달은 일을 가리킴. 깨달음. 시송時送 이따금씩 보내오다. 암향暗香 은은한 향기.

✲

스승인 보조국사(普照國師) 지눌(知訥) 스님이 입적하신 날 지은 시다. 봄 깊은 절집 뜨락엔 먼지 하나 없다. 정결한 대지 위에 푸른 이끼는 초록 카펫을 깔았다. 그 위로 분분히 지는 낙화! 카펫 위에 울긋불긋 꽃무늬를 수놓는다. 스승께서 그리 가신 후 아득히 끊긴 줄만 알았던 깨달음의 한 소식이, 오후 해거름에 승방(僧房)에서 뜨락을 내다보던 내 코에 이따금씩 끼쳐온다. 문득문득 끼쳐온다. 스승은 가셨어도 가신 것이 아님을, 그 가르침 대지 위에 이토록 편만(遍滿)히 실재하심을 일깨운다.

자적

혜심 慧諶, 1178-1234
〈소요산 계곡 逍遙谷〉

대붕의 바람 날개 몇 만 리를 날아가도
굴뚝새 숲 속 둥지 한 가지면 충분하다.
크고 작음 다르지만 모두다 자적하니
마른 지팡이 해진 장삼 또한 마땅하도다.

大鵬風翼幾萬里 斥鷃林巢足一枝
대 붕 풍 익 기 만 리 척 안 림 소 족 일 지
長短雖殊俱自適 瘦笻殘衲也相宜
장 단 수 수 구 자 적 수 공 잔 납 야 상 의

대붕大鵬 한 번 솟아 날개를 치면 9만 리를 난다는 상상 속의 새. 척안斥鷃 굴뚝새. 뱁새. 림소林巢 숲 속의 둥지. 수殊 다르다. 차이 나다. 자적自適 스스로 만족하게 여김. 수공잔납瘦笻殘衲 마른 대나무로 만든 지팡이와 다 해져 떨어진 장삼.

✿

대붕은 한 번 날개를 쳐서 수만 리 장공을 난다. 조그만 굴뚝새는 숲 속 나무의 여린 가지 하나에 둥지를 친다. 하지만 대붕과 굴뚝새의 삶은 애초에 비교의 대상이 아니다. 대붕은 대붕대로 굴뚝새는 굴뚝새대로 제 삶에 만족할 뿐이다. 뱁새는 황새 걸음을 흉내 내지 않고, 학은 오리의 짧은 다리를 비웃는 법이 없다. 저마다 생긴대로 기쁘게 살아갈 뿐이다. 내 비록 지닌 것 없는 가난한 운수납자이나, 저 부귀의 삶이 하나도 부럽지 않다. 내 생긴 대로 흡족하다.

서리달

장일 張鎰, 1207-1276
〈승평 연자루에 쓰다 題昇平燕子樓〉

연자루 다락 위엔 서리달 처량한데
한 번 떠난 낭관은 꿈길마저 아득해라.
그때의 좌중 손님 늙었다 싫다 마소
다락 위의 예쁜 님도 흰머리가 되었구려.

霜月凄凉燕子樓　郎官一去夢悠悠
상 월 처 량 연 자 루　낭 관 일 거 몽 유 유
當時座客休嫌老　樓上佳人亦白頭
당 시 좌 객 휴 혐 로　누 상 가 인 역 백 두

상월霜月 서리 속에 뜬 달. 가을 달. 연자루燕子樓 전라도 순천부에 있던 누정. 좌객座客 좌중에 있던 손님. 혐로嫌老 늙은 것을 혐오함.

✲

예전 이곳 태수를 지낸 손억(孫億)이 관기(官妓) 호호(好好)를 아끼고 사랑했다. 그때 장일은 호호가 춤추고 노래하던 그 자리에 함께 앉아 있었다. 훗날 그가 다시 이 고을을 맡게 되어 내려왔을 때, 호호는 머리가 하얗게 센 할머니가 되어 있었다. 그래서 그 감회를 노래한 것이 이 시다. 2구의 낭관은 손억을 가리킨다. 연자루에 서리달만 처량한 밤, 사랑하던 님은 떠나가신 후 소식이 끊겼다. 안타까운 사랑은 언제나 꿈길을 헤맨다. 그때 청춘이었던 내 머리에도 어느새 서리가 내렸다. 그때 눈부시게 아름답던 그녀의 머리 위에 내린 눈처럼.

배꽃

김구金坵, 1211–1278
〈떨어진 배꽃落梨花〉

펄펄 날던 춤사위 갔다간 돌아오고
거꾸로 불어가선 위 가지에 피려 하네.
어쩌다 한 조각이 거미줄에 걸리자
거미가 나빈 줄 알고 잡으려고 오더라.

飛舞翩翩去却回 倒吹還欲上枝開
비 무 편 편 거 각 회 도 취 환 욕 상 지 개
無端一片黏絲網 時見蜘蛛捕蝶來
무 단 일 편 점 사 망 시 견 지 주 포 접 래

편편翩翩 펄럭펄럭 나부끼는 모양. 거각회去却回 가는가 싶으면 문득 돌아옴. 이리저리 날리는 모양. 도취倒吹 거꾸로 불어가다. 무단無端 뜬금없이. 까닭없이. 점黏 들러붙다. 사망絲網 거미줄. 지주蜘蛛 거미.

✲

눈처럼 흰 배꽃이 꽃비로 떨어진다. 팔랑팔랑 그네를 타며 떨어진다. 봄바람이 휘익 불면 갑자기 솟구쳐 윗가지로 올라앉는다. 이대로 진흙 속에 떨어져 밟히기는 아쉽다고 말하는 듯하다. 꽃잎 하나가 거미줄에 걸려 대롱거리자, 꾸벅꾸벅 졸던 거미가 나비라도 걸린 줄 알고 쏜살같이 겅중겅중 꽃잎 쪽으로 내닫는다. 멍청한 녀석!

나무 그늘

백문절 白文節, ?-1282
〈방산사에서方山寺〉

나무 그늘 빽빽한데 작은 시내 흐르고
한 가닥 맑은 향이 석루에 가득하다.
푹푹 찌는 인간 세상 한창 더운 낮이련만
누워서 소나무 위로 돋는 해를 보노라.

樹陰無罅小溪流　一炷清香滿石樓
수 음 무 하 소 계 류　일 주 청 향 만 석 루
苦熱人間方卓午　臥看初日在松頭
고 열 인 간 방 탁 오　와 간 초 일 재 송 두

수음樹陰 나무 그늘. 무하無罅 빈틈이 없다. 일주一炷 한 심지. 방方 바야흐로. 이제 막. 탁오卓午 정오(正午)와 같다. 초일初日 아침 해.

✲

방산사는 강원도 양구 어은산에 있는 절이다. 나무 그늘이 촘촘히 에워싸 티끌세상의 먼지가 들어올 틈이 없다. 작은 시냇물은 다시금 울타리를 쳐서 이중 삼중의 차단막을 설치했다. 바위 위에 얹힌 누각에 벌렁 누워 있다. 향로에 꽂은 향에선 오리오리 향연이 피어나 머리를 가뜬하게 해준다. 지금쯤 저 산 밑에선 푹푹 찌는 찜통더위에 사람들 헉헉대고 있겠지. 누워 하늘을 올려다보니, 울창한 소나무 가지 위로 해가 첫 얼굴을 빼꼼 내민다. 숲이 아주 깊다는 말을, 중천인데 겨우 해가 얼굴을 내민다고 했다. 한나절 생각 없이 누웠다 오고 싶다.

산 소식

충지 冲止, 1226-1292
〈한가한 속에 스스로 기뻐함閑中自慶〉

날마다 산을 봐도 언제나 보고 싶고
때때로 듣는 물소리도 물리는 법이 없네.
저절로 귀와 눈이 모두 맑고 시원해져
소리와 빛 사이에서 고요함을 기르노라.

日日看山看不足 時時聽水聽無厭
일 일 간 산 간 불 족 시 시 청 수 청 무 염
自然耳目皆淸快 聲色中間好養恬
자 연 이 목 개 청 쾌 성 색 중 간 호 양 념

무염無厭 싫증 나지 않다. 양념養恬 고요함을 기르다.

✲

날마다 눈만 뜨면 마주하는 산인데, 아무리 보아도 싫증 나지 않는다. 바위틈을 돌아 나가는 물소리는 들어도 들어도 즐거운 리듬이다. 저 푸른 산빛과 저 옥구슬 소리에 내 눈과 귀는 늘 맑고도 시원하다. 저 산과 물 가운데서 내면의 고요를 기르며 살아가는 하루하루가 복되고 고맙다.

연꽃 구경

곽예 郭預, 1232-1286
〈연꽃 구경賞蓮〉

세 번이나 연꽃 보러 삼지를 찾아오니
푸른 잎 붉은 꽃은 그때와 다름없네.
다만 꽃을 바라보는 옥당의 손님만이
마음은 그대론데 머리털이 희어졌네.

賞蓮三度到三池 翠蓋紅粧似舊時
상 련 삼 도 도 삼 지 취 개 홍 장 사 구 시

唯有看花玉堂客 風情不減鬢如絲
유 유 간 화 옥 당 객 풍 정 불 감 빈 여 사

삼도三度 세 차례. 삼지三池 개성 용화원 숭교사에 있던 연못 이름. 취개홍장翠蓋紅粧 푸른 연잎과 붉은 연꽃. 불감不減 줄어들지 않다. 변함없다. 빈여사鬢如絲 귀밑털이 실처럼 희게 변하다.

✲

비 오는 날이면 그는 혼자 우산을 쓰고 맨발로 숭교사 연못으로 가서 가만히 연꽃을 구경하곤 했다. 푸른 덮개처럼 연못 위를 덮은 연잎 위로 빗방울이 튀어 오른다. 연꽃은 수줍어서 연잎 속에 숨는다. 올 때마다 연꽃은 변함없는 모습으로 나를 맞아주는데, 그 앞에 선 내 모습은 전날 같지가 않다. 못물에 비친 그림자를 보니 살짝이 허옇게 센 늙은이 하나가 수면 위에 떠 있다. 누굴까?

산속 집

이진 李瑱, 1244-1321
〈산집에서 우연히 짓다 山居偶題〉

허공 가득 산의 이내 옷 위로 방울지고
초록의 연못에는 흰 새가 날아간다.
밤을 새운 묵은 안개 깊은 숲에 남아 있어
낮 바람 불어오자 부슬부슬 비 내리네.

滿空山翠滴人衣　艸綠池塘白鳥飛
만 공 산 취 적 인 의　초 록 지 당 백 조 비
宿霧夜棲深樹在　午風吹作雨霏霏
숙 무 야 서 심 수 재　오 풍 취 작 우 비 비

적滴 방울지다. 물이 듣다.　숙무宿霧 묵은 안개.　비비霏霏 비가 부슬부슬 내리는 모양.

✲

푸른 숲에 푸르스름한 기운이 가시지 않는다. 내 옷에 푸른 물이 듣는다. 초록빛 연못엔 흰 새가 흰 물감을 풀면서 난다. 흰 새가 풀어놓은 흰 물감인가. 밤새 골짜기 속에 숨어 있던 자옥한 안개가 적군처럼 몰려와 한낮이 되도록 물러가지 않는다. 정오가 지나 골 어귀서 불어온 바람이 안개를 걷어가자, 이대로는 물러서지 않겠다며 부슬부슬 빗방울을 뿌린다. 산집에서 하루 종일 안개와 바람 사이의 팽팽한 드잡이질을 지켜보고 있다.

구요당

이제현 李齊賢, 1287-1367
〈구요당 九曜堂〉

시냇물 잔잔하고 돌길은 비스듬
적막함 어이해 도인(道人) 집과 비슷한가.
뜰 앞에 누운 나무 봄에도 잎이 없어
온종일 산 벌이 풀꽃에서 잉잉대네.

溪水潺潺石逕斜 寂寥誰似道人家
계 수 잔 잔 석 경 사 적 료 수 사 도 인 가
庭前臥樹春無葉 盡日山蜂咽草花
정 전 와 수 춘 무 엽 진 일 산 봉 열 초 화

구요당 九曜堂 고려 때 국가에서 별자리에 제사를 지내던 장소. 잔잔 潺潺 물이 잔잔하게 흘러가는 모양. 석경 石逕 돌길. 적료 寂寥 적막한 모양. 열 咽 목이 메이다. 여기서는 꿀벌이 잉잉거리는 소리.

✲

구요당은 고려 때 하늘 위 아홉 개 항성(恒星), 즉 구요(九曜)를 향해 제사를 올리던 곳이다. 시내를 끼고 올라가는 비탈진 돌길엔 적막만 맴돈다. 마당에 길게 누운 나무는 이 집의 세월이 녹록지 않았음을 잘 보여준다. 하지만 이제는 봄이 와도 새잎을 올리지 못할 만큼 노쇠했다. 새잎을 올리지 못하는 나무와, 아무도 찾지 않는 구요당은 서로 닮았다. 예전에는 봄날이면 나무 가득 꽃등불을 밝히고 온 숲의 벌을 다 불러모았을 나무가 이제는 기력이 쇠해 누웠다. 이를 모르는 산벌들은 나무 둘레를 잠시 서성대다가 어느새 숲 속 풀꽃으로 날아가 코를 박고 꿀을 빤다.

눈 온 아침

이제현 李齊賢, 1287–1367
〈산속의 눈 오는 밤山中雪夜〉

홑이불 한기 돋고 불등은 어두운데
사미승은 밤새도록 종조차 치지 않네.
손님이 일찍 문 엶 응당 투덜대겠지만
암자 앞 눈 솔가지를 누른 모습 보려 하네.

紙被生寒佛燈暗 沙彌一夜不鳴鍾
지 피 생 한 불 등 암 사 미 일 야 불 명 종
應嗔宿客開門早 要看庵前雪壓松
응 진 숙 객 개 문 조 요 간 정 전 설 압 송

지피紙被 종이 이불. 종이처럼 얇은 이부자리. 사미沙彌 절에서 심부름하는 어린 중. 응진應嗔 응당 성을 낼 것이다.

✿

밤새 홑이불 덮고 추워 죽는 줄만 알았다. 불등(佛燈)도 추위에 숨 죽이고 가물댄다. 밤은 또 어쩌자고 이리도 긴 것이냐. 시간을 가늠하려 종 치는 소리를 기다려도, 따뜻한 제 방에서 쿨쿨 잠든 사미승 녀석은 밤새 기척도 없다. 창밖이 희부윰해진다. 옳지! 이제 날이 밝는 게로구나. 문을 조금 열어 빼꼼 내다보자, 세상에! 밤새 눈이 펑펑 내려 온 세상은 순백의 세상으로 변해버렸던 것이다. 기척을 내면 사미승 녀석은 손님이 공연히 제 잠을 방해한다고 투덜대겠지? 네 녀석이 그러든 말든 나는 어서 나가 흰 눈이 소나무 가지마다 켜켜이 올라타고 앉은 저 장관을 구경해야만 하겠다.

작은 집

백이정 白頤正, 1247–1323
〈작은 집燕居〉

조붓한 작은 집이 쓸쓸하고 적막한데
향 사르며 성인의 글 조용히 읽는도다.
인작(人爵)에서 천작(天爵)이 나온다고 하지만
정욕은 가을 숲에 날이 점차 기우는 듯.

矮屋蕭條十肘餘　焚香靜讀聖人書
왜 옥 소 조 십 주 여　분 향 정 독 성 인 서
自從人爵生天爵　情欲秋林日漸疎
자 종 인 작 생 천 작　정 욕 추 림 일 점 소

왜옥矮屋 조그만 집. 소조蕭條 쓸쓸한 모양. 십주十肘 주(肘)는 팔꿈치. 팔꿈치 열 번을 포갠 길이. 아주 좁은 방의 형용. 인작人爵 벼슬이나 지위. 천작天爵 세상 사람들이 절로 존경을 하게 되는 날 때부터 지니고 나온 덕성. 고상한 도덕 수양을 가리킨다.

✿

누우면 발끝이 닿는 작은 방에서 혼자 쓸쓸히 지낸다. 종일 하는 일이라곤 성인의 생각이 담긴 경서를 펼쳐놓고 고요히 읽는 것뿐이다. 책상 위에는 향이 저 혼자 오리오리 피어오른다. 고상하게 앉아 도덕을 말하고 덕성을 말한다고 해서 밥이 생기는가? 고기가 생기는가? 사람들은 아무리 책도 좋고 옛 성인의 삶을 따르는 것도 좋지만, 목구멍에 풀칠은 해야 하지 않느냐고 내게 안타까운 눈빛을 보낸다. 하지만 어쩌겠는가? 그들이 뭐라 하건 말건 세상을 향해 가는 욕심은 이미 가을 숲 넘어가는 짧은 해처럼 스러지고 없는 것을. 하여 오늘도 나는 이 좁은 방 안에 홀로 앉아 내 안의 광대무변한 우주를 유영(遊泳)한다. 아마 그들은 잘 모를 것이다.

백화헌에서

이조년 李兆年, 1269-1343
〈백화헌百花軒〉

꽃 심기 더 이상 하지 말라 알리노니
숫자가 백에 차면 넘어서는 안 되리.
눈 속 매화 서리 국화 해맑은 가지 외에
자줏빛 붉은빛이 셀 수 없이 많구려.

爲報栽花更莫加　數盈於百不須過
위 보 재 화 갱 막 가　수 영 어 백 불 수 과
雪梅霜菊淸標外　浪紫浮紅也謾多
설 매 상 국 청 표 외　낭 자 부 홍 야 만 다

재화栽花 꽃을 재배하다. 갱막가更莫加 다시 더 보태지 말라. 영盈 차다. 채우다. 청표淸標 맑은 가지. 낭자부홍浪紫浮紅 짙은 자줏빛과 엷은 붉은 색. 만다謾多 아주 많다.

✿

백화헌에 오니 과연 꽃이 많기는 많구먼. 명불허전(名不虛傳)이라 하겠네. 하지만 여보게! 이제 새로운 꽃은 그만 심는 것이 어떻겠는가? 백화헌이라, 꽃이 백 가지면 이미 차고도 넘치는데, 자꾸 새로운 꽃을 심어 어쩔 셈인가? 뭐든 정도에 넘으면 좋지 않은 법이라네. 눈 속에 피는 매화, 서리 맞고 피는 국화의 맑고 찬 가지만으로도 차고 넘칠 텐데, 게다가 저 자줏빛 붉은빛의 난만한 꽃들은 언제 다 구경할 셈인가? 더 보태지 마시게. 오히려 줄여서 있는 것들에게 더 따뜻한 사랑을 나눠주시게나.

나는 가겠다

이성 李晟, 1251–1325
〈고향으로 돌아가리 歸田詠〉

약초 섬돌 맑은 바람 내 늙음을 가려주고
대숲 시내 밝은 달빛 내 마음을 꼬득이리.
간밤에 귀전(歸田)의 뜻 이미 결심했으니
눈 녹은 강남 길을 필마 타고 가리라.

藥砌淸風欺我老　竹溪明月誘吾情
약 체 청 풍 기 아 로　죽 계 명 월 유 오 정
昨宵已決歸田計　雪盡江南匹馬行
작 소 이 결 귀 전 계　설 진 강 남 필 마 행

약체藥砌 옆에 약초를 심어둔 섬돌. 기아로欺我老 나의 늙음을 속이다. 늙은 줄을 모르게 함. 작소昨宵 간밤.

✲

밤중에 눈을 떴다. 여기는 어딘가? 나는 누군가? 왜 이곳에 있는가? 나는 지금 무엇을 하고 있나? 두서없이 엉킨 물음 앞에 갑자기 진땀이 흐른다. 내 하고 싶은 공부도 못 하고, 세상 그물에 걸려 날개를 파닥이는 동안 고향 집 전원엔 잡초만 무성하겠구나. 목구멍에 충성을 바치는 삶은 이제 그만 두겠다. 까짓 명예, 까짓 월급에 나는 왜 이다지 연연하며 살았던가? 바람결에 일렁이는 약초 향기에 세월을 잊고, 대숲 시냇가로 나온 밝은 달빛에 마음을 씻으며 그렇게 살겠다. 나는 당장 이곳을 떠나겠다. 올 때 그랬던 것처럼 눈 녹은 강남 길을 말 한 필 타고서 돌아가겠다. 그리고 그는 나라에 사표를 던지고 고향으로 돌아갔다.

고목

이담지 李湛之, 고려 명종조
〈고목枯木〉

푸른 산 그늘 아래 흰 규룡 박혀 서니
나무꾼 아득한 채 세월이 깊었구나.
봄바람 불어서 또다시 지나가도
옛 가지에 꽃 필 마음 다시 없음 탄식하네.

白虯倒立碧山陰 斤斧人遙歲月深
백 규 도 립 벽 산 음 근 부 인 요 세 월 심
堪歎春風吹又過 舊枝無復有花心
감 탄 춘 풍 취 우 과 구 지 무 부 유 화 심

백규白虯 흰색의 규룡. 껍질이 벗겨진 채 말라 죽은 고목을 가리킴. 도립倒立 거꾸로 서다. 물구나무 서다. 근부인斤斧人 도끼를 든 사람. 나무꾼. 감탄堪歎 탄식한다.

✿

푸른 산 꼭대기를 지나는데, 흰 용이 하늘에서 내려오다 그대로 땅에 처박힌 형상으로 설해목(雪害木)이 앙상한 뼈만 남은 채 서 있다. 나무꾼의 도끼질도 닿지 않을 높은 곳이어서, 머리를 땅속에 박은 채로 헤일 수 없는 세월이 흘렀다. 대지엔 다시 피가 돌아, 봄바람이 살랑대며 불어와 마른 가지 끝에 잎이며 꽃이며를 슬쩍슬쩍 피워 올리는데, 희로애락의 감정을 다 사윈 흰 줄기는 미동도 하지 않는다. 억겁의 세월이 그 앞에 무색하다.

세월

김득배 金得培, 1312–1362
〈김해 객사에 쓰다 題金海客舍〉

분성에 와 벼슬한 지 스무 해가 되고 보니
처음 올 적 부로(父老)들 반 넘어 티끌 됐네.
서기(書記)부터 시작하여 원수(元帥)가 되었으니
지금에 손꼽을 이 몇이나 있을런가.

來管盆城二十春　當時父老半成塵
내 관 분 성 이 십 춘　당 시 부 로 반 성 진
自從書記爲元帥　屈指如今有幾人
자 종 서 기 위 원 수　굴 지 여 금 유 기 인

내관來管 벼슬을 살러 오다. 관(管)은 맡다. 분성盆城 경남 김해의 옛이름. 반성진半成塵 반 넘어 세상을 떴다. 자종自從 ~로부터. 굴지屈指 손가락을 꼽다.

✲

김해에 처음 온 후로 어느덧 스무 성상(星霜)이 지났다. 젊어 팔팔하던 서기관이 이제 흰 수염 흩날리는 원수(元帥)가 되어 이곳을 다시 찾았다. 처음 올 제 타관에서 온 애숭이를 미덥잖케 지켜보던 부로들은 어느새 흙으로 돌아갔다. 사람 한 세상 살다 가는 것이 이런 것이로구나. 하지만 젖내 나던 젊은이를 묵직한 원로로 만들어준 그간의 세월을 헛되다 할 수는 없다. 지금에 나와 더불어 한 시대를 논할 인재는 손꼽아 몇이나 헤아릴 수 있을까? 새삼 김해의 객사에 앉아 분분히 지는 꽃잎 보며 나는 내게 묻는다.

눈 오는 밤

최해 崔瀣, 1287–1340
〈현재의 눈 오는 밤 縣齋雪夜〉

삼 년의 귀양살이 병까지 찾아오니
방 한 칸 살림이 중처럼 호젓해라.
사방 산엔 눈이 가득 아무도 안 오는데
파도 소리 속에 앉아 등불 심지 돋운다.

三年竄逐病相仍　一室生涯轉似僧
삼 년 찬 축 병 상 잉　일 실 생 애 전 사 승
雪滿四山人不到　海濤聲裏坐挑燈
설 만 사 산 인 불 도　해 도 성 리 좌 도 등

찬축竄逐 쫓겨나 숨어 삶. 귀양살이. 상잉相仍 서로 인하다. 전轉 도리어. 사산四山 사방을 둘러친 산. 해도성海濤聲 파도 소리처럼 엄습해오는 겨울바람 소리. 도등挑燈 등불 심지를 돋우다.

✿

개경을 떠나 이곳으로 쫓겨온 지도 어느덧 세 해가 지났다. 세 해 동안 세상에서 잊혀진 채로 병만 깊어간다. 세간 하나 없는 호젓한 빈방은 마치 스님네 살림 같다. 시름시름 저며 드는 병마의 고통보다 이렇게 사람들의 기억 속에서 차츰 잊혀지는 것이 더 무섭다. 오늘은 하루 종일 눈이 펑펑 내렸다. 사방 산은 눈에 뒤덮여 온통 은빛 세상을 연출한다. 혼자 종일 먼 산만 보다가 밤중까지 넋놓고 앉아 있는데, 소나무 가지 사이를 헤집고 가는 바람이 마치 집채만 한 파도 소리를 낸다. 세상을 향해 밝힌 가녀린 등불, 그나마 꺼지면 세상에 내 존재는 흔적조차 없어질 것만 같아 슬프게 등불 심지를 돋워 올린다. 나는 혼자다.

솟을대문

이곡 李穀, 1298–1351
〈길 가다가 비를 피하며 느낌이 있어途中避雨有感〉

큰길 가 좋은 집 홰나무 그늘 짙고
솟을대문 마땅히 자손 위해 열었으리.
근래 주인 바뀌어 수레 말 찾지 않고
길 가던 행인만이 비를 피해 오는구나.

甲第當街蔭綠槐 高門應爲子孫開
갑 제 당 가 음 록 괴 고 문 응 위 자 손 개
年來易主無車馬 唯有行人避雨來
연 래 역 주 무 거 마 유 유 행 인 피 우 래

갑제甲第 으리으리한 저택. 당가當街 길거리에 있다. 괴槐 홰나무. 역주易主 주인이 바뀌다.

✲

홰나무는 삼정승을 상징하는 나무다. 집에 이 나무를 심는 것은 후손 중에 정승과 같은 고관대작이 나기를 바라서다. 번화한 큰 길거리에 으리으리한 집이 한 채 서 있다. 담장 너머로 무성한 홰나무 그늘이 짙게 드리웠다. 붉은 칠한 솟을 대문은 올려다보기에도 까마득하다. 처음 지을 적엔 이 집에서 자손대대로 큰 복을 누리며 떵떵거리고 살자 싶었겠지. 하지만 어느새 주인은 바뀌어 옛 살던 사람은 자취도 알 길 없고, 그때 떡고물이나 챙겨보려고 기웃대던 수레와 말은 썰물처럼 빠져나가 이제 아무도 없다. 다만 굳게 닫힌 대문간엔 나처럼 길 가던 행인들이 이따금 비를 피하려고 멈춰 섰다 갈 뿐이다.

시내와 구름

경한 景閑, 1299-1374
〈고을을 떠나 산으로 돌아오다 出州廻山〉

온 시내 흐르는 물, 가는 날 전송터니
올 적엔 골 가득 흰 구름이 맞이한다.
한 몸이 가고 옴은 본래 뜻이 없건만
물과 구름 무정한 듯 도리어 유정해라.

去時一溪流水送　來時滿谷白雲迎
거 시 일 계 류 수 송　내 시 만 곡 백 운 영
一身去來本無意　二物無情却有情
일 신 거 래 본 무 의　이 물 무 정 각 유 정

각却 도리어.

✿

경한은 고려 때 큰 스님이다. 불법을 일깨우려 사바 세상으로 내려갔다가, 일을 마치고 산으로 돌아온 감회를 적은 시다. 예전 내가 산에서 내려올 때에는 시냇물이 '스님! 저도 함께 갈래요!' 하며 부산스레 전송을 해주었다. 이제 산으로 오는 길에는 골 가득한 흰 구름이 '큰 스님! 어서 오세요. 얼마나 기다렸는데요' 하며 반갑게 나를 맞아준다. 늙은 가죽자루 하나 왔다가 가는 것이 무슨 뜻이 있으랴만, 저 무정한 시내와 흰 구름은 잘 가라 하고 반갑다 한다. 복잡한 인간 세상 뒤로하고 다시 산집으로 돌아오니 마음이 그리도 흐뭇하고 좋으셨던 게다.

이별

정포 鄭誧, 1309-1345
〈양주의 객관에서 정인과 이별하며梁州客館別情人〉

새벽녘 등 그림자 남은 화장 비추고
이별을 말하려니 애가 먼저 끊누나.
반 뜰 지는 달에 문 밀고 나서자니
살구꽃 성근 그늘 옷깃 위로 가득해라.

五更燈影照殘粧　欲語別離先斷腸
오 경 등 영 조 잔 장　욕 어 별 리 선 단 장
落月半庭推戶出　杏花疎影滿衣裳
낙 월 반 정 추 호 출　행 화 소 영 만 의 상

오경五更 새벽 3시-5시. 동틀 무렵. 잔장殘粧 지워지고 남은 화장. 단장斷腸 애끊다. 반정半庭 반 뜰. 달빛이 기울어 뜰에 반만 달빛이 비침. 추호推戶 지게 문을 밀치다. 소영疎影 성근 그림자.

✿

창밖이 아슴아슴 밝아온다. 이별의 시간이 왔다. 헤어짐이 안타까운 두 사람은 밤새 잡은 손을 놓지 못했다. 퉁퉁 부은 눈, 화장은 지워져 부스스하다. 그녀는 자꾸 울기만 한다. 이제 헤어지면 다시는 못 만날 것을 둘 다 잘 안다. 이제 가야겠노라고 말하면서 내 애가 마디마디 끊어진다. 달빛도 다 기울어 이젠 마당의 절반도 비추지 못한다. 지게문을 밀고 나선다. 차마 뒤돌아볼 수가 없다. 살구꽃 성근 그림자가 내 옷 위에 가득 어리는 것을 본다. 사랑하는 사람아! 아, 끝내 돌아보지 못한다.

기다림

최사립 崔斯立, 고려 충숙왕 때
〈기다림 待人〉

천수사 문 앞에는 버들개지 날리는데
술병 하나 차고 와서 돌아올 벗 기다린다.
지는 해에 눈 빠져라 장정(長亭)은 저물어도
하많은 행인들 다가서면 아니어라.

天壽門前柳絮飛　一壺來待故人歸
천 수 문 전 류 서 비　일 호 래 대 고 인 귀
眼穿落日長亭晩　多少行人近却非
안 천 락 일 장 정 만　다 소 행 인 근 각 비

천수문天壽門 개성 동쪽의 천수사(天壽寺)의 남문. 개성을 나서는 길목이라 모든 배웅이 이곳에서 이루어졌다. 류서柳絮 버들솜. 고인故人 오랜 벗. 안천眼穿 눈이 빠져라 바라봄. 장정長亭 예전 매 10리마다 국가에서 여행객들이 쉬어갈 수 있도록 세워둔 정자.

✿

버들솜이 눈처럼 날리는 늦은 봄날, 천수문에 나와 정자 위에 올라앉았다. 오늘은 틀림없이 오지 싶어 그를 기다린다. 곁에 술병 하나 가득 채워놓아 두고서 저편 길 끝에 시선을 고정한다. 녹음이 짙어와도 내 눈엔 보이지 않는다. 버들솜이 흩날려도 아무 상관이 없다. 눈이 빠지도록 길 끝만 바라본다. 저 길 끝에 한 사람이 가물가물 나타나면 내 숨이 가빠진다. 두근두근하다가 심호흡 한 번 하고, 긴가민가하다가 안타까운 한숨만 쉰다. 막상 다가와 보면 엉뚱한 딴사람이다. 나는 하루에도 수십 번을 숨이 가빴다 말았다 한다. 이제 날이 저문다. 그리운 이여! 언제 올 텐가?

풍파

이집 李集, 1314-1387
〈목은 선생 견기시의 운을 빌어次牧隱先生見寄詩韻〉

세상의 풍파는 잠겼다간 다시 뜨니
쉰두 번의 봄가을을 이미 보아왔다네.
지는 해에 기러기 울음 강 마을은 저물고
새 시를 읊조리며 홀로 다락 기댄다.

人世風波沒復浮　已看五十二春秋
인 세 풍 파 몰 부 부　이 간 오 십 이 춘 추
雁聲落日江村晚　閒詠新詩獨倚樓
안 성 락 일 강 촌 만　한 영 신 시 독 의 루

몰부부沒復浮 가라앉았나 싶으면 다시 뜨다. 이간已看 이미 보다. 한영閒詠 한가롭게 읊조림. 의루倚樓 누각의 난간에 기대다. 기다림의 뜻으로 많이 쓰는 표현.

✿

세상의 풍파라는 것, 그때는 힘들어도 지나고 보면 견딜만한 것이었다. 가라앉아 죽겠다 싶으면 다시 물 위로 떠오르고, 숨 좀 돌릴 만하다 싶으면 다시 밑에서 잡아당긴다. 그렇게 전전긍긍 52년 세월을 살아왔다. 날 저무는 강 마을 저편으로 기러기 떼 울며 지나가는 저녁, 홀로 누다락에 기대 앉아 새 시를 읊조린다. 쓸쓸함이 좀체 가시질 않는다.

스님께

김제안 金齊顔, ?-1368
〈무열 스님에게 寄無說師〉

세상일 옳다 글타 시비가 분분하니
십 년간 티끌세상 입은 옷만 더럽혔네.
봄바람 부는 속에 지는 꽃에 우는 새들
어드메 청산에서 홀로 사립 닫으셨나.

世事紛紛是與非　十年塵土汚人衣
세 사 분 분 시 여 비　십 년 진 토 오 인 의
落花啼鳥春風裏　何處靑山獨掩扉
낙 화 제 조 춘 풍 리　하 처 청 산 독 엄 비

분분紛紛 어지러운 모양. 오汚 더럽히다. 엄비掩扉 사립문을 닫아걸다.

✲

스님! 오늘따라 스님 생각이 참 간절합니다. 티끌세상은 오늘도 저만 옳다고 싸움박질이 한창입니다. 귀는 닫고 저 할 소리들만 쏟아대니, 결국은 아무 소리도 들리지 않는 게지요. 벼슬길 십 년에 남은 것은 티끌세상 시비에 물든 더러운 옷 한 벌뿐입니다. 지는 꽃이 아쉽다고 새들은 저렇듯 울어쌓는데, 이 고운 봄바람 속에서 스님은 어느 곳 청산에 꼭꼭 숨어 계시는지요. 보고 싶습니다. 스님! 사립문 꼭 닫고 숨어만 계시지 말고 미혹한 중생에게도 한 말씀 죽비 소릴 내려주셔야지요.

산집에서

혜근 慧勤, 1320-1376
〈산속 집의 노래山居頌〉

산에서 살고부터 산이 싫지 않으니
사립문 초가집도 속세와는 같지 않네.
맑은 바람 흰 달빛 처마 밑을 씻어주고
시냇물 가슴 뚫어 간담마저 서늘해라.

我自居山不厭山　柴門茅屋異人間
아 자 거 산 불 염 산　시 문 모 옥 이 인 간
淸風和月簷前拂　磵水穿胸洗膽寒
청 풍 화 월 첨 전 불　간 수 천 흉 세 담 한

불염不厭 싫증 나지 않다. 시문柴門 사립문. 모옥茅屋 띠집. 화和 ~와.
첨전簷前 처마 밑. 천흉穿胸 가슴을 뚫다. 세담洗膽 간담을 씻다.

✿

산 아래 살 때는 오가는 사람도 없이 적막한 산속 집이 무에 좋을까 싶었는데, 막상 산속에 들어와 살고부터 생각이 달라졌다. 푸른빛이 아무리 보아도 질리지 않는 줄을 비로소 깨달았다. 같은 집이라도 산 아래 있을 때와는 하루하루가 판이하게 다르다. 전에는 이 사람 저 사람 찾아와 이런 일 저런 일로 궁리하다 하루가 갔다. 산속에 든 뒤로, 나를 찾아오는 손님은 맑은 바람과 밝은 달빛, 그리고 돌돌돌 흘러가는 시냇물 소리뿐이다. 내 집에 먼지 앉지 말라고 쓸어주고 털어주고, 내 가슴에 찌꺼기가 앉지 않도록 쉴 새 없이 씻어준다.

세 칸 집

혜근 慧勤, 1320–1376
〈산속 집의 노래山居頌〉

흰 구름 쌓인 곳에 세 칸 집 짓고 사니
앉고 눕고 다녀도 한가롭기 그지 없네.
쟁글쟁글 시냇물은 반야(般若)를 얘기하고
맑은 바람 밝은 달은 온몸에 서늘해라.

白雲堆裏屋三間　坐臥經行得自閑
백 운 퇴 리 옥 삼 간　좌 와 경 행 득 자 한
磵水泠泠談般若　淸風和月遍身寒
간 수 령 령 담 반 야　청 풍 화 월 편 신 한

퇴리堆裏 쌓인 가운데. 경행經行 좌선하다가 졸음이 올 때 방 안을 도는 일. 령령泠泠 맑게 울리는 물소리의 형용. 반야般若 분별과 망상을 떠난 깨달음. 편신遍身 온몸.

✿

흰 구름이 켜켜이 앉은 깊은 산속 세 칸 오두막. 혼자 지내며 앉고 눕고, 답답하면 산보한다. 날 찾는 이 없으니, 내가 찾을 곳도 없다. 가만히 귀 기울이면 시냇물은 쉴 새 없이 대지에 가득한 부처님의 가르침을 설법으로 들려준다. 맑은 바람은 내 귀를 헹궈주고, 밝은 달은 내 눈을 씻어준다. 온몸에 맑고 찬 기운이 떠날 틈이 없다.

여강

이색 李穡, 1328-1396
〈여강에서 마음이 심란하여 驪江迷懷〉

천지는 가이없고 인생은 덧없거늘
호연히 돌아갈 뜻 어디로 가려 하나.
여강 한 굽이 산은 마치 그림 같아
반쯤은 그림인 듯 반쯤은 시인 듯.

天地無涯生有涯　浩然歸志欲何之
천 지 무 애 생 유 애　호 연 귀 지 욕 하 지
驪江一曲山如畫　半似丹靑半似詩
여 강 일 곡 산 여 화　반 사 단 청 반 사 시

호연浩然 거침없이 큰 모양. 욕하지欲何之 어디로 가려 하나. 단청丹靑 그림.

✿

가없는 천지에서 덧없는 인생들이 살다 간다. 이제 마치고 돌아가고 싶은데 어디로 가야 할지 모르겠다. 여강 한 굽이 길을 배 타고 지나려니 강산은 그림 같고 시 같다. 그래! 먼 길 둘러 찾을 것 없다. 어디로 가야 하느냐고 묻는데, 이 정도면 어떠냐고 보여주질 않는가? 이 세상 살다 가는 것이 결국은 떠돌이 삶일진대 고향을 따지고 인연을 물을 것 없다. 세월은 백대(百代)를 지나가는 과객이요, 천지는 만물이 깃들어 쉬는 여관이다. 내 예서 잠시 쉬었다 가리라.

동지 팥죽

이색 李穡, 1328-1396
〈팥죽 豆粥〉

나라 풍속 동지에는 팥죽을 되게 쑤어
푸른 사발 그득 담자 짙은 빛깔 뜨는구나.
산꿀을 섞어 타서 후루룩 마시면
삿된 기운 다 씻겨서 배 속이 든든하리.

冬至鄕風豆粥濃　盈盈翠鉢色浮空
동 지 향 풍 두 죽 농　영 영 취 발 색 부 공
調來崖蜜流喉吻　洗盡陰邪潤腹中
조 래 애 밀 류 후 문　세 진 음 사 윤 복 중

두죽豆粥 팥죽. 영영盈盈 가득 담아 넘치는 모양. 취발翠鉢 푸른 빛이 감도는 발우. 발우는 스님네의 밥그릇을 말한다. 조래調來 조제해 오다. 간을 맞춰 오다. 후문喉吻 목구멍. 음사陰邪 음하고 삿된 기운. 윤潤 적시다. 윤기를 주다.

✿

동짓날 팥죽을 먹다 말고 지은 시다. 동짓날 되게 쑨 팥죽을 청자 사발에 가득 담는다. 짙은 빛깔이 푸른빛 위로 떠오른다. 소금 간 대신 꿀로 달콤하게 간을 맞춰 후루룩후루룩 삼킨다. 배 속에 들었던 못된 기운들 모두 다 말끔히 씻겨 내려가거라. 그 자리에 새 기운이 가득 차서 배 속을 든든하게 해주려무나. 전라도에서는 지금도 팥죽에 설탕을 쳐서 먹는다. 예전엔 벌꿀을 타서 먹었던 모양이다.

보슬비

이색 李穡, 1328–1396
〈보슬비 小雨〉

보슬비 보슬보슬 작은 마을 어둡고
남은 꽃 점점이 빈 동산에 떨어진다.
한가한 삶 유연한 흥취가 거나하여
손님 오면 문을 열고 손님 가면 문을 닫네.

細雨濛濛暗小村　餘花點點落空園
세 우 몽 몽 암 소 촌　여 화 점 점 락 공 원
閑居剩得悠然興　有客開門去閉門
한 거 잉 득 유 연 흥　유 객 개 문 거 폐 문

몽몽濛濛 비가 부슬부슬 내려 풍경이 잘 보이지 않는 모양. 잉득剩得 실컷 얻었다.

✿

작은 마을에 보슬보슬 보슬비가 내린다. 비 맞아 점점이 꽃잎이 진다. 작위하지 않는 삶 속에는 생동하는 흥취가 늘 차고 넘친다. 사물의 작은 변화조차 설레는 흥분이 된다. 손님이 찾아오면 마다 않고 문 열어 맞이하고, 손님이 가면 또다시 제자리로 돌아와 문을 닫아건다. 굳이 어쩌겠다는 생각조차 따로 갖지 않는다.

봄바람

조운흘 趙云仡, 1332–1404
〈봄을 전송하는 날 벗과 헤어지며 送春日別人〉

귀양길 애달파라 눈물을 흩뿌리며
봄과 벗을 아울러 전송하고 돌아오네.
봄바람아 잘 가거라 붙들 뜻이 없거니
인간 세상 머문대도 시비나 배우겠지.

謫宦傷心涕淚揮　送春兼復送人歸
적 환 상 심 체 루 휘　송 춘 겸 부 송 인 귀
春風好去無留意　久在人間學是非
춘 풍 호 거 무 류 의　구 재 인 간 학 시 비

적환謫宦 귀양 가는 벼슬아치. 체루涕淚 눈물. 겸부兼復 겸하여 다시.
류의留意 머무르게 할 뜻. 만류할 생각.

✿

봄날 귀양길 떠나는 벗을 전송하고 돌아와 지은 시다. 자네 이제 이리 가면 언제 또 보겠는가? 더운 손 맞잡고 오래 놓질 못했다. 부디 보중하시게. 자네도 잘 있게. 인사를 나누고 뚜벅뚜벅 길을 나설 제, 뒤에서 지켜보는 내 눈에선 참았던 눈물이 주루룩 떨어진다. 둘이 왔다가 혼자 가는 길, 봄도 떠나고 벗도 떠나고, 가슴엔 휑하니 큰 구멍이 뚫렸다. 봄바람아! 너도 어서 가거라. 벗도 없는 봄날을 내 혼자 차마 누릴 수가 없구나. 오래 인간에 머물러 본들 시비(是非)나 배울 것이 아니냐. 고려 말 풍파 속에 놓인 지식인의 뒷모습이 자꾸 눈에 어려 겹친다.

시 짓는 일

정몽주 鄭夢周, 1337-1392
〈시를 읊조림吟詩〉

아침 내내 읊조리다 또 가만히 웅얼대니
모래를 헤쳐내어 금싸라기 줍는 듯.
시 짓느라 비쩍 마름 괴이타 하지 말라
좋은 시구 찾기란 언제나 힘든 것을.

終朝高詠又微吟 若似披沙欲練金
종 조 고 영 우 미 음 약 사 파 사 욕 련 금
莫怪作詩成太瘦 只緣佳句每難尋
막 괴 작 시 성 태 수 지 연 가 구 매 난 심

고영高詠 높은 소리로 가락을 얹어 읊조림. 미음微吟 낮은 소리로 가만히 읊음. 피사련금披沙鍊金 모래를 헤쳐 사금을 주워 모아 금을 단련함. 아무것도 아닌 것을 단련을 거쳐 보배롭게 만든다는 뜻임. 수瘦 수척하다. 파리하다. 연緣 ~ 때문이다. 난심難尋 찾기가 어렵다.

✿

밤새 꿈속을 떠다니던 시구 한 구절을 붙들고 새벽 이불 속에서부터 씨름을 한다. 크게 소리 내어 읊어도 보고, 또 몇 자 고쳐놓고 중얼거려도 본다. 손짓을 해가며 가락도 맞춰보고 책상을 두드리며 장단도 얹어본다. 모래를 일어 사금을 캐는 것보다 글자 밭을 헤쳐 아름다운 시구 찾기가 더 힘들다. 몸은 비쩍 말라 대꼬챙이가 될 지경이다. 하지만 천재(千載)에 길이 남을 가구(佳句)야 어디 그리 쉽게 얻어질 수가 있겠는가? 오늘 아침에도 나는 그 한마디의 말씀을 모셔오려고 고심참담을 거듭한다. 시를 짓느라 심력을 다 쏟아 수척해진 것을 두고 옛사람은 시수(詩瘦)라 했다. 멋진 말이 아닌가?

들풀

김구용 金九容, 1338-1384
〈들풀野草〉

가녀린 들풀에 저절로 꽃이 피고
돛 그림자 용인 듯이 수면 위에 빗겼구나.
저물녘엔 언제나 안개 물가 기대 자니
대숲 깊은 곳에 인가가 묻혀 있네.

纖纖野草自開花　檣影如龍水面斜
섬 섬 야 초 자 개 화　장 영 여 룡 수 면 사
日暮每依烟渚宿　竹林深處有人家
일 모 매 의 연 저 숙　죽 림 심 처 유 인 가

섬섬纖纖 가늘고 여린 모양. 장영檣影 물에 비친 돛대의 그림자. 연저烟渚 안개가 자옥한 물가.

✿

배 한 척에 생애를 싣고 이곳저곳 떠돌며 산다. 가녀린 들풀은 어느새 꽃을 피워 온 들이 꽃밭이다. 수면에 빗긴 돛대의 그림자가 구불구불 물결 따라 일렁이니, 꼭 용 한 마리가 물속에 숨어 나를 지켜주겠다고 따라오는 것만 같다. 하루해가 저물면 나는 또 안개 짙은 강가 대숲에 배를 묶어두고 또 하루를 접는다. 저 푸른 대숲 너머로 저녁 밥 짓는 연기가 피어오른다. 나도 저 따스한 식탁에 함께하고 싶다.

그림 속

정도전 鄭道傳, 1342~1398
〈김거사의 들집을 찾아 訪金居士野居〉

가을 그늘 막막하고 온 산은 비었는데
지는 잎 소리 없이 땅에 가득 붉구나.
시내 다리 말 세우고 갈 길을 묻노라니
이내 몸 그림 속에 든 줄도 몰랐었네.

秋陰漠漠四山空　落葉無聲滿地紅
추 음 막 막 사 산 공　낙 엽 무 성 만 지 홍
立馬溪橋問歸路　不知身在畵圖中
입 마 계 교 문 귀 로　불 지 신 재 화 도 중

막막漠漠 아득한 모양. 만지홍滿地紅 땅에 가득 붉다.

✿

숨어 사는 벗을 찾아가는 길. 잎 다 떨궈 핼쑥해진 산길을 간다. 낙엽은 소리 없이 땅 위로 떨어진다. 그 사뿐한 하강. 대지 위엔 온통 붉은 비단을 깔아놓았다. 다리를 건너자 두 갈래 길이 나온다. 어디로 가야 할까? 물어볼 사람 없다. 멍하니 서서 기억을 더듬는다. 먼 하늘 한 번 보고, 에워두른 산 한 번 보고, 붉은 단풍잎 깔린 길 한 번 보고, 다리께에 서 있는 나를 돌아본다. 영락없는 한 폭 그림이로구나. 찌푸린 하늘에 마음만 새틋하다.

어린 아들

이첨 李詹, 1345-1405
〈게으름이 심하여慵甚〉

평생에 품은 바람 이미 다 글렀으니
게으름 열 배 더함 어이하지 못하겠네.
낮잠서 깨어나니 꽃 그림자 돌아 있어
어린 아들 손을 잡고 새 연꽃을 보노라.

平生志願已蹉跎　爭奈疎慵十倍多
평 생 지 원 이 차 타　쟁 나 소 용 십 배 다
午枕覺來花影轉　暫携稚子看新荷
오 침 각 래 화 영 전　잠 휴 치 자 간 신 하

지원志願 뜻을 품어 바라던 소망. 차타蹉跎 어그러지다. 맞지 않다. 쟁나爭那 어찌하리. 어찌하겠는가? 소용疎慵 성글고 게으름. 잠暫 잠시. 휴携 이끌다. 데리고 가다. 치자稚子 어린 아들.

✲

고려가 망하는 것을 보고 향리로 돌아가 머물 때 지은 시다. 하루아침에 세상이 바뀌었다. 설렘도 안타까움도 없이 담담하다. 바쁜 일상에서 놓여나자 딱히 할 일이 없다. 해가 중천에 떠야 부스스 일어나고, 밥 먹고 책 읽고 산보하다 또 잔다. 자고 일어나면 꽃 그림자는 어느새 저만치 돌아가 해도 뉘엿해 있다. 코끝에 풍겨오는 향기 따라 어린 아들 손을 잡고 못가로 간다. 진흙을 뚫고 나와 오히려 순결한 그 꽃과 솜털 보송보송한 내 어린 아들만이 내게 살아 있음을 느끼게 해주는 고마운 존재들이다.

성남에서

권근 權近, 1352-1409
〈봄날 성남에서春日城南卽事〉

봄바람 어느새 청명(淸明)에 가까워
보슬비 보슬보슬 늦도록 개지 않네.
집 모롱이 살구꽃 활짝 피어나려는 듯
이슬 먹은 몇 가지 날 향해 기울었네.

春風忽已近淸明　細雨霏霏晩未晴
춘 풍 홀 이 근 청 명　세 우 비 비 만 미 청
屋角杏花開欲遍　數枝含露向人傾
옥 각 행 화 개 욕 편　수 지 함 로 향 인 경

청명淸明 24절기의 하나. 춘분 다음. 양력 4월 5, 6일경. 비비霏霏 비가 보슬보슬 내리는 모양. 청晴 날이 개다. 옥각屋角 집 모퉁이. 개욕편開欲遍 활짝 피어 흐드러지려고 함. 향인경向人傾 사람을 향해 기울다. 비를 맞아 무게를 못 이겨 기운 모양.

✿

바람 끝에 맵싸하던 기운이 가시면서 꽃을 재촉하는 비가 내린다. 보슬거리는 봄비는 꼭 스프레이로 뿌리는 것 같다. 하루 종일 그렇게 안개인 듯 비인 듯 내린다. 집 뒤안에서 살구꽃은 본격적으로 꽃망울을 터뜨릴 준비를 끝냈다. 빗방울 잔뜩 머금어 제 무게를 주체치 못한 가지 끝이 무심코 다가서는 내 쪽으로 슬쩍 기운다. 마치 내게 봄 인사라도 건네겠다는 듯이. 부슬부슬 봄비 속에 추억이 피어난다. 부슬부슬 봄비 속에 까닭 모를 슬픔도.

시냇가 띠집

길재 吉再, 1353-1419
〈뜻을 말하다述志〉

시냇가 띠집에 한가롭게 홀로 사니
밝은 달 맑은 바람 흥취가 넉넉하다.
바깥 손님 오지 않고 산새만 지저귀니
대숲으로 상을 옮겨 누워 책을 읽는다.

臨溪茅屋獨閒居　月白風淸興有餘
임 계 모 옥 독 한 거　월 백 청 풍 흥 유 여
外客不來山鳥語　移床竹塢臥看書
외 객 불 래 산 조 어　이 상 죽 오 와 간 서

모옥茅屋 띠로 지붕을 얹은 집. 초가집. 이상移床 평상을 옮김. 죽오竹塢 대숲이 있는 언덕.

✲

시냇가에 외딴집, 띠로 지붕을 엮었다. 지닌 것 없지만 자연이 베푸는 정은 언제나 넉넉하다. 달은 희고 바람은 맑아 내 몸에 찌꺼기가 가라앉을 날이 없다. 바깥소식 들고 오는 손님도 없다. 산새도 날 상관 않고 멋대로 논다. 볕 드는 한낮엔 대숲 있는 언덕으로 평상을 옮겨놓고 팔꿈치 베고 누워 한가롭게 책장을 뒤적인다. 고려가 망하고 새 왕조가 들어섰다지만, 나와는 상관없는 딴 세상 일이다. 홀로 살아도 흥취가 넉넉타 해도, 시인의 속인들 어찌 편안했으랴. 산새 소리에 독서성(讀書聲)을 얹어 자꾸만 허물어지는 마음 다잡아가며, 그렇게 한세상을 건너갔겠지.

죽장사

정이오 鄭以吾, 1347–1434
〈죽장사 竹長寺〉

관아(官衙) 파해 한가해서 성곽 서편 나서보니
중은 없고 절은 낡고 길은 높고 또 낮네.
제성단(祭星壇) 가에는 봄바람이 이른데
살구꽃 반쯤 피고 산새가 울음 운다.

衙罷乘閑出郭西　僧殘寺古路高低
아 파 승 한 출 곽 서　승 잔 사 고 로 고 저
祭星壇畔春風早　紅杏半開山鳥啼
제 성 단 반 춘 풍 조　홍 행 반 개 산 조 제

죽장사竹長寺 경북 선산에 있던 절. 신라 때 창건되었다. 현재 이름은 법련사. 아파衙罷 관아의 업무가 끝나다. 승한乘閑 한가한 틈을 타다. 승잔僧殘 스님이 없음. 제성단祭星壇 고려 때 별자리에 제사 지내던 제단.

✲

죽장사는 경북 선산에 있던 절이다. 제성단(祭星壇), 곧 고려 때 별자리에 제사 지내던 단이 이곳에 있었다. 선산부사로 내려가 있다가 일과를 마친 후 살랑대는 봄바람에 마음이 들떴던 모양이다. 마침 일도 없는지라 말 등에 올라타 교외 나들이를 나섰다. 울퉁불퉁 높았다 낮아지는 길 끝에 절집이 있다. 해묵은 절, 스님네는 안 보이고, 건물도 낡았다. 봄바람은 아직 이르다고 바람 한끝에 찬 기운이 남았는데, 그새를 못 참아서 붉은 살구꽃은 막 제 몸을 열려는 중이다. 그 곁에 산새가 찾아와 살구꽃을 보챈다. 아! 모처럼 마음이 한가롭다.

삼월

정이오 鄭以吾, 1347-1434
〈차운하여 정백용에게 부치다次韻寄鄭伯容〉

이월도 다 가고 삼월이 다가오니
한 해의 봄 일이 꿈속에 돌아오네.
천금 줘도 좋은 시절 살 수는 없나니
뉘 집에 술이 익고 꽃이 한창 피었나.

二月將闌三月來　一年春事夢中回
이 월 장 란 삼 월 래　일 년 춘 사 몽 중 회
千金尙未買佳節　酒熟誰家花正開
천 금 상 미 매 가 절　주 숙 수 가 화 정 개

장란將闌 장차 늦어감. 정개正開 한창 피다.

✿

여보게! 어느새 삼월일세. 한 해의 봄 기약에 꿈속에서도 공연히 가슴이 두근대는군. 봄이라 해도 아직 꽃 시절은 이르다 싶었네만, 이젠 여기저기서 꽃 잔치가 벌어질 모양이네. 이 빛나는 시절을 그냥 보낼 수야 있겠는가? 천금보다 더 비싼 이 귀한 시절을 자네와 함께하고 싶네그려. 술동이에 술은 굼실굼실 잘 익었겠지? 마당엔 꽃이 활짝 피었을 게고. 지금이라도 자네가 청하기만 한다면 그저 한달음에 달려갈 텐데 말일세.

문 닫고

박의중 朴宜中, 여말선초
〈척약재 김구용의 시운에 차운하다 次金若齋九容韻〉

문 닫아 속된 무리 만나지 아니하고
청산만 내 누대로 들어오게 하는도다.
즐거우면 노래하고 피곤하면 잠자나니
그 밖에 다른 일은 마음에 두지 않네.

杜門終不接庸流　只許青山入我樓
두 문 종 불 접 용 류　지 허 청 산 입 아 루
樂便吟哦慵便睡　更無他事到心頭
낙 편 음 아 용 편 수　갱 무 타 사 도 심 두

두문杜門 문을 닫아걸다. 용류庸流 용렬한 부류의 인간. 지허只許 단지 허락한다. 편便 문득. 심두心頭 마음.

✲

문을 굳게 잠근다. 이랬다저랬다 하는 세상이 지겹다. 기웃거리지 마라. 들여다볼 것 없다. 누다락에 올라 내다보는 푸른 산만 반갑다. 세상은 다 변해도 너는 변치 않으니 그것이 참 고맙다. 닫아건 문 안에서 노래하고 잠자며 날을 보낸다. 바깥일은 관심 없다. 흥 나면 시 짓고, 졸리면 잠자고, 배고프면 밥 먹고, 목마르면 물 마신다. 내 몸이 원하는 일 말고, 내 마음이 원하는 일 말고는 아무 흥미가 없다.

이역(異域)에서

정총 鄭摠, 1358-1397
〈금릉에서 金陵卽事〉

복사꽃 다 지더니 버들꽃 날리는데
제비가 돌아와도 나그네는 못 가누나.
금릉 땅 아름답다 그 누가 말했던가
어버이 그리워서 날마다 옷 적시네.

桃花落盡柳花飛　燕子初來客未歸
도 화 락 진 류 화 비　연 자 초 래 객 미 귀
誰道金陵佳麗地　思親無日不霑衣
수 도 금 릉 가 려 지　사 친 무 일 불 점 의

수도誰道 누가 말했나? 무일無日 ~하지 않는 날이 없다. 점의霑衣 옷깃을 적시다.

✿

1395년(태조 4) 11월, 명나라에 사신 갔다가 표전(表箋)의 표현이 무례하다 하여 억류되어 있을 때 지은 시다. 이역에서 찬 겨울을 보내고 새봄을 맞았다. 복사꽃 봄날이 저리 가나 싶더니, 버들솜이 눈처럼 날린다. 다시 삼월 삼짓날이 지나 제비가 처마 밑에 돌아와도, 나는 내 가족이 기다리는 고국으로 돌아갈 수가 없다. 금릉 땅 아름답다고 귀에 못이 박히게 들었지만, 내 눈엔 그 경치가 들어오지 않는다. 고국에서 자식 걱정에 시름겨우실 어버이를 생각하면 하루에도 몇 번씩 억장이 무너진다. 결국 그는 다시 고국 땅을 밟지 못하고 그곳에서 죽었다.

경포대

황희 黃喜, 1363-1452
〈경포대鏡浦臺〉

해맑은 경포호 초승달을 머금고
낙락한 찬 솔은 푸른 안개 잠겼네.
땅엔 가득 구름 비단, 누대에는 대가 가득
티끌세상 중에도 바다 신선 있다네.

澄澄鏡浦涵新月　落落寒松鏁碧烟
징 징 경 포 함 신 월　낙 락 한 송 쇄 벽 연
雲錦滿地臺滿竹　塵寰亦有海中仙
운 금 만 지 대 만 죽　진 환 역 유 해 중 선

징징澄澄 해맑은 모습. 함涵 머금다. 잠겨 있다. 낙락落落 높고 우뚝한 모습. 쇄鏁 잠기다. 봉쇄되다. 쇄(鎖)와 같다. 운금雲錦 구름 비단. 진환塵寰 티끌세상.

✿

밤중에 경포대에 올랐다. 갈고리 모양의 초승달 하나가 맑은 호수에 걸려 흔들린다. 낙락장송은 푸르스름한 안개에 잠겨 말이 없다. 대지는 구름 비단에 덮여 포근한 꿈나라에 들었다. 경포대 둘레엔 으스스 대숲이 바람에 제 몸을 떤다. 이슬이 뚝뚝 떨어진다. 어제까지 티끌세상 나그네였던 나는 마치 바닷속 신선이라도 된 것만 같다. 겨드랑이 밑으로 스멀스멀 날개가 돋아나 구만리 장천을 훨훨 날 수 있을 것만 같다.

가을날

권우 權遇, 1363-1419

〈가을날秋日〉

대는 푸른 그림자 나눠 책상맡에 스며들고
국화는 맑은 향기 보내 나그네 옷 가득해라.
지는 잎도 또한 능히 기세를 일으켜서
뜰 가득 비바람에 절로 날려 가누나.

竹分翠影侵書榻　菊送淸香滿客衣
죽 분 취 영 침 서 탑　국 송 청 향 만 객 의
落葉亦能生氣勢　一庭風雨自飛飛
낙 엽 역 능 생 기 세　일 정 풍 우 자 비 비

취영翠影 푸른 그림자. 서탑書榻 책상 생기세生氣勢 기세를 일으키다.
비비飛飛 낙엽이 바람에 불려 가는 모습.

✿

가을이다. 하늘이 높아졌다. 덥다고 아우성치던 때가 엊그제 같은데 소매 끝이 선득선득하다. 책상 앞에 앉았는데 서늘한 기운이 엄습해 온다. 고개를 돌려보니, 집 뒤란 대숲의 그림자가 내 앉은 책상까지 살금살금 들어와 그늘을 앉혔다. 코끝이 상쾌하다. 울타리 가의 노란 국화가 객지 생활하는 나그네에게 문득 고향 생각을 환기시킨다. 제 빛깔 다 태우고 뜨락에 떨어진 마른 잎들도 더 늦기 전에 결심해야 한다는 듯 남은 기운을 모아 어디론가 날려간다. 나는 어디로 가야 할까? 비바람에 흩날려 가는 마른 잎들을 본다.

넘실넘실

강회백 姜淮伯, 1357–1402
〈등명 스님에게 부치다 寄燈明師〉

매미 날개 같은 인정 때에 따라 변화하고
쇠털 같은 세상일은 날마다 새롭구나.
우리 스님 아마도 선탑(禪榻) 위에 앉아서
넘실넘실 푸른 동해 물결 보고 계시겠지.

人情蟬翼隨時變　世事牛毛逐日新
인 정 선 익 수 시 변　세 사 우 모 축 일 신
想得吾師禪榻上　坐看東海碧粼粼
상 득 오 사 선 탑 상　좌 간 동 해 벽 린 린

선익蟬翼 매미 날개. 얇음의 비유　우모牛毛 쇠털. 수없이 많은 것을 비유.　린린粼粼 파도가 넘실대는 모양.

✿

만지면 바스러지는 매미 날개처럼 사람들 마음도 이랬다저랬다 한다. 세상일은 어찌 이리 많기만 한지, 허둥지둥 뒤쫓느라 정신이 하나 없다. 등명(燈明) 스님! 참 보고 싶습니다. 지금쯤 선탑 위에 가부좌를 틀고 앉으셔서, 물고기 비늘 같은 푸른 동해 물결이 넘실넘실 밀려갔다 밀려오는 광경을 바라보고 계시겠지요? 파도 보며 무슨 생각을 닦고 계신지요. 어둠 속에서 갈 길 몰라 우왕좌왕하는 저희들에게 길을 밝혀 주십시오.

만권서

유방선 柳方善, 1388-1443
〈떠오르는 대로 卽事〉

골목길 올 들어 풀조차 뽑지 않아
조각구름 나무 하나 중의 거처 비슷해라.
해묵은 번뇌 따윈 스러져 간 데 없고
가슴속에 있는 것은 만 권의 서책일세.

門巷年來草不除 片雲孤木似僧居
문 항 년 래 조 불 제 편 운 고 목 사 승 거
多生結習消磨盡 只有胸中萬卷書
다 생 결 습 소 마 진 지 유 흉 중 만 권 서

문항門巷 대문이 있는 골목. 초불제草不除 풀을 제거하지 않음. 승거僧居 승려의 거처. 다생多生 여러 대에 걸친 생. 결습結習 몸에 밴 습관. 소마消磨 닳아 없어짐.

✿

골목길에 잡초가 무성하다. 찾아오는 이 아무도 없다. 전에는 그래도 잡초 뽑을 마음이 있었는데, 이젠 그나마도 시들하다. 마당엔 덩그러니 나무 한 그루가 서 있고, 이따금 조각구름이 놀다 간다. 스님의 거처래도 이보다 단출할 수는 없다. 이런저런 바람과 기대 따윈 다 사위어지고 없다. 자꾸 문밖으로 기웃거렸던 지난날이 부끄럽다. 하지만 세상을 바라보며 쓰일 그날을 위해 읽고 또 읽었던 만 권 독서의 경륜만은 오롯이 내 가슴속에 남았다. 아! 내 식은 꿈이 안쓰럽다.

봄날

서거정 徐居正, 1420-1488
〈봄날春日〉

수양버들 금 박히고 매화엔 옥이 지니
작은 못 봄물이 이끼보다 푸르네.
봄 근심과 봄 흥이 어느 것이 깊은가
제비는 오지 않고 꽃도 아직 안 피었네.

金入垂楊玉謝梅　小池春水碧於苔
금 입 수 양 옥 사 매　소 지 춘 수 벽 어 태
春愁春興誰深淺　燕子不來花未開
춘 수 춘 흥 수 심 천　연 자 불 래 화 미 개

금입金入 금빛이 박히다. 사謝 시들다. 떠나다. 벽어태碧於苔 이끼보다 푸르다. 수심천誰深淺 어느 것이 더 깊고 더 얕은가?

✿

수양버들 가지에 금빛 눈이 하나 둘 박히기 시작한다. 그러면서 노란빛을 띤 연초록 가지에 물이 오른다. 그 곁 옥색 청매(青梅)는 꽃이 이미 시들었다. 매화꽃 지고 버들개지에 물오르는 봄날, 못물도 싱싱하게 살아나 나날이 물빛이 푸르러간다. 뭐라 말해야 좋을까? 봄날 알지 못할 시름과 까닭 모를 설렘을. 공연히 싱숭생숭하다가 왠지 슬퍼도 지고, 느닷없이 부푼 기대에 들뜨게 되는 이 팥죽 끓듯 하는 변덕을. 목 빼어 기다려도 강남 갔던 제비는 돌아올 줄 모르고, 기다리는 진달래, 산수유, 살구꽃 아직 피지 않았다.

매화

성임 成任, 1421-1484
〈매화梅〉

황혼 무렵 울타리에 가로 걸린 가지 보고
향기 찾아 더디 걸어 물가에 이르렀네.
천년 전 나부산(羅浮山)의 한 바퀴 둥근 달빛
지금껏 꿈 깰 제면 와서 비추이누나.

黃昏籬落見橫枝　緩步尋香到水湄
황 혼 리 락 견 횡 지　완 보 심 향 도 수 미
千載羅浮一輪月　至今來照夢回時
천 재 라 부 일 륜 월　지 금 래 조 몽 회 시

리락籬落 울타리. 완보緩步 느릿느릿 걷다. 수미水湄 물가. 천재千載 천년. 라부羅浮 매화의 산지로 유명한 중국의 산 이름. 몽회夢回 꿈을 깨다.

✲

오후 들어 살풋 든 잠이 코끝을 간질이는 매화 향기에 깼다. 기지개를 켜고 밖을 내다보니 어느새 해가 뉘엿하다. 어디서 온 향기인가 싶어 고개를 빼어 본다. 물가에 비스듬히 매화나무 한 그루가 서 있다. 뒷짐 지고 천천히 걸어 물가로 간다. 그사이에 달은 동산 위로 떠올라 꽃가지 사이를 훤히 비춘다. 나부산(羅浮山)은 중국 광동성에 있는 매화의 산지다. 수나라 조사웅(趙師雄)이 나부산의 한 술집에서 소복담장(素服淡粧)의 아름다운 여인과 술 마시고 담소하며 밤새 즐겼는데, 깨고 보니 그녀는 매화나무의 정령이었다는 고사가 있다. 물가로 가서 보니 매화나무가 청초한 여인처럼 서 있더란 말을 이렇게 했다.

앓고 난 뒤

강희맹 姜希孟, 1424-1483
〈병 앓은 뒤에 지어 최세원에게 주다 病餘吟成呈崔勢遠〉

남창에 종일 앉아 기심(機心)을 잊었더니
뜨락엔 사람 없고 새가 날기 배우네.
여린 풀의 옅은 향기 찾기가 어려운데
맑은 안개 저녁볕에 보슬비는 부슬부슬.

南窓終日坐忘機 庭院無人鳥學飛
남 창 종 일 좌 망 기 정 원 무 인 조 학 비
細草暗香難覓處 淡烟殘照雨霏霏
세 초 암 향 난 멱 처 담 연 잔 조 우 비 비

망기忘機 기심(機心), 즉 따지고 헤아리는 마음을 잊음. 암향暗香 그윽한 향기. 잔조殘照 남은 햇볕. 저녁볕 비비霏霏 비가 부슬부슬 내리는 모양.

✿

큰 병을 앓고 난 뒤끝이라 눈빛이 더없이 투명하다. 지난 겨우내 방구들을 지고 살았다. 오늘은 햇살이 좋아 볕 드는 남창 가에 종일 앉아 있었다. 햇살이 옮겨가면 나도 조금씩 옮겨가며, 하늘에 구름 놀 듯 떠가는 생각들을 물끄러미 바라보았다. 아무도 찾지 않는 뒤뜰, 세상을 처음 만난 어린 새는 깃촉도 돋지 않은 날개로 푸드득푸드득 날갯짓을 배운다. 어디선가 풀 내음이 코끝에 끼쳐오는 듯도 한데 막상 주인은 찾을 수가 없다. 먼 산에 엷은 안개가 깔리더니 남은 햇살 너머로 봄비가 부슬부슬 내린다. 아! 세상이, 살아 있음이 눈물겹게 고맙다.

석양 무렵

성간 成侃, 1427-1456
〈길 가는 도중에途中〉

반쯤 닫은 사립문에 울타리 촘촘한데
석양에 말 세우고 앞길을 물어보네.
푸른 안개 밖으로는 보슬비 흩뿌리고
때마침 농부는 소를 몰고 오는구나.

籬落依依半掩扃 夕陽立馬問前程
이 락 의 의 반 엄 경 석 양 입 마 문 전 정
翛然細雨蒼烟外 時有田翁叱犢行
소 연 세 우 창 연 외 시 유 전 옹 질 독 행

이락籬落 울타리. 엄경掩扃 사립문을 닫다. 전정前程 앞길. 소연翛然 빠른 모양. 질독叱犢 소를 이려이려 하며 모는 소리.

✿

사립이 반쯤 비스듬히 엇질린 것을 보니, 주인이 나가면서 밖에서 닫아건 것을 알겠다. 해는 벌써 석양에 뉘엿하다. 근처에 하룻밤 묵어갈 여관이나 있다면 모를까 없으면 이쯤에서 하루 일정을 접어야 할 판이다. 더 나가자니 자옥한 안개 속에 다음 마을이 얼마나 될지 모르겠고, 그냥 서 있자니 비 맞고 서 있을 꼴이 민망하다. 이러지도 저러지도 못하고 엉거주춤하고 있는데, 때마침 안개를 뚫고 "이려 이려!" 소리가 들리더니, 주인이 우장(雨裝)을 털며 집으로 돌아온다. 마음이 비로소 놓인다.

봄옷

성간 成侃, 1427~1456
〈궁녀의 노래宮詞〉

한들대는 주렴장막 제비는 엇겨 날고
맑은 창에 볕 들고야 느지막이 일어난다.
서둘러 시녀 불러 세숫물 들이라곤
해당화 꽃 아래서 봄옷을 걸쳐보네.

依依簾幕燕交飛 日射晴窓睡起遲
의 의 렴 막 연 교 비 일 사 청 창 수 기 지
急喚小娃供頮水 海棠花下試春衣
급 환 소 왜 공 회 수 해 당 화 하 시 춘 의

의의依依 주렴이 바람에 흔들리는 모양. 렴막簾幕 주렴장막. 교비交飛 엇갈려 날다. 청창晴窓 볕 드는 창. 수기지睡起遲 잠 깨어 일어나는 것이 늦어지다. 소왜小娃 어린 계집종. 공회수供頮水 세숫물을 가져오게 하다. 시춘의試春衣 봄옷을 시험 삼아 입어보다.

✿

제비는 연신 교대로 진흙을 물어다 집 짓느라 여념이 없다. 제비 날갯짓에 주렴 장막이 하늘하늘 흔들린다. 바쁘거나 말거나. 게으름뱅이 아가씨는 일어날 생각이 없다. 봄날은 어찌 이리 노곤한 것이냐. 해님이 창으로 들어와 '이제 그만 일어나시죠!' 하니 그제서야 부스스 자리에서 일어난다. 기지개를 켜다가 창밖을 내다보니, 아뿔싸 고운 볕이 붉은 해당화 위에 부서지고 있네. 갑자기 마음이 바빠진 그녀는 호들갑을 떨며 시녀를 불러 세숫물 대령해라, 머리를 빗어라 야단을 낸다. 여태 추워 못 입던 봄옷을 꺼내, 해당화 꽃 떨기 아래 선다. 올봄도 좋은 일 없이 이렇게 지나가는 것일까? 고개를 갸웃하며 꽃을 올려다본다.

강가에서

김종직 金宗直, 1431–1492
〈제천정의 시운에 차운하다 次濟川亭韻〉

강바람에 꽃 날리고 버들가지 나부끼니
돛 그림자 흔들흔들 저녁 기러기 실었구나.
한 조각 고향 생각 기둥에 기댔는데
흰 구름 술 배 위로 날아 건너가누나.

吹花劈柳半江風　檣影搖搖背暮鴻
취 화 벽 류 반 강 풍　장 영 요 요 배 모 홍
一片鄕心空倚柱　白雲飛渡酒船中
일 편 향 심 공 의 주　백 운 비 도 주 선 중

제천정濟川亭 한강 가에 있던 정자 이름. 벽류劈柳 버들가지를 가르다. 장영檣影 돛대의 그림자. 요요搖搖 바람에 흔들리는 모양. 공의주空倚柱 부질없이 기둥에 기대다. 비도飛渡 날아서 건너다.

✲

1구의 '벽류(劈柳)'가 참 절묘하다. 가위를 대고 천을 죽 가르듯이, 강바람이 불어와 버들가지를 한 올 한 올 갈라놓는다는 뜻이다. 제천정(濟川亭)은 한강 가에 있던 정자다. 꽃 피고 바람 상쾌한 봄날 제천정 물가에서 놀잇배를 띄우고 벗들과 술자리를 가졌던 모양이다. 술기운은 불콰하게 올라오고, 물결에 흔들리는 돛 그림자 위로 북으로 올라가는 저물녘 기러기 그림자를 보았다. 물 위를 보다가 고개를 들어보니 북녘 제 고향 찾아 나는 기러기의 그림자가 설핏하다. 저는 가는데 나는 왜 못 가나? 그것이 문득 고향 생각으로 이어졌다. 뱃기둥에 기대어 고향 쪽 하늘을 바라본다. 흰 구름 너울너울 내가 탄 배를 지나 고향 쪽으로 떠간다. 기러기는 북으로 흰구름은 남으로, 배 위에는 고향 그리운 나만 남았구나.

가마우지

김종직 金宗直, 1431-1492
〈보천탄에서寶泉灘卽事〉

복사꽃 물결 높아 몇 자나 됨 직하고
솟은 바위 머리 잠겨 있던 곳을 모르겠네.
가마우지 쌍쌍이 옛 놀던 터를 잃고
고기 물고 도리어 부들 풀섶 들어가네.

桃花浪高幾尺許 狠石沒頂不知處
도 화 랑 고 기 척 허 한 석 몰 정 불 지 처
兩兩鸕鷀失舊磯 啣魚却入菰蒲去
양 량 로 자 실 구 기 함 어 각 입 고 포 거

보천탄寶泉灘 경남 함양에 있던 여울 이름. 도화랑桃花浪 복사꽃이 필 무렵 물이 불어 이는 물결. 기척허幾尺許 몇 자 남짓. 한석狠石 날카롭게 뾰족한 바위. 몰정沒頂 정수리가 물속에 잠기다. 양량兩兩 쌍쌍이. 로자鸕鷀 가마우지. 구기舊磯 예전에 놀던 물가의 바위. 함어啣魚 고기를 입에 물다. 고포菰蒲 물풀의 한 종류. 부들.

✲

물살 센 보천탄 여울을 바라보며 쓴 시다. 복사꽃 필 무렵이라 여울물이 불어나 물살이 거세다. 강 가운데 삐죽 솟아 있던 바위는 불어난 물에 꼭대기까지 잠겨, 있던 곳을 알지 못하겠다. 그저 건너다가는 물속 바위에 배 밑창이 뚫리기 십상이다. 난감해서 못 건너고 보고만 있다. 가만 보니 난감한 것은 사람만이 아니다. 늘상 물속 바위 위에 앉아 쉬며 놀던 가마우지도 매일 놀던 제 놀이터가 감쪽같이 없어지자 어쩔 줄을 모르고 허둥대는 눈치다. 어렵사리 고기 한 마리 잡아 입에 물고는 부들 풀 무성한 물가로 날갯짓을 서두른다. 가마우지도 날아가고, 물가에 선 나그네만 이러지도 저러지도 못한 채 봄 풍경 속에 젖어간다.

풍경

김시습 金時習, 1435-1493
〈도점에서陶店〉

잠자리 잡는 꼬마 늙은인 울타리 고치고
작은 시내 봄물에는 가마우지 멱을 감네.
푸른 산도 끊긴 곳 돌아갈 길은 멀어
등나무 지팡이를 가로질러 메고 간다.

兒打蜻蜓翁掇籬　小溪春水浴鸕鶿
아 타 청 정 옹 철 리　소 계 춘 수 욕 로 자
青山斷處歸程遠　橫擔烏藤一个枝
청 산 단 처 귀 정 원　횡 담 오 등 일 개 지

타청정打蜻蜓 잠자리를 잡다. 철리掇籬 울타리의 부서진 부분을 고치다. 귀정歸程 갈 길. 횡담橫擔 가로로 메다. 오등烏藤 검은빛을 띤 등나무 지팡이.

✲

꼬맹이는 물가에서 잠자리를 잡겠다고 왔다 갔다 하고, 할아버지는 겨우내 매운 바람이 부수고 간 울타리를 손본다. 따스한 봄 햇살이 등 뒤로 한정 없이 떨어진다. 지난겨울은 참 추웠다며 가마우지는 따뜻한 봄물에 풍덩 뛰어든다. 산 하나를 넘느라고 숲길만 헤매 돌다 산기슭에 이르러 문득 만난 광경이다. 숲 속에서 해 저물면 어쩌나 싶어 걱정하다가 눈앞에 갑자기 펼쳐진 시원스런 광경에 환해진 마음이 잘 나타나 있다. 그래도 갈 길이 먼 나그네는 쉬어 갈 수가 없다. 산길 오르내리느라 내내 짚던 등나무 지팡이를 봇짐 사이로 가로질러 꽂고서 두 팔을 저으며 허위허위 발길을 서두른다.

날마다

홍귀달 洪貴達, 1438-1504
〈우연히 노래하다偶吟〉

한가한 창 날마다 누워 시를 지으니
골목길 적막해라 손도 찾지 않는다.
술 나라 아니고선 맘 붙일 곳 없나니
이제부터 안위쯤은 상관하지 않으리.

閑窓日日臥題詩 門巷蕭條客散時
한 창 일 일 와 제 시 문 항 소 조 객 산 시
除却醉鄉無着處 從今身不管安危
제 각 취 향 무 착 처 종 금 신 불 관 안 위

제시題詩 시를 짓다. 소조蕭條 쓸쓸한 모양. 제각除却 제외하다. 무착처無着處 마음 붙일 곳이 없다. 종금從今 이제부터. 불관不管 상관하지 않다.

✿

문밖출입을 끊고 종일 뒹굴며 누워 시만 짓는다. 적막한 골목길은 찾는 발길이 뚝 끊겨 적막강산이 따로 없다. 뭔가 불편한 일이 일어났던 모양이다. 상황은 좀체 호전될 기미가 보이지 않는다. 가슴에 자꾸 치받는 것이 있으면 술을 가져오래서 불을 끈다. 며칠 이렇게 처박혀 지내다 보니 스스로가 참 한심하다. 돌아보면 이해득실이나 따지며 전전긍긍 살아왔다. 그까짓 안위마저도 훌훌 내던지지 못했다. 혼자 잘난 척 뻗대며 기세를 부려놓고는 고작 방 안에서 술이나 마시며 건너왔다.

채찍

유호인 兪好仁, 1445-1494
〈채찍鞭〉

등나무 자루에다 가죽을 드리워서
채찍질 한 번이면 말이 절로 내달린다.
남 때릴 줄만 알고 제 채찍질 어두우니
선현의 바른 법도 누가 능히 따르랴.

枯藤爲柄革爲垂　一着能令馬自馳
고 등 위 병 혁 위 수　일 착 능 령 마 자 치
祇解策他迷策己　前脩正軌孰能追
지 해 책 타 미 책 기　전 수 정 궤 숙 능 추

고등枯藤 마른 등나무. 병柄 손잡이. 자루. 수垂 채찍의 길게 드리워진 부분. 치馳 빠르게 내달림. 지祇 다만. 책策 채찍질하다. 전수前脩 선현(先賢). 숙孰 누구.

✲

바싹 마른 등나무로 손잡이를 만들고 그 끝에 가죽 끈을 달아 채찍을 만들었다. 채찍을 한 번 후려치면 맥 놓고 있던 말이 정신이 번쩍 들어 제가 무슨 천리마라도 된 줄 알고 내달린다. 그런데 이상하다. 채찍질은 말에게나 하고, 엉뚱한 다른 사람에게만 할 줄 알았지, 정작 제 자신의 나태와 용렬을 후려칠 생각은 하지 못했다. 바른 길이 눈앞에 있어도 흐리멍덩한 정신이 끝내 돌아오지 않아 종내 그림의 떡이 되고 만다. 매일 똑같은 삶을 되풀이하며 산다.

맥추

정여창 鄭汝昌, 1450-1504
〈지리산을 유람하고 화개 고을에 이르러 짓다 遊頭流山到花開縣作〉

부들 잎 하늘하늘 가볍게 흔들리고
사월이라 화개현엔 보리 벌써 익었네.
두류산 천만봉을 두루 다 보고 나서
외론 배 다시금 큰 강 따라 내려간다.

風蒲獵獵弄輕柔 四月花開麥已秋
풍 포 렵 렵 롱 경 유 사 월 화 개 맥 이 추
看盡頭流千萬疊 孤舟又下大江流
간 진 두 류 천 만 첩 고 주 우 하 대 강 류

풍포風蒲 바람 맞은 부들 잎. 렵렵獵獵 바람에 나부끼는 모양. 롱경유弄輕柔 가볍고 부드러운 가지를 한들거린다. 두류頭流 지리산의 다른 이름.

✿

지리산을 구경하고 섬진강 줄기 따라 배를 띄워 화개현에 이르러 지은 시다. 물가의 냇버들은 바람에 하늘하늘 춤을 춘다. 보리밭의 황금물결도 너울너울 춤을 춘다. 섬진강 젖줄 따라 까딱까딱 배가 떠내려간다. 고개 돌려 바라보면 지리산 천왕봉은 구름 속에 숨어 보이지 않는다. 굽이굽이 골짜기와 들쭉날쭉 묏부리의 기상을 이미 내 마음속에 간직했으니, 보이지 않는대도 상관이 없다. 다시 외론 배 한 척은 4월의 햇살이 부서지는 강줄기 따라 흘러간다. 가슴에 호연한 기상이 자욱하다.

안개 물결

김굉필 金宏弼, 1454-1504
〈회포를 쓰다 書懷〉

한가로이 홀로 살아 왕래마저 끊어지니
단지 명월 불러와 외론 나를 비추네.
그대여 생애 일이 어떠냐고 묻지 마오
만 이랑 안개 물결 첩첩의 산이라네.

處獨居閑絶往還 只呼明月照孤寒
처 독 거 한 절 왕 환 지 호 명 월 조 고 한
憑君莫問生涯事 萬頃烟波數疊山
빙 군 막 문 생 애 사 만 경 연 파 수 첩 산

처독거한處獨居閑 홀로 살면서 한가롭게 지내다. 왕환往還 오고 감. 왕래. 조고한照孤寒 외롭고 추운 곳을 비추다. 빙군憑君 그대에게 기대어. 막문莫問 묻지 마라. 만경연파萬頃烟波 만 이랑의 안개 물결.

✿

깊은 산속에 혼자 산다. 찾아오는 사람 없다. 책장을 넘기고 산책을 하는 외에 딱히 할 일도 없다. 밤중엔 밝은 달빛을 불러와 외롭고 추운 마음을 비쳐준다. 외롭고 차다 했지만 멀리 딴 곳에 마음 두지 않는다. 조촐하게 헹궈낸 마음 사이로 첩첩 청산과 가없는 안개 물결이 무시로 들락날락한다. 어찌 지내느냐고, 답답하지 않느냐고 그런 말은 하지 말아주었으면 한다. 우마차 먼지만 풀풀 날리는 서울 길에서 실타래처럼 얽힌 머리 복잡한 삶보단 한결 가뜬하거니.

늦가을

안응세 安應世, 1455-1480
〈가을도 늦어秋晩〉

황국화 피고 지니 옛 동산의 꽃이건만
겨울옷 오지 않아 객은 고향 생각하네.
변방 성터 지는 해에 시든 풀 우거지고
갈바람에 나무 가득 까마귀가 울부짖네.

黃菊開殘故國花　寒衣未到客思家
황 국 개 잔 고 국 화　한 의 미 도 객 사 가
邊城落日連衰草　啼殺秋風一樹鴉
변 성 락 일 연 쇠 초　제 살 추 풍 일 수 아

개잔開殘 피었다가 짐. 고국화故國花 고향에 피던 꽃. 한의寒衣 솜을 두어 누빈 겨울 옷. 제살啼殺 울다. 살(殺)은 강세의 뜻을 나타내는 접미사. 아鴉 갈까마귀.

✿

변방에 벼슬 살러 온 나그네는 몇 달 새에 몸이 많이 축이 났다. 옛 동산에서 보던 황국을 삭막한 북방에서 마주했다. 추위는 소매 끝을 파고들어 뼛속까지 저미는데, 솜을 둔 겨울옷은 도착하지 않는다. 군불 땐 뜨신 아랫목에서 가족들과 정담을 나누던 그때가 마음에 사무친다. 휘둘러보면 사방엔 바람에 쓸려 가는 황량한 풀 더미뿐이다. 그 너머로 하루해가 목메어 넘어가고, 나무에는 배고픈 까마귀 떼들이 까막까막 하며 운다.

꽃비

신종호 申從濩, 1456-1497
〈봄날을 상심함 傷春〉

찻잔을 다 비우자 잠기가 가시는데
건넛집서 옥피리 부는 소리 들려온다.
제비는 오지 않고 꾀꼬리 떠나가니
뜨락 가득 붉은 비가 소리 없이 지는구나.

茶甌飮罷睡初醒 隔屋聞吹紫玉笙
다구음파수초성 격옥문취자옥생
燕子不來鶯又去 滿庭紅雨落無聲
연자불래앵우거 만정홍우락무성

다구茶甌 차 사발. 음파飮罷 다 마시다. 마시기를 마치다. 성醒 술이나 잠이 깸. 자옥생紫玉笙 자주빛 옥으로 만든 피리. 좋은 피리를 뜻함. 연자燕子 제비. 홍우紅雨 붉은 꽃잎이 비처럼 떨어지는 것을 형용한 표현.

✲

봄날은 싱숭생숭하다. 낮잠에서 깨어 차를 우려 마신다. 더운 차 한 잔에 멍하던 정신이 겨우 제자리로 돌아온다. 그런데 또 이건 무슨 일이냐. 이제 겨우 제자리에 앉혀놓은 마음이 건너편 집에서 들려오는 피리 소리 따라 또다시 하염없는 생각 속을 맴돈다. 강남 갔던 제비는 아직 돌아오지 않았고, 조잘대던 꾀꼬리는 목청이 변했는지 며칠 새 모습도 뵈지 않는다. 마당엔 붉은 꽃비가 수북이 쌓여 있다. 봄은 또 이리 가는가.

잠 깨어

최숙생 崔淑生, 1457-1520
〈택지에게 주다 贈擇之〉

숲 아래 사립문은 개울 보며 열렸고
우수수 산 비는 대숲 사이 시끄럽다.
작은 창 잠 깨도 지나는 사람 없고
바람에 꽃잎만 왔다 갔다 하누나.

林下柴扉面水開　蕭蕭山雨竹間催
임하시비면수개　소소산우죽간최
小窓睡起無人過　時有風花自往來
소창수기무인과　시유풍화자왕래

시비柴扉 사립문. 면수개面水開 물을 마주하고 열려 있다. 무인과無人過 지나가는 사람이 없다. 풍화風花 바람 맞은 꽃.

✲

산속 집이다. 뒤란엔 대숲이요, 문 앞은 개울이다. 산속의 사립은 일부러 열어둔 것이 아니다. 1년 내내 열려 있는 문이다. 작은 창으로 후두둑 소리가 들려 곤히 든 낮잠이 깼다. 밖을 내다보니 댓잎 치며 지나가는 빗소리다. 다시 대문 쪽으로 눈길을 준다. 빗방울 싣고 흘러가는 개울 소리뿐, 아침나절이나 지금이나 사람 그림자는 보이지 않는다. 저 혼자는 심심하다며 바람은 진 꽃잎을 데리고 내 집 문간을 왔다 갔다 한다. 문득 사람이 그립다. 택지(擇之)란 자를 가진 벗에게 보낸 시다. 여보게! 내 이렇게 지내고 있네. 무엇하고 지내시는가. 한번 오질 않구서. 냇물에 발 담그고 앉아 뭉게뭉게 시름이나 씻어보세그려.

메밀꽃

김천령 金千齡, 1469~1503
〈영제원 가는 길에서 永濟道中〉

여윈 말 몸을 떨고 역말 길은 아득하니
숲 저편 개 짖는 소리 누구의 집이런가.
황혼에 달도 져서 들녘은 캄캄한데
앞 마을의 메밀꽃은 알아볼 수 있겠구나.

羸馬凌兢驛路賒　隔林尨吠是誰家
이 마 릉 긍 역 로 사　격 림 방 폐 시 수 가
黃昏月落郊原黑　認得前村蕎麥花
황 혼 월 락 교 원 흑　인 득 전 촌 교 맥 화

이마羸馬 비루먹어 여윈 말. 릉긍凌兢 부들부들 떠는 모양. 사賒 아득히 멀다. 교원郊原 교외의 들판. 인득認得 알아보다. 교맥화蕎麥花 메밀꽃.

✲

함경도 단천의 영제원(永濟院) 가는 도중에 지은 시다. 오랜 여행에 비쩍 마른 말은 지친 데다 배고픔을 못 이겨 부들부들 경련까지 일으킨다. 하지만 여물은커녕 하룻밤 잠자리를 얻으려면 갈 길은 아직도 멀기만 하다. 멀리서 컹컹 개 짖는 소리가 들린다. 무턱대고 반갑다. 하지만 달빛도 숨어버린 그믐밤, 들판은 어느새 지척도 분간하기 어려울 만큼 캄캄해졌다. 귀만 믿고 개 짖는 소리가 나는 방향으로 발을 옮기려는데, 저 앞쪽에 희부윰한 빛들이 점점이 어둠 속에 떠 있다. 메밀꽃이 희미한 달빛처럼 피어, 지친 발걸음을 안내해준다.

새벽

김천령 金千齡, 1469-1503
〈새벽에 일어나 강재에게 주다曉起呈强哉〉

새벽녘 창문을 손으로 밀어 여니
나무 끝에 새벽달이 여태도 머뭇댄다.
봄 하늘 점차 밝아 갈까마귀 흩어지자
문 열고 들어오는 푸른 산을 누워 보네.

曉起窓扉手自推　樹頭殘月尙徘徊
효 기 창 비 수 자 추　수 두 잔 월 상 배 회
春天漸曙林鴉散　臥看靑山入戶來
춘 천 점 서 림 아 산　와 간 청 산 입 호 래

효기曉起 새벽에 일어나다. 잔월殘月 새벽 달. 상배회尙徘徊 아직도 서성거리고 있다. 점서漸曙 점차 날이 밝다. 림아林鴉 숲 속의 갈까마귀.

✲

새벽에 잠이 깼다. 창밖이 희부윰하다. 들창을 밀어 연다. 차고 맑은 기운이 몰려 들어온다. 팔배개를 하고 다시 눕자, 가지 끝에 새벽달이 여태도 걸려 있다. 그러는 사이에 먼동은 점차 밝아오고, 숲 속 가지에 옹기종기 앉아 밤을 지낸 갈까마귀 떼들은 먹이를 찾아 들로 나간다. 달도 지고 날은 밝고 갈까마귀도 떠난 자리, 이번엔 내 차례라며 푸른 산이 문을 열고 뚜벅뚜벅 들어선다. 제목의 강재(强哉)는 문신 이려(李膂)의 자다. 새벽의 맑은 생각 한 자락을 그에게 들려주고 싶었던 모양이다.

강가 정자

성몽정 成夢井, 1471–1517
〈친구의 강가 정자에 쓰다 題友人江亭〉

한강 가 이름난 곳 다투어 차지해서
곳곳마다 누각 정자 강물 향해 새롭구나.
붉은 난간 보통은 모두 비어 있나니
술 들고 와 기대면 그가 바로 주인일세.

爭占名區漢水濱　亭臺到處向江新
쟁 점 명 구 한 수 빈　정 대 도 처 향 강 신
朱欄大抵皆空寂　携酒來憑是主人
주 란 대 저 개 공 적　휴 주 래 빙 시 주 인

쟁점爭占 다투어 점유함. 명구名區 이름난 구역. 한수빈漢水濱 한강 가.
주란朱欄 붉은 난간. 휴주携酒 술을 가지고 오다. 래빙來憑 와서 기대다.

✿

한강 물줄기를 따라 경치 좋다는 곳에는 너나 할 것 없이 붉은 칠한 근사한 정자와 누대를 세워 주인의 권세와 부를 뽐낸다. 지나다 보면 그 좋은 누각들 언제나 텅 비어 있다. 오늘은 내가 술 한 병 들고 이 좋은 강가 정자를 찾아와 난간에 기대앉는다. 귓전에 일렁이는 물결 소리, 바람 소리. 눈이 다 시원해지는 아름다운 풍경들. 이토록 고마운 자연을 감상할 마음의 여유가 없다면, 다투어 호사스런 정자를 세워 무엇하나. 내 비록 지닌 것 없지만 마음만은 넉넉해서, 한 병 술에 이토록 마음이 거나해지는구나.

나비 떼

한경기 韓景琦, 1472–1529
〈한강 가는 길에서漢江道中〉

강 진흙 발을 묻고 부슬부슬 비 내리니
강가 주막집에선 웃음소리 들리잖네.
아침 해 구름 새로 엷은 빛을 비추자
말 머리선 나비 떼가 무리 지어 나는구나.

江泥捐捐雨霏霏　柳市人家笑語稀
강 니 골 골 우 비 비　유 시 인 가 소 어 희
朝旭漏雲叢薄照　馬頭蝴蝶作團飛
조 욱 루 운 총 박 조　마 두 호 접 작 단 비

골골捐捐 애쓰는 모양. 진흙땅에 말발굽이 빠져 쩔쩔매는 모양. 비비霏霏 비가 부슬부슬 내리는 모양. 유시柳市 버드나무 그늘이 드리운 거리. 보통은 술집이 있는 거리를 뜻함. 조욱朝旭 아침 해. 루운漏雲 구름 사이로 새어 나옴. 총박조叢薄照 엷은 볕이 모이다.

✲

봄비에 땅이 풀려 진창에 빠진 말발굽을 빼기가 쉽지 않다. 게다가 비는 부슬부슬 그칠 줄을 모른다. 강가 주막집에라도 들러 옷을 말리고, 말도 여물을 먹여 쉬게 하고 싶은데, 죄다 문을 닫아걸었다. 자꾸 목울대가 컬컬해진다. 대책 없는 발걸음만 마냥 놓는다. 구름 사이로 아침볕이 터져 나온다. 엷은 햇볕이 새 나오자, 기다리기라도 했다는 듯이 나비 떼가 무리 지어 나오더니만 자기들을 따라 오라며 앞장을 선다.

여름

박상 朴祥, 1474–1530
〈여름 글귀夏帖〉

숲 구름 그윽한 곳 여름 소식 알려도
봄바람이 좋은 경치 걷어갔다 하지 마소.
푸른 연잎 천만 자루 붉은 꽃이 터지니
하늘에서 보련화를 뿌린 줄로 알았네.

樹雲幽境報南訛 休說東風捲物華
수 운 유 경 보 남 와 휴 설 동 풍 권 물 화
紅綻綠荷千萬柄 却疑天雨寶蓮花
홍 탄 록 하 천 만 병 각 의 천 우 보 련 화

유경幽境 그윽한 경계. 남와南訛 남쪽의 변화. 남녘에서 올라온 계절 소식. 여름을 맡은 신의 이름이기도 하다. 휴설休說 말하지 말라. 물화物華 경치. 홍탄紅綻 붉은 꽃봉오리가 터지다. 병柄 꽃대가 올라오는 자루. 각의却疑 문득 의심하다. 보련화寶蓮花 보배로운 연꽃.

✿

1구의 남와(南訛)는 여름을 맡은 신의 이름이다. 숲에 어느새 녹음이 짙어졌다. 울긋불긋 화려하던 봄꽃들은 떠나는 봄바람이 함께 데리고 가버렸다. 그렇게 꽃 시절은 다 갔는가 했는데, 이게 도대체 어찌 된 영문인가? 연못 위 푸른 연잎 천만 자루 사이로 온통 붉은 연꽃들이 폭죽 터지듯 터지고 있질 않은가. 돌연 눈앞에 찬란히 펼쳐진 연꽃 세상 앞에서 나는 잠시 착각을 했다. 혹 하늘이 꽃 시들어 쓸쓸해진 세상을 위로하려고, 꽃비를 내려 온 세상을 이리 환하게 하신 것은 아니실는지.

배움

심의 沈義, 1475-?
〈의중에게 부치다 寄宜仲〉

도 배움은 나날이 굳세짐에 있나니
곳곳마다 정미(精微)하게 따져 생각해야 하네.
머리 위로 세월은 저물기를 다투는데
젊어 이룸 없게 되면 늙어 더욱 황량하리.

學道非他在日强　精微到處要商量
학 도 비 타 재 일 강　정 미 도 처 요 상 량
頭邊歲月爭遲暮　少壯無成老益荒
두 변 세 월 쟁 지 모　소 장 무 성 로 익 황

비타非他 다른 것이 아니다. 일강日强 나날이 굳세지다. 정미精微 정밀하고 미묘함. 상량商量 헤아려 생각함. 쟁지모爭遲暮 더디 저묾을 다투다. 소장少壯 젊고 씩씩한 나이. 로익황老益荒 늙어 더욱 황량하게 됨.

✿

도는 왜 배우는가? 본체를 나날이 굳세게 하려 함이다. 공부를 해서 내 삶이 업그레이드 될 수 없다면 그런 공부는 해서 뭣하나? 정밀하고 미묘한 곳에 이르면 덮어놓고 읽지만 말고 따져서 깊이 음미해보아야 한다. 그래야 내 것이 된다. 머리 위로 스쳐 가는 세월은 휘돌아 보면 어느새 스쳐 가고 없다. 젊어 이룬 것 없이 나중에 하겠다고 말하지 마라. 젊어 못한 일은 늙어서도 할 수가 없다. 금쪽같은 시간을 아끼고 아껴라. 황량한 노년을 맞기 싫다면, 지금 깨어 일하라.

처세법

심의 沈義, 1475-?
〈취해서 쓰다 醉書〉

예봉 감춰 세상 처함 속임수 많은 게요
팔뚝 걷고 이름 숨김 또한 재앙 가깝다네.
늙어서야 비로소 편히 사는 꾀를 아니
장차 이 몸 상향(桑鄕)에 눕히고자 하노라.

藏鋒處世如多譎　攘臂逃名亦近殃
장 봉 처 세 여 다 휼　양 비 도 명 역 근 앙
老大始知閑活計　欲將身世臥桑鄕
노 대 시 지 한 활 계　욕 장 신 세 와 상 향

장봉藏鋒 날카로운 칼끝을 감추다. 휼譎 속임수. 양비攘臂 팔뚝을 부르걷다. 도명逃名 이름을 숨김. 상향桑鄕 속세를 떠난 시골.

✲

날카로움을 감추고서 세상을 살아간다는 것은 어찌 보면 속임수로 한세상을 건너가겠다는 뜻이다. 울뚝불뚝한 성질을 감추지 못해 걸핏하면 팔뚝을 걷으면서 한편으로 이름을 감춘다고 말하고 다니는 것은 재앙을 불러들이는 일이다. 팔뚝을 걷으면서 세상에 살 수도 없고, 예봉을 감추고 이름마저 감출 수도 없다면 어찌해야 하는가? 이 둘 사이의 엇갈림이 이제 나이 들어 한 걸음 물러나 세상을 바라보니 비로소 바로 보이기 시작한다. 그저 뽕나무 치는 시골 마을에 들어가 감출 예봉도 없이 팔뚝을 걷어붙일 분노도 잊고 그저 그렇게 한가롭게 살아가면 되는 것을. 그동안 나는 너무 무거웠다.

접시꽃

김안국 金安國, 1478-1543
〈빗속에 엄효중을 찾아가 접시꽃을 노래하다雨中訪嚴孝中詠葵〉

솔 가지 울타리 밑 조그만 접시꽃
해님 향해 기울재도 비가 오니 어쩌나.
내 너를 사랑하여 와서 비를 맞노니
햇볕 아래 잔뜩 핀 모란꽃은 모른다네.

松枝籬下小葵花　意切傾陽奈雨何
송 지 리 하 소 규 화　의 절 경 양 내 우 하
我自愛君來冒雨　不知姚魏日邊多
아 자 애 군 래 모 우　불 지 요 위 일 변 다

리하籬下 울타리 아래. 규화葵花 접시꽃. 의절意切 뜻이 간절함. 경양傾陽 태양을 향해 기운다. 내하奈何 어찌 하겠는가? 모우冒雨 비를 무릅쓰다. 요위姚魏 모란꽃의 미칭. 일변日邊 햇볕 가.

✿

친구 엄효중의 집을 찾았다. 소나무 가지 늘어진 울타리 아래 조그만 접시꽃이 비 맞고 피어 있다. 태양을 향해 기울려는 그 마음이야 간절하겠지만 비가 저리 내리니, 방법이 없다. 그 마음이 고맙고도 애처로워 나는 비를 무릅쓰고 와서 이렇게 네 앞에 서 있다. 볕 좋은 날 화려함을 뽐내는 요위(姚魏), 즉 모란꽃쯤은 내 눈에 보이지도 않는다. 말은 접시꽃 얘기를 했지만, 실제로는 자기 친구 이야기다. 나라 위해 일할 큰 역량을 지녔어도 그늘에 가려 아무도 거들떠보지 않는다. 게다가 비까지 저리 오니, 태양 향한 붉은 마음을 알아줄 사람이 없구나. 옛 한시에서 규화(葵花)는 절대로 해바라기가 아니다. 접시꽃이다.

두견이

이행 李荇, 1478-1534
〈합천에서 두견이 소리를 듣고陜川聞子規〉

강 남쪽 봄빛이 밤 들자 싸늘하여
잠 깨곤 까닭 없이 심사만 아득해라.
온갖 일 돌아감만 같은 것이 없다며
두견이 숲 저편서 자꾸자꾸 우누나.

江陽春色夜凄凄 睡罷無端客意迷
강 양 춘 색 야 처 처 수 파 무 단 객 의 미
萬事不如歸去好 隔林頻聽子規啼
만 사 불 여 귀 거 호 격 림 빈 청 자 규 제

강양江陽 강의 남쪽. 처처凄凄 차고 싸늘한 모양. 무단無端 까닭 없이.
의미意迷 생각이 어지럽다. 빈청頻聽 자주 들린다. 자규子規 두견이.

✲

경남 합천 땅 낯선 여관방이다. 곤히 든 초저녁 잠이 선득한 기운에 깼다. 한번 깬 잠은 다시 오지 않고, 이런저런 생각만 고물고물 하염없다. 문득 돌아보면 다 허망하다. 인생도 따지고 보면 이리 떠돌다 건너가는 여행일 뿐이다. 아까부터 자꾸 건너편 숲에서 두견이가 운다. "불여귀거(不如歸去) 불여귀거", 돌아감만 못하다 돌아감만 못하다며 두견이가 밤새 운다. 피 토하며 운다. 돌아가면 좋은 줄 몰라 못 가겠느냐. 가고파도 못 가니 그게 가슴 아픈 것을. 아! 내일 아침이면 두견이 피 토한 자리에 두견화 붉은 꽃이 피어나겠네.

꽃길

이행 李荇, 1478-1534
〈꽃길 花徑〉

그윽한 꽃 수도 없이 인연 따라 피어나
산 오르는 오솔길을 일부러 돌아가네.
봄바람아 남은 향기 쓸어가지 말려무나
한가한 이 혹 있다면 술을 싣고 올 터이니.

無數幽花隨分開　登山小逕故盤廻
무 수 유 화 수 분 개　등 산 소 경 고 반 회
殘香莫向東風掃　倘有閑人載酒來
잔 향 막 향 동 풍 소　당 유 한 인 재 주 래

수분개 隨分開 분수에 따라 피어나다. 소경 小逕 오솔길. 고반회 故盤廻 일부러 에돌아가다. 잔향 殘香 남은 향기. 소 掃 쓸다. 쓸어가다. 당 倘 혹시.

✲

봄동산 오솔길 따라 뭉게뭉게 꽃이 피어난다. 자꾸만 눈이 팔려 질러가는 길을 두고 일부러 샛길로 돌아돌아 간다. 봄바람이 일렁이면 숲은 온통 꽃향기로 물결친다. 저 향기 봄바람이 다 가져갈까 걱정이다. 혹 일 없는 친구가 꽃구경하겠다고 술병 하나 들고 찾으면, 기약 없이 한번 만나 한잔 술 기울여도 볼 텐데. 사람들은 바쁘다고 아우성이고, 봄 숲 꽃은 하릴없이 진다.

산사에서

신광한 申光漢, 1484-1555
〈산사에 투숙하여投宿山寺〉

젊은 날엔 산집의 고요함이 좋아서
선창(禪窓)에서 옛 경전을 많이도 읽었었네.
흰머리로 우연히 다시 이곳 이르니
불전엔 그때처럼 등불 하나 푸르구나.

少年常愛山家靜 多在禪窓讀古經
소 년 상 애 산 가 정 다 재 선 창 독 고 경
白髮偶然重到此 佛前依舊一燈青
백 발 우 연 중 도 차 불 전 의 구 일 등 청

상애常愛 항상 사랑하다. 중도차重到此 다시 이곳에 이르다. 의구依舊 변함없이.

✲

젊은 날엔 산사의 고즈넉함이 그렇게도 좋았다. 달빛에 기대 경전을 읽고, 풍경 소리 들으며 잠이 들었었다. 책을 읽으면 그대로 살아 있는 말씀이 되어 폐부로 들어와 박히던 그때, 산속은 고요하고 내 마음도 고요했다. 허옇게 센 머리로 다시 찾은 젊은 날의 그 절집. 불전엔 그날처럼 등불 하나 가물대는데, 불 켜진 방에서 허리를 곧추세우고 상체를 좌우로 흔들며 경서를 읽던 그 젊은이는 보이지 않는다. 나는 슬프게 자꾸 두리번거린다.

주막

신광한 申光漢, 1484–1555
〈안성군 현판 위의 시운에 차운하여次安城郡板上韻〉

지난날 실의하여 봄 성을 지났더니
나랏일로 다시 오매 생각만 하염없다.
막걸리 팔던 집에 주인은 그대롤까
살구꽃 핀 주막집이 어디였나 분명찮네.

當年潦倒過春城 杖節重來意未平
당 년 요 도 과 춘 성 장 절 중 래 의 미 평
沽得濁醪知有主 杏花村戶不分明
고 득 탁 료 지 유 주 행 화 촌 호 불 분 명

요도潦倒 쇠락한 모양. 장절杖節 부절(符節)을 잡다. 나랏일을 맡은 관리를 말함. 중래重來 다시 오다. 미평未平 평안하지가 않다. 고득沽得 술을 팔다. 탁료濁醪 막걸리. 행화촌호杏花村戶 주막집.

✲

경기도관찰사가 되어 안성 땅을 지나다가, 이십 년 전 기묘사화 때 낙담하여 떠돌던 시절 이곳을 지나던 일을 떠올렸다. 그땐 차오르는 가슴속 울분을 길가 주막집의 막걸리 사발로 적시며 방황했었다. 곁에서 민망해 어쩔 줄 모르던 주인의 표정이 지금도 생각난다. 그는 지금도 주막을 지키고 있을까? 그날 눈물겹던 그 주막집에서 오늘은 따뜻한 술 한 잔하고 싶다. 기억이 가물가물해서일까? 어째 여기쯤 있었던 것 같은 주막이 잘 보이질 않는다. 자꾸 가슴이 아슴아슴 아려오고, 눈앞이 흐려지는 것은 어째서인가?

멧비둘기

신광한 申光漢, 1484-1555
〈비로 길이 막혀 신륵사에서 묵다阻雨宿神勒寺〉

좋은 비 날 붙들려 일부러 개지 않아
온종일 창 너머로 강물 소리 듣노라.
멧비둘기 다시금 봄소식을 알리는지
산 살구꽃 가에서 구룩구룩 울고 있네.

好雨留人故不晴　隔窓終日聽江聲
호 우 류 인 고 불 청　격 창 종 일 청 강 성
斑鳩又報春消息　山杏花邊款款鳴
반 구 우 보 춘 소 식　산 행 화 변 관 관 명

류인留人 사람을 머물게 하다. 고불청故不晴 일부러 개지 않다. 격창隔窓 창 너머. 반구斑鳩 멧비둘기. 관관款款 멧비둘기가 구룩구룩 우는 소리.

✿

종일 비가 내린다. 날이 좀 개면 떠나려니 했는데, 비는 일부러 날 붙들기라도 하려는 듯이 갤 듯 개지 않는다. 나는 속절없이 봄비에 발을 붙들리고 만다. 들창을 열어 온종일 물 불어난 강물 위로 처정처정 떨어지는 빗소리를 듣는다. 멧비둘기도 산기슭 살구꽃 곁에서 아까부터 봄이 왔다며 가래 끓는 소리를 낸다. 하늘에서 푸른 실이 끝도 없이 떨어져 강물도 푸르고, 봄 산에도 푸른 물이 오른다. 신륵사 객방에서 창을 열고 강물 위로 하루를 떠내려 보낸다. 마음 잠착하다.

갈대밭

신광한 申光漢, 1484-1555
〈장탄의 적화만에 배를 대고서 舟泊長灘荻花灣〉

외론 배 하룻밤 갈대 물가 대고 보니
두 줄기 맑은 강물 사방 산이 에웠네.
인간 세상 오늘 밤 달 없을 리 있으랴만
백 년 인생 이런 데서 보기는 어려워라.

孤舟一泊荻花灣　兩道澄江四面山
고 주 일 박 적 화 만　양 도 징 강 사 면 산
人世豈無今夜月　百年難向此中看
인 세 기 무 금 야 월　백 년 난 향 차 중 간

일박一泊 하룻밤 물가에 정박하다.　적화만荻花灣 억새꽃이 핀 물굽이.
징강澄江 맑은 강.

✿

전라도 태인 땅의 장탄(長灘), 즉 '긴 여울'의 갈대 우거진 물굽이에 배를 대고 하룻밤을 지내며 지은 시다. 밤이 깊어 비가 개고, 달빛은 마치 그림처럼 떠 온다. 나룻배를 갈대숲에 대자 우수수 바람 소리에 후드득 이슬이 듣는다. 두 줄기로 갈라져 흘러가는 강물을 산들이 거인처럼 에워싸고 있다. 강물 위로 비친 달빛은 은발의 긴 머리채를 풀며 흘러 내려간다. 인간 세상에도 저 달은 환히 떠 있겠지. 하지만 같은 달이래도 갈대 여울 가에 배를 대고 이슬 젖는 강가에서 바라보는 달빛은 백 년 인생에서 한 번 만날까 말까 한 광경이 아니겠는가. 나는 밤새 잠을 이루지 못한다.

강 길

신광한 申光漢, 1484-1555
〈비바람에 월계협을 지나며風雨過月溪峽〉

깎아지른 절벽이 십 리에 걸렸는데
강을 끼고 한 줄기 길 가늘고 구불구불.
안위(安危)의 나뉨은 평생에 조금 알아
발아래 풍파쯤은 놀라지 않는다네.

截壁嵯峨十里橫 緣江一路細紆縈
절 벽 차 아 십 리 횡 연 강 일 로 세 우 영
平生粗識安危分 脚底風波未足驚
평 생 조 식 안 위 분 각 저 풍 파 미 족 경

절벽截壁 깎아지른 절벽. 차아嵯峨 산이 우뚝 솟아 있는 모양. 연강緣江 강을 따라. 우영紆縈 에돌아 돎. 조식粗識 거칠게 알다. 각저脚底 발아래.

✿

월계협은 한강 북쪽 양평에 있던 골짜기 이름이다. 세찬 물살이 흘러가는 물길 위로 깎아지른 벼랑을 끼고 소롯길이 열려 있다. 아차 발 한 번 잘못 디디면 그대로 골짜기로 쓸려갈 판이다. 비바람은 길 가는 나그네를 후려치고, 길은 미끄럽고, 물살은 거세다. 길은 가도가도 끝없이 희미하게 이어진다. 숨을 몰아쉬며 앞을 봐도 끝이 보이지 않는다. 흡사 험난한 인생길을 건너가는 형국이다. 하지만 안위(安危)의 갈림에는 나도 이골이 났다. 편안함이 편안함이 아니고, 위태로움 속에 깃든 편안함도 맛볼 줄 안다. 엔간한 풍파쯤은 겁나지 않는다.

길가의 소나무

김정 金淨, 1486–1521
〈길가의 소나무에다 쓰다 題路傍松〉

바닷바람 불어가면 슬픈 소리 거세지고
산달이 높이 뜨자 야윈 그림자 성글구나.
곧은 뿌리 샘 아래로 뿌리박음 힘입어
눈서리도 높은 기상 어쩌지 못하누나.

海風吹去悲聲壯　山月高來瘦影疎
해 풍 취 거 비 성 장　산 월 고 래 수 영 소
賴有直根泉下到　雪霜標格未全除
뇌 유 직 근 천 하 도　설 상 표 격 미 전 제

수영瘦影 비쩍 마른 그림자. 뇌賴 힘입다. 의뢰하다. 표격標格 풍도(風度). 기상. 미전제未全除 전부 제거하지는 못한다.

✲

을사사화 때 제주도에 유배되었다가 사약을 받고 죽었다. 귀양지로 가는 길이었을까? 길가 소나무 그늘에 잠시 쉬다가 그 등걸에 쓴 시다. 바닷바람에 소나무 가지 사이에서 매서운 휘파람 소리가 들린다. 저 세찬 바람과 맞서서 조금도 굴함이 없다. 깊은 밤 산달이 높이 뜨면 뼈만 남은 가지는 앙상한 그림자를 드리운다. 하지만 땅속 깊이 뿌리를 드리웠기에 모진 눈보라도 꿋꿋한 그 기상을 꺾지 못한다. 내 지금 비록 환난과 역경 속에 있으나 너의 기상을 본받아 떨쳐 일어나리라. 불의의 광풍(狂風)도 미친 눈보라도 나를 어쩌지 못할 것이다. 땅속 깊이 든든히 뿌리내린 의리의 기상으로, 이 시련의 날들을 견뎌내리라.

봄꿈

김정 金淨, 1486-1521
〈강남江南〉

강남 땅 남은 꿈은 낮에도 혼곤한데
근심은 계절 타고 날마다 깊어지네.
한 쌍 제비 올 적엔 봄도 하마 저물리니
살구꽃 보슬비에 주렴을 내려 건다.

江南殘夢晝厭厭　愁逐年芳日日添
강 남 잔 몽 주 염 염　수 축 년 방 일 일 첨
雙燕來時春欲暮　杏花微雨下重簾
쌍 연 래 시 춘 욕 모　행 화 미 우 하 중 렴

염염厭厭 고요한 모양. 아득히 끝없는 모양.　년방年芳 계절의 꽃다움.
하중렴下重簾 겹으로 된 주렴을 내림.

✲

봄이 깊어갈수록 마음 한끝이 허전하다. 근심을 지우려 문 닫고 누워 따뜻한 강남 땅을 꿈꾼다. 낮잠이 혼곤하다. 삼월 삼짇날 강남 갔던 제비가 돌아와 묵은 둥지를 찾으면, 내 한 해는 다 가고 말겠지. 보슬비 맞는 살구꽃을 보면서, 제비 울음소리 들릴까 봐 지는 꽃잎 보일까 봐 주렴을 한 겹 닫고 다시 한 겹 더 내려 건다. 봄이 내 곁을 떠나는 것이 싫다.

쏙독새

서경덕 徐敬德, 1489-1546
〈쏙독새 소리를 듣고서聞鼓刀〉

새벽부터 웬 새가 칼질하라 권하니
부엌에서 고기 썰고 삶을 때나 칼질하지.
해마다 밥상 위엔 짠 것 없음 오래인데
초가에다 괴롭게 울어대지 말려무나.

有鳥凌晨勸鼓刀　鼓刀應在割烹庖
유 조 릉 신 권 고 도　고 도 응 재 할 팽 포
年年盤上無鹽久　莫向茅齋苦叫號
연 년 반 상 무 염 구　막 향 모 재 고 규 호

릉신凌晨 새벽을 무릅씀. 이른 새벽. 고도鼓刀 도마질. 쏙독새의 한자 이름. 울음소리가 칼로 도마를 두드리는 소리와 같대서 붙었다. 할팽割烹 고기를 썰고 삶다. 무염無鹽 소금이 없다. 간을 맞출 만한 좋은 음식이 없다는 뜻. 모재茅齋 띠로 얽은 집. 규호叫號 부르짖어 외침.

✿

새벽부터 쏙독새가 쏙독독독 쏙독독독 하며 도마 위 칼질하는 소리를 낸다. 빨리 일어나 부엌에 나가 칼질을 하라는 겐가? 칼질이야 썰 고기가 있어야 하지, 고기는커녕 생선 한 토막 오른 적이 없는 밥상에 무슨 칼질을 하라고 저리 야단이냐 말이다. 띠집의 조촐한 삶과 쏙독새가 도마질하는 새벽 풍경이 그릴 듯이 떠오른다.

시냇물 소리

서경덕 徐敬德, 1489-1546
〈시냇물 소리溪聲〉

바위틈 흐르는 물 시끄럽게 밤낮 울어
슬픔인 듯 원망인 양 그러다간 다투는 듯.
세간의 하고많은 원통한 사연들을
하늘 향해 하소해도 분이 덜 풀리는지.

聒聒岩流日夜鳴 如悲如怨又如爭
괄 괄 암 류 일 야 명 여 비 여 원 우 여 쟁
世間多少銜寃事 訴向蒼天憤未平
세 간 다 소 함 원 사 소 향 창 천 분 미 평

괄괄聒聒 몹시 요란스러운 모양. 함원銜寃 원망을 품다. 분미평憤未平 분이 가시지 않다.

✿

계곡물 소리가 밤낮 울린다. 가만히 들으면 그 안에 온갖 소리가 다 들어 있다. 구슬픈 탄식도 있고, 안타까운 원망도 있다. 또 어찌 들으면 종주먹을 들이대며 말다툼하는 소리로도 들린다. 밤중에는 그 소리가 티끌세상의 복마전 속에서 악다구니로 싸우고 원망하는 사람들의 고함 소리를 한데 모아놓은 것만 같다. 원망을 하늘에 대고 하소연해도 들어주지 않으니 누가 이기나 해보자며 악쓰는 소리 같다. 나는 마음이 불편해서 잠을 이루지 못한다.

사물

서경덕 徐敬德, 1489–1546
〈사물을 노래함 有物吟〉

사물은 오고 오고 다함없이 다시 오니
겨우 다 왔나 하면 또다시 좇아오네.
오고 와서 본래 절로 비롯됨이 없나니
묻노라 너는 처음 어디에서 온 것인고.

有物來來不盡來　來纔盡處又從來
유 물 래 래 불 진 래　내 재 진 처 우 종 래
來來本自來無始　爲問君初何所來
내 래 본 자 래 무 시　위 문 군 초 하 소 래

재纔 겨우. 막. 무시無始 비롯됨이 없다. 시작이 없다. 군君 그대. 여기서는 사물을 의인화하여 한 말.

✲

스물여덟 자 중에서 '래(來)' 자만 아홉 번 썼다. 천지만물은 끊임없이 생성하고 소멸한다. 그 시작과 끝은 어디인가? 원래 아무것도 없던 태초, 비롯함조차 없던 '무시(無始)'의 시간은 언제인가? 우리는 그 생성소멸의 쳇바퀴 속을 떠가는 거품일 뿐이다. 하지만 우리는 가슴속에 도를 품어 그 알지 못할 태초의 지점을 향한 그리움을 간직한다.

이화정에서

신잠 申潛, 1491–1554
〈술 취해 이화정에 적다醉題梨花亭〉

이곳에 와서 논 지 삼십 년이 지나서
옛 자취 찾아오니 온통 마음 아파라.
뜰 앞에는 다만 배나무가 서 있을 뿐
춤추고 노래하던 사람은 뵈지 않네.

此地來遊三十春　偶尋陳迹摠傷神
차 지 래 유 삼 십 춘　우 심 진 적 총 상 신
庭前只有梨花樹　不見當時歌舞人
정 전 지 유 이 화 수　불 견 당 시 가 무 인

진적陳迹 지나간 옛 자취. 상신傷神 마음 상하다.

✿

이화정은 평안도 영유(永柔) 땅에 있던 정자다. 젊은 시절 장쾌한 뜻을 품고 이곳에서 노는 일이 있었다. 삼십 년 세월이 흘러 불쑥 옛 놀던 곳을 찾았다. 배나무는 여전히 뜰 앞에 서 있는데, 그때 춤추고 노래하던 고운 님은 찾을 길이 없다. 그는 기묘사화로 쫓겨나 장흥 땅에서 17년간 귀양살이를 했다. 뜻을 함께하던 벗들은 사화의 소용돌이 속에서 모두 죽거나 소식마저 끊어졌다. 삼십 년 만에 다시 찾은 이화정의 이화(梨花)는 봄마다 어김없이 꽃을 피워왔겠지. 덧없는 인간사가 봄바람에 분분히 날리는 배꽃만도 못하다.

자적

이언적 李彥迪, 1491–1553
〈아무것도 하지 않음無爲〉

만물은 늘 변해서 일정함이 없나니
이 한 몸 한가로워 절로 때를 따른다.
일하려 애쓰는 힘 근래엔 차츰 줄어
푸른 산 늘 보면서 시도 짓지 않는다.

萬物變遷無定態 一身閑寂自隨時
만 물 변 천 무 정 태 일 신 한 적 자 수 시
年來漸省經營力 長對青山不賦詩
연 래 점 생 경 영 력 장 대 청 산 불 부 시

정태定態 일정한 자태. 수시隨時 때에 따르다. 점생漸省 점차 줄어들다. 부시賦詩 시를 짓다.

✿

가만히 바라보고만 있어도 네 계절 따라 갈마드는 사물의 변화는 참 눈이 부시다. 작위하지 않고도 늘 새롭다. 억지로 애를 써서 무언가 이뤄보겠다는 생각이 욕심인 줄을 이제사 새삼 깨닫는다. 아침부터 저녁까지 마주 선 청산을 바라보며 마음을 기른다. 아무것도 하지 않는데도 저 밑바닥에서부터 충만하게 차오르는 기운이 있다.

청산

이언적 李彦迪, 1491-1553
〈숲 속의 거처를 열다섯 수로 노래함 林居十五詠〉

운천(雲泉)에 집을 짓고 세월만 깊었는데
손수 심은 솔과 대가 온통 숲을 이뤘구나.
아침저녁 안개 노을 새 자태 끝없어도
다만 저 푸른 산은 고금에 다름없네.

卜築雲泉歲月深 手栽松竹摠成林
복 축 운 천 세 월 심 수 재 송 죽 총 성 림
烟霞朝暮多新態 唯有青山無古今
연 하 조 모 다 신 태 유 유 청 산 무 고 금

복축卜築 터를 골라 집을 짓다. 수재手栽 직접 손수 심다.

✲

자연 속에 집을 짓고 안개 노을을 보며 산다. 처음 들어올 때 심은 소나무와 대나무는 집 뒤로 어느새 숲을 이루었다. 아침나절 피어나는 안개와 서산에 걸리는 붉은 노을은 하루도 같은 모양이 없다. 내 삶도 늘 이런 새로움과 경이로 가득 찼으면 한다. 눈앞의 청산은 내가 처음 본 그때나 지금이나, 아니 몇 백 년 전이나 조금도 변함없이 그 자리를 지키고 서 있다. 나 또한 저렇듯 변치 않는 기상을 지니고 싶다.

변화

성수침 成守琛, 1493–1564
〈산집에서 읊조리다 山居雜咏〉

아침 해 흐릿하여 어두운 듯 밝더니만
하늘 끝 조각구름 일어남을 바라보네.
잠깐 사이 두루 합쳐 번드쳐 비 되더니
온 골짝 급한 여울 한소리를 내는구나.

朝日微茫翳復明　臥看天末片雲生
조 일 미 망 예 부 명　와 간 천 말 편 운 생
須臾遍合翻成雨　萬壑崩湍共一聲
수 유 편 합 번 성 우　만 학 붕 단 공 일 성

미망微茫 희미하고 아득함. 예부명翳復明 어둡다가 다시 밝아짐. 수유須臾 어느새. 잠깐 만에. 붕단崩湍 무너질 듯 쏟아져 내리는 여울물.

✿

날씨가 꾸물꾸물하다. 흐리다가 해가 나는가 싶더니, 저 하늘 끝에서 조각구름이 피어난다. 들창 사이로 구름의 변화를 지켜본다. 잠깐 만에 사방에서 먹구름이 몰려들더니 삽시간에 큰비를 뿌려댄다. 골짜기로 큰 물결이 몰려들어, 내 집을 허물기라도 할 기세다. 인간 세상 풍파도 이렇듯 예측할 수 없는 것을. 기묘사화 당시 조광조 등이 간신들의 모함으로 줄줄이 귀양 가서 사약을 받는 것을 보고 날씨에 견주어 노래했다.

빈 강

성효원 成孝元, 1497-1551
〈원루에서 꿈을 적다 院樓記夢〉

마음속 어여쁜 님 꿈속에 만나보니
서로 보매 초췌한 옛 모습 그대롤세.
깨고 보니 이내 몸 높은 누각 위에 있어
바람은 빈 강 치고 달은 산 뒤 숨었네.

情裏佳人夢裏逢　相看憔悴舊形容
정 리 가 인 몽 리 봉　상 간 초 췌 구 형 용
覺來身在高樓上　風打空江月隱峯
각 래 신 재 고 루 상　풍 타 공 강 월 은 봉

초췌 憔悴 마르고 파리한 모습. 월은봉 月隱峯 달이 산 뒤로 숨었다.

✲

님을 꿈에 만났다. 수척한 모습을 맥맥히 바라보기만 할 뿐 말조차 꺼내지 못했다. 말문이 꽉 막혀 어버어버 안타까웠다. 내가 가지 못하니 꿈에 날 찾아온 것인가? 혹 무슨 안 좋은 일이라도 생긴 걸까? 화들짝 깨어보니, 높은 다락 위에 누워 잠깐 든 잠이었다. 그 모습 보일까 둘러보면 텅 빈 강물 위로 바람이 지나가고, 달빛은 어느새 서편 봉우리 뒤로 숨었다. 꿈속에서도 닿을 수 없던 님처럼.

낙화암

홍춘경 洪春卿, 1497-1548
〈낙화암 落花巖〉

나라 망해 산하도 지난날과 같지 않고
강달만 혼자 남아 차고 기움 몇 번인가.
낙화암 바위 가엔 꽃이 아직 남았으니
비바람 불던 그때 다 지지는 않았던 듯.

國破山河異昔時　獨留江月幾盈虧
국 파 산 하 이 석 시　독 류 강 월 기 영 휴
落花岩畔花猶在　風雨當年不盡吹
낙 화 암 반 화 유 재　풍 우 당 년 불 진 취

국파 國破 나라가 망하다. 영휴 盈虧 달이 차고 이지러짐. 당년 當年 그 당시. 불진취 不盡吹 다 불어가지는 않았다.

✿

부여 낙화암에 올라 백마강을 굽어보며 무쌍한 감회에 젖는다. 한 왕조가 낙조(落照) 속에 떠내려가고, 그때의 어여쁜 넋들도 낙화(落花)로 떠내려갔다. 한때 질탕한 가무(歌舞) 소리가 그치지 않았을 이곳, 주인 잃은 빈 강에 달은 무심히 떠올라 보름이 되었다가 그믐이 되었다가 그렇게 천 년 세월이 흘렀다. 꽃 다 진 낙화암에 꽃이 피어 남았다. 그때의 꽃다운 넋이 되살아난 것인가? 아니면 그때의 광풍에도 휩쓸리지 않은 아껴 숨겨둔 사랑이 하염없는 기다림으로 지켜 선 것이냐? 인간이 지은 것들은 허망하고 허망하다. 자연은 늘 그것을 슬프게 일깨워준다.

단절

성운 成運, 1497–1579
〈대곡에서 자리에 쓰다 大谷書坐〉

여름 해 그늘져서 대낮에도 어두운데
물소리 새소리로 고요 속에 시끄럽다.
길 끊어져 아무도 안 올 줄을 알면서도
산 구름에 부탁하여 골짝 어귀 막았다네.

夏日成帷晝日昏　水聲禽語靜中喧
하 일 성 유 주 일 혼　수 성 금 어 정 중 훤
已知路絕無人到　猶倩山雲鎖洞門
이 지 로 절 무 인 도　유 천 산 운 쇄 동 문

성유成帷 유(帷)는 장막. 그늘이 장막을 드리운 것 같다는 뜻. 정중훤靜中喧 훤(喧)은 시끄럽게 떠드는 소리. 고요한 가운데 시끄럽다. 천倩 청하다. 부탁하다. 쇄鎖 잠그다. 봉쇄하다.

✿

속리산에 숨어 살며 자신의 뜻을 슬쩍 내비친 시다. 구름이 해를 가리자 여름 대낮이 어둑하다. 일없는 숲 속이 마냥 고요하기만 한 것은 아니다. 시냇물 소리와 지저귀는 새소리로 숲은 나름대로 부산스럽다. 세상으로 통하는 길은 뚝 끊어져 몇 날이 지나도 속세의 발자취가 이르지 않는다. 이쯤 하면 되겠지 싶다가도 혹시 몰라 산골짝 구름에게 부탁하여 내 집으로 들어서는 골짜기 입구를 마저 봉쇄한다. 나는 세상이 싫다.

빈손

조식 曺植, 1501–1572
〈덕산의 거처 德山卜居〉

봄 산 어드멘들 꽃다운 풀 없으랴
다만 천왕봉이 하늘 가까움 사랑하네.
빈손으로 돌아와 무엇을 먹을 건가
은하수 십 리 길 마시고도 남음 있네.

春山底處無芳草　只愛天王近帝居
춘 산 저 처 무 방 초　지 애 천 왕 근 제 거
白手歸來何物食　銀河十里喫有餘
백 수 귀 래 하 물 식　은 하 십 리 끽 유 여

저처底處 도처(到處). 어디든. 제거帝居 천제의 거처. 하늘. 백수白手 빈손. 끽유여喫有餘 마시고도 남음이 있다.

✿

지리산 아래 덕산(德山) 산천재(山天齋)에 살 집을 마련하고 지은 시다. 봄날 방초 길이 사방으로 이어진다. 따뜻한 보금자리가 고맙다. 하지만 풀꽃이야 없는 곳이 어디 있으랴. 내 마음이 이토록 흐뭇한 까닭은 저 멀리 지리산 천왕봉이 하늘 위로 우뚝 솟아 늘 푸른 자태를 보여주기 때문이다. 쥔 것 없는 빈손으로 돌아와 먹고살 도리도 따로 마련한 바 없다. 다만 저 하늘 위에서 흘러 내려오는 듯한 십 리 맑은 강물이 집 앞을 흘러가니, 조촐한 살림 먹을 것 걱정 안 해도 좋겠다.

목욕

조식 曺植, 1501–1572
〈시냇물에 목욕하다 浴川〉

사십 년간 몸에 얽힌 이런저런 허물들
천 섬들이 맑은 못에 깨끗이 씻어내리.
그래도 오장 안에 티끌 생겨난다면
지금 당장 배를 갈라 물에 흘려보내리.

全身四十年前累　千斛清淵洗盡休
전신사십년전루　천곡청연세진휴
塵土倘能生五內　直今剖腹付歸流
진토당능생오내　직금고복부귀류

루累 허물. 천곡千斛 1곡은 열 말. 천 섬. 당倘 혹시. 오내五內 오장 안.
고복剖腹 배를 가르다.

✲

1549년 8월 거창의 감악산을 오를 때 지은 시다. 땀을 뻘뻘 흘리며 산을 오르다 맑은 물을 만나 너나 없이 풍덩 뛰어들었겠지. 땀에 전 몸을 씻다가 불현듯 떠오른 생각이다. 이제부터 나는 어제의 나와 결별하겠다. 지난 세월 동안의 이런 저런 허물과 잘못과 나태와 잡된 생각들을 이 맑은 물에 깨끗이 씻어내겠다. 말끔히 씻어낸 후 환골탈태하겠다. 그래도 다시 더러운 생각들이 생겨난다면 그때는 배를 갈라 창자를 꺼내 아예 흔적도 없이 헹궈내겠다.

시새움

김인후 金麟厚, 1510–1560
〈꽃가지花枝〉

울 밖의 꽃가지 봄 맞아 움트더니
해마다 다름없이 옛 정신 보여주네.
까닭 없이 봄바람의 시새움을 받고는
찬 자태 움츠려 주인을 보는구나.

墻外花枝欲動春　年年長見舊精神
장 외 화 지 욕 동 춘　연 년 장 견 구 정 신
無端更被東風妬　掩抑寒姿向主人
무 단 갱 피 동 풍 투　엄 억 한 자 향 주 인

장외墻外 담장 밖. 동춘動春 봄에 움직이다. 꽃망울이 움틈. 무단無端 까닭 없이. 뜬금없이. 투妬 질투. 엄억掩抑 움츠려 듦.

✿

봄소식은 담장 밖 꽃가지에 제일 먼저 찾아든다. 새잎이 나기도 전에 꽃망울이 몽글몽글 부푼다. 겨우내 언 가지 어디에 저리 따스한 기운이 깃들어 있다가 제가 먼저 알고 나오는가? 해마다 봄날이면 나는 마치 기적을 보는 것만 같다. 하지만 아직 남은 추위 속에 겨우 고개를 내민 꽃몽우리 앞에 봄바람의 질투가 만만치 않다. 추위에 잔뜩 움츠린 채 나를 보며, "주인님! 저 바람을 어떻게 좀 해주세요. 네!" 하며 애원하는 것만 같다.

농사일

윤현 尹鉉, 1514–1578
〈농사일 治圃〉

마늘 싹 가는 부추 묵은 뿌리 이루고
아욱 잎 파 새싹 새로 뿌려 돋았네.
일없는 자연에서 도리어 일 많으니
인간 세상 어디인들 경영함이 없으랴.

蒜尖韮細宿根成　葵茁葱芽新種生
산 첨 구 세 숙 근 성　규 줄 총 아 신 종 생
無事自然歸有事　人間何地不經營
무 사 자 연 귀 유 사　인 간 하 지 불 경 영

산첨蒜尖 뾰족하게 돋은 마늘의 새순. 구韮 부추. 숙근宿根 다년생의 묵은 뿌리. 규줄葵茁 아욱의 새싹. 총아葱芽 파의 새싹.

✲

시골에 내려와 농사일을 하며 지낸다. 일없는 자연에서 작위함 없는 삶을 살려 했는데, 막상 시골 살림도 녹록지가 않다. 마늘과 부추는 묵은 뿌리로 가꾸고, 아욱과 파는 해마다 씨를 새로 뿌려 거둔다. 때를 놓쳐서는 안 된다. 씨 뿌리는 방법도 저마다 다르다. 같은 새싹이라도 모양이 제가끔이다. 자연의 삶 또한 부산스럽고 바쁘기만 하다. 사람이 한세상을 사는 동안 결국 어딜 가나 작위하고 경영함을 벗어날 길이 없다. 문제는 무엇을 경영하고, 무엇을 작위하느냐에 달렸을 뿐이다.

인생

윤현 尹鉉, 1514-1578
〈길게 읊조리다 長吟〉

유한한 생애에 일만은 끝도 없고
한 조각 가슴속에 만 가지 마음 있네.
고요한 밤 텅 빈 산에 송뢰성(松籟聲) 들리는데
높은 누각 밝은 달에 장단구를 읊조린다.

有盡生涯無盡事　一端腔裏萬端心
유 진 생 애 무 진 사　일 단 강 리 만 단 심
夜靜山空松籟發　高樓明月短長吟
야 정 산 공 송 뢰 발　고 루 명 월 단 장 음

일단一端 한끝. 강리腔裏 가슴속. 만단萬端 만 갈래. 송뢰松籟 바람이 솔가지 사이를 지나가는 소리.

✲

길지 않은 인생에 일은 어이하여 이다지도 많은가? 조그만 가슴속에 생각은 어이 이리 갈래가 많은가? 유한한 인생에 욕심은 끝이 없어, 바람 잘 날 없고 마음 편할 때가 없다. 밤은 고요하고 산은 텅 비었는데 바람은 솔가지 사이로 지나가며 맑고 높은 소리를 낸다. 나도 그런 소리를 내고 싶다. 높은 누다락에 올라 휘영청 밝은 달빛을 보며 나직이 인생을 읊조린다.

기다림

노수신 盧守愼, 1515-1590
〈벽정에서 사람을 기다리며 碧亭待人〉

새벽달 허전히 그림자 끌고 가니
누런 꽃 붉은 잎은 정을 담뿍 머금었네.
구름 모래 아마득히 물어볼 사람 없어
나루 누각 기둥 돌며 여덟아홉 번 기대었소.

曉月空將一影行 黃花赤葉政含情
효 월 공 장 일 영 행 황 화 적 엽 정 함 정
雲沙目斷無人問 依遍津樓八九楹
운 사 목 단 무 인 문 의 편 진 루 팔 구 영

공장 空將 쓸쓸히 거느리다. 정 政 한창. 목단 目斷 눈 끝닿은 데까지. 의편 依遍 기대어 두루 돌다. 영 楹 정자의 기둥.

✿

진도에 유배 가 있던 그가 뭍에서 오는 손님을 마중 나가며 지은 시다. 아마도 가족이었겠지. 설레어 밤새 한숨도 못 자고, 동트기도 전에 진도 바닷가 벽파정(碧波亭)으로 나간다. 국화꽃 단풍잎에 이슬 맺힌 밤, 새벽달에 외그림자 끌며 간다. 해가 뜨고 아침이 지나고 오후가 되어도 기다리던 사람은 오지 않는다. 눈이 빠져라 바다 건너편을 바라보지만, 어디 물을 곳도 없다. 안타까운 마음만 정자의 기둥 따라 하나 둘 맴돈다. 넷다섯 맴돈다. 여덟아홉 맴돈다. 이런 간절한 기다림 하나 지니고 살았으면 좋겠다.

칠석

권벽 權擘, 1520-1593
〈칠석날 우연히 쓰다七夕偶書〉

기쁨과 슬픔으로 뜬 세상 어지럽고
만나고 흩어짐은 인생길을 따르누나.
천상에는 아무런 일 없다고 하지 마라
만남은 잠깐일 뿐 다시 헤어지느니.

浮世紛紛樂與悲　人生聚散動相隨
부 세 분 분 락 여 비　인 생 취 산 동 상 수
莫言天上渾無事　會合俄時又別離
막 언 천 상 혼 무 사　회 합 아 시 우 별 리

분분紛紛 어지러운 모양. 락여비樂與悲 즐거움과 슬픔. 취산聚散 만나고 헤어짐. 막언莫言 말하지 마라. 혼渾 온통. 아시俄時 잠깐. 짧은 시간.

✿

좋으면 좋다고 난리, 슬프면 슬프다고 푸념이다. 뜬세상이 잠잠할 날이 없다. 만나면 반갑고 헤어지면 서운하지만, 인생길 살다보면 만남이 이별이 되고, 이별 후에 다시 만남이 오는 법이니, 따지고 보면 일희일비(一喜一悲)할 일만도 아니다. 저 하늘나라에는 즐거운 일만 있을 줄 아는가? 그렇지도 않다. 은하수 깊은 물을 사이에 두고 견우와 직녀는 일 년에 딱 한 번 칠월 칠석날 오작교에서 감격의 해후를 하지 않느냐. 단 하루의 만남을 위해 그들도 꼬박 일 년을 기다리지 않느냐.

향로봉에서

휴정 休靜, 1520-1604
〈향로봉에 올라 登香爐峯〉

만국의 도성은 개밋둑 다름없고
천가의 호걸들도 초파리와 한가질세.
창 가득 밝은 달빛 맑고 텅 빈 베개맡에
끝없는 솔바람은 곡조도 갖가지라.

萬國都城如蟻垤　千家豪傑若醯鷄
만 국 도 성 여 의 질　천 가 호 걸 약 혜 계
一窓明月淸虛枕　無限松風韻不齊
일 창 명 월 청 허 침　무 한 송 풍 운 불 제

향로봉 香爐峯 서산대사가 머물렀던 묘향산 보현사의 봉우리 이름. 의질 蟻垤 둥글게 흙을 쌓아올린 개미집. 혜계 醯鷄 초파리. 운불제 韻不齊 가락이 가지런하지 않다. 곡조가 변화무쌍하다.

✲

묘향산 향로봉에 올라 세상을 내려다보면 세상일이 다 우습다. 저 많은 도시와 마을의 큰 집들이래야 고작해야 개미집 같아 한 입김에 훅 불려 날아갈 것만 같다. 천고의 시간도 이 앞에선 부질없다. 고금의 그 많은 영웅들은 모두 눈앞을 잠시 어른대다 사라지는 초파리 같다. 밝은 달빛 휘영한 내 방에서 내 잠은 맑고도 투명하다. 3구의 '청허침(淸虛枕)'은 글자대로 풀면 '맑고 텅 빈 베개'지만, 청허당(淸虛堂)이 스님의 당호임을 떠올린다면 '나의 베개'가 된다. 창밖에선 끊임없이 솔바람이 높고 낮은 가락을 연주한다. 정신에 먼지 앉을 날이 없다.

적막

참료 參寥, 명종조
〈벗에게 주다贈人〉

물 구름 같은 자취 어느덧 여러 해라
이끌려 마음 나눔 인연 있음 기뻐하네.
온종일 객헌에 봄날은 적막한데
지는 꽃잎 눈발 같고 비는 하늘 가득해라.

水雲蹤跡已多年　鍼芥相投喜有緣
수 운 종 적 이 다 년　침 개 상 투 희 유 연
盡日客軒春寂寞　落花如雪雨餘天
진 일 객 헌 춘 적 막　낙 화 여 설 우 여 천

수운종적水雲蹤跡 물이나 구름처럼 한 곳에 머물지 않고 떠돈 발자취.
침개상투鍼芥相投 바늘이 자석에 이끌리고, 겨자가 호박에 이끌리듯 서로 마음을 나눈 친구. 침개지합(鍼芥之合) 또는 침개지계(鍼芥之契)라고도 한다.

✿

강물 같고 구름 같은 세월이었다. 바늘이 자석에 딸려가고, 겨자가 호박(琥珀)에 이끌리듯, 그대와 나는 그렇게 서로에게 투신(投身)하여 마음을 나눴었다. 이제 이 덧없는 세상에서 그대와의 고마운 인연이 있었음에 감사한다. 이별을 앞두고 우리는 종일 객헌에 말없이 앉아 있다. 그대여 보라. 이 적막한 봄날 꽃잎이 진다. 비가 내린다. 이제 손 나누고 헤어질 때가 되었다.

앵두

백광홍 白光弘, 1522–1556
〈회포를 읊조리다詠懷〉

고향 땅 꽃 일은 한봄 내내 어긋나서
소반에 앵두 오르도록 여태도 못 갔구나.
작은 동산 대나무 순 웃자랐을 생각하니
주렴 밖 보슬비에 비단 속옷 두껍구나.

故鄕花事一春違　盤薦櫻桃尙未歸
고 향 화 사 일 춘 위　반 천 앵 도 상 미 귀
忽憶小園新竹長　一簾微雨錦裲肥
홀 억 소 원 신 죽 장　일 렴 미 우 금 팽 비

위違 어긋나다. 어그러지다. 반천盤薦 소반에 올려서 내오다. 홀억忽憶 홀연히 생각나다. 금팽錦裲 비단 옷. 팽(裲)은 붕(繃)과 같다. 원래는 포대기의 뜻.

✲

올봄에도 고향엘 가지 못했다. 눈을 감으면 산언덕과 집집 울타리 가에 벌어졌을 꽃잔치가 홍성하니 떠오르지만, 눈뜨면 간 데 없다. 소반에 올라온 빨간 앵두를 보고 봄이 그렇게 가버린 줄을 알았다. 고향 집 뒤안 대숲에는 죽순이 부쩍부쩍 올라왔겠지. 여린 순을 꺾어다가 무쳐 먹으면 시들하던 입맛이 가뜬히 돌아올 것만 같다. 주렴 밖에 보슬비가 내린다. 앵두를 집으려다 추워 껴입은 속옷을 벗을 때가 된 것을 문득 느낀다.

지팡이 소리

박순 朴淳, 1523-1589
〈조운백을 찾아서訪曹雲伯〉

취해 선가(仙家) 잠들었다 깨고서도 멍한데
흰 구름 골을 덮고 달도 잠겨 있는 때.
서둘러 숲 밖으로 혼자서 나오자니
돌길 지팡이 소리 자던 새 놀라 깬다.

醉睡仙家覺後疑 白雲平壑月沈時
취 수 선 가 각 후 의 백 운 평 학 월 침 시
翛然獨出脩林外 石逕笻音宿鳥知
소 연 독 출 수 림 외 석 경 공 음 숙 조 지

각후의覺後疑 깨어난 뒤에도 긴가민가한다는 뜻. 평학平壑 골짜기를 평평하게 메우다. 소연翛然 재빨리. 서두르는 모양. 공음笻音 지팡이가 돌길을 쳐서 울리는 소리. 숙조지宿鳥知 잠자던 새가 놀라서 잠을 깬다는 의미.

✿

산속에 사는 벗 조준룡(趙駿龍)의 집을 찾았다. 한잔 술을 거나하게 나누고 그만 곤히 잠이 들었다. 선득해 잠을 깨니 여기가 어딘가 싶다. 흰 구름은 사방에서 몰려와 골짜기를 메웠고 달빛은 어느새 구름 속에 잠겼다. 달이 기운 것을 보니 새벽이 가까운 게다. 잠든 벗 깨우지 않으려고 살그머니 길을 나선다. 어둠에 잠긴 긴 숲에서 걸음을 재촉한다. 길이 보이지 않는다. 지팡이를 두드려 앞 걸음을 확인하느라 땅땅 지팡이 소리만 울려 퍼진다. 숲 속 새가 그 소리에 놀라 부스럭댄다.

새 달력

강극성 姜克誠, 1526-1576
〈새 달력에 적다 題新曆〉

날씨도 사람 일도 하도 뜬금없어서
병 앓은 뒤 새 달력을 어이 차마 보리오.
알 수 없네 올 한 해 삼백예순다섯 날
비바람 몇 번 치고 기쁨 슬픔 얼말런고.

天時人事太無端　新曆那堪病後看
천 시 인 사 태 무 단　신 력 나 감 병 후 간
不識今年三百日　幾番風雨幾悲歡
불 식 금 년 삼 백 일　기 번 풍 우 기 비 환

무단無端 뜬금없다. 단서가 없다. 나감那堪 어찌 견디겠는가? 기번幾番 몇 번이나.

✿

새 달력을 구해 벽에 걸며, 그 여백에 적은 시다. 행간에 풍자의 뜻이 담겨 있다. 변덕스런 날씨나 갈피를 잡을 수 없는 사람 일이나 다를 것이 없다. 큰 병 앓고 누웠을 젠 다시 새해 달력을 보지 못하려니 하는 마음도 있었다. 하지만 막상 새 달력을 벽에 걸자 다시 마음이 심란하다. 뜻 높은 선비들 사화(士禍)에 쓸려 다 떠내려갔다. 하늘에는 예측 못할 비바람이 있고, 인간에는 알지 못할 화복이 있다지만, 올 한 해는 또 무슨 일이 벌어질지, 슬픔과 기쁨의 무게는 또 어찌 될는지 전전긍긍(戰戰兢兢) 불안하다.

접시꽃

황정욱 黃廷彧, 1532-1607
〈옥당의 작은 복숭아를 노래한 시를 차운하여 次玉堂小桃韻〉

무수한 대궐 꽃은 흰 담장에 기대었고
나비 벌은 노닐면서 남은 향기 따른다.
늙은이 봄바람도 못 본 듯하건만
접시꽃 마음 지녀 태양만을 우러르네.

無數宮花倚粉墻　遊蜂戲蝶趁餘香
무 수 궁 화 의 분 장　유 봉 희 접 진 여 향
老翁未及春風看　空有葵心向太陽
노 옹 미 급 춘 풍 간　공 유 규 심 향 태 양

분장粉墻 흰 회를 바른 궁궐의 담장. 진趁 뒤쫓다. 미급未及 ~하기도 전에. 규심葵心 접시꽃의 마음. 향일규(向日葵)라고도 한다. 흔히 해바라기로 생각하나, 해바라기는 18세기 이후에 들어온 외래종이다.

✿

봄이 어느새 깊었다. 나른한 오후 대궐에서 근무 중에 밖을 내다보니 회칠한 흰 담장 가에 꽃들이 울긋불긋 한 폭의 그림을 그려놓았다. 잉잉대는 벌과 팔랑팔랑 나비들은 꽃 다 지기 전에 꿀을 더 모으자고 이 꽃 저 꽃 부지런히 기웃댄다. 엇그제 겨울인가 싶더니만 어느새 여름이 바짝 다가왔다. 이제 접시꽃이 피겠지. 밑에서부터 태양을 향해 고개를 돌리면서 차례로 피어오르는 접시꽃처럼 이 늙은 한 몸 헌신하리라. 하지만 따스한 봄볕에 자꾸 감기는 눈은 어찌할 수가 없다.

흰 구름

황정욱 黃廷彧, 1532-1607
〈찰방 정사를 전송하며送鄭察訪泗〉

세간의 영욕이야 모두 다 아득커니
어디에 몸 숨긴들 자유로울 수 있나?
소와 말로 날 부려도 맡겨둠이 마땅하리
흰 구름처럼 떠서 푸른 하늘 오가리니.

世間榮辱儘悠悠　何處藏身可自由
세 간 영 욕 진 유 유　하 처 장 신 가 자 유
只合任他牛馬我　蒼空來往白雲浮
지 합 임 타 우 마 아　창 공 래 왕 백 운 부

장신藏身 몸을 감추다. 임타任他 멋대로. 마음대로. 우마아牛馬我 나를 소라 부르고 말이라 부름. 남이 뭐라고 해도 상관하지 않겠다는 뜻. 《장자》〈천도(天道)〉에 나온다.

✲

돌이켜보면 살아오면서 일이 줄어든 날이 없다. 나이가 들어간다는 것은 이런저런 인연의 사슬에 매이는 일, 세간의 영욕에 일희일비하며 건너가는 나날들이다. 훌훌 떨치고 어디론가 잠적하고 싶어도, 벗어날 길이 없다. 여보게! 세상이 자네를 소나 말처럼 부리더라도 너무 슬퍼하거나 노하지 말게. 그러려니 하고 내맡겨 두게나. 어차피 뜬구름 같은 인생이 아니던가. 한번 지나가고 나면 흔적조차 남지 않는 것을, 안달복달할 것 없다고 보네. 자네 낮은 벼슬길 떠나며 풀 죽은 모습 안타까워하는 말일세.

물안개 속

고경명 高敬命, 1533–1592
〈고깃배 그림漁舟圖〉

갈대밭 바람 일자 허공에 눈 흩날리고
술 팔아 돌아와선 작은 배를 묶는다.
빗겨 부는 피리 소리 강 달은 환한데
자던 새 푸드득 물안개 속 날아가네.

蘆洲風颭雪漫空　沽酒歸來繫短篷
노 주 풍 점 설 만 공　고 주 귀 래 계 단 봉
橫笛數聲江月白　宿禽飛起渚烟中
횡 적 수 성 강 월 백　숙 금 비 기 저 연 중

노주蘆洲 강 가운데 갈대밭. 풍점風颭 바람이 일다. 만공漫空 허공에 어지러이 흩날리다. 고주沽酒 술을 사다. 단봉短篷 작은 배. 봉(篷)은 배에 움막처럼 얽은 뜸.

✲

고기잡이 배를 그린 그림의 빈 여백에 적은 시다. 강변 갈대숲은 바람에 쏠려 한쪽으로 누웠고, 하늘 땅이 잘 분간되지 않는 것으로 보아 눈발이 날리는 것을 알겠다. 갈대 강변엔 조그만 배 한 척이 묶여 있고, 배 위엔 술병 하나가 놓여 있었겠지. 뱃전엔 어부 한 사람이 피리를 빗겨 문 채 앉아 있었을 게고, 달빛은 구름 속에 희미하게 번져 나왔겠다. 피리 부는 사람의 시선이 머문 곳을 따라가보니 안개 속으로 새 한 마리가 날아가고 있다. 곤히 자다가 느닷없는 침입자에 놀랐던 것이다.

달 보며

송익필 宋翼弼, 1534-1599
〈달을 우러르며望月〉

안 둥글 젠 더디 둥금 늘 안타깝더니
둥근 뒤엔 어이해 저리 쉬 이우는가.
서른 밤 가운데 둥근 것은 하룻밤뿐
백 년 인생 마음 일도 모두 이와 같구나.

未圓常恨就圓遲　圓後如何易就虧
미 원 상 한 취 원 지　원 후 여 하 이 취 휴
三十夜中圓一夜　百年心事摠如斯
삼 십 야 중 원 일 야　백 년 심 사 총 여 사

취원지就圓遲 보름달로 향해 감이 더디다. 이易 쉽게. 여사如斯 이와 같다.

✿

초승달이 뜨면 언제 보름달이 되나 싶어 손을 꼽았다. 반달이 되어도 보름달을 기다렸다. 초승달에서 보름달까지 가는 시간은 더디기만 하더니, 보름달이 반달이 되고 그믐이 되는 것은 어찌 이리 빠른가? 한 달 서른 날에 온전히 둥근 것은 단 하루뿐이다. 날이 흐려 구름에 잠기면 그마저 속절없다. 따지고 보면 우리 사는 인생도 그런 안타까운 기다림의 연속일 뿐이다. 애타게 소망하고, 막상 그 소망을 이루면 다시 딴 것을 소망했다. 바람은 늘 먼 곳에 있었고, 내 손에 쥐어지는 순간 기쁨은 손가락 사이로 빠져나갔다.

산길

송익필 宋翼弼, 1534-1599
〈산길山行〉

산길 갈 땐 앉길 잊고 앉으면 가길 잊어
솔 그늘 말 세우고 물소리를 듣노라.
뒤에 오던 몇 사람이 앞질러 지나가도
멈출 곳에 멈출 테니 무엇을 다투리오.

山行忘坐坐忘行 歇馬松陰聽水聲
산 행 망 좌 좌 망 행 헐 마 송 음 청 수 성
後我幾人先我去 各歸其止又何爭
후 아 기 인 선 아 거 각 귀 기 지 우 하 쟁

헐마歇馬 말을 쉬게 하다. 각귀기지各歸其止 각자 멈출 곳으로 돌아가다.

✲

산길을 내처 간다. 말 때문에 잠시 쉴까 싶어 솔 그늘에 앉는다. 지나가는 바람이 귀밑털을 간질인다. 돌돌돌 냇물 소리에 마음을 빼앗긴다. 자리를 털고 일어날 생각이 아예 없어진다. 뒤미처 오던 행인들이 몇 차례 나를 힐끗 보며 지나간다. 그만 쉬고 떠나볼까? 하지만 저 맑은 시냇물 소리가 내 발을 자꾸 붙든다. 그래! 조금 앞서 가나 뒤처져서 가나 결국은 각자 저 갈 데를 찾아가는 길이 아닌가. 공연히 마음 바쁠 까닭이 없다. 일어나려다 말고 그는 다시 냇물 쪽으로 귀를 기울인다.

솔

정인홍 鄭仁弘, 1535-1623
〈소나무를 노래함 詠松〉

한 자 높이 외론 솔이 탑 서편에 있는데
탑은 높고 솔은 낮아 키가 같지 않구나.
오늘 솔이 키 작다고 말하지는 말지니
훗날에 솔이 크면 탑이 외려 낮으리.

一尺孤松在塔西　塔高松短不相齊
일 척 고 송 재 탑 서　탑 고 송 단 불 상 제
莫言此日松低短　松長他時塔反低
막 언 차 일 송 저 단　송 장 타 시 탑 반 저

불상제不相齊 서로 나란하지 않다. 막언莫言 말하지 말라. 반反 도리어.

✿

탑 서편에 작은 소나무 한 그루가 심어져 있다. 키 큰 탑 곁에 서 있어 더 왜소해 보인다. 어째서 저리 키 작은 솔을 심었느냐고 그대들은 말하지 마라. 저 솔이 자라 낙락장송이 되면 탑이 외려 저 솔을 우러를 날이 있을 것이다. 사실은 자기 이야기다. 품은 뜻이 결코 작지 않다. 작은 키에 깡말랐을 이 어른의 앙버텨 자신만만한 속내가 한 수 시에 다 드러난다.

신기루

이이 李珥, 1536-1584
〈금사사에서 신기루를 보다 金沙寺見海市〉

솔숲 사이 거닐자니 낮바람 시원하여
금모래 장난치다 저물녘이 되었네.
천년의 아랑(阿郞)은 어디 가 찾을런가
신기루 스러지고 바다 하늘 가없다.

松間引步午風凉 手弄金沙到夕陽
송 간 인 보 오 풍 량 수 롱 금 사 도 석 양
千載阿郞無處覓 蜃樓消盡海天長
천 재 아 랑 무 처 멱 신 루 소 진 해 천 장

인보引步 **산보하다.** 도석양到夕陽 **석양 무렵이 되었다.** 무처멱無處覓 **찾을 곳이 없다.** 신루蜃樓 **신기루.**

✿

금사사(金沙寺)는 황해도 장연 바닷가에 있다. 바람에 따라 금모래가 산언덕을 이룬 절경이다. 해송 숲 사이로 천천히 산보하는데 바다 쪽에서 시원한 바람이 불어온다. 금모래를 움켰다 놓았다 장난을 친다. 어느새 하루해는 뉘엿해졌다. 아랑은 신라 때의 선인(仙人)이다. 신선술을 닦은 화랑의 무리였겠지. 그가 이곳에 와 노닐었다 해서 포구의 이름이 아랑포다. 석양볕 받아 바다 위에 잠시 섰던 해시(海市), 즉 신기루는 이윽고 스러지고, 바다와 하늘은 끝닿은 데 없이 아스라하다. 저녁별처럼 아니면 모래밭의 발자국처럼, 그도 아니면 내 손안을 빠져나간 모래알처럼, 천년 전의 아랑이나 지금의 나나 또 먼 훗날의 그 누구도 잠시 스쳐 지나가는 바람 같은 것이겠지. 희미한 꿈 또는 신기루일 뿐이겠지.

다락에서

하응림 河應臨, 1536-1567
〈금동역에서 장연현감 최립에게 부치다 金洞驛柬崔長淵立之〉

버들 가린 역관(驛館)에 말은 자주 우는데
바람 다락 잠시 빌려 병든 몸을 쉬누나.
그대는 오지 않고 꽃만 다시 시드니
슬프다 한 해 봄을 헛되이 저버렸네.

柳藏郵館馬嘶頻　暫借風軒寄病身
유 장 우 관 마 시 빈　잠 차 풍 헌 기 병 신
君且不來花又老　可憐虛負一年春
군 차 불 래 화 우 로　가 련 허 부 일 년 춘

시빈嘶頻 자주 울다. 잠차暫借 잠시 빌리다. 허부虛負 헛되이 저버리다.

✲

역관 밖 버들가지에 묶인 말은 어서 빨리 가자고 아까부터 힝힝거리고 있다. 그렇긴 해도 조금만 더 쉬었다 가자꾸나. 바람이 솔솔 불어오는 다락에 누워 지는 봄꽃 보노라니 모든 일이 다 눈물겹다. 보고 싶은 그대는 약속을 두고서도 오지 않고, 꽃이 저리 땅에 지니 한 해의 봄 일이 이룬 것 없이 떠내려간다. 황해도 장연 땅의 금동역에서 장연현감으로 있던 최립(崔岦)에게 편지 삼아 부친 시다. 지나는 길에 자네 잠깐 보고 갈까 했네만 바쁜 모양이라 시 한 수 남기고 그저 가네. 2구에서 병든 몸이라 했는데, 실제 그는 이 시를 짓고 얼마 후 32세의 젊은 나이로 세상을 떴다. 최립은 그것이 못내 안타까워 다시 시 한 수를 지어 그의 영전에 올렸다.

봄바라기

백광훈 白光勳, 1537-1582
〈용문에서 봄을 기다리며龍門春望〉

약속이나 있는 듯이 날마다 들창 가에
주렴 걷기 일러지고 내리기는 더뎌지네.
봄빛은 하마 벌써 산 위 절에 왔건만
꽃 밖으로 가는 스님 저 혼자만 모르누나.

日日軒窓似有期 開簾時早下簾遲
일 일 헌 창 사 유 기 개 렴 시 조 하 렴 지
春光正在峯頭寺 花外歸僧自不知
춘 광 정 재 봉 두 사 화 외 귀 승 자 불 지

헌창軒窓 들창. 하렴지下簾遲 주렴을 내리는 시간이 늦어지다.

✲

읽을 때마다 묘한 울림을 주는 시다. 날마다 하는 일이라고는 해 뜨기 무섭게 들창을 열고 발을 걷어올리는 일이다. 고운 님이 오마는 기약을 둔 것도 아닌데, 아침마다 설레며 무언가를 기다린다. 발 걷는 시간은 점점 일러지고, 발 내리는 시간은 점점 더뎌진다. 그러고도 추운 줄을 모르니 봄볕은 얼마나 따스한가? 내가 목을 길게 늘여 자꾸만 밖을 내다보는 것은 새 풀옷 치마 입고 꽃다발 가슴에 안고 날 찾아오실 봄처녀 때문이다. 간지러운 봄볕은 산꼭대기 절집 기와 위에서 꼬물대는데, 여기저기 폭죽처럼 터지는 꽃 소식을 아는지 모르는지 스님 한 분이 무심히 산길을 오르고 있다.

용호에서

백광훈 白光勳, 1537–1582
〈용호를 지나면서過龍湖〉

푸른 숲 저 마을 언덕 위 뉘 집인가
고깃배 닻줄 없이 울타리 아래 있네.
산줄기 열리는 곳 한 줄기 옅은 안개
저녁볕 머물면서 닫힌 문을 비춘다.

岸上誰家碧樹村　釣船無纜在籬根
안 상 수 가 벽 수 촌　조 선 무 람 재 리 근
輕霞一抹山開處　留住殘陽照掩門
경 하 일 말 산 개 처　유 주 잔 양 조 엄 문

람纜 닻줄. 리근籬根 울타리의 밑둥. 일말一抹 한 가닥. 유주留住 머물러 있다.

✿

용호는 전라도 장흥에 있다. 지금도 청영정(淸暎亭) 물가 바위에는 백광훈이 초서로 멋지게 쓴 '용호(龍湖)'란 두 글자가 새겨져 있다. 푸른 숲에 둘러싸인 마을, 언덕 위에 집 한 채가 있다. 대로 엮은 울타리 아래 고깃배 한 척이 물결에 저 혼자 까딱까딱한다. 그 뒤 산자락으로 안개가 한 줄기 흰 물감을 경쾌하게 풀어놓았다. 저녁별은 무언가 아쉽다는 듯 굳게 닫힌 사립문 위를 서성이며 남은 별을 비춘다. 고깃배를 매어놓고 어부는 닫힌 문 안에서 무얼 하고 있을까?

기다림

백광훈 白光勳, 1537-1582
〈양천유에게 부치다 寄梁天維〉

비 개자 온 뜰에 새 이끼 웃자라고
새끼 제비 돌아와 책상에 진흙 떨구네.
더딘 생각 하염없다 어느새 슬퍼지니
초록 그늘 하루 종일 그대 오길 기다렸소.

一庭晴雨長新苔　泥墜書床乳燕回
일 정 청 우 장 신 태　이 추 서 상 유 연 회
閑思悠悠却惆悵　綠陰終日待君來
한 사 유 유 각 추 창　녹 음 종 일 대 군 래

일정一庭 온 뜨락. 유연乳燕 새끼 제비. 추창惆悵 슬퍼 안타까운 모양.

✲

지난해 강남 갔던 새끼 제비가 어느새 훌쩍 커서 다시 찾아왔다. 비 갠 뜰에는 푸른 이끼가 올라오고, 새 보금자리를 꾸미느라 오가던 제비는 날이 따뜻해 마루로 나온 내 책상 위로 자꾸 진흙 부스러기를 떨군다. 제비가 집 짓는 모양을 바라보다가 마음 한 켠에 문득 까닭 모를 슬픔이 일었다. 여보게! 자네 날 풀리면 온다고 하고선 왜 여태 아무 소식이 없는 겐가? 오늘은 볕 좋기에 자네가 꼭 오지 싶어 내가 멀리 동구가 내다뵈는 마루 앞에 책상 내놓고 앉아 온종일 기다렸네그려.

포구 풍경

이산해 李山海, 1538-1609
〈생각나는 대로 卽事〉

저녁 조수 밀려들어 백사장은 잠겼는데
섬들은 아스라이 안개 속에 숨어 있네.
소낙비 배에 가득 노 젓기 바빠지고
마을마다 문 닫아건 콩 꽃 핀 가을날.

晩潮初長沒汀洲　島嶼微茫霧未收
만 조 초 장 몰 정 주　도 서 미 망 무 미 수
白雨滿船歸棹急　數村門掩豆花秋
백 우 만 선 귀 도 급　수 촌 문 엄 두 화 추

몰沒 잠기다. 파묻다. 미망微茫 희미하고 아마득한 모양. 백우白雨 소나기. 취우(驟雨).

✿

백사장에 저녁 조수가 밀려든다. 할금할금 핥는가 싶더니 어느새 모래톱은 물결 아래 잠겼다. 먼 데로 눈길을 주니 점점이 떠 있는 섬들이 안개 속에 보였다 가렸다 한다. 소낙비가 지나가고, 고기잡이를 마친 배들은 해가 떨어지기 전에 포구에 닿으려고 쏟아지는 빗속에 노 젓기가 부산하다. 바라뵈는 마을마다 사립문은 굳게 닫혔다. 울타리 가에 쪼롬히 심어둔 자줏빛 강낭콩 꽃 무더기가 내 시선을 붙든다. 가을은 이렇게 오는가?

꽃 꺾어

이달 李達, 1539-1612
〈병 속에 꽃을 꺾어놓고 술과 마주하여病中折花對酒〉

꽃 피자 병이 들어 문 깊이 닫아걸고
꽃가지 굳이 꺾어 술 마주해 읊조리네.
슬프다 세월이 꿈속에 지나가니
봄 맞아도 다시는 소년의 마음 없네.

花時人病閉門深　强折花枝對酒吟
화 시 인 병 폐 문 심　강 절 화 지 대 주 음
怊悵流年夢中過　賞春無復少年心
초 창 류 년 몽 중 과　상 춘 무 부 소 년 심

강强 굳이. 억지로. 초창怊悵 슬퍼하는 모양. 류년流年 흐르는 세월.

✿

꽃 시절이 왔다고 사람들은 싱글벙글한다. 꽃놀이 가자는 벗들의 재촉도 따갑다. 하지만 나는 문을 꽁꽁 닫아걸고 깊은 방 속에 눕는다. 그래도 오신 봄을 그저 보낼 수야 있겠나 싶어 진달래 몇 가지를 꺾어 오래서, 겨울 이겨 피어난 가지를 처연히 바라본다. 마시지도 못하는 술이지만 그래도 한 잔 따라 부어 놓는다. 아! 무심한 가운데 세월은 꿈같이 흘러, 병든 늙은이가 하나 술잔 앞에 앉아 있구나. 봄날의 설렘이 이제는 없다. 무지개 타고 올라가던 소년의 꿈도 간데없다.

보릿고개

이달 李達, 1539–1612
〈농가 이야기田家行〉

농가의 젊은 아낙 먹거리가 없어서
빗속에 보리 베어 풀섶 사이 돌아온다.
생나무 습기 먹어 연기조차 일지 않고
문에 들자 새끼들은 옷깃 끌며 우는구나.

田家少婦無野食　雨中刈麥草間歸
전 가 소 부 무 야 식　우 중 예 맥 초 간 귀
生薪帶濕烟不起　入門兒女啼牽衣
생 신 대 습 연 불 기　입 문 아 녀 제 견 의

소부少婦 젊은 아낙. 예맥刈麥 보리를 베다. 생신生薪 생나무 땔감. 견의牽衣 옷깃을 잡아당기다.

✿

보릿고개 넘어가기가 참혹하다. 굶주려 황달이 든 아이들을 보다 못해 빗속에 나가 아직 알곡이 채 여물지도 않은 풋보리를 베어온다. 비는 처정처정 내리고, 불 때려고 꺾어온 생나무 가지는 물을 잔뜩 먹어 연기조차 피울 수가 없다. 빗물 눈물 섞어 흘리며 문을 들어서는데, 집에서 먹을 것 구해 오기만 기다리던 허기진 자식들이 올망졸망 제 어미 치마꼬리를 당기며 운다. 배고프다고 밥 달라고 운다.

제사

이달 李達, 1539-1612
〈무덤에 제사 지내는 노래 祭塚謠〉

흰둥이 앞서 가고 누렁이 따라가는
들밭 풀밭 가로 무덤들 울멍줄멍.
제사 마친 늙은이는 밭두둑 사잇길서
손주 부축 받으며 저물녘 취해 오네.

白犬前行黃犬隨　野田草際塚纍纍
백 견 전 행 황 견 수　야 전 초 제 총 루 루
老翁祭罷田間道　日暮醉歸扶小兒
노 옹 제 파 전 간 도　일 모 취 귀 부 소 아

루루纍纍 여기저기 중첩되어 쌓인 모양. 제파祭罷 제사를 파하다. 부소아扶小兒 아이가 할아버지를 부축하다.

✲

흰둥이 한 마리와 누렁이 한 마리가 앞서거니 뒤서거니 하며 간다. 들밭 풀 가엔 무덤들이 울멍줄멍 돋았다. 늙은이와 손주가 무덤에 제사 지내러 온 것을 보아, 무덤의 주인은 늙은이의 아들이요, 손주의 아버지임을 알겠다. 할아버지는 생때같은 자식이 흙 속에 누워만 있는 것이 속상해서 저물녘까지 무덤가에서 홀짝거린 술에 까부룩 취했다. 즐비한 무덤들은 한날 한꺼번에 전쟁으로 많은 목숨들이 스러졌음을 일깨워 준다. 할아버지 왜 그래! 아비의 얼굴을 기억 못 하는 손자는 오늘따라 할아버지가 이상해 보여 자꾸 고개를 올려 할아버지를 쳐다본다.

장미

최경창 崔慶昌, 1539-1583
〈낙봉의 인가駱峰人家〉

동쪽 뫼에 구름 안개 아침 햇살 가려서
깊은 숲에 깃든 새가 늦도록 날지 않네.
이끼 낀 낡은 집은 빗장이 질려 있고
뜰 가득 맑은 이슬 장미를 적시었다.

東峯雲霧掩朝暉　深樹棲禽晚不飛
동 봉 운 무 엄 조 휘　심 수 서 금 만 불 비
古屋苔生門獨閉　滿庭淸露濕薔薇
고 옥 태 생 문 독 폐　만 정 청 로 습 장 미

낙봉洛峰 서울 혜화동 근처 낙산을 가리킴. 엄掩 가리다. 조휘朝暉 아침 햇살.

✲

구름에 잠긴 산, 안개에 덮인 숲. 아침 햇살도 안개 커튼을 좀체 열지 못한다. 깊은 숲에 햇살이 못 드니, 잠꾸러기 새는 날 밝은 줄도 모르고 잠만 잔다. 온 숲에 수면제 가루를 뿌려 놓은 것처럼 나른하다. 기와에 푸른 이끼 오른 낡은 집도 빗장이 굳게 가로질려 있다. 숲 속 둥지의 새나, 집주인이나 똑같다. 밤새 내린 이슬이 아침 볕에 몸을 말리지도 못하고 애꿎은 장미꽃만 함초롬 적시고 있다. 나라도 봐줘야지 싶어 길 가다 말고 한참을 서 있었다.

수유꽃

최경창 崔慶昌, 1539-1583
〈대은암에 있는 남지정의 옛집大隱巖南止亭故宅〉

문 앞 수레와 말 연기처럼 흩어지니
정승의 번화도 백 년이 못 갔구려.
깊은 골목 적막해라 한식도 지났는데
해묵은 담장 가에 수유꽃이 피었네.

門前車馬散如烟　相國繁華未百年
문 전 거 마 산 여 연　상 국 번 화 미 백 년
深巷寥寥過寒食　茱萸花發古墻邊
심 항 료 료 과 한 식　수 유 화 발 고 장 변

상국相國 재상. 료료寥寥 쓸쓸하고 적막한 모양. 장변墻邊 담장 가.

✲

대은암(大隱巖)은 남곤(南袞)의 옛집이다. 기묘사화 때 수많은 선비들이 그의 손에 피를 뿜고 죽어나갔다. 한때 권력의 중심에 있었을 땐, 청탁하는 자들의 수레와 말로 골목길이 미어졌겠지. 하지만 지금은 흔적도 볼 수 없다. 집주인도 세상을 뜬 지 오래다. 얼마 못 갈 영화를 붙들자고 뜻 높은 선비들을 그다지도 죽였던가. 한식 지난 쓸쓸한 골목길엔 그때에 심었던 수유꽃이 무심히 피어 있다. 노란 수유꽃은 나쁜 기운을 막아준다고 해서 심는 꽃이다. 대은암의 주인은 은자답지 못했고, 수유꽃은 나쁜 기운을 막아주지 못했다. 그도 훗날 자신의 잘못을 뉘우치고, 자신이 쓴 시문을 모두 불태우고 죽었다. 다 부질없었다. 다 소용없었다. 흩어지고 남은 것은 천추에 아름답지 못한 이름뿐이다.

매화 구경

최경창 崔慶昌, 1539-1583
〈양주현감 성의국에게 부치다 寄楊州成使君義國〉

관아 다리 눈은 개고 새벽 추위 매운데
아전은 문 앞에서 아침 조회 기다린다.
사또 늘 늦게 나옴 괴이타 하지 마라
술 취해 동각 열고 매화 감상 한창이니.

官橋雪霽曉寒多　小吏門前候早衙
관 교 설 제 효 한 다　소 리 문 전 후 조 아
莫怪使君常晏出　醉開東閣賞梅花
막 괴 사 군 상 안 출　취 개 동 각 상 매 화

설제雪霽 눈이 개다. 후候 기다리다. 사군使君 사또. 안출晏出 늦게 출근함.

✲

밤새 눈 내리다 갠 새벽, 관아로 넘어오는 다리에 발자국 하나 없다. 새벽녘 추위는 영 맵기만 해서 아침 조회를 기다리는 아전은 연신 발을 동동 구른다. 사또께선 오늘도 왜 이렇게 게으름을 부리시나. 투덜대는 소리가 들리는 것만 같다. 가만있거라. 암만 일이 바빠도, 흰 눈이 이렇게 오신 날 아침, 눈 속에 핀 매화꽃 구경보다 중한 일이 있을라구. 네 사또는 식전 댓바람부터 술잔 앞에 놓고 눈 속 매화꽃 감상 중이시란다. 원래는 중국 하손(何遜)의 〈양주법조매화성개(揚州法曹梅花盛開)〉란 시의 고사에서 나온 작품이다. 양주에서 고을살이하던 그가 관청 뜰 앞에 있던 매화 한 그루를 못 잊어 다시 청하여 그곳에 부임해 간 일이 있었다. 마침 성의국(成義國)이 이름도 같은 양주 고을에 사또로 가 있는지라, 옛 고사 떠올려 장난삼아 보고 싶단 편지 대신 부친 시다.

님에게

최경창 崔慶昌, 1539-1583
〈제목 없음 無題〉

님은 서울 사시고 저는요 양주 땅에
날마다 님 그려 푸른 누각 올라요.
방초는 짙어오고 버들은 시들한데
저물녘엔 보이느니 한양 가는 강물뿐.

君居京邑妾楊州　日日思君上翠樓
군 거 경 읍 첩 양 주　일 일 사 군 상 취 루
芳草漸多楊柳老　夕陽空見水西流
방 초 점 다 양 류 로　석 양 공 견 수 서 류

사군思君 님을 그리다. 점다漸多 점점 많아지다.

✲

봄 되면 오마시더니 여름이 다 되도록 안 오시네. 서울 가신 우리 님은 언제 오실까? 행여나 오늘은 오실까 싶어 날마다 언덕 위 누다락에 올라 서울 쪽을 바라본다. 실망과 탄식이 발치 아래 답쌓이는 동안 꽃 진 자리에 초록만 짙어오고, 금빛 실 곱던 버들은 먼지 앉아 시들해졌다, 버들실 꺾어 다짐하던 재회의 슬픈 약속도 빛이 바래간다. 마음 같아선 단숨에 님 계신 곳으로 달려가고픈 생각뿐이다. 오늘도 나는 누각 난간을 부여잡고, 님 계신 서울 향해 무심히 흘러가는 저 강물을 하염없이 바라본다.

전송

이순인 李純仁, 1533-1592
〈한강에서 퇴계 선생을 전송하며 漢江送退溪先生〉

강물은 넘실넘실 밤낮으로 흘러가고
나그네 가고 머묾 돛단배는 상관 않네.
고향 산 가까울수록 남산은 멀어지리니
마음이 개운타가 외려 근심 겨워라.

江水悠悠日夜流　孤帆不爲客行留
강 수 유 유 일 야 류　고 범 불 위 객 행 류
家山漸近終南遠　也是無愁還有愁
가 산 점 근 종 남 원　야 시 무 수 환 유 수

행류 行留 가고 머묾. 종남 終南 남산의 별칭. 야시 也是 또한. 한편.

✲

스승 이황이 서울 벼슬길을 벗고 고향으로 돌아갈 때, 한강 가로 나와 스승을 전송하며 지은 시다. 강물은 넘실넘실 쉬지 않고 흐른다. 배는 나그네의 형편에 따라 가거나 머물지 않고, 제 형편에 따라 오고 간다. 아쉬워 조금이라도 더 붙들고 싶었는데, 뱃사공의 재촉을 못 이겨 서둘러 떠나는 것이 마음 상했던 것이다. 선생님! 그토록 소망하시던 고향 길로 떠나시니 감축드립니다. 저 티끌에 잠긴 남산을 벗어나 고향 산 향해 가시니 개운하시겠지요. 그 마음 제가 잘 알 것 같습니다. 하지만 선생님 이리 가시고 나면 제 가슴에 남는 이 서운함은 어이한답니까? 부디 건강하십시오. 선생님!

깨달음

유정 惟政, 1544-1610
〈도쿠가와의 아들에게 德川家康長子有意禪學求語再勤仍示之〉

커다란 한 공간에 무진장 쌓였으니
냄새도 없는 데다 소리마저 없음 아네.
지금에 말 듣겠다 번거로이 묻지 마라
구름은 하늘 위에 물은 물병에 있는 것을.

一太空間無盡藏　的知無臭又無聲
일 태 공 간 무 진 장　적 지 무 취 우 무 성
只今聽說何煩問　雲在青天水在甁
지 금 청 설 하 번 문　운 재 청 천 수 재 병

무진장無盡藏 써도 써도 줄어들 줄 모르는 곳집. 적지的知 분명히 안다. 무취무성無臭無聲 냄새도 없고 소리도 없다. 도(道)를 비유하는 표현. 하번문何煩問 어찌 이다지 번거롭게 묻는가?

✿

제목을 풀이하면, '도쿠가와 이에야스의 큰 아들이 선학(禪學)에 뜻이 있어 두세 번 부지런히 가르침을 청하므로 이에 적어 보이다'가 된다. 임진왜란 후 끌려간 포로를 데려오려 일본에 간 사명대사와 만난 도쿠가와의 맏아들이 스님께 자꾸 불교의 가르침을 청했던 모양이다. "스님! 도는 무엇입니까? 어찌하면 깨달음을 얻을 수 있겠는지요? 스님 가르쳐주십시오. 한 말씀 일깨워주십시오." "무얼 그리 따져 묻는 게냐? 도란 본시 저 드넓은 우주에 편만(遍滿)해 있는 에너지인 것을. 아무리 써도 줄어들지 않는 곳집과도 같은 것이다. 도는 냄새도 없고 소리도 없지. 그렇다면 이 도를 어디 가서 찾을까? 굳이 찾고야 말겠다는 그 생각을 버려라. 고개를 들어 하늘을 보렴. 푸른 하늘엔 흰 구름이 걸려 있다. 고개를 숙여 물병을 보아라. 샘물은 또 그 안에 담겨 있질 않느냐? 도란 이런 것이다. 깨달음이란 별것이 아니다. 하늘에 뜬 구름이 도요, 물병 속에 담긴 물이 깨달음이니라. 알겠느냐? 네가 내 말을 알아듣겠느냐?"

해당화

유희경 劉希慶, 1545-1636
〈월계 가는 도중에 月溪途中〉

빗기운 머금은 산, 물에선 안개 피고
청초호(青草湖) 가에선 백로가 잠들었네.
해당화 아래 들어 길은 돌아 나가고
가지 가득 향그런 눈 채찍 맞고 떨어진다.

山含雨氣水生烟　青草湖邊白鷺眠
산 함 우 기 수 생 연　청 초 호 변 백 로 면
路入海棠花下轉　滿枝香雪落揮鞭
노 입 해 당 화 하 전　만 지 향 설 락 휘 편

락휘편 落揮鞭 휘두르는 채찍을 맞아 떨어지다.

✲

월계(月溪)는 강원도 양양에 있다. 동해를 곁에 두고 청초호를 끼고 길을 간다. 올려다보니 설악산엔 비구름이 자옥하다. 물에선 스물스물 안개가 피어올라 자꾸 사물을 지운다. 백로는 흰 안개 솜이불을 덮고 깊은 잠이 들었다. 해당화 꽃길로 접어들며 길이 한 번 꺾인다. 비 오기 전에 어서 가자. 이랴 하고 말채찍을 휘두르니 분분한 꽃잎들이 날리는 눈발처럼 땅 위로 떨어진다. 날리는 꽃잎 안고 물안개 속으로 걸어 들어가 풍경으로 지워지고 싶다.

애도

심희수 沈喜壽, 1548–1622
〈죽음을 애도하며有悼〉

한 떨기 부용꽃이 버들 수레 실려 가니
향그런 넋 어디메서 머뭇대며 가시는가.
금강 봄비에 붉은 명정 젖어가니
아마도 어여쁜 임 이별 눈물 남은 걸세.

一朶芙蓉載柳車　香魂何處去躊躇
일 타 부 용 재 류 거　향 혼 하 처 거 주 저
錦江春雨丹旌濕　應是佳人別淚餘
금 강 춘 우 단 정 습　응 시 가 인 별 루 여

일타一朶 한 떨기. 주저躊躇 머뭇대며 떠나지 않는 모양. 단정丹旌 붉은 천에 망자의 이름을 쓴 깃발.

✿

기녀의 죽음을 애도하여 지은 시인 듯하다. 한 떨기 부용꽃처럼 환하게 어여뻤던 그녀. 그 꽃다운 넋이 버들 수레에 실려 덜컹덜컹 저승으로 건너간다. 차마 못 다 이룬 사랑이 안타까웠던가? 푸른 금강 푸른 봄비에 붉은 명정이 젖었다. 그녀가 못 다 흘린 슬픈 눈물인 것만 같다. 저 눈물로 이승의 안타까운 기다림 다 지우고 편안히 건너가시게. 뒤돌아보지 말고 훨훨 건너가시게.

추운 봄

홍적 洪迪, 1549-1591
〈스님에게 주다 贈僧〉

교외에서 스님 만나 백사장에 앉았더니
백암으로 가는 길 어지런 산 많구나.
강남의 계절 소식 봄인데도 차가워서
절집의 매화 덤불 꽃이 피지 않았네.

郊外逢僧坐晩沙 白岩歸路亂山多
교 외 봉 승 좌 만 사 백 암 귀 로 란 산 다
江南物候春猶冷 野寺叢梅未着花
강 남 물 후 춘 유 랭 야 사 총 매 미 착 화

만사晩沙 저물녘의 백사장. 물후物候 계절의 변화에 따른 사물의 징후.
총매叢梅 군락을 이룬 매화 덤불. 착화着花 꽃이 피다.

✲

교외로 나갔다가 스님을 만났다. 석양의 백사장에 마주 앉아 대화를 나누다가 의기가 투합해서 하룻밤 절에 묵어가기로 했다. 함께 돌아오는 길, 고개를 들어 바라보니 어지러운 산들이 여기저기 솟았다. 가도 가도 절집은 보이지 않는다. 해가 뉘엿해지자 산속의 기온이 뚝 떨어진다. 따뜻한 강남이라지만, 봄날은 아직도 춥다. 겨우 절집에 당도해보니, 절집의 매화 숲도 봄추위에 꽁꽁 얼어 여태 꽃잎도 못 단 채 떨고 있다.

버들 실

임제 林悌, 1549-1587
〈대동강의 노래 浿江曲〉

대동강 아가씨 봄나들이 나섰다가
강가의 버들 보곤 애가 끊어지는구나.
한없는 안개 실로 길쌈할 수 있다면야
님 위해 춤출 옷을 마르재어 지으련만.

浿江兒女踏春陽　江上垂楊正斷腸
패 강 아 녀 답 춘 양　강 상 수 양 정 단 장
無限烟絲若可織　爲君裁作舞衣裳
무 한 연 사 약 가 직　위 군 재 작 무 의 상

패강浿江 대동강의 별칭. 답춘양踏春陽 봄볕을 밟다. 봄 나들이를 나서다. 정正 한창. 연사烟絲 안개 실. 재작裁作 마름질해서 옷을 짓다.

✿

평양 아가씨의 야릇한 춘정을 노래했다. 봄볕이 간질간질 간지러워 무턱대고 대동강변으로 봄나들이를 나섰다. 가물가물 안개 강변엔 하늘하늘 버들개지, 싱숭생숭 봄마음은 아슴아슴 아려온다. 무언가? 가슴 한쪽이 이토록 허전한 까닭은. 희부윰한 안개 속에 나부끼는 버들실. 저 실을 자아 어여쁜 비단 짜서, 울긋불긋 옷을 지어 고운 님 앞에 서리. 너울너울 소매 뿌려 고운 춤을 여쭈리라. 마음 둔 고운 님도 내 모습 곱다 하리. 생각만으로도 부끄러워 아가씨는 문득 사방을 둘러본다.

작별

정지승 鄭之升, 1550-1589
〈남겨두고 떠나며留別〉

여린 풀꽃 하늘대는 물가의 정자에는
수양버들 그림같이 봄 성을 가리웠네.
이별의 양관곡을 불러줄 사람 없어
청산만이 내 가는 길 전송하여 주는구나.

細草閒花水上亭　綠楊如畵掩春城
세 초 한 화 수 상 정　녹 양 여 화 엄 춘 성
無人解唱陽關曲　只有靑山送我行
무 인 해 창 양 관 곡　지 유 청 산 송 아 행

세초細草 가는 풀. 해창解唱 노래를 알아 부르다. 양관곡陽關曲 당나라 때 시인 왕유(王維)가 안서도호부로 떠나는 원이(元二)를 전송하며 지은 이별 노래의 절창.

✿

여린 풀과 고운 꽃이 사운대는 물가의 정자에서 정든 이곳과 작별의 눈인사를 나눈다. 먼 산아 잘 있거라. 꽃들도 잘 있거라. "그대에게 한잔 술 다시금 권하노라. 서쪽 양관 나서면 아는 이도 없으리니(勸君更進一杯酒, 西出陽關無故人)."라고 한 왕유의 〈양관곡〉이라도 불러주며 한잔 술로 날 붙들 벗이라도 있었으면 좋으련만. 나 혼자 쓸쓸히 떠나는 길에 둘러선 청산만 말없이 잘 가라고 손을 흔든다.

봄잠

이옥봉 李玉峯, 1550-1592
〈자적自適〉

부슬부슬 봄비에 빈 처마엔 낙숫물이
베개맡 스믈스믈 오후 들어 더 춥구나.
꽃 져버린 뒤뜰에 봄잠이 달콤한데
지지배배 제비가 주렴 열라 하누나.

虛簷殘溜雨纖纖 枕簟輕寒晩漸添
허 첨 잔 류 우 섬 섬 침 점 경 한 만 점 첨
花落後庭春睡美 呢喃燕子要開簾
화 락 후 정 춘 수 미 이 남 연 자 요 개 렴

허첨虛簷 빈 처마. 잔류殘溜 남은 물방울. 침점枕簟 베개와 대자리. 점첨漸添 점점 더해지다. 이남呢喃 제비가 지지배배 우짖는 소리. 요要 요구하다.

✿

보슬보슬 보슬비에 처마 끝 물방울이 똘롱똘롱 떨어진다. 자리 깔고 누웠는데 오후 들어 스멀스멀 한기가 돈는다. 뒤뜰엔 꽃이 지고, 봄잠은 달콤하다. 사각사각 봄비가 수면제 가루 같다. 온몸이 나른해 사지에 힘이 쪽 빠진다. 봄은 또 그렇게 일없이 지나가겠지. 하루 종일 처마 밑을 부지런히 왔다 갔다 하며 진흙을 물어 집 짓던 제비가 혼자 놀기 심심했는지, 바로 발 앞까지 와서 지지배배 지지배배 조잘거린다. "게으름뱅이 아가씨! 그만 좀 일어나시지 않구서. 이 좋은 봄날이 이렇게 다 가는데, 잠깐 나와 지는 꽃 마중이나 하시면 좀 좋을까. 아니면 나하고 좀 놀아주시든가." 아가씨는 팔로 턱을 고인 채 씩 웃고 바라본다.

옛 절

허봉 許篈, 1551-1588
〈폐사를 지나다가 經廢寺〉

옛 절 해묵어 흥폐(興廢)를 감상(感傷)하니
다시 오매 남은 중도 그나마 뵈지 않네.
향로 받침 적막해라 엉긴 먼지 자욱한데
이따금 시골 무당 불등에 불을 켠다.

古寺經年感廢興　重來不復見殘僧
고 사 경 년 감 폐 흥　중 래 불 부 견 잔 승
香盤寂寂凝塵滿　時有村巫點佛燈
향 반 적 적 응 진 만　시 유 촌 무 점 불 등

감폐흥感廢興 흥성하고 폐해짐에 느낌이 일다. 중래重來 다시 오다. 향반香盤 향로 받침. 응凝 엉기다. 시時 때때로. 이따금. 점點 불을 붙이다.

✿

중 떠난 절은 폐허 같다. 여러 해 전 지나는 길에 들렀을 때는 그래도 남은 중이 한둘은 있었다. 지금은 아무도 없고 마당엔 잡초만 무성하다. 부서진 문을 열고 들여다보니, 불전엔 먼지가 엉겼고, 천장엔 온통 거미줄뿐이다. 그 많던 대중들은 어디로 갔나. 목탁 치던 스님들은 어디로 갔나. 부처님은 먼지를 쓴 채 기우뚱하고, 산사엔 괴괴한 적막만 감돈다. 길 가던 나그네는 망연해서 발을 떼지 못한다. 마침 시골 무당 하나가 무심히 와서 불등에 불을 밝히더니만 두 손을 비비면서 고개를 조아린다. 이렇게 스산하게 한 세월이 또 가는구나.

난리 후

이호민 李好閔, 1553-1634
〈난리 뒤에 필운대에서 봄바라기 하며亂後弼雲春望〉

황량한 성 꽃을 피울 한 그루 나무 없고
봄바람에 저물녘 까마귀만 내려앉네.
옛 궁궐 큰길에는 냉이만 파릇한데
봄 밭 갈던 농부가 금비녀를 줍는다네.

荒城無樹可開花 唯有東風落暮鴉
황 성 무 수 가 개 화 유 유 동 풍 락 모 아
薺苨青青故宮路 春來耕叟得金釵
제 니 청 청 고 궁 로 춘 래 경 수 득 금 차

가개화可開花 꽃을 피울 만하다. 모아暮雅 석양의 갈까마귀. 제니薺苨 냉이와 도라지. 경수耕叟 밭 가는 늙은이.

✿

임진왜란을 겪은 뒤 스산한 한양의 풍경이다. 계절의 변화만 어김없어, 난리 끝난 폐허의 한양에도 봄이 찾아들었다. 필운대에 올라 도성을 굽어본다. 정녕 봄은 오는가? 여느 때 같으면 집집마다 소담스런 꽃을 피워 올려 여기저기 꽃잔치가 한창일 테지만, 그 좋은 꽃나무들 다 불타버려 제대로 꽃을 매달고 선 나무를 찾기 어렵다. 가뜩이나 심란한데, 봄바람이 차다며 저물녘 까마귀 떼만 빈 가지 위에 내려와 앉는다. 예전 벼슬아치들의 수레로 드나들던 고궁의 앞길에는 잡초 사이로 냉이와 도라지가 돋아났다. 봄을 맞아 여러 해 묵혀 둔 밭을 갈던 농부는 뜻하지 않게 난리통에 피난민이 떨구고 갔을 법한 금비녀를 줍기도 한다.

가을 생각

차천로 車天輅, 1556-1615
〈가을의 마음 秋懷〉

봄 산이 가을 산보다 꼭 낫지는 않으니
떨어지고 돋아나고 한가한 때 없겠네.
묵은 잎이 여태도 나무 끝에 달렸다면
새 꽃잎 어이하여 가지 사이 피겠나.

春山非必勝秋山　擺落生成覺未閒
춘 산 비 필 승 추 산　파 락 생 성 각 미 한
舊綠如曾留木末　新紅安可着枝間
구 록 여 증 류 목 말　신 홍 안 가 착 지 간

비필非必 반드시 ~한 것은 아니다. 파락擺落 피고 지다. 증曾 일찍이.
안가安可 어찌 ~할 수 있겠는가? 착着 붙어 있다. 피다의 뜻.

✲

연초록으로 물오르는 봄 산과 잎 다 져 텅 빈 가을 산, 어느 것이 더 나은가? 봄 산은 설렘이 있고 가을 산은 조촐해서 좋다. 하지만 가만 보면 산은 어느 한 순간도 한가할 때가 없다. 찬 바람에 잎을 다 떨구고도 씨눈을 아껴 새봄의 꽃과 새 잎들을 준비한다. 묵은 것을 미련 없이 버릴 줄 안다. 쥐고 안 놓으려고 아등바등하지 않는다. 인간은 하나라도 더 쥐려고 발버둥치다 결국은 다 잃고 만다. 비워야 차고, 버려야 얻는 이치를 모른다.

흥취

차천로 車天輅, 1556-1615
〈흥에 겨워謾興〉

앉고프면 앉았다가 졸리면 잠을 자니
보이느니 푸른 산, 들리느니 물소리라.
초가집 풀 욱은 뜰 찾는 이 하나 없고
오가기는 바람 달과 구름 안개뿐이로다.

欲坐而坐欲眠眠　看卽林巒聽卽泉
욕 좌 이 좌 욕 면 면　간 즉 림 만 청 즉 천
蓬屋草庭人不到　往來風月與雲烟
봉 옥 초 정 인 불 도　왕 래 풍 월 여 운 연

욕면면欲眠眠 졸리려고 하면 잔다. 림만林巒 숲이 무성한 산.

✿

졸리면 누워 자고, 잠 깨면 일어나 앉는다. 문 열면 푸른 산이 둘러섰고, 귓가에는 시냇물 소리 들린다. 마당에 잡초가 자라도 뽑지 않고 내버려둔다. 몇 날이 지나도 찾는 손님 하나 없는 집. 나 심심할까 봐 이따금씩 바람과 달빛이, 구름과 안개가 한 번씩 들여다보고 간다. 안부 묻고 간다.

한 해를 보내며

손필대 孫必大, 1559-?
〈선달 그믐날守歲〉

외로이 찬 방에서 앉아 새벽 맞으며
남은 해 전별하곤 마음 가만 상하네.
흡사 마치 강남 땅서 나그네 되었을 제
석양의 정자에서 고운 님 작별한 듯.

寒齋孤獨坐侵晨　餞罷殘年暗損神
한 재 고 독 좌 침 신　전 파 잔 년 암 손 신
恰似江南爲客日　夕陽亭畔送佳人
흡 사 강 남 위 객 일　석 양 정 반 송 가 인

수세守歲 선달 그믐날 밤 잠을 자지 않고 새해를 맞는 일. 침신侵晨 새벽이 되다. 전파餞罷 전별을 마치다. 손신損神 마음이 상하다. 허전하다.

✲

새해의 첫 먼동이 틀 때까지 잠을 자지 않고 혼자 앉아 지샜다. 젊은 날엔 벗들과 어울려 왁자하게 술잔을 나누며 새해를 맞은 적도 있었다. 떠나보낸 지난 해들을 생각하면 남몰래 마음 한 켠이 아려온다. 이것은 아쉬움일까? 아니면 후련함일까? 허전한 마음을 달래느라 멍하니 앉았자니, 예전 강남 땅을 나그네로 떠돌 적, 석양 무렵 잔광을 뒤로하고 고운 님과 작별하던 그때의 막막한 심경이 되살아난다. 새해를 맞는 벅찬 기쁨이나 설렘 같은 것이 이제는 없다.

허공에 쓴 글자

유몽인 柳夢寅, 1559–1623
〈서실에서書室〉

장욱과 장지는 다시는 안 나오니
꿈틀대는 글씨라도 놀랄 이 그 누구랴.
때로 장차 마음대로 허공 가득 써갈기니
푸른 하늘 종이 가득 글자마다 빛나도다.

張旭張芝不復生　龍蛇動筆也誰驚
장 욱 장 지 불 부 생　용 사 동 필 야 수 경
時將如意書空遍　一紙青天字字明
시 장 여 의 서 공 편　일 지 청 천 자 자 명

장욱張旭 광초(狂草)로 유명한 중국의 서예가. 장지張芝 중국의 한나라 때의 명필. 용사동필龍蛇動筆 용과 뱀이 꿈틀대듯 생동감 넘치는 글씨. 여의如意 마음대로. 서공편書空遍 허공에 가득 쓰다.

✿

장욱과 장지는 당나라와 한나라의 유명한 서예가다. 그들은 용과 뱀이 꿈틀대는 듯한 초서(草書)에 능했다. 이제는 누구도 그런 펄펄 나는 글씨를 쓰지 못한다. 나는 때로 무료할 때면 푸른 하늘 넓은 종이 위에 마음껏 글씨를 휘둘러 쓴다. 온 팔을 꿈틀대며 신나게 글씨를 쓰고 나면 푸른 천공(天空) 위에 붙박힌 듯 글자들이 또렷이 떠오른다. 내 뱃속에 품은 마음을 이렇듯이 푸른 하늘에 내걸고 싶다.

독촉

유몽인 柳夢寅, 1559-1623
〈이천에서伊川〉

베 짜는 아낙네는 눈물만 뺨에 가득
겨울옷 애초에 낭군 입힐 작정했지.
내일 아침 끊어서 관리에게 건네주면
한 관리 가자마자 다른 관리 찾아오리.

貧女鳴梭淚滿腮　寒衣初擬爲郎裁
빈 녀 명 사 루 만 시　한 의 초 의 위 랑 재
明朝裂與催租吏　一吏纔歸一吏來
명 조 열 여 최 조 리　일 리 재 귀 일 리 래

명사鳴梭 베짜는 북이 운다. 베를 짜기 위해 실 감은 북이 오갈 때 나는 소리. 시腮 뺨. 초의初擬 처음엔 ~할 생각이었다. 위랑재爲郎裁 낭군을 위해 마름질하다. 열여裂與 짜던 베를 끊어서 주다. 최조리催租吏 세금을 재촉하는 관리. 재귀纔歸 겨우 돌아가다. 돌아가자마자.

✲

북이 베틀을 가로지를 때마다 핑핑 경쾌한 소리가 난다. 짜던 베의 길이가 길어질수록 그녀는 자꾸 눈물이 난다. 이 베를 짜서 곱게 마름질해 낭군에게 겨울옷을 지어 입힐 참이었다. 하지만 오늘 세금 걷는 관리는 최후의 통첩을 하고 갔다. 내일 아침까지 세금을 내지 않으면 아예 사람을 잡아 가두겠노라고. 애써 눈물로 짠 베는 내일 아침이면 싹둑 잘려나가겠지. 하지만 그것으로 일이 끝날 것 같지가 않다. 겨우 한 아전을 달래서 보내면 또 다른 아전이 득달같이 들이닥쳐 나머지 세금을 내놓으라고 독촉할 것이 뻔한 까닭이다. 이래저래 날은 추워오는데, 낭군의 여름 홑옷 사이로 스며들 살을 에는 추위가 멀지 않았는데. 그녀는 이제 눈물 때문에 북실이 보이지 않는다.

새만 홀로

김상용 金尙容, 1561–1637
〈금강에서錦江〉

강물의 남북으로 풀빛이 우거져서
눈 가득한 봄빛에 나그네 맘 어지럽다.
근심 속에 배에 올라 옛 자취 찾아보니
청산은 말이 없고 새들만 우짖누나.

江南江北草萋萋　滿目春光客意迷
강 남 강 북 초 처 처　만 목 춘 광 객 의 미
愁上木蘭尋古跡　青山無語鳥空啼
수 상 목 란 심 고 적　청 산 무 어 조 공 제

처처萋萋 풀이 우거진 모양. 목란木蘭 목란으로 꾸민 배. 여기서는 크기가 작은 배를 말함. 심尋 찾아보다.

✲

금강의 비단 같은 강물 위에 배를 띄우니 강물 양옆으로 풀빛만 아스라하다. 간지러운 봄 햇살은 천지에 가득하고, 짙은 강물 빛에 나그네는 자꾸 마음이 아려온다. 고국(故國)의 흥망을 새삼 물어 무엇하리. 눈 감으면 삐걱이는 사공의 노 젓는 소리만 몸을 흔든다. 그 옛날 삼천궁녀의 낙화암과 부소산성의 황량한 성터는 삶의 덧없음과 부질없음을 쓸쓸히 일깨운다. 청산은 입을 굳게 다문 채 아무런 말이 없고, 새들은 그때를 보았다는 듯 쉴 새 없이 조잘댄다.

도중에

이수광 李睟光, 1563-1628
〈상수역 가는 길에 湘水驛途中〉

비 온 뒤 맑은 날씨 한낮이 가까운데
역루의 고운 풀은 상수 물에 어둑하다.
그 누가 알겠는가 나그네 안장 위서
절반은 시를 읊고 절반은 잠자는 줄.

雨後淸和近午天　驛樓芳草暗湘川
우 후 청 화 근 오 천　역 루 방 초 암 상 천
誰知倦客征鞍上　半是吟詩半是眠
수 지 권 객 정 안 상　반 시 음 시 반 시 면

상수역湘水驛 경기도 적성현에 있던 객관. 청화淸和 날씨가 맑고 화창함. 권객倦客 피곤한 나그네. 정안征鞍 나그네의 안장.

✿

비가 그쳤다. 날이 맑게 개었다. 산뜻한 마음으로 떠난 걸음이 어느새 중천이 되었다. 길은 상수역으로 접어들고, 상수물에 풀빛이 얼비쳐 짙은 그늘을 드리운다. 이른 새벽에 출발한 걸음이어서 봄볕을 받고 가는 말안장 위는 혼곤한 꿈길로 이어진다. 까딱까딱 졸다가 좋은 풍경 만나면 또 혼자 시를 흥얼거린다. 그러다 보니 어느새 졸음이 몰려오고. 졸다 읊다 읊다 졸다 나그네의 말안장 위는 공연히 정신이 없다.

부끄러워

허난설헌 許蘭雪軒, 1563-1589
〈연밥 따는 노래採蓮曲〉

가을날 맑은 호수 옥 같은 물 흐르는데
연꽃 깊은 곳에 목란배를 매어두고.
님 만나 물 저편에 연밥을 던지고는
행여 남이 봤을까 봐 한참 부끄러웠네.

秋淨長湖碧玉流　荷花深處繫蘭舟
추 정 장 호 벽 옥 류　하 화 심 처 계 란 주
逢郎隔水投蓮子　遙被人知半日羞
봉 랑 격 수 투 련 자　요 피 인 지 반 일 수

란주蘭舟 목란배. 한 사람이 타기에 알맞은 작은 배. 격수隔水 물 건너. 련자蓮子 연실(蓮實). 연밥. 요遙 멀리서.

✿

가을날 물 맑은 긴 호수에 벽옥의 강물이 넘실댄다. 연꽃은 피고 지고, 연잎은 키를 넘고, 연밥도 주렁주렁 매달렸다. 조그만 쪽닥배를 몰고 님과 만나기로 한 장소에 먼저 온 그녀는 부끄러워 연잎 속에 배를 매어두고 아까부터 숨어 있다. 이윽고 방죽 저편으로 님이 보이더니, 연잎 속에 숨은 나는 못 보고 자꾸 애먼 곳을 두리번거린다. 기다리다 못한 나는 님의 발치에 작은 연밥을 하나 따서 던진다. 연자(蓮子)는 연밥을 말하지만, 음으로 읽으면 연자(憐子), 즉 '그대를 사랑해요!'가 된다. 그녀의 두 볼에 반나절 동안이나 홍조가 가시지 않았던 이유다.

어떤 방문

이정구 李廷龜, 1564-1635
〈스님을 찾아 尋僧〉

가파른 돌길에 지팡이 미끄럽고
엷은 구름 성근 풍경 함께 허공 배회하네.
사미가 손 맞잡고 맞이하며 하는 말이
스님은 앞산에서 주무시곤 안 왔다네.

石逕崎嶇杖滑苔　淡雲疎磬共徘徊
석 경 기 구 장 활 태　담 운 소 경 공 배 회
沙彌叉手迎門語　師在前山宿未回
사 미 차 수 영 문 어　사 재 전 산 숙 미 회

석경石逕 돌길. 기구崎嶇 가파른 모양. 장활태杖滑苔 지팡이가 이끼에 미끄러지다. 소경疎磬 이따금 들려오는 풍경 소리. 배회徘徊 서성이다. 차수叉手 두 손을 나란히 합장함.

✲

가파른 돌길을 말없이 오른다. 지팡이가 습기 머금은 이끼 위를 찍으면 그만 쭉 미끄러진다. 핑계 김에 다리를 쉬자 고개를 들면 하늘엔 엷은 구름이 한가로이 떠 있다. 불어오는 바람에 땀을 식히는데 산 위 절집의 풍경 소리가 구름 사이로 들려온다. '이제 다 왔어요. 조금만 힘내세요!' 내게 이렇게 말하는 것 같다. 구름 속 절집에 다다라 스님을 찾았더니, 파르라니 머리를 깎은 사미승이 나와 합장을 하며 말한다.

"큰스님은 간밤 앞산에서 주무신다고 가시고선 여태 안 돌아오셨는데요."

유거(幽居)

이정구 李廷龜, 1564-1635
〈이수지 별장의 여덟 가지 풍경 李綏之庄舍八景〉

땅도 외진 그대 거처 찾는 발길 끊기고
한가한 집 일어나도 할 일이 하나 없네.
그래도 시절 근심 마음이 안 좋으면
저물녘 지팡이 짚고 앞 뫼를 바라보네.

幽居地僻斷過從　睡起閑齋萬事慵
유 거 지 벽 단 과 종　수 기 한 재 만 사 용
猶有憂時心未已　夕陽扶杖看前峯
유 유 우 시 심 미 이　석 양 부 장 간 전 봉

과종過從 지나다가 들러서 서로 좇음. 용慵 게으르다. 심미이心未已 마음이 가라앉지 않다.

✲

숨어 사는 벗의 거처를 떠올리며 지은 시다. 그래 요즘은 어찌 지내시는가? 그대 울울한 마음 품고 세상을 벗어나 궁벽한 곳에 깃드니, 내 그 마음을 알 것 같네. 이따금 지나는 길에 들르던 발길도 딱 끊기고, 잠 깨어 일어나도 할 일이 없어 멀거니 앉아 있는 무료한 나날이겠지. 그래도 대궐 쪽 바라보다 잘못되어만 가는 이 시대를 생각하면 왜 이런저런 근심이 일지 않겠는가? 온종일 들끓는 마음 잠재우다 하답답하면 앞산 마루를 건너가는 석양이나 보려고 지팡이 짚고 나서서 마당을 서성이겠군. 마음 편히 가지시게. 지는 해야 진다 해도 내일이면 또 내일의 태양이 뜨지 않겠는가?

단풍 숲

유숙 柳潚, 1564-?
〈보경사에서 우연히 읊다 寶鏡寺偶吟〉

단풍 숲 뚫고 나와 바위 이끼 밟으니
산 앞과 산 뒤를 배불리 보고 왔네.
고승은 족함 모름 마땅히 웃겠지만
어저께 놀던 사람 오늘 다시 왔다오.

穿盡楓林踏石苔　山前山後飽看廻
천 진 풍 림 답 석 태　산 전 산 후 포 간 회
高僧應笑不知足　昨日遊人今又來
고 승 응 소 불 지 족　작 일 유 인 금 우 래

천진穿盡 뚫고 다 지나오다. 포간飽看 실컷 보다. 응소應笑 응당 웃을 것이다.

✲

멀리 뵈는 단풍 숲이 붉다 못해 불탄다. 오늘도 가만있을 수가 없어 지팡이 짚고 문을 나선다. 산 앞의 단풍 숲을 실컷 구경하고, 시냇가 바위 위 이끼 길을 밟아 산 뒤편 절집 있는 곳까지 왔다. 산 구경 눈요기에 배가 다 부르다. 보경사 경내로 들어서면 눈썹 하얀 스님이 씩 웃으시겠지. "어제 그렇게 구경했으면 됐지, 어찌 또 걸음을 하셨습니까?" "스님! 이 좋은 시절, 저 비단같이 고운 단풍 숲을 그저 멀리서만 볼 수가 있어야지요. 아름다움은 잠깐이고, 인생의 한 시절도 이렇듯 하릴없이 떠내려가겠지요."

상심

신흠 申欽, 1566–1628
〈봄날의 감회感春〉

벌은 꽃술 빨아 먹고 제비는 진흙 물고
비 갠 뒤 깊은 집엔 푸른 이끼 자옥하다.
봄 들어 한없는 마음 상할 일들일랑
꾀꼬리에 분부하여 실컷 울게 하리라.

蜂唼花鬚燕唼泥 雨餘深院綠苔齊
봉 삽 화 수 연 삽 니 우 여 심 원 록 태 제
春來無限傷心事 分付流鶯盡意啼
춘 래 무 한 상 심 사 분 부 류 앵 진 의 제

삽唼 마시다. 쪼아 먹다. 제齊 이끼가 고르게 깔리다. 류앵流鶯 꾀꼬리.

✲

벌은 잉잉대며 이 꽃 저 꽃 기웃댄다. 돌아온 제비는 진흙을 연신 물어다 집 짓기가 한창이다. 봄비가 조촐히 내리더니 뜨락에 이끼가 파르라니 돋았다. 모를 일이다. 봄 들며 마음 한켠이 자꾸 아리다. 가눌 길이 없다. 온종일 집에 처박혀 비 젖은 꽃밭, 진흙 물어 제 보금자리를 마련 중인 제비를 보면서도 정작 나는 아무것도 할 수가 없다. 꾀꼬리는 봄 신명에 짚혔는지 연하여 운다. 그래, 너도 할 말이 많았던 게로구나. 실컷 울려무나. 내 대신 울어다오.

비 갠 아침

신흠 申欽, 1566-1628
〈비 온 뒤 군기시의 대각에 앉아雨後坐軍器寺臺閣〉

밤새도록 비 내려 푸른 못 불어나니
연꽃과 연잎이 여기저기 들쭉날쭉.
원앙새 꽃 사이로 잠자러 향해 가니
갈바람에 분부하여 불지 마라 해야지.

一雨中宵漲綠池　荷花荷葉正參差
일 우 중 소 창 록 지　하 화 하 엽 정 참 치
鴛鴦定向花間宿　分付西風且莫吹
원 앙 정 향 화 간 숙　분 부 서 풍 차 막 취

군기시軍器寺 조선시대 병기와 군대 관련 집물을 만드는 일을 맡았던 관청. 중소中宵 한밤중. 창漲 물이 불다. 참치參差 들쭉날쭉한 모양. 서풍西風 가을바람.

✿

비 갠 뒤 군기시(軍器寺)의 전각에서 물 불어난 연못의 연꽃을 보며 지은 시다. 밤새 비가 쉴 새 없이 내리더니 못물이 불어나 찰랑찰랑 넘친다. 일렁이는 물결 따라 연꽃과 연잎들이 너울너울 출렁댄다. 맑게 씻긴 풍경 위에 이들이들한 연잎과 함초롬한 연꽃 송이만 보면 간밤의 걱정이 무색할 지경이다. 그 와중에도 원앙새 한 쌍은 서로의 깃을 다듬어주며 꽃 사이로 숨어들어 사랑의 밀회를 나눈다. 시인은 눈앞의 정경이 너무 흐뭇한 나머지, 가을이 와서 연잎이 시들어 원앙이 보금자리를 잃는 일이 있어서는 안 되겠다며 가을바람에게 제발 불지 말라고 부탁한다.

큰 눈

신흠 申欽, 1566-1628
〈큰 눈大雪〉

골 메우고 산을 덮어 온 천지가 한가지니
영롱한 옥세계요 반짝이는 수정궁궐.
인간 세상 화가들이 무수히 많겠지만
음양 변화 그 보람을 그려내긴 어렵겠네.

塡壑埋山極目同 瓊瑤世界水晶宮
전 학 매 산 극 목 동 경 요 세 계 수 정 궁
人間畫史知無數 難寫陰陽變化功
인 간 화 사 지 무 수 난 사 음 양 변 화 공

전학塡壑 골짜기를 메우다. 매산埋山 산을 파묻다. 극목極目 눈 닿는 끝까지. 화사畫史 화가. 난사難寫 묘사하기가 어렵다.

✲

큰 눈이 펑펑 내렸다. 산골짝을 메우고 온 산을 덮어, 천지는 온통 옥가루를 뿌린 수정궁궐로 변했다. 티끌세상 긴 여행을 마치고 별세계에 이제 막 도착한 기분이다. 이 아름다운 세상, 빛깔이라야 흰빛뿐인 세계를 아무래도 그림으로 그려내긴 어렵겠지? 조화의 신공(神功)이 참으로 오묘하다.

노숙

이경전 李慶全, 1567–1644
〈장단에서 노숙하고長湍露宿〉

옛 성에선 피리 불고 새벽별은 낮은데
짧은 꿈 깨날 제면 나그네 맘 스산하다.
석상 위 등불 가에 벌레 소리 들려올 제
바람 이슬 온몸 가득 차갑게 적시누나.

古城吹角曉星低　小夢廻時客意迷
고 성 취 각 효 성 저　소 몽 회 시 객 의 미
燈火石床蟲語裏　滿身風露濕凄凄
등 화 석 상 충 어 리　만 신 풍 로 습 처 처

노숙露宿 한데서 자다. 취각吹角 뿔피리를 불다. 몽회夢廻 꿈에서 깨어나다. 만신滿身 몸에 가득.

✿

황해도 장단 근처에서 도중에 밤이 되어, 하는 수 없어 화톳불 피워놓고 노숙을 했다. 추위에 벌벌 떨며 자다 깨다 하는데 멀리서 희미하게 뿔피리 소리가 들린다. 고개 들어 하늘을 보니 새벽별도 낮게 깔렸다. 설핏 든 잠에선 고향 꿈이 달콤했다. 깨어나 새벽별을 보니 마음이 심란하다. 너럭바위에 피워둔 등불도 사위고, 가을벌레의 울음은 슬프다. 옷 위로 새벽이슬이 내려 축축하다 못해 푹 젖고 말았다. 한기가 오싹하다.

비바람

이경전 李慶全, 1567-1644
〈큰 바람이 불고 밤새 비가 내리다 大風終夜雨〉

비바람 밤새도록 찬 사립문 흔들고
객관의 외론 등불 희미하게 벽 비춘다.
날 밝아도 일찌감치 출발키는 어려우니
역말 하인 옷 젖을까 겁난다고 말들 하네.

終宵風雨撼寒扉　客館孤燈照壁微
종 소 풍 우 감 한 비　객 관 고 등 조 벽 미
却到天明難早發　郵僮相語怕霑衣
각 도 천 명 난 조 발　우 동 상 어 파 점 의

종소終宵 밤새도록. 감撼 뒤흔들다. 천명天明 날이 밝다. 우동郵僮 역마(驛馬)를 끄는 하인. 파怕 겁내다. 점의霑衣 옷을 적시다.

✿

밤새 폭풍우가 휘몰아쳐 관역(館驛)의 객관에 든 나그네는 잠을 설쳤다. 바람이 사립문을 잡아 흔드는 소리에 깜빡 든 잠을 깨면 가물대는 등불은 저 혼자 희미하게 벽을 비춘다. 이러구러 아침이 되었어도 막상 떠날 일이 난감하다. 이 비바람 속에 새벽부터 비를 맞으며 길 나설 엄두가 나질 않는 까닭이다. 역관에서 일하는 하인들은 혹 손님이 길 재촉이라도 하면 어쩌나 싶어 아예 짐짓 저희들끼리 너스레를 떤다. "어휴! 저 비 좀 봐. 오늘 길은 아무래도 틀린 듯싶네. 옷이 다 젖겠어."

연잎 고깔

강항 姜沆, 1567–1618
〈황룡강에서 비를 만나 연잎으로 종의 머리를 감싸고서 黃龍江遭雨, 以荷葉裹奴頭〉

강물 위 소낙비에 잔물결 일렁이고
가는 베옷 비에 젖자 유월에도 춥구나.
지친 객의 행장에도 볼 만한 일 많으니
말 앞의 하인들이 연잎 고깔 다 씀일세.

連江驟雨動輕瀾　細葛初霑六月寒
연 강 취 우 동 경 란　세 갈 초 점 육 월 한
倦客行裝多勝事　馬前僮僕盡荷冠
권 객 행 장 다 승 사　마 전 동 복 진 하 관

연강連江 강물 위에까지 연이어. 취우驟雨 소나기. 경란輕瀾 가볍게 일렁이는 물결. 세갈細葛 가는 올로 짠 베옷. 점霑 젖다. 적시다. 권객倦客 지친 나그네. 승사勝事 빼어난 일. 볼 만한 일. 동복僮僕 말구종 드는 하인. 하관荷冠 비를 막으려고 연잎으로 만든 고깔.

✿

소낙비가 강물 위로 쏟아지자 물결이 일렁인다. 6월인데도 비에 옷이 흠뻑 젖어 한기가 느껴진다. 먼 길 가는 나그네의 행장이 마냥 구질구질하기만 한 것은 아니다. 쏟아지는 비를 피해 보겠다고 하인 녀석들은 연잎을 둥글게 말아 고깔을 만들어 저희들끼리 시시덕거리며 빗속을 간다. 파란 연잎 모자를 얹은 녀석들의 머리 위로 빗방울이 튀어 오른다. 나는 말 위에서 오슬오슬 돋는 한기 때문에 몸을 움츠려 강물 위로 떨어지는 빗방울 소리, 연잎 고깔이 들쭉날쭉 앞서 가는 모습을 듣고 본다.

채마밭

강항 姜沆, 1567–1618
〈한가한 생활閒居〉

순무엔 이삭 패고 보리는 새싹 나니
흰나비는 가지 꽃 틈새로 나는구나.
성근 울에 해 비치자 거친 밭이 깨끗한데
동산 가득 봄 일이 농부 집과 비슷해라.

蕪菁結穗麥抽芽　粉蝶飛穿茄子花
무 청 결 수 맥 추 아　분 접 비 천 가 자 화
日照疎籬荒圃淨　滿園春事似田家
일 조 소 리 황 포 정　만 원 춘 사 사 전 가

무청蕪菁 순무 또는 무. 결수結穗 이삭이 패다. 추아抽芽 싹을 내밀다.
분접粉蝶 흰나비. 가자茄子 가지. 소리疎籬 성근 울타리.

✿

노란 무꽃이 지더니 보리는 새 이삭을 빼꼼 내민다. 보랏빛 가지꽃 사이로 노랑나비 흰나비가 종일 바쁘다. 성근 울타리 위에 햇살이 머무는 봄날, 황량하던 채마밭이 그리 깨끗해 보일 수가 없다. 여기저기 새싹들이 밀고 올라오는 소리, 색색의 꽃들이 폭죽을 터뜨리는 소리, 팔랑대는 나비의 부산스런 날갯짓. 봄날은 웅성웅성 소곤소곤 바쁘다. 그사이에 일 없는 나만 울타리 너머 텃밭의 풍경을 엿보고 있다.

한식 풍경

조위한 趙緯韓, 1567-1649
〈한식날 완산 가는 도중에寒食日完山途中〉

부들 잎 새로 돋고 쑥 잎은 살졌는데
복사꽃 피지 않고 살구꽃은 흩날린다.
어느 집 과부인지 어린것들 데리고
새 무덤에 제사하고 곡하며 가지 않네.

蒲葉初生艾葉肥　桃花未綻杏花飛
포 엽 초 생 애 엽 비　도 화 미 탄 행 화 비
誰家寡婦携童稚　祭罷新阡哭不歸
수 가 과 부 휴 동 치　제 파 신 천 곡 불 귀

한식寒食 동지로부터 105일째 되는 날. 이날은 불을 금하고 찬밥을 먹는다. 민간에서는 조상의 묘에 성묘를 한다. 포엽蒲葉 부들 잎. 애엽艾葉 쑥 잎. 미탄未綻 꽃망울을 아직 터뜨리지 않았다. 동치童稚 어린 자식. 신천新阡 새로 쓴 무덤.

✿

한식날 풍경이다. 부들 잎이 물가에 돋아나고, 쑥은 보드라운 잎이 도톰하다. 복사꽃은 멍울만 맺힌 채 아직 피지 않았다, 살구꽃은 바람에 흩날려 땅으로 분분히 진다. 여기저기 산언덕마다 제사를 지내고 돌아오는 사람들의 모습이 보인다. 어디선가 들려오는 구슬픈 곡소리! 소리가 온 곳을 따라 눈을 돌려보니, 과부가 어린 자식들을 데리고 뗏장도 채 마르지 않는 새 무덤 앞에서 하염없이 울고 있다. 멋모르는 어린 것들도 덩달아 운다. 깊은 슬픔이 들판으로 번져간다.

병아리

양경우 梁慶遇, 1568-?
〈마을 풍경村事〉

탱자나무 울타리에 낮은 사립 닫혔고
새참 내간 아낙은 돌아올 줄 모르네.
멍석에 나락 쬐는 추녀밑은 조용한데
병아리는 짝을 지어 울 틈새로 나온다.

枳殼花邊掩短扉　餉田邨婦到來遲
지 각 화 변 엄 단 비　향 전 촌 부 도 래 지
蒲茵曬穀茅檐靜　兩兩鷄孫出壞籬
포 인 쇄 곡 모 첨 정　양 량 계 손 출 괴 리

지각화枳殼花 탱자나무 꽃. 향전餉田 밭에 새참을 내가다. 포인蒲茵 부들풀로 짠 멍석 자리. 쇄곡曬穀 곡숙을 말리다. 모첨茅檐 띠집 처마. 양량兩兩 두 마리씩 짝을 지어. 계손鷄孫 병아리. 괴리壞籬 무너진 울타리.

✿

탱자나무 가시덤불로 울타리를 친 시골집. 키 작은 사립문도 해 달았다. 길 가던 나그네는 허기를 달래고 다리 좀 쉬어 갈까 싶어 기웃대는데, 아무 기척이 없다. 추수 때라 일손이 바빠 마당엔 멍석을 깔아 햇곡식을 말리고, 주인 아낙은 들로 새참을 내간 모양이다. 그냥 지나가자니 배 속에서 꼬르륵 소리가 시끄럽고, 마냥 기다리자니 지루하다. 햇나락을 보다가 들판 쪽으로 고개를 돌리는데 마당에서 무슨 소리가 들린다. 요것 봐라! 탱자나무 터진 울타리 사이로 뿅뿅뿅 병아리 떼가 마당을 향해 돌진하고 있다. 주인도 없는 참에 마음 놓고 포식을 해볼 참이다. 나그네더러 '너는 못 들어오지? 배고파도 참아라!' 하며 약을 올리는 것만 같다.

화담 선생

양경우 梁慶遇, 1568-?
〈화담에서 花潭〉

살았을 젠 종적 없고 죽어 이름 없으니
이 바로 고인께서 세상 피한 마음일세.
산꽃이 물을 따라 내려가지 않았다면
지금에 그 누가 선생을 알았으랴.

存無蹤迹死無名　自是高人遁世情
존 무 종 적 사 무 명　자 시 고 인 둔 세 정
不有山花隨水去　秖今誰更識先生
불 유 산 화 수 수 거　지 금 수 갱 식 선 생

화담花潭 서경덕(徐敬德)의 호이자, 개성 박연폭포 아래에 있던 못 이름.
종적蹤迹 발자취. 자시自是 이것이 바로. 둔세遁世 세상을 피해 숨음.
지금秖今 다만 이제.

✿

화담 선생 은거하시던 화담을 찾았다. 살아서는 세상에 자취를 드러내지 않았고, 죽어서는 이름 없는 필부로 돌아갔다. 그래도 세상은 그 학문과 그 인격을 높여 기린다. 세상의 더러운 명예를 탐하지 않고, 내면의 고요에 귀를 기울인 뜻은 과연 어디에 있었던가. 화담의 맑은 물에 선생의 맑은 정신을 비춰본다. 화담(花潭)의 꽃 소식이 물을 따라 흘러 내려가 세상 사람들은 선생을 본 적이 없으면서도 선생을 모르는 이가 없다. 굴레를 훌훌 벗어던져 자유로워진 정신. 얽매임 없이 홀가분했던 맑고 투명한 삶. 삶의 둘레로 번져가던 향기. 오늘 다시 이곳을 찾은 나그네는 문득 그 높고 아득한 경지가 그립다.

한식

권필 權韠, 1569–1612
〈한식寒食〉

제사 마친 들녘에 해가 기울고
지전 태워 뒤적이자 까마귀 우네.
적막한 산골짝에 사람은 가고
팥배나무 꽃잎 위로 비가 치누나

祭罷原頭日已斜　紙錢飜處有啼鴉
제 파 원 두 일 이 사　지 전 번 처 유 제 아
山谿寂寞人歸去　雨打棠梨一樹花
산 계 적 막 인 귀 거　우 타 당 리 일 수 화

원두原頭 들머리. 당리棠梨 팥배나무.

✲

한식날 해가 저문다. 무덤가 까마귀 떼는 사람들 돌아가기만 기다린다. 종이돈을 사르자 검은 재가 바람 타고 서편 하늘로 날려 간다. 듬성듬성 보이던 사람들도 다 떠나고 없다. 돌아오는 길, 팥배나무 꽃잎이 부슬부슬 봄비에 젖는다. 이 비 맞으며 까마귀들은 무덤가에 남겨진 제수 음식으로 주린 배를 채우겠구나. 사는 일은 늘 이렇듯 차고 시리다. 비 맞고 꽃잎은 져서 진창으로 떨어지겠지. 나도 언젠가는 흙으로 돌아가리라. 비에 젖고 안개에 지워지는 풍경들을 말없이 바라본다.

솔바람

권필 權韠, 1569–1612
〈숲속 거처를 열 가지로 노래함林居十詠〉 중

숲 아랜 맑은 시내, 시내 위엔 정자 있고
정자 가엔 수도 없이 봉우리들 푸르도다.
유인(幽人)은 취해 눕고 해는 뉘엿 지려는데
골짝마다 솔바람에 술기운이 절로 깨네.

林下淸溪溪上亭　亭邊無數亂峰青
임 하 청 계 계 상 정　정 변 무 수 난 봉 청
幽人醉臥日西夕　萬壑松風醉自醒
유 인 취 와 일 서 석　만 학 송 풍 취 자 성

유인幽人 세상을 피해 숨어 사는 사람. 취자성醉自醒 취기가 절로 깨다.

✲

강화도 오류천(五柳川) 위 초당(草堂)의 풍경을 노래한 연작 가운데 한 수다. 울창한 숲이 그늘을 만들어주고, 그 사이로 맑은 시내가 흘러간다. 시내 건너편 언덕 위에 정자 하나를 세웠다. 정자에 앉으면 사방에 푸른 묏부리가 눈을 시원하게 한다. 더위가 한결 누그러진 석양 무렵, 낮부터 마신 술기운이 그제야 올라와 정자 위에 큰 대 자로 눕는다. 골짜기에서 솔바람이 몰려와 취해 누운 내게서 취기를 불어간다. 정신이 맑게 개어온다.

슬픔

권필 權韠, 1569–1612
〈송강 정철의 산소를 지나다 느낌이 있어過鄭松江墓有感〉

빈 산에 잎은 지고 비는 부슬부슬
상국의 풍류도 이같이 적막쿠려.
슬프다 한잔 술 되올리기 어려워라
지난날 그 노래 오늘 아침 이름일세.

空山木落雨蕭蕭　相國風流此寂寥
공 산 목 락 우 소 소　상 국 풍 류 차 적 료
惆悵一盃難更進　昔年歌曲卽今朝
추 창 일 배 난 갱 진　석 년 가 곡 즉 금 조

소소蕭蕭 비가 부슬부슬 내리는 모양. 상국相國 재상. 난갱진難更進 다시 올리기가 어렵다.

✲

스승처럼 따르던 송강 정철의 산소를 들러 지은 시다. 황량한 숲, 분분히 지는 낙엽. 비마저 부슬부슬 내리니 처창한 감회를 어쩔 수 없다. 그 서글서글하던 눈빛과 질탕한 풍류도 이제는 흙 속에 말없이 누워 있다. 선생님! 술 한잔 올립니다. 제 절 받으십시오. 계신 곳은 지낼 만하신가요? 예전 지으신 노래 〈장진주사(將進酒詞)〉에서, 죽은 후에 무덤 위에 소소리 바람 불 제면 누가 나와 술 한잔하자 하겠느냐시던 그 말씀이 딱 오늘 아침의 정경입니다그려. 선생님! 제 술 한잔 더 받으시지요. 잔을 따르려다 말고 그는 복받치는 슬픔을 이기지 못한다.

장미

허균 許筠, 1569–1618
〈초여름 성중에서 짓다 初夏省中作〉

전원은 황폐한데 언제나 돌아가나
머리 세는 인간 세상 벼슬살이 생각 없다.
적막타 상림(上林)에 봄일이 다 지났는데
보슬비에 젖은 장미 다시 보게 될 줄은.

田園蕪沒幾時歸　頭白人間宦念微
전 원 무 몰 기 시 귀　두 백 인 간 환 념 미
寂寞上林春事盡　更看疎雨濕薔薇
적 막 상 림 춘 사 진　갱 간 소 우 습 장 미

무몰蕪沒 잡초에 덮이다. 환념宦念 벼슬길을 향한 마음. 상림上林 한나라 때 궁궐에 있던 정원 이름. 후대에는 궁궐 정원의 뜻으로 쓴다.

✿

초여름 대궐에서 근무하다가 답답한 마음이 들었던 모양이다. 고향 땅 강릉 일을 생각하면 하루라도 빨리 돌아가 마음 편히 지내고 싶은 생각뿐이다. 서울서의 벼슬살이는 센 터럭뿐이다. 속도 모르는 남들은 부러워하겠지만, 속내 감추고 부산스럽기만 한 나날은 지겹고 따분하다. 일없는 중에 올한 봄의 일도 끝났다. 화려하던 대궐의 꽃잔치도 끝났다. 답답한 내 마음을 위로라도 하려 함인지, 봄비처럼 보슬비도 다시 내리고, 그 비 맞고 붉고 선명한 장미꽃이 활짝 피었다.

귀뚜라미

정온 鄭蘊, 1569-1641
〈귀뚜라미 소리를 듣고 聞蟋蟀〉

밤새도록 귀뚤귀뚤 무슨 뜻이 있는가
맑은 가을 저절로 소리 냄이 기쁘다.
미물도 또한 능히 계절 따라 감응커늘
나는 아직 어리석어 때 기다려 우누나.

通宵喞喞有何情　喜得淸秋自發聲
통 소 즉 즉 유 하 정　희 득 청 추 자 발 성
微物亦能隨候動　愚儂還昧待時鳴
미 물 역 능 수 후 동　우 농 환 매 대 시 명

통소 通宵 밤새도록. 즉즉 喞喞 귀뚤귀뚤. 수후 隨候 절후(節候)를 따라. 우농 愚儂 농(儂)은 나. 우(愚)는 겸손의 뜻. 환매 還昧 여태도 어리석다.

✿

귀뚜라미가 밤새 운다. 무슨 할 말이 저리도 많은가? 가을 되니 절로 목청이 터져 저리 우는 것이지, 억지로 울자고 한 것은 아니다. 울고 싶어서 우는 것이 아니라 울지 않을 수 없어서 운다. 가을 기운이 스며들면 숨 쉬듯 노래가 나온다. 얼마나 오묘한 악기인가? 봄에도 안 울고, 여름에도 안 울고, 가을에만 운다. 바보 같은 나는 아직도 그런 자연스런 울음을 울지 못한다. 눈치 보느라 못 울고, 체면 때문에 못 운다. 언제나 가을 만난 귀뚜라미처럼 폐부에서 숨 쉬듯 우러나는 그런 울음을 울 수가 있을까?

가을 비

정온 鄭蘊, 1569-1641
〈장풍 가는 길 위에서長風路上〉

언 비 부슬부슬 저물녘에 흩뿌리니
앞산의 구름 안개 마을 연기 맞닿았네.
어옹은 도롱이 옷 젖는 줄도 모르고
갈대꽃 곁에서 백로 함께 잠을 잔다.

凍雨霏霏灑晚天　前山雲霧接村烟
동 우 비 비 쇄 만 천　전 산 운 무 접 촌 연
漁翁不識蓑衣濕　閑傍蘆花共鷺眠
어 옹 불 식 사 의 습　한 방 로 화 공 로 면

동우凍雨 찬비. 비비霏霏 부슬부슬 비 내리는 모양. 쇄灑 흩뿌리다.

✿

저물녁 찬비가 부슬부슬 내린다. 길 가는 나그네가 그 비 맞아 꽁꽁 언다. 갈 길은 얼마나 남았나. 건너다보는 앞산은 구름 안개 자옥하고, 앞마을엔 저녁 밥 짓는 연기가 안개와 섞여 하나가 된다. 힐끗 강변 물가를 보니, 갈대숲 바로 곁에 어옹 한 사람이 도롱이를 걸쳐 입고, 뱃전에 앉아 꼼짝도 않고 있다. 그는 지금 잠이 든 걸까? 물가의 해오라기도 안개 속에 꼼짝 않고 지워져간다. 바람이 불고 비가 내린다.

그리움

청학 淸學, 1570-1654
〈사람을 그리다 懷人〉

산천은 가로막혀 다시 슬픔 견디며
열두 때 하루 종일 하늘가 바라보네.
적막한 산창에 달빛도 밝은 이 밤
한 그리움 가시자 밀려드는 그리움.

山川重隔更堪悲 回首天涯十二時
산 천 중 격 갱 감 비 회 수 천 애 십 이 시
寂寞山牕明月夜 一相思了一相思
적 막 산 창 명 월 야 일 상 사 료 일 상 사

중격重隔 겹겹이 가로막히다. 감비堪悲 슬픔을 감내하다. 십이시十二時 온종일. 료了 마치다. 끝나다.

✲

스님이 토로한 그리움이라 좀 뜻밖이다. 하기야 깊은 산속 적막한 산사에서 사람이 그리운 것이야 스님이라 다르겠는가? 보고 싶은 그 사람은 산 넘고 물 건너 아득한 저편에 있다. 하루 열두 때 어느 때고 그대 생각 지우지 못해 허물어진 가슴 한 켠을 가누지 못한다. 적막한 밤, 산 창에 달 떠오면 그리운 맘 더 간절하다. 겨우 한 생각 잠재우고 나면 다시 한 생각이 물밀듯 밀려온다. 파도처럼 덮쳐온다. 보고 싶은 사람아!

간서(看書)

이민성 李民宬, 1570–1629
〈재거에서 떠오르는 대로 齋居卽事〉

명예 이익 다퉈보니 마음이 어떠한가?
늙어 산림 깃드니 뜻 성글지 않도다.
거친 뜰 참새 짖고 사람 자취 끊어져
대창 빗긴 해에 누워 책을 보노라.

爭名爭利意何如　投老山林計未疎
쟁명쟁리의하여　투로산림계미소
雀噪荒堦人斷絕　竹窓斜日臥看書
작조황계인단절　죽창사일와간서

투로投老 늙은 몸을 깃들이다. 계미소計未疎 계책이 성글지 않다. 조噪 새가 시끄럽게 조잘대다.

✿

명예를 다투고 이익을 다투는 싸움은 신물이 난다. 늦었지만 이제라도 산림의 삶을 영위하게 됨이 기쁘다. 잡초 돋은 섬돌 가로 참새가 날아와 짹짹댄다. 찾는 사람 아예 없고 주인도 나갈 일이 없으니, 녀석들이 내 집 뜰을 제 운동장쯤으로 여기는 눈치다. 대나무로 얽은 창에 햇볕이 뉘엿 빗겨 든다. 또 하루해가 가는구나. 하루 종일 묵묵히 앉았다가 편히 누워 책을 읽는다. 한 장 넘길 때마다 그렇게 달 수가 없다.

사미인곡

이안눌 李安訥, 1571–1637
〈강 위에서 노래를 듣고江上聞歌〉

강 머리서 그 누가 〈사미인곡〉 부르는가
외론 배에 달빛마저 지려 하는 이때에.
슬프다 님 그리는 한없는 그 마음을
세상에선 오직 다만 아가씨만 아는구려.

江頭誰唱美人詞　正是孤舟月落時
강 두 수 창 미 인 사　정 시 고 주 월 락 시
惆悵戀君無限意　世間惟有女郎知
추 창 연 군 무 한 의　세 간 유 유 여 랑 지

정시正是 바로. 한창. 추창惆悵 구슬픈 모양. 여랑女郎 아가씨.

✿

임진왜란이 끝나고 뿔뿔이 흩어져 피난 갔던 벗들이 여러 해 만에 다시 만나 용산에 배 띄우고 노닐 적에 지은 시다. 남쪽에서 온 기생이 송강 정철의 〈사미인곡〉을 불렀던 모양이다. 깊은 밤 교교한 달빛 타고 〈사미인곡〉의 가사가 물결 위로 울려 퍼진다. "하루도 열두 때, 한 달도 서른 날, 져근덧 생각마다 이 시름 잊자 하니"의 가락이 마침내 "님이야 날인 줄 모르셔도 내 님 좇으려 하노라"로 긴 여운을 끌고 끝났다. 공의 충군애민(忠君愛民)하는 정신을 소인들은 이러쿵저러쿵 헐뜯지만, 여랑(女郞)이여! 그대가 그 마음을 알아 달빛 지는 강물 위로 눈물 지게 하는구려.

편지를 부치며

이안눌 李安訥, 1571–1637
〈집에 편지를 부치며寄家書〉

집에 보낼 편지에 괴로움 말하려다
흰머리의 어버이가 근심할까 염려되어,
그늘진 산 쌓인 눈이 깊기가 천 길인데
올겨울은 봄날처럼 따뜻하다 적었네.

欲作家書說苦辛　恐教愁殺白頭親
욕 작 가 서 설 고 신　공 교 수 살 백 두 친
陰山積雪深千丈　却報今冬暖似春
음 산 적 설 심 천 장　각 보 금 동 난 사 춘

고신苦辛 괴롭고 힘듦. 공교恐教 하여금 ~하게 할까 걱정하다. 수살愁殺 몹시 근심하다. 살(殺)은 강세를 나타내는 접미사. 각보却報 도리어 알리다.

✲

이안눌이 함경북도병마사가 되어, 눈이 키를 덮는 경성(鏡城) 땅에서 겨울을 나며 쓴 시다. 황막한 변방의 추위는 맵다 못해 뼈를 저민다. 올 적에 입었던 옷이 맞는 것이 하나도 없다. '어머님! 이곳은 너무 춥고 힘들어요.' 집에 보낼 편지에 이렇게 쓰려다가, 흰머리의 어버이께서 자식 걱정에 잠 못 드실까봐 이렇게 고쳐 쓴다. "어머님! 올겨울은 정말 봄날처럼 따뜻합니다. 아무 염려 마세요. 저는 건강하게 잘 있습니다. 곧 뵐게요." 아! 지금쯤 전방에도 칼바람 속에 흰 눈이 쌓여가겠지. 어머니 품이 그리운 아들의 눈물이 맑게 맺혀 얼고 있겠지.

담쟁이덩굴

김류 金瑬, 1571~1648
〈떠오르는 대로 卽事〉

서리 바람 불어와 푸른 오동 흔들고
쓸쓸한 빈 뜰엔 새가 혼자 우는구나.
꿈 깨니 석양빛이 작은 집에 환한데
담쟁이의 가을빛이 담 모퉁이 가득하다.

霜風摵摵動青梧　寥落空庭鳥自呼
상 풍 색 색 동 청 오　요 락 공 정 조 자 호
夢罷夕陽明小閣　薜蘿秋色滿墻隅
몽 파 석 양 명 소 각　벽 라 추 색 만 장 우

색색摵摵 나뭇잎이 우수수 지는 소리. 요락寥落 쓸쓸한 모양. 벽라薜蘿 담쟁이 넝쿨. 장우墻隅 담장 모서리.

✲

찬 바람이 싸늘하게 오동잎을 흔든다. 핼쑥해진 가을 뜨락에 새 한 마리 울고 있다. 부스스 든 낮잠에서 깨어나자, 저녁별이 소각(小閣)으로 비쳐 든다. 알알이 부서지는 햇살에 눈길을 준다. 담을 덮은 담쟁이덩굴 잎새 위에도 가을빛은 가득하다. 가을은 살금살금 다가와 나뭇잎을 떨군다. 초추(初秋)의 잔광 너머 하늘빛도 아득하다.

난리 후

김광현 金光炫, 1584–1647
〈성천 가는 길에途成川〉

그 옛날 관서 땅에 번화함 다시 없고
난리 겪은 누대엔 물색만 스산하다.
나그네 문을 닫자 달도 따라 떨어지니
저물녘 까마귀 울고 성 머리선 뿔피리 소리.

繁華非復舊關西　亂後樓臺物色凄
번 화 비 복 구 관 서　난 후 누 대 물 색 처
客子掩門仍月落　城頭吹角暮鴉啼
객 자 엄 문 잉 월 락　성 두 취 각 모 아 제

성천成川 평안도의 지명. 번화繁華 성대하고 화려함. 비복非復 회복되지 않음. 처凄 차고 쓸쓸함. 엄문掩門 문을 닫아걸다. 취각吹角 뿔피리를 불다.

✿

난리를 겪은 뒤 관서 땅을 찾았다. 번화하던 거리는 폐허가 되고, 노랫가락이 끊긴 누대 지붕엔 잡초만 돋았다. 난간은 부서지고, 동산은 황폐하다. 참혹하구나. 문을 닫아거니 달빛도 부끄러운지 제 모습을 감춘다. 성 머리에서 뿔피리 소리가 마른 하늘 위로 길게 끌리며 지나간다. 배고픈 갈까마귀 떼들은 나무 위에 모여 앉아 까옥까옥 운다. 나그네는 고단한 몸을 누인다.

물새

이현 李袨, 1584-1637
〈강천의 옛집을 지나다가 過江川舊莊〉

강가 비탈 아슬해라 높고 낮은데
행인이 가고서야 물새가 우네.
세간의 근심 슬픔 언제 다하리
필마로 다시 오매 마음 심란타.

危磴臨江高復低　行人過盡水禽啼
위 등 임 강 고 부 저　행 인 과 진 수 금 제
世間憂樂何時了　匹馬重來意自迷
세 간 우 락 하 시 료　필 마 중 래 의 자 미

위등危磴 가파른 돌 비탈길. 고부저高復低 높았다간 다시 낮아지다. 하시료何時了 어느 때나 끝나려나. 중래重來 다시 오다.

✿

강비탈을 끼고 아슬하게 난 길을 따라 옛집을 찾아간다. 사람을 본 물새가 끼룩대던 울음을 딱 그친다. 저도 겁이 나는 거겠지. 저만치 멀어지니 그제야 마음이 놓인다는 듯 다시 제 울음을 운다. 세상 살며 지고 가는 근심과 슬픔도 늘 이 길과 같았다. 오르막길 숨 가쁘면 내리막길이 나오고, 편한 길에 발이 익을 무렵 해선 다시 벼랑을 낀 고바위가 나타난다. 낯선 침입자에 가슴 쓸어내리던 물새처럼 전전긍긍 그렇게 살아왔다. 옛날 머물던 곳 다시 찾아오니 먼지 속에 세월이 뽀얗게 쌓여 있다. 한 세월이 더 지나가면 나도 흙으로 돌아가 있겠지.

강남 땅

이경여 李敬輿, 1585~1657
〈귀양 가는 길에 신백거의 집에 들러謫路過愼伯擧〉

천 리라 강남 땅엔 곳마다 꽃이 펴도
매화 그림자 등걸 비춤 홀로 사랑스럽네.
지금에 월출산 앞길을 찾아와서
서호의 처사 집을 부끄럽게 들르노라.

千里江南處處花　獨憐梅影照孤楂
천 리 강 남 처 처 화　독 련 매 영 조 고 사
今來月出山前路　羞過西湖處士家
금 래 월 출 산 전 로　수 과 서 호 처 사 가

독련獨憐 유독 사랑스럽다. 고사孤楂 외로운 등걸. 월출산月出山 전라남도에 있는 산 이름.. 수과羞過 부끄러운 마음으로 들르다. 자신이 유배 죄인이므로 한 말. 서호처사西湖處士 예전 서호에 살던 임포(林逋)를 가리키는 말. 여기서는 숨어 사는 뜻 높은 선비의 의미로 썼다.

✿

죄짓고 남쪽 땅으로 귀양 가는 신세다. 따뜻한 강남 땅은 내 마음은 아랑곳 않고 도처에서 활짝 핀 꽃으로 나를 반긴다. 여러 꽃이 다 좋아도 가장 사랑스럽기는 외론 등걸 위에 핀 매화꽃의 청초한 그림자다. 길은 어느새 월출산 자락으로 접어들었다. 오래 잊고 지내던 친구 신백거의 집이 여기서 멀지 않다. 진작에 티끌세상을 멀리한 채 숨어 지내는 그의 집을 들른다. 매처학자(梅妻鶴子), 매화를 아내 삼고 학을 자식 삼아 서호에 숨어 지내던 고사 임포를 생각키우는 마른 등걸에 핀 매화 같은 친구. 이 사람. 진작 자네의 선택을 따르지 못한 내가 부끄럽네. 볼 면목이 없네.

너스레

장유 張維, 1587–1638
〈큰 말大言〉

손가락을 튕기자 곤륜산이 박살 나고
입김을 불어대니 대지가 날려간다.
우주를 가두어서 붓끝으로 옮겨오고
동해를 기울여서 벼루에 퍼붓는다.

彈指兮崑崙粉碎 噓氣兮大塊粉披
탄 지 혜 곤 륜 분 쇄 허 기 혜 대 괴 분 피
牢籠宇宙輸毫端 傾寫瀛海入硯池
뇌 롱 우 주 수 호 단 경 사 영 해 입 연 지

탄지彈指 손가락을 튕기다. 분쇄粉碎 가루로 바수어지다. 대괴大塊 대지(大地). 분피粉披 가루로 쪼개짐. 뇌롱牢籠 조롱에 가두다. 호단毫端 붓끝. 경사傾寫 기울어 옮기다. 영해瀛海 동해의 별칭.

✲

제목 그대로 세상을 손바닥 위에 얹어놓은 엄청난 거인이 되어 스케일 크게 한번 놀아본 시다. 예전엔 이런 시도 장난으로 종종 지었다. 지리산 천왕봉이나 금강산 비로봉이 튕기는 손가락 끝에 맥없이 박살 난다. 대지 위에 울멍줄멍 들어선 집들과 논밭들이 입김 한번 불면 깨끗이 다 날려 간다. 둥근 우주를 난짝 들어다가 붓끝에 얹어 푸른 동해물을 기울여 벼룻물로 쓴다. 우주 밖에서 지구를 손바닥 위에 얹어놓고 이리 보고 저리 보며 궁리가 한창이다. 어짜피 한 번 살다 가는 인생인데, 쪼물딱거리며 아웅다웅할 것 없다. 한번 통 크게 훌훌 떨치고 시원스레 살다 가자.

허풍

장유 張維, 1587–1638
〈작은 말小言〉

가을 터럭 끝에는 산하를 올려놓고
작은 티끌 안에는 강역을 나누었네.
하루살이 날개로 천지를 가리우고
달팽이 뿔 위에다 만 리를 지고 가네.

秋毫之末奠山河 微塵之內分疆域
추 호 지 말 전 산 하 미 진 지 내 분 강 역
蔽虧六合蟭螟翅 幅負萬里蠻觸國
폐 휴 육 합 초 명 시 폭 부 만 리 만 촉 국

전奠 차려놓다. 벌여놓다. 폐휴蔽虧 덮어 가리다. 육합六合 동서남북상하. 천지. 초명시蟭螟翅 하루살이 날개. 폭부幅負 폭으로 등에 지다. 만촉국蠻觸國 달팽이 뿔 위에 세웠다는 나라 이름.

✲

이번엔 반대로 현미경으로 들여다본 미시의 세계다. 가을날 유난히 가는 짐승 터럭 한 올 위에 온 산하를 펼쳐놓는다. 눈에 보일까 말까 한 티끌 속에 지도가 그려지고 국경선이 펼쳐진다. 동서남북상하의 육합(六合)이 하루살이 벌레의 날개에 가려 보이지 않는다. 달팽이의 두 뿔 위에 세운 나라인 우언 속의 만국(蠻國)과 촉국(觸國) 위에 각각 만 리의 영토를 얹어놓았다. 따지고 보면 우리가 사는 이 세상은 또 얼마나 미소한가? 기껏해야 고만고만한 것들이 젠체하고 쪼물딱거리는 품이 꼭 달팽이 뿔 위의 싸움과 무에 다르겠는가. 아! 시원하다.

미친 노래

윤선도 尹善道, 1587-1671
〈낙서재에서 읊다 樂書齋偶吟〉

눈에는 청산 있고 귀에는 거문고라
세간의 어떤 일이 내 마음에 이를꼬.
가슴 가득 호기를 아는 이 하나 없어
한 곡조 미친 노래 혼자서만 부른다.

眼在青山耳在琴　世間何事到吾心
안 재 청 산 이 재 금　세 간 하 사 도 오 심
滿腔浩氣無人識　一曲狂歌獨自吟
만 강 호 기 무 인 식　일 곡 광 가 독 자 음

만강滿腔 가슴속 가득. 무인식無人識 아는 사람이 없다.

✲

낙서재는 고산 윤선도가 보길도 부용동에 원림을 가꾸며 살 적의 살림집 이름이다. 움푹 패어 항아리 속처럼 편안히 감싸 안은 골짜기 안에 국세(局勢)가 뭉쳐 국면이 열린 곳에 낙서재가 있다. 마루에 나와 앉으면 푸른 산 위로 동천석실이 올려다뵈고, 귀에 들리는 것은 거문고 소리뿐이다. 푸른 산으로 눈을 씻고, 거문고 가락으로 귀를 헹군다. 티끌세상의 이런 저런 일들에는 아무 관심이 없다. 이런 푸른 날들이 쌓여 마음 가득 호연한 기상이 돋는다. 알아주는 이 없어도, 나는 이따금 한 곡조 미친 가락에 주체치 못할 흥취를 실어 혼자 긴 노래를 부른다.

환향

신익성 申翊聖, 1588-1644
〈회중으로 돌아와서還淮中〉

선달에 길 떠나서 사월에야 돌아오니
강 물결 변함없고 흰 갈매기 나는구나.
이제부터 어부 목동 벗 삼기로 약속하니
빗속에 안개 속에 낚시터에 오르리라.

臘月行人四月歸　江波無恙白鷗飛
납 월 행 인 사 월 귀　강 파 무 양 백 구 비
從今更約漁樵伴　和雨和烟上釣磯
종 금 요 약 어 초 반　화 우 화 연 상 조 기

납월臘月 섣달. 음력 12월. 무양無恙 아무 탈이 없음. 종금從今 이제부터. 갱약更約 다시 약속하다. 조기釣磯 낚시터.

✲

그는 선조의 사위였다. 임진왜란, 병자호란, 인조반정 등 격동의 한세월을 살았다. 광해군 때는 폐모(廢母)를 반대하다 미움을 샀다, 호란 때는 주화(主和)를 반대하다가 김상헌 등과 함께 심양으로 끌려갔다. 그인들 왜 조용히 살고 싶지 않았으랴. 일 때문에 한양에 머물다가 넉 달 만에 고향으로 돌아왔다. 매일매일 사람과 만나고 일을 처리하며 바쁜 와중에도 마음속에는 늘 고향 집 앞 출렁이는 강물과 흰 갈매기 소리가 보이고 들렸다. 이제 오랜만에 돌아와 앉으니 몸과 마음이 참 안온하다. 먼지 앉은 낚싯대부터 꺼내 닦는다. 부슬부슬 안개비 속에 물가 바위에 앉아 한 세월 낚아볼 작정이다. 아! 편안하구나.

시비

허후 許厚, 1588-1661
〈시비를 노래함 是非吟〉

시비하면 참으로 옳은 것이 글러지니
억지로 세파 따라 시비할 것 꼭 없도다.
시비를 문득 잊고 눈을 높이 들어 보면
옳은 것 옳다 하고 그른 것 그르다 하게 되리.

是非眞是是還非　不必隨波强是非
시 비 진 시 비 환 비　불 필 수 파 강 시 비
却忘是非高着眼　方能是是又非非
각 망 시 비 고 착 안　방 능 시 시 우 비 비

수파隨波 세파를 따르다. 강시비强是非 억지로 시비하다. 방方 바야흐로.

✲

시비하지 마라. 옳네 그르네 싸우다 보면 나중엔 옳은 것도 그르게 된다. 사람들 따라 부화뇌동하지 마라. 옳고 그름을 떠나서 시비만 가리다 볼일 다 본다. 어제 옳다고 해놓고 자고 나면 그르다 한다. 오늘 잘못이라 해놓고 내일은 잘 했다 한다. 어느 장단에 춤을 추어야 할지 모를 세상이다. 이랬다 저랬다 하는 시비일랑 던져두고 그 너머에 눈을 두면, 그제서야 비로소 시시비비(是是非非)가 명백하게 보이리라.

석별

이명한 李明漢, 1595-1645
〈서당의 이별 자리에서 술 취해 자시의 부채 위에 써주다書堂別席醉書子時扇〉

지는 꽃 버들개지 내 옷에 점을 찍고
삼월이라 강마을엔 제비가 나는구나.
슬프다 외론 배 남쪽 언덕 헤어지곤
혼자 석양 이끌고 차마 어이 돌아오리.

落花流絮點人衣　三月江村燕子飛
낙 화 류 서 점 인 의　삼 월 강 촌 연 자 비
怊悵孤舟南岸別　不堪空帶夕陽歸
초 창 고 주 남 안 별　불 감 공 대 석 양 귀

류서流絮 흩날리는 버들솜. 점點 점 찍다. 옷에 붙다. 초창怊悵 서글픈 모양. 불감不堪 견디지 못하다.

✿

꽃은 지고 버들솜이 날린다. 강남 갔던 제비는 이제 막 돌아왔는데, 그대는 먼 길 떠나며 배를 띄운다. 가고 오는 것이 인생이라지만, 그때마다 가슴이 휑하다. 젖은 술잔 거두고 그대 붉은 눈으로 배에 올라 떠나가면, 나 혼자 긴 그림자 끌고 어이 돌아온단 말인가? 그의 시조에도 이런 것이 있다. "울며 잡은 소매 떨치고 가지 마소. 초원장제(草原長堤)에 해다 져 저물었네. 객창(客窓)에 잔등(殘燈) 돋우고 새워보면 알리라."

기다림

송희갑 宋希甲, 광해조
〈봄날 사람을 기다리며春日待人〉

언덕엔 수양버들 산에는 꽃이 피니
이별 마음 근심겨워 홀로 긴 탄식하네.
청려장 부여잡고 문 나서 바라봐도
그대는 오지 않고 봄날 해만 저문다.

岸有垂楊山有花　離懷悄悄獨長嗟
안 유 수 양 산 유 화　이 회 초 초 독 장 차
强扶藜杖出門望　之子不來春日斜
강 부 려 장 출 문 망　지 자 불 래 춘 일 사

초초悄悄 근심스런 모양. 장차長嗟 길게 탄식하다. 려장藜杖 명아주로 만든 지팡이. 지자之子 그대. 이 사람.

✿

그간 나는 많이 아팠다. 오랜만에 자리를 털고 일어나니 어느새 봄이다. 수양버들은 연둣빛 가지를 하늘대고, 산에는 진달래가 붉게 피었다. 후들거리는 다리를 가누려 지팡이를 굳이 짚고 문밖을 나선다. 따스한 봄 햇살 아래 가슴 한구석께가 알싸하니 아리다. 그렇게 떠난 그대는 이 봄에도 돌아올 줄 모르고, 눈부신 탄식 속에 봄날 해가 저문다. 나는 지팡이를 짚고 서서 자꾸 혼자말로 보고 싶다 보고 싶다를 되뇌며 섰다. 그대여!

낙화

임유후 任有後, 1601–1673
〈스님의 두루마리에 쓰다題僧軸〉

산이 절을 에워싸 돌길이 가파른데
골짝은 그윽하여 구름안개 잠겨 있네.
스님은 봄이라 일 많다고 말하면서
아침마다 문 앞에서 진 꽃을 쓰는구나.

山擁招提石逕斜　洞天幽杳閟雲霞
산 옹 초 제 석 경 사　동 천 유 묘 비 운 하
居僧說我春多事　門巷朝朝掃落花
거 승 설 아 춘 다 사　문 항 조 조 소 락 화

옹擁 끌어안다. 에워싸다. 초제招提 절. 동천洞天 골짜기. 유묘幽杳 그윽하고 깊숙함. 비閟 잠기다. 갇히다.

✿

산은 자꾸 절을 숨긴다. 구름안개 덮인 골짝, 돌길도 가파르다. 신록이 움터오는 산길, 재잘대는 새소리 들으며 올라왔다. 절 문 앞에서 만난 스님, 어찌 지내느냐 묻는데 대뜸 투덜거리는 소리다. 봄 되면서 바빠 죽겠습니다. 웬 꽃은 저리 끝도 없이 피고 지는지요. 아침마다 진 꽃 쓸기 바빠요. 다 쓸고 나면 또 깔깔대며 여기저기 떨어지고, 또 쓸면 뒤편엔 다시 꽃비가 내립니다. 저놈의 꽃잎 때문에 골치 아파 죽겠어요. 바빠 죽겠다고 살다가 좀 쉬자고 올라온 절집에서 스님도 바쁘다며 자꾸 엄살을 부린다. 나를 약 올리자는 것이겠지.

아내를 묻으며

이계 李烓, 1603–1642
〈아내에게 주는 만사婦人挽〉

시집올 때 마련한 옷 반 넘어 새것이라
상자 열어 살펴보다 더욱 맘이 상하네.
평생에 아끼던 것 함께 갖춰 보내니
빈산에 한데 맡겨 티끌 되어 스러지리.

嫁日衣裳半是新 開箱點檢益傷神
가 일 의 상 반 시 신 개 상 점 검 익 상 신
平生玩好俱賫送 一任空山化作塵
평 생 완 호 구 자 송 일 임 공 산 화 작 진

상신傷神 마음이 상하다. 완호玩好 아끼어 좋아하던 것. 자송賫送 내맡겨 보냄. 일임一任 내맡기다.

✲

내게 시집와 고생만 하던 아내가 병으로 세상을 떴다. 미안함과 회한이 뒤범벅이 되어 마음을 못 가누겠다. 아내의 유품을 정리하는데, 시집올 때 장만해온 옷가지가 반 넘어 손도 안 댄 새것이다. 아까워 못 입고, 소중해서 아끼던 옷가지들. 아내는 수도 없이 이것들을 만지면서 화사한 꿈도 꾸고 다복한 꿈도 꾸었겠지. 결국 이렇게 되고 말 것을, 아 참 허망하다. 노리개와 비녀 같은 아내의 손때 묻은 물건들을 누운 아내 곁에 함께 묻는다. 여보! 미안하오. 끝까지 지켜주지 못했구려. 텅 빈 산에 자네 묻고 돌아서면 내 마음이 온통 뻥 뚫린 것만 같겠네그려. 이승의 근심일랑 다 내려놓고 먼지처럼 티끌처럼 가볍게 편히 건너가시게.

나귀 등

김득신 金得臣, 1604-1684
〈호서 길에서 지은 절구湖行絶句〉

호서 길 다 지나 서울로 향해 가니
먼 길 가도 가도 한가할 짬이 없네.
나귀 등서 잠 깨어 눈뜨고 바라보니
저문 구름 남은 눈 이 어떤 산이런가.

湖西踏盡向秦關　長路行行不暫閑
호 서 답 진 향 진 관　장 로 행 행 불 잠 한
驢背睡餘開眼見　暮雲殘雪是何山
여 배 수 여 개 안 견　모 운 잔 설 시 하 산

답진踏盡 다 밟아 지나오다. 진관秦關 서울. 수여睡餘 잠 깬 뒤.

✿

충청도를 두루 밟아 서울 길로 접어든다. 길이 멀어 걸음을 자꾸 재촉했다. 부족한 잠은 나귀 등에서 꾸벅꾸벅 졸며 채운다. 졸다가 비틀하는 바람에 깜짝 놀라 눈을 뜨니, 나귀 혼자 한참을 걸었던 모양이다. 하루해도 그사이 뉘엿해져서, 먼 산마루 너머로 저녁 구름이 넘어간다. 산 높은 곳엔 여태도 잔설이 희끗하다. 여기가 어딘가? 어디로 가는가? 한순간 그는 멍해진다.

시벽(詩癖)

김득신 金得臣, 1604-1684
〈마음 놓고 읊조림謾吟〉

사람의 성벽이 늘상 시에 빠져서
시 이르러 읊조릴 젠 글자 놓기 망설이네.
망설임이 없어야만 마음에 쾌하거니
일생의 괴로움을 알 사람 그 누구랴.

為人性癖每耽詩　詩到吟時下字疑
위 인 성 벽 매 탐 시　시 도 음 시 하 자 의
終至不疑方快意　一生辛苦有誰知
종 지 불 의 방 쾌 의　일 생 신 고 유 수 지

성벽性癖 성품의 기벽(奇癖). 하자下字 글자를 놓다. 종지終至 마침내 이르다.

✿

그는 글 읽고 시 짓는 일 외에는 아무 생각도 없던 사람이었다. 〈백이열전(伯夷列傳)〉을 어찌나 좋아했던지 11만 3천 번이나 세며 읽었다. 비 오는 날 추녀 끝에 서서 오줌을 누는데, 시상(詩想)에 골몰하여 낙숫물 소리를 제 오줌 소리로 알았다. 오줌을 다 누고도 끝도 없이 추녀 아래 서 있는 것을 곁에서 말해준 뒤에야 겨우 정신이 들었다는 인물이다. 이 시는 시 짓기의 괴로움에 대해 그가 쓴 자기 고백이다. 시가 내게로 오면 그것에 올바른 형상을 부여하기 위해 쉴 새 없이 붓방아만 찧었다. 그러다 마음에 꼭 맞는 단 하나의 표현을 얻어야만 비로소 그 시로부터 놓여날 수 있었다. 이 즐거운 괴로움을 누가 짐작이나 할까?

올빼미

김득신 金得臣, 1604-1684
〈밤중에 읊조리다 夜吟〉

찬 하늘 이슬 지고 달은 서편 이윽한데
좋은 시구 지을래도 온통 뜻만 어지러워.
가을밤 집 가는 꿈 꾸기도 어렵건만
창밖에선 나무마다 올빼미가 우누나.

露滴寒空月正西 欲成佳句意都迷
노 적 한 공 월 정 서 욕 성 가 구 의 도 미
秋宵難作還家夢 窓外鵂鶹樹樹啼
추 소 난 작 환 가 몽 창 외 휴 류 수 수 제

노적露滴 이슬방울. 또는 이슬이 지다. 의도미意都迷 뜻이 온통 어지럽다. 휴류鵂鶹 올빼미.

✿

올가을도 고향 집엔 못 돌아가나. 이슬 듣고 달도 지는 새벽, 안 오는 잠 청하다 말고 시나 짓자며 다시 사려 앉는다. 가뜩이나 심란한 마음이 실타래처럼 얽히고설켜 가눌 수가 없다. 시가 안 되면 차라리 고향 집에 돌아가는 꿈이나 꾸지. 그런데 아까부터 올빼미가 창밖 나무마다 한 마리씩 앉아서 호로록호로록 불길한 울음을 울고 있다. 올빼미 울음은 재앙을 불러온다. 혹여 집에 무슨 일이라도 생긴 걸까? 그는 자꾸만 불안해져서 시 짓기도 꿈꾸기도 포기하고 의미 없는 붓방아만 계속한다.

물결 꽃

홍우원 洪宇遠, 1605-1687
〈황강 가는 길에 黃江道中〉

백사장 흰 눈 같고 푸른 강물 감돌아
흰 새가 훨훨 날아 갔다가는 다시 오네.
난데없이 작은 배 비스듬히 지나가자
산들바람 노를 따라 물결 꽃이 피어난다.

平沙如雪綠江回　白鳥飛飛去復廻
평 사 여 설 록 강 회　백 조 비 비 거 부 회
忽有小船欹側過　輕風一棹浪花開
홀 유 소 선 의 측 과　경 풍 일 도 랑 화 개

거부회 去復廻 갔다가 다시 돌아오다. 의측 欹側 한옆으로 기울다. 랑화 浪花 물결 꽃.

✲

볕 받아 반짝이는 백사장이 꼭 쌓인 눈 같다. 그 곁으로 푸른 강물이 휘감아 돌아 나간다. 해오라기 한 마리가 훨훨 날아 어디론가 가는가 싶더니, 금세 돌아와 백사장 위에 앉는다. 흰 백사장에 흰 새가 앉으니 보였다 안 보였다 한다. 해오라기에 신경 쓰고 있는 동안 반대편에서 조그만 배 한 척이 노 저으며 내 시선에 빗겨 지나간다. 산들바람 건듯 불고 노 젓는 사공의 어깨는 솟았다. 한 번 휘감아 저을 때마다 배는 건들건들 앞으로 나아가고, 그 뒤로 물결이 동심원을 그리며 벙긋벙긋 피어난다. 건들건들 벙긋벙긋 경쾌한 리듬에 휩싸여 어깨춤이 절로 난다.

샘물 소리

홍우원 洪宇遠, 1605–1687
〈후동의 거처에서 노래하다 后洞寓居雜詠〉

깊은 샘 돌 사이로 쟁글쟁글 흘러가니
고요한 밤 텅 빈 산에 소리 더욱 해맑구나.
때때로 빈 창의 꿈 깜짝 놀라 깨어나니
솔바람 성근 소리 빗소리로 착각했네.

幽泉絡石細琤琤 夜靜山空響轉淸
유천락석세쟁쟁 야정산공향전청
時時驚起虛窓夢 錯認疎松過雨聲
시시경기허창몽 착인소송과우성

락석絡石 바위를 두르다. 쟁쟁琤琤 옥이 부딪쳐 쟁글대는 소리. 착인錯認 착각하여 잘못 알다.

✲

돌 틈으로 가늘게 흘러내린 샘물이 또롱또롱 해맑은 소리를 낸다. 밤 깊고 산은 고요한데, 저 혼자 깨어 굴러가는 샘물 소리. 텅 빈 창 속의 맑은 꿈이 자꾸 씻겨 놀라 깬다. 소나무 가지 사이를 가르고 지나가는 바람 소리를 지나가는 빗소리로 착각했다. 몇 번이나 빗소린가 싶어 자다 일어나 창밖을 내다보면, 바람은 금세 숲 속으로 숨어버린다. 나는 그때마다 쟁글쟁글 옥구슬 같은 샘물 소리를 들었다.

꿈에

송준길 宋浚吉, 1606-1672
〈꿈을 적다 記夢〉

평생에 흠앙하던 도산의 퇴계 선생
변치 않는 정신이 여태도 통했던가.
이 밤 꿈속에서 가르침을 받자옵고
깨어보니 산 달이 들창에 가득쿠나.

平生欽仰退陶翁 沒世精神尙感通
평 생 흠 앙 퇴 도 옹 몰 세 정 신 상 감 통
此夜夢中承誨語 覺來山月滿窓櫳
차 야 몽 중 승 회 어 각 래 산 월 만 창 롱

흠앙欽仰 흠모하여 우러르다. 퇴도옹退陶翁 퇴계 이황 선생. 몰세沒世 영구히. 승회어承誨語 가르침의 말씀을 받들다. 창롱窓櫳 격자무늬가 있는 창.

✲

평생 퇴계 선생의 학문과 인간을 흠앙해 마지않았다. 이런 내 정성을 선생께서 아셨던 것일까? 간밤 꿈속에 선생의 넋이 나를 찾아와 곡진한 가르침의 말씀을 들려주고 가셨다. 꿈에서 깨어난 뒤에도 나는 마치 선생과 나누던 잠시 전의 대화가 사실인 것만 같아서 빈방을 자꾸 둘러본다. 고개를 돌려보니 격자창 너머로 달빛이 환하다. 아! 그랬구나. 선생은 저 달빛을 타고 내 빈방을 찾아오셨다가, 마음의 미혹함을 걷어주시고는 저 달빛을 타고 떠나셨구나. 나는 자리에서 일어나 자세를 바로 하고 앉아 창밖의 달빛을 응시한다.

백발

송시열 宋時烈, 1607-1689
〈머리를 감다 濯髮〉

맑은 내에 머리 감아 떠진 터럭 못 거두니
한 터럭 동해 향해 나부껴 흘러가리.
봉래산 신선이 이를 보게 될작시면
인간 세상 백발 있음 깔깔깔 웃으리라.

濯髮淸川落未收　一莖飄向海東流
탁 발 청 천 락 미 수　일 경 표 향 해 동 류
蓬萊仙子如相見　應笑人間有白髮
봉 래 선 자 여 상 견　응 소 인 간 유 백 발

탁발濯髮 머리를 감다. 락미수落未收 떨어진 것을 수습하지 못하다. 일경一莖 터럭 하나. 선자仙子 신선. 응소應笑 마땅히 웃을 것이다.

✿

흐르는 시내에서 머리를 감는다. 머리카락 몇 오리쯤 냇물에 떠내려갔으리라. 저 흰 머리카락이 흘러흘러 동해로 떠내려가겠지. 동해 바다 한가운데 자라등 위에 있다는 전설 속 봉래산 신선이 어느 날 바닷가에 놀러 나왔다가 거기까지 떠내려간 내 흰 머리칼을 본다면 어떨까? 흰 머리털 하나 들고서 고개를 갸웃대다가, 하하하 아직도 인간 세상엔 근심겨운 사람들이 많은 게로구나 하겠다. 과연 이 노인의 스케일이 웅장한 것을 나는 이 한 편 시를 보고 다 알았다.

공부

이유태 李惟泰, 1607–1684
〈시를 써서 구혈 조카에게 보여주다 書示求頁姪〉

맑은 창가 책상 닦아 먼지 하나 없는데
고요히 앉아 마음 맑히니 의미가 참되어라.
만약에 끊임없이 공부할 것 같으면
어이해 옛사람에 미치지 못하리오.

明窓淨几絕埃塵 默坐澄心意味眞
명 창 정 궤 절 애 진 묵 좌 징 심 의 미 진
若使工夫無間斷 如何不及古之人
약 사 공 부 무 간 단 여 하 불 급 고 지 인

애진埃塵 티끌 먼지. 징심澄心 마음을 맑게 하다. 약사若使 만약 ~하게 한다면.

✿

조카에게 공부를 권면하며 지어준 시다. 명창정궤(明窓淨几) 묵좌징심(默坐澄心), 그 뜻이 맑고 깊다. 창으로는 햇살이 쏟아져 들어오고, 책상은 깨끗이 닦아 먼지 한 점 없다. 그 앞에 나는 말없이 앉아 내 마음을 맑게 해바라기한다. 고요히 내면을 응시하니 그 맛이 참 달다. 이처럼 쉼 없이 마음 공부를 닦고 또 닦는다면 옛사람에 미치지 못할까 근심할 이유가 없다. 그들도 다 너 같은 보통 사람이었더니라. 안 된다고만 하지 말고 그렇게 되어야지 하거라. 생각만 해서도 안 되고 그리될 수 있도록 행동으로 옮겨야 한다.

까마귀

이유태 李惟泰, 1607–1684
〈주자의 시운에 차운하여次朱子韻〉

산속에 눈이 개자 기운이 선듯하고
강가 작은 집은 새벽안개 자옥하다.
더벅머리 낫을 들고 와서 밥을 찾는데
가지 위 주린 까마귀 사람 향해 우짖는다.

山中雪霽氣凄凄 小屋臨江曉霧迷
산 중 설 제 기 처 처 소 옥 임 강 효 무 미
樵竪荷鎌來索飯 飢烏枝上向人啼
초 수 하 겸 래 색 반 기 오 지 상 향 인 제

설제雪霽 눈이 개다. 처처凄凄 싸늘한 모양. 초수樵竪 더벅머리 나무꾼. 하겸荷鎌 낫을 메다.

✲

눈발이 한참을 날리다가 개었다. 갑자기 기온이 뚝 떨어진다. 강가 오두막은 새벽안개에 잠겨 있다. 그 새벽에 땔감 구하러 낫 들고 산에 올라갔던 더벅머리 머슴은 근사하게 나무를 한 짐 해다 부엌에 부려놓고, 배고프다며 밥 달라고 한다. 나뭇가지 위에서 그 모습을 지켜보던 배고픈 까마귀가 '저도요!' 하고 깍깍댄다. 건강한 노동으로 열리는 아침, 강가 안개는 좀체 걷힐 줄 모르고.

석양 무렵

정린경 鄭麟卿, 인조조
〈강가의 송별江頭送別〉

강가에서 배 한 척 전송하고 오는데
언덕 가 복사꽃이 어지러이 옷을 치네.
크게 취해 이별 괴롬 알지도 못했지만
석양은 서산 아래 자꾸만 서성인다.

風江一棹送將歸　夾岸桃花亂打衣
풍 강 일 도 송 장 귀　협 안 도 화 난 타 의
大醉不知離別苦　夕陽西下轉依依
대 취 불 지 이 별 고　석 양 서 하 전 의 의

일도一棹 노 하나. 여기서는 작은 배 한 척을 가리킴. 협안夾岸 강가 언덕을 끼고. 전轉 도리어. 의의依依 결정하지 못하고 머뭇거리는 모양.

✿

복사꽃 분분히 지는 봄날, 강가에서 벗과 작별한다. 내 술 한 잔 더 받게. 내 잔도 받으시게. 이렇게 늘어진 술자리에 어느새 해가 뉘엿해졌다. 이젠 일어서야겠네. 그럼 잘 가게. 벗은 배에 오르고, 나는 강가에 섰다. 삐걱삐걱 흔들흔들하던 조각배가 물결 따라 가물대다 시야에서 사라지자 나도 자리를 걷고 집으로 돌아온다. 짠한 내 마음 제가 알기라도 한다는 듯 복사꽃이 내 옷 위로 자꾸 점을 찍는다. 종일 마신 술에 취해 이별의 괴로움도 까맣게 잊고 있었다, 서산으로 내려서던 저녁 해도 공연히 산턱에 걸린 채 머뭇거리고 있다. 그제서야 작별을 실감한다.

산새

홍주세 洪柱世, 1612-1661
〈봄 노래春詞〉

뜨락 풀 섬돌 꽃 눈을 밝게 비추니
마음과 경물이 한갓지게 모두 맑다.
문 앞엔 온종일 수레와 말 지나잖고
산새만 이따금씩 한 목청 울고 간다.

庭草階花照眼明　閒中心與境俱淸
정 초 계 화 조 안 명　한 중 심 여 경 구 청
門前盡日無車馬　獨有幽禽時一鳴
문 전 진 일 무 거 마　독 유 유 금 시 일 명

유금幽禽 산새. 시일명時一鳴 이따금 한 번씩 운다.

✿

뜨락엔 파르라니 풀이 돋고, 섬돌 곁엔 붉게 꽃이 피었다. 푸른빛 붉은색에 눈이 환하다. 한가해 일 없으니 마음이 투명하다. 눈앞에 펼쳐진 경물도 해맑다. 고요를 깨뜨리는 수레 소리 말 소리가 아예 들리지 않는 곳, 산새가 이따금씩 와서 노래 한 곡 들려주고 간다. 포로롱포로롱 허공으로 통통 튀며 부서지는 그 소리에 내 마음도 포로롱포로롱 한다. 대지의 빛깔은 헌사롭고, 내 귀는 즐겁다.

남녘의 봄

이건 李健, 1614-1662
〈강남의 봄 江南春〉

듣자니 강남 땅에 봄이 찾아왔다니
누각 위에 올라서 꽃 보는 이 많으리.
송아지 몰고 가며 목동은 피리 불고
광주리 낀 아낙들은 흰 마름을 캐겠네.

聞說江南又到春　上樓多少看花人
문 설 강 남 우 도 춘　상 루 다 소 간 화 인
牧童橫笛驅黃犢　兒女携筐採白蘋
목 동 횡 적 구 황 독　아 녀 휴 광 채 백 빈

문설聞說 듣자니. 횡적橫笛 피리를 빗겨 불다. 구驅 몰다. 휴광携筐 광주리를 지니다. 백빈白蘋 개구리밥의 일종. 물풀.

✿

남녘 봄소식에 마음이 설렌다. 봄바람 한번 지날 때마다 산과 들은 도미노가 쓰러지듯 초록으로 물든다. 여기저기서 폭죽 터지듯 꽃들은 피어날 것이고, 사람들은 도시락 싸들고 누다락에 올라가 추웠던 지난겨울 이야기를 하겠지. 목동은 제 흥에 겨워 피리를 빗겨 불 것이다. 싱숭생숭한 아가씨들은 바람 드는 치마꼬리를 맵시 나게 잡아채며 이리저리 물가로 다니며 나물을 캐겠지. 시를 읽다 보니 김상옥 선생의 시조 〈사향(思鄕)〉이 생각난다. "눈을 가만 감으면 굽이 잦은 풀밭 길이, 개울물 돌돌돌 길섶으로 흘러가고, 백양 숲 사립을 가린 초집들도 보이구요. / 송아지 몰고 오며 바라보던 진달래도, 저녁 노을처럼 산을 둘러 퍼질 것을. 어마씨 그리운 솜씨에 향그러운 꽃지짐. / 어질고 고운 그들 멧남새도 캐어 오리. 집집 끼니마다 봄을 씹고 사는 마을. 감았던 그 눈을 뜨면 마음 도로 애젓하오." 고금의 시정(詩情)이 꼭 같다.

귀뚜라미

이건 李健, 1614-1662
〈귀뚜라미蟋蟀〉

한밤중 달은 밝고 시간은 더딘데
깊은 동산 가을 들자 귀뚜라미 구슬퍼라.
남은 꿈 못 이루고 베개 밀쳐 일어나
비단 부채 자주 들어 창턱을 내려치네.

月明半夜更籌永　秋到深園蟋蟀哀
월 명 반 야 갱 주 영　추 도 심 원 실 솔 애
殘夢未成推枕起　頻將紈扇拍窓隈
잔 몽 미 성 추 침 기　빈 장 환 선 박 창 외

주영籌永 시간이 길다. 실솔蟋蟀 귀뚜라미. 잔몽殘夢 꾸다 만 꿈. 추침推枕 베개를 밀치다. 환선紈扇 비단 부채. 창외窓隈 창턱.

✲

한밤중인데 달빛이 대낮 같다. 시간은 왜 이리도 더딘가. 가을밤 귀뚜리 울음만 슬프다. 님은 더 이상 나를 찾지 않는데, 나는 여태도 그를 못 잊어 잠 못 이룬다. 꿈길에서라도 님을 만날 수 있을까 싶어 잠을 청해본다. 귀뚤귀뚤귀뚤귀뚤 쉬지 않고 들려오는 울음소리가 확성기를 켜놓은 것처럼 내 귓속을 번져가, 나는 그만 귀를 막고 벌떡 일어나고 만다. 비단 부채 들고서 창턱을 탕탕 내려쳐서 울음을 그치게 해보지만, 잠시뿐 소리는 이내 다시 커진다. 나는 엉엉 울고 싶다.

가슴속

허장 許蔣, 생몰미상
〈냇가 정자에서 우연히 읊다 溪亭偶吟〉

들 늙은이 일이 없어 문도 나서지 않고
주렴 걸고 온종일 마루에 앉아 있네.
가슴속 저절로 마음 생각 고요해서
대숲 비 솔바람도 시끄럽다 싫어하네.

野老無營不出門　鉤簾終日坐幽軒
야 로 무 영 불 출 문　구 렴 종 일 좌 유 헌
胸中自爾心機靜　竹雨松風亦厭喧
흉 중 자 이 심 기 정　죽 우 송 풍 역 염 훤

무영無營 영위함이 없다. 아무 일도 없다. 구렴鉤簾 발을 걸다. 발을 내리다. 자이自爾 저절로. 제 스스로. 염훤厭喧 시끄러운 것을 싫어하다.

✲

시내가 내려다뵈는 정자에 앉아 있다. 문밖으로 나간 지가 얼마나 되었던가. 주렴을 드리워놓고 온종일 마루에 앉아 있다. 아무 일 하지 않아도 답답하거나 심심하지 않다. 마음속은 깨끗이 헹궈져 텅 비었다. 세상을 향한 기웃거림도 없다. 누가 좀 알아주었으면 싶은 생각도 지웠다. 무얼까? 이 텅 빈 가운데서 빛나고 있는 이것은. 텅 빈 마음의 실체를 좀 더 궁구해보려는데, 대숲에 후득이는 빗소리, 솔가지 사이로 파고드는 바람 소리가 자꾸 집중을 빼앗는다. 물렀거라! 방해받고 싶지 않다.

산길

김시진 金始振, 1618-1667
〈산길山行〉

한가한 꽃 혼자 지고 예쁜 새들 우짖는데
소롯길 맑은 그늘 돌아서면 푸른 시내.
앉아 졸다 가다 읊다 때로 싯귀 얻어도
산중에 붓이 없어 적을 길이 없구나.

閒花自落好禽啼 一徑淸陰轉碧溪
한 화 자 락 호 금 제 일 경 청 음 전 벽 계
坐睡行吟時得句 山中無筆不須題
좌 수 행 음 시 득 구 산 중 무 필 불 수 제

일경一徑 한 줄기 소롯길. 시득구時得句 이따금 싯귀를 얻다.

✿

산길을 간다 말없이. 홀로 산길을 간다. 심심한 꽃들은 저 혼자 피었다 저 혼자 진다. 새들은 낯선 손님 보고 놀라 고개를 빼꼼 내밀고 노래한다. 소롯길의 맑은 그늘 속을 돌아나가자 푸른 시내가 나를 반긴다. 볕이 따스하다. 시냇가 너럭바위에 앉아 해바라기를 하니 졸음이 솔솔 온다. 뒷짐 지고 걷는데 가슴속에서 뭉게뭉게 피어난 생각이 시가 되고 노래가 된다. 달아날까 싶어 붙들어 두고 싶지만 아뿔싸 붓이 없는 것을 어이한단 말인가?

달빛

정수 鄭脩, 생몰미상
〈우연히 읊다 偶吟〉

여름밤 바람 들어 꿈을 문득 깨이니
푸르스름 흰 달빛 구름 끝서 새나오네.
이때의 호연지기 아무 데도 걸림 없어
밝은 정성 맘에 얽힘 묵묵히 생각누나.

夏夜風軒夢忽罷 蒼蒼皓月漏雲端
하 야 풍 헌 몽 홀 파 창 창 호 월 루 운 단
此時浩氣無滯碍 默念明誠篆肺肝
차 시 호 기 무 체 애 묵 념 명 성 전 폐 간

풍헌風軒 바람 드는 마루. 창창蒼蒼 달빛이 푸르스름한 모양. 루漏 새어 나오다. 체애滯碍 가로막히다. 전폐간篆肺肝 폐와 간에 서리다.

✿

푹푹 찌던 더위가 조금 물러간다. 부채질 끝에 겨우 든 잠이 마루로 불어오는 선들바람에 깬다. 정신을 차려보면 흰 달이 지나는 구름 사이로 그 빛을 흘리고 있다. 몸은 가뜬하고 정신은 쇄락하다. 마치 백옥경의 신선이라도 된 것 같다. 달처럼 빛나는 성심(誠心)이 내 마음속 깊은 곳까지 젖어들어 있음을 느낀다. 달은 하늘에도 떠 있고, 내 마음속에도 떠 있다.

세월

백암 栢庵, 1631–1700
〈약당의 산소를 들렀다가過故人若堂〉

까닭 없이 옛 벗들 하나둘 스러지니
잠시도 멎지 않는 세월이 한스럽다.
오늘 그대 무덤 아래 나 홀로 찾아가니
저녁 연기 성근 비에 풀빛만 푸릇푸릇.

無端故友漸凋落　却恨流光不暫停
무단고우점조락　각한류광불잠정
今日獨歸墳下路　暮煙疎雨草青青
금일독귀분하로　모연소우초청청

조락凋落 시들어 떨어지다. 사람이 죽다. 불잠정不暫停 잠시도 멈추지 않다. 분하로墳下路 무덤 아래로 난 길.

✲

백암 스님이 약당(若堂)이란 호를 썼던 벗의 무덤을 찾아 지은 시다. 인생이 허망하고 삶이 덧없기는 스님도 매한가지였던 모양이다. 나이 들어 들려오는 것은 벗들의 부고뿐이다. 내 차례가 멀지 않았다는 증거다. 그 목소리, 그 모습 아직도 성성한데, 살아 다시는 만날 수가 없다. 여보게, 약당! 부질없는 일인 줄 알지만 자네 무덤에 풀이나 뜯으며 작별할 생각했네. 산 아래 마을에선 저물녘 밥 짓는 연기가 부슬비에 허공으로 오르지도 못하고 흩어지는데, 무심한 풀빛만 여전히 푸르구만. 훌훌 털고 가신 것 축하드리네. 곧 만나세나.

봄바람

조성기 趙聖期, 1638-1689
〈산사의 봄날 山寺春日〉

보슬비 갓 개자 맑은 기운 새로우니
바위 꽃은 비단인 양 풀잎은 방석인 듯.
꽃 사이 오솔길로 구름 뚫고 가노라니
시내 위 건들바람 두건 위로 불어온다.

小雨初晴淑氣新 巖花如錦草如茵
소 우 초 청 숙 기 신 암 화 여 금 초 여 인
花間細路穿雲去 溪上和風吹角巾
화 간 세 로 천 운 거 계 상 화 풍 취 각 건

초청初晴 갓 개다. 초여인草如茵 풀이 자리를 깐 것 같다.

✲

긴 겨울 웅크리고만 있다가 산사로 봄나들이 나왔다. 보슬비가 대지를 촉촉이 적신다. 맑은 기운이 가득하다. 숨을 크게 들이마시면 꽃향기 따라 풀잎 내음이 싱그럽다. 발걸음도 가볍게 꽃 무더기 사이 소롯길로 접어든다. 구름을 헤치며 올라가자, 냇가 바람이 건듯 불어 이마에 맺힌 땀을 씻어준다. 봄이다. 봄바람이다.

강 길

김창협 金昌協, 1651–1708
〈강 길江行〉

갈대 줄기마다 이슬 꽃 가득한데
풀집엔 갈바람이 밤새도록 일어난다.
맑은 강 삼천 리를 누워서 오르나니
밝은 달빛 노 젓는 소리 꿈결에 들려오네.

蒹葭片片露華盈　蓬屋秋風一夜生
겸 가 편 편 로 화 영　봉 옥 추 풍 일 야 생
臥遡淸江三千里　月明柔櫓夢中聲
와 소 청 강 삼 천 리　월 명 유 노 몽 중 성

겸가蒹葭 갈대. 로화露華 이슬 꽃. 와소臥遡 배 위에 누운 채로 강물을 거슬러 올라감.

✲

배를 타고 한강을 밤새 거슬러 올라간다. 발을 엮어 배 가운데 꾸민 봉옥(蓬屋)에서 새우잠을 청한다. 강가를 지날 때면 갈대밭에서 이슬이 후드득 비처럼 쏟아진다. 스산한 가을바람은 쑥대로 엮은 지붕 틈새로 황소바람이 되어 스며든다. 찌그덕찌그덕. 잠결에도 노 젓는 소리가 좌우로 흔들리는 배의 흐름과 함께 꿈결인 듯 밤새 들려온다. 찌그덕찌그덕. 그냥 이렇게 달빛 타고 구만리 허공을 훨훨 날아가고 싶다.

이장

김창흡 金昌翕, 1653-1722
〈무덤을 옮김移葬〉

관 뚜껑 덮고서도 모를 일이 또 있구나
자손들 많고 보니 파헤쳐 옮겨가네.
살아선 좋은 집에 오래도록 편하다가
죽어서 떠돌다니 어이 아니 슬프랴.

蓋棺猶有事難知　子大孫多被堀移
개 관 유 유 사 난 지　자 대 손 다 피 굴 이
生存華屋安身久　死作飄蓬豈不悲
생 존 화 옥 안 신 구　사 작 표 봉 기 불 비

개관蓋棺 관 뚜껑을 덮다. 피굴이被堀移 파헤쳐져 옮겨짐을 당하다. 화옥華屋 화려한 집. 표봉飄蓬 쑥대처럼 나부끼다.

✲

웬 부잣집에서 제 조상 묘를 이장(移葬)하는지 아침부터 떠들썩하다. 잘 모셔둔 조상 묘를 저리 파헤쳐 딴 곳으로 옮겨가는 것은 조상을 위해서가 아니라 저희들 더 많이 먹고 더 많이 갖자고 하는 짓이다. 좋은 집에 떵떵거리며 평생을 호의호식하던 그가, 죽어 후손들 욕심 때문에 썩은 살덩이 뼛조각 맞춰가며 이리저리 끌려다니는 봉욕(逢辱)을 볼 줄 어이 생각했을까? 인간의 욕심이 참 잔인하다.

속리산

김창흡 金昌翕, 1653–1722
〈속리산을 찾아서 訪俗離山〉

강남 땅 떠도는 객 돌아갈 줄 모르고
옛 절 갈바람에 걸음걸이 한가롭다.
계룡산 떠나와도 남는 흥은 여전한데
말 머리엔 오히려 속리산이 서 있구나.

江南遊子不知還　古寺秋風杖屨閒
강 남 유 자 불 지 환　고 사 추 풍 장 구 한
笑別鷄龍餘興在　馬前猶有俗離山
소 별 계 룡 여 흥 재　마 전 유 유 속 리 산

유자 遊子 떠돌이. 장구 杖屨 지팡이와 신발.

✿

어머니 뜻에 따라 과거 공부를 그만두고 전국을 떠돌 때 지은 시다. 험한 세상에 뜻을 접고 자유인이 되어 방랑과 유람의 한 시절을 보낸다. 옛 절에 바람만 스산한 가을날, 남들은 가을걷이가 한창인데, 뿌린 것 없으니 거둘 걱정도 없다. 집을 떠나온 지가 오래지만, 지팡이 짚고 걷는 걸음은 바쁠 것이 하나도 없다. 계룡산아 잘 있거라! 웃으며 공주 땅을 떠나 서울 쪽으로 발길을 돌려 잡았다. 이번엔 속리산이 앞길을 막고 나서며, '제게도 좀 들렀다 가시지요' 한다. 나는 아무래도 속리산에 들어가 당분간 속세에서 더 멀찍이 떨어져 있어야 할 것만 같다.

명월암에서

홍세태 洪世泰, 1653-1725
〈명월암에서 자며 宿明月庵〉

서봉의 암자는 대숲 사이 있는데
일없는 스님은 문을 늘 닫고 사네.
나그네 밤 깊어도 잠을 못 이루고
대통 샘물 달빛만 빈산에 떨어진다.

西峰庵子竹林間 無事居僧每閉關
서 봉 암 자 죽 림 간 무 사 거 승 매 폐 관
宿客夜闌眠不得 筧泉和月墮空山
숙 객 야 란 면 불 득 견 천 화 월 타 공 산

폐관閉關 닫아걸다. 야란夜闌 밤이 깊다. 견천筧泉 대나무 홈통으로 끌어온 샘물. 타墮 떨어지다.

✲

대숲 속에 숨은 명월암. 바깥손님만 없으면 언제나 문은 닫혀 있다. 절집의 고요가 그리워 찾은 나그네는 정적(靜寂)을 못 견뎌 외려 잠을 못 이룬다. 댕경거리는 풍경 소리와 밤새 대통으로 떨어지는 샘물 소리가 자꾸만 잠을 파고든다. 달빛이 저 혼자 은하수를 건너 빈산 너머로 떨어질 때까지 잠들지 못한다. 씻은 듯 또랑또랑한 정신 속에 지나온 삶이 훤히 들여다보인다. 모를 게 하나 없다.

낙화암

박태보 朴泰輔, 1654-1689
〈낙화암 落花巖〉

비바람 해마다 옛 누대에 가득하니
나라님은 다시는 꽃구경을 안 오시네.
천 년 뒤에 지나는 객 마음 아파하는 곳
남은 꽃 물가에 피게 하지 말려무나.

風雨年年滿古臺　君王不復賞花來
풍 우 년 년 만 고 대　군 왕 불 부 상 화 래
千秋過客傷心地　莫遣殘芳近水開
천 추 과 객 상 심 지　막 견 잔 방 근 수 개

상화賞花 꽃을 감상하다. 천추千秋 천년. 막견莫遣 하여금 ~하게 하지 마라. 잔방殘芳 시들고 남은 꽃.

✿

부여의 낙화암은 시인 묵객들의 마음을 아리게 하는 곳이다. 쓸쓸하고 처량한 기운이 늘 감돈다. 그 옛날 삼천궁녀들이 비바람에 봄꽃 지듯 꽃 진 곳, 낙화암에 서서 백마강을 내려다보면 참 사는 일이 덧없고, 역사가 우습고, 이런저런 고민이 사치스럽다. 옛 누대에는 비바람만 불어온다, 임금은 한번 떠난 뒤 다시 그 모습을 볼 수가 없다. 천 년 뒤에 무심한 과객 하나가 물가에 피어난 꽃을 천 년 전 저 강물에 뛰어내렸던 꽃다운 넋 하나가 되살아나기라도 한 듯 바라본다. 안쓰럽다.

정향화

윤두서 尹斗緖, 1668–1715
〈우연히 짓다 偶題〉

작은 집 티끌 없고 갠 경치 밝은데
꼼짝 않는 주렴 새로 실바람이 가볍다.
뜰 가득 푸른 이끼 비단 자리 깐 듯하고
정향화 꽃 아래선 낮닭이 울음 운다.

小閣無塵霽景明　簾波不動惠風輕
소 각 무 진 제 경 명　염 파 불 동 혜 풍 경
滿地綠苔如鋪錦　丁香花下午鷄鳴
만 지 록 태 여 포 금　정 향 화 하 오 계 명

제경霽景 갠 경치. 염파簾波 주렴이 바람에 물결치듯 일렁이는 모양.
포금鋪錦 비단을 깔아놓다.

✲

비 갠 뒤 햇살이 곱다. 먼지는 비에 다 씻겨 내려갔다. 방 안에 앉았는데 실바람이 솔솔 불어온다. 그래도 드리운 발은 미동도 않는다. 햇살은 싱글싱글 돋아나고 바람은 살랑살랑 불어온다. 마당을 내다보면 비 맞은 이끼에 푸른빛이 짙다. 그 너머 울타리 가에는 정향화가 붉은 꽃을 피웠다. 심심한 장닭이 제 벼슬보다 붉은 꽃잎을 보고 기분이 나쁘다는 듯이 잔뜩 거드름을 피우며 꼬끼오 하고 운다. 나른하기만 한 늦은 봄날의 한낮.

바위 꽃

임인영 林仁榮, 경종조
〈인왕산에서 우연히 읊다 仁王山偶吟〉

인왕산 기슭이라 찾아오는 사람 없어
두건 젖혀 돌이끼에 홀로 앉아 읊조리네.
저물녘 동풍 불고 봄날은 적적한데
바위 꽃 수도 없이 보는 중에 피어난다.

仁王山下少人來 岸幘孤吟坐石苔
인 왕 산 하 소 인 래 안 책 고 음 좌 석 태
日暮東風春寂寂 巖花無數望中開
일 모 동 풍 춘 적 적 암 화 무 수 망 중 개

안책岸幘 머리 두건을 뒤로 젖혀 쓰다.

✲

인왕산 기슭 호젓한 골짝이다. 아무도 없다. 머리 두건을 뒤로 젖혀 쓰고 이끼 낀 바위에 팔을 뒤로 뻗고 앉아 하늘을 본다. 눈부신 신록이 빙글빙글 돌아가고, 해거름에 봄바람은 살랑살랑 불어온다. 혼자 보내는 적막한 봄날의 오후, 방심한 탓이겠지. 바위 사이로 무수한 꽃들이 내가 지켜보고 있는 줄도 모르고 벙긋벙긋 피어난다. 부끄러움도 잊고 여기저기서 제 몸을 연다.

물총새

박상립 朴尙立, 경종조
〈숲 속의 거처林居〉

산집은 적막해라 낮 그늘 드리웠고
뜰 가득 푸른 이끼 지는 꽃이 반 깔렸네.
시냇가 홀로 오니 누구와 벗을 할꼬
물총새 하루 종일 물가 등걸 앉았구나.

山齋空寂晝陰斜　滿地蒼苔半落花
산 재 공 적 주 음 사　만 지 창 태 반 락 화
溪上獨來誰與伴　水禽終日立槎牙
계 상 독 래 수 여 반　수 금 종 일 입 사 아

수여반誰與伴 뉘와 함께 동무할꼬. 사아槎牙 나뭇등걸.

✲

대낮에도 그늘이 드리워진 산속 집. 푸른 이끼는 스물스물 올라와 마당을 덮는다. 그 위로 진 꽃잎이 다시 방석을 깔았다. 뒷짐 지고 천천히 걸어 시냇가로 나와본다. 혼자 온 걸음이니 누구와 벗을 할까? 둘러봐도 아무 기척이 없다. 물가에서 생각에 잠겼는데, 가만있자 나 말고도 생각에 잠긴 녀석이 또 있구나. 파란 깃털의 꽁지 짧은 물총새 한 마리가 아까부터 물가 나뭇등걸에 앉아 내 흉내를 내고 있는 것이다. 우리는 서로 말도 걸지 않고 그저 흘러가는 시냇물만 지켜보기로 한다. 이렇게 하루가 또 간다.

백운암

이집 李楫, 1668-1731
〈백운암의 교 스님께 贈白雲庵皎上人〉

구름을 자리 삼고 바위를 사립 삼아
마음엔 달이 가득 옷에는 바람 가득.
어룡(魚龍)을 데리고서 설경(說經)을 마치시면
뜨락엔 어지러이 꽃비가 날리겠지.

雲爲臥簟石爲扉　月滿心臺風滿衣
운 위 와 점 석 위 비　월 만 심 대 풍 만 의
盡與魚龍說經罷　院庭歷亂雨花飛
진 여 어 룡 설 경 파　원 정 역 란 우 화 비

와점臥簟 깔고 눕는 대자리. 파罷 마치다. 끝내다. 역란歷亂 어지러이 흩날리다.

✿

백운암에 사시는 교(皎) 스님께 부친 시다. 높은 산 바위틈에 세운 암자. 흰 구름을 이불 삼고, 커다란 바위틈이 출입구다. 바람은 옷깃을 불어가고, 마음엔 언제나 둥두렷한 달이 떠 있다. 아무도 찾지 않는 깊은 산속 암자에서 베푸는 스님의 설법은 어룡(魚龍)이 깨어 듣는다. 법어가 끝나면 하늘에선 난데없는 우담발화 꽃비가 뜨락으로 어지러이 흩날리겠지. 그 달빛 내 마음속에도 지녀두었으면, 그 맑은 바람 내 옷소매 속에도 담아왔으면 싶다. 구름바다 위에 둥실 떠서 어룡과 더불어 말씀을 듣고 나서 우담발화 꽃비 속에 함께 나부끼고 싶다.

부모

김이만 金履萬, 1683-1758
〈한 쌍의 제비雙燕〉

한 쌍 제비 벌레 물고 홀로 주림 참으며
괴롭게 왔다 갔다 제 새끼를 먹이누나.
날개깃 돋아나서 높이 날아 가버리면
부모의 자애로움 능히 알지 못하겠지.

雙燕銜蟲自忍飢　往來辛苦哺其兒
쌍 연 함 충 자 인 기　왕 래 신 고 포 기 아
看成羽翼高飛去　未必能知父母慈
간 성 우 익 고 비 거　미 필 능 지 부 모 자

함충銜蟲 벌레를 물다. 인기忍飢 배고픔을 참다. 신고辛苦 괴로움. 포哺 새끼를 먹이다. 우익羽翼 날개.

✲

저 배고픈 것도 잊고 제비 부부는 열심히 벌레를 물어 새끼를 먹인다. 입을 있는 대로 쩍 벌리고 먹을 것을 달라고 아우성치는 그 모습을 보노라면 저 굶는 것쯤은 아무것도 아니다. 하지만 저것들이 날개에 깃촉이 돋아 제힘으로 훨훨 날게 되면, 저를 먹여 길러준 부모의 은공은 새까맣게 잊고서 저 혼자 큰 것으로 생각하겠지. 저것은 미물이라 그런다 해도 사람이 어째서 품어 길러주신 부모의 사랑을 까맣게 잊을 수 있단 말인가.

풍경

박영 朴坽, 생몰미상
〈낙산 왕자의 옛집 洛山王子舊第〉

쾌나무 시든 버들 누대 문은 막혀 있어
지난일의 번화함 하룻밤 꿈 깨고 난 듯.
가을빛 석양 속에 대문은 굳게 닫혀
이웃 아이 밤 따려고 담을 헐고 들어간다.

古檜衰柳閟樓臺 往事繁華一夢廻
고 회 쇠 류 비 루 대 왕 사 번 화 일 몽 회
門鎖夕陽秋色裏 隣兒剝栗毀墻來
문 쇄 석 양 추 색 리 인 아 박 률 훼 장 래

비閟 문 닫다. 문쇄門鎖 문이 잠기다. 박률剝栗 밤을 따다. 훼장毀墻 담을 헐다.

✿

예전엔 왕자님이 사시던 집이었다. 솟을대문과 화려한 누각에선 연일 풍악 소리가 그치지 않았겠지. 하지만 오늘 가을빛 짙은 낙산 아래를 석양 무렵에 지나는 객은 굳게 닫힌 대문 앞에서 생각이 참 많다. 자손 번창하라고 심어둔 홰나무는 혼자서 늙어가고, 꾀꼬리 놀러 오라고 심은 버들은 제 빛을 잃어 추레하다. 인간의 부귀영화는 이렇듯 덧없는 것이다. 그걸 모르고 조금이라도 더 누리자고 발을 동동거리며 산다. 마당에 떨어진 밤송이가 탐이 난 꼬맹이들은 주인 잃은 빈집의 무너진 담장 새로 들어간다. 빈집은 이제 동네 꼬맹이들의 놀이터다.

앞 강물

이영보 李英輔, 1686-1747
〈막수의 노래莫愁曲〉

열여섯 예쁜 아씨 머리에 꽃을 꽂고
해마다 봄날이면 봄 시름 싱숭생숭.
만약 다시 태어나면 앞 강물이 되어서
하늘가 님을 따라 밤낮으로 흐르련만.

二八吳娃花插頭 每逢春日動春愁
이 팔 오 왜 화 삽 두 매 봉 춘 일 동 춘 수
若爲化作前江水 天際隨君日夜流
약 위 화 작 전 강 수 천 제 수 군 일 야 류

이팔二八 16세. 오왜吳娃 오나라의 아가씨. 미녀. 삽두插頭 머리에 꽂다. 화작化作 변화하여 되다. 천제天際 하늘가.

✲

머리에 꽃을 꽂고 봄날이 간다. 바람이 치마폭을 감싸면 아지랑이 마음을 가눌 길 없다. 사랑하는 님은 멀리 간 후 안 오고, 날 두고 강물은 저 혼자 흘러간다. 저 강물 끝에는 우리 님이 계시겠지. 보고픈데 왜 못 가나. 마음만 안타깝다. 차라리 앞 강물이나 되었으면. 흘러 흘러 흘러 님 계신 곳 닿았으면. 님이야 날인 줄 모르셔도 그저 바라볼 수만 있다면. 머리에 꽃을 꽂고 봄날이 간다.

산유화

권만 權萬, 1688–1749
〈한강의 노래京江樂府〉

열여섯 고운 아씨 구름비단 옷을 입고
검은 머리 물소 비녀 반쯤 살짝 가렸구나.
평호에 해가 나와 장삿배 떠나가자
일제히 강남 땅 〈산유화〉를 부르네.

二八女娘雲錦紗 烏雲半掩水犀釵
이 팔 여 랑 운 금 사 오 운 반 엄 수 서 차
平湖日出賈船發 齊唱江南山有花
평 호 일 출 고 선 발 제 창 강 남 산 유 화

운금雲錦 구름무늬 비단. 오운烏雲 먹구름. 여기서는 검은 구름처럼 짙은 머리. 반엄半掩 반쯤 가리다. 수서차水犀釵 물소 뿔로 깎아 만든 비녀. 고선賈船 장삿배. 산유화山有花 민요 메나리의 다른 이름.

✿

물산의 이동이 활발한 한강 가 포구의 풍경이다. 열여섯 고운 아가씨는 하룻밤 풋정이 안타까워 비단옷에 물소 비녀로 한껏 단장하고 강가로 님 마중을 나왔다. 드넓은 물 위로 아침 해가 떠오르고, 장삿배에 짐을 잔뜩 실은 상인들은 돛 달아 어기여차 강 언덕을 떠나간다. 부디 잘 가시라고, 다음에 오면 다시 찾아달라고, 그녀는 가락도 능청맞게 메나리 한 곡조를 그들을 위해 불러준다. 수면 위로 일렁이는 물결 따라 청춘의 슬픔도 함께 밀려간다.

화왕계

권만 權萬, 1688-1749
〈신당의 설총 집터를 지나며 過新堂薛弘儒墟〉

새움 돋는 멧부리 첫 해 받아 푸른데
설총 선생 태어난 곳 빈터 여태 남았구나.
시골 아이 천 년 전 일 그래도 안다는 듯
앉아서 〈화왕계〉로 풍간턴 일 애기하네.

嫩峯蒼翠上暾初　誕降弘儒尙有墟
눈봉창취상돈초　탄강홍유상유허
村童亦解千年事　坐說花王諷諫書
촌동역해천년사　좌설화왕풍간서

설홍유 薛弘儒 신라 때 학자 설총(薛聰). 눈봉 嫩峯 여린 새싹이 움트는 봄 산. 상돈 上暾 아침 해가 떠오르다. 탄강 誕降 태어나다. 화왕풍간서 花王諷諫書 화왕이 풍간한 글. 설총이 장미꽃과 할미꽃의 이야기로 임금에게 풍간한 〈화왕계〉를 가리킴.

✲

연초록빛 물이 잔뜩 오른 봄 산에 아침 첫 해가 막 떠올랐다. 푸르스름한 기운이 온 산 가득 감돈다. 신당(新堂)이라는 곳을 지나는데, 신라 때 학자 설총이 살던 옛 집터가 여태도 남아 있다. 호기심이 동해 물어보니, 시골의 꼬맹이가 마치 제 눈으로 직접 보기라도 한 듯 신이 나서 천 년 전 설총의 이야기를 나그네에게 들려준다. "할미꽃이 화왕께 말씀드렸지요. 임금은 뒤늦게 자신의 잘못을 깨닫고, 장미꽃을 물리치고, 할미꽃의 말을 들었답니다. 이야기를 다 들으신 임금님은 설총 선생의 이 이야기가 자기 들으라고 한 이야기인 줄을 대번에 알아차렸습니다." 꼬맹이의 이야기는 좀체 끝날 줄을 모른다. 천 년의 시간은 이 앞에서 아무 의미가 없다.

마포

권만 權萬, 1688-1749
〈서강의 봄날 새벽西江春曉〉

꼬끼오 닭이 울어 새벽빛을 재촉하니
시내 산의 진면목이 차례차례 열린다.
책상 저편 돛대는 묶어둔 듯 빽빽한데
풀 푸르고 모래 흰데 새가 날아 돌아간다.

江鷄喔喔曙光催 眞面溪山次第開
강 계 악 악 서 광 최 진 면 계 산 차 제 개
隔案帆竿森似束 草靑沙白鳥飛回
격 안 범 간 삼 사 속 초 청 사 백 조 비 회

강계江鷄 강가 마을의 닭. 악악喔喔 닭이 꼬끼오 하고 우는 소리. 서광曙光 새벽빛. 차제次第 차례로. 격안隔案 책상을 사이에 두고. 범간帆竿 물가에 세워둔 배의 돛대. 삼사속森似束 묶어둔 것처럼 많이 서 있다.

✲

마포 서강의 새벽 풍경이다. 닭이 홰를 치며 울어 동 트기를 재촉하자, 시내와 산의 어렴풋한 윤곽들이 화답이라도 하는 듯이 하나둘 차례로 제 모습을 드러낸다. 강가를 향해 난 방에서 책상 앞에 앉아 강물 쪽을 바라본다. 늘어선 돛대가 마치 나뭇단을 묶어놓은 것처럼 즐비하다. 제법 날이 밝았는지 물가의 푸른 풀과 흰 백사장도 또렷해지고, 아침 먹이를 찾느라 부산한 새들의 건강한 날갯짓도 보인다. 은성(殷盛)하던 시절 마포 나루의 풍경이다.

적막

남극관 南克寬, 1689–1714
〈십 년十年〉

십 년간 혼자서 남모를 병 끼고 사니
백대에 그 누가 낙막한 맘 슬퍼하리.
지는 해에 머리 긁다 창밖을 바라보니
종현의 아래위로 살구꽃이 만발했다.

十年獨抱幽憂疾　百代誰憐歷落心
십 년 독 포 유 우 질　백 대 수 련 역 락 심
斜日爬頭窓外望　鐘峴南北杏花深
사 일 파 두 창 외 망　종 현 남 북 행 화 심

유우질幽憂疾 남모를 근심스런 병. 역락歷落 쓸쓸하고 적막한 모습. 파두爬頭 머리를 긁적이다. 종현鐘峴 지금 서울 명동의 명동성당 자리에 있던 고개.

✿

시인은 평생 병마에 시달리다가 25세의 젊은 나이에 세상을 뜬 천재다. 바깥출입도 하지 못하고 늘 사랑채에 갇혀 지내며 느끼는 쓸쓸한 심회를 펴 보였다. 오늘도 온종일 방 안에서 혼자 지냈다. 아무도 찾지 않는 무참한 봄날, 뉘엿해진 해거름에 손톱으로 머리를 긁적이다가 눈길이 우연히 창밖에 가서 멎었다. 내가 봄날의 우울에 젖어 지내는 동안, 종현에는 어느새 살구꽃이 이 집 저 집에서 눈꽃 같은 꽃망울을 터뜨렸다. 아! 봄이 왔구나. 이 봄에 나는 무슨 꿈을 꾸며 이 음습하고 우울한 생각들을 걷어낼까? 꽃을 보다가 문득 돋아나는 허전한 희망의 모서리를 나는 살짝 누르고 만다.

은비녀

최성대 崔成大, 1691–1761
〈송도에서松京〉

개성의 젊은 아낙 곱기가 꽃 같은데
높은 머리 고운 단장 얼굴 반쯤 가렸네.
뉘엿할 제 궁궐터로 풀싸움 나가는데
잎 사이 나비들이 은비녀에 앉누나.

開城少婦貌如花　高髻紅粧半面遮
개 성 소 부 모 여 화　고 계 홍 장 반 면 차
向晩宮墟鬪草去　葉間胡蝶上銀釵
향 만 궁 허 투 초 거　엽 간 호 접 상 은 차

고계高髻 높이 올린 트레머리. 차遮 가리다. 향만向晩 뉘엿해지는 때. 투초鬪草 풀싸움. 누가 더 많은 종류의 풀을 캐오는지 시합하는 것. 은차銀釵 은비녀.

✲

머리를 틀어 얹고 긴 비녀를 꽂은 젊은 여성이 곱게 단장하고 봄나들이를 나왔다. 꽃같이 어여쁜 얼굴을 한번 보고 싶은데 고개를 모로 꺾은 그녀는 좀체 눈길을 주지 않는다. 햇살이 뉘엿해진 나른한 오후, 궁궐터로 봄 소풍을 나온 그녀. 새로운 풀을 찾느라 풀섶을 두리번거린다. 꽃 속에 숨었던 나비가 햇살에 반짝이는 은비녀 위에 사뿐히 내려앉는다. 꽃보다 아름다워요! 나비는 이렇게 말하는 듯하다.

귀뚜라미

최성대 崔成大, 1691-1761
〈귀뚜라미蟋蟀〉

풀섶 사이 흰 달빛에 이슬이 달렸는데
고운 구슬 쟁글대듯 말은 어이 끝없나.
가을바람 깊고 깊은 생각을 일으키니
뾰족한 칼끝 담금질해 애간장을 가르는 듯.

皎月草間懸露光　纖珠碎佩語何長
교 월 초 간 현 로 광　섬 주 쇄 패 어 하 장
秋風吹起深深思　似淬尖鋩割盡腸
추 풍 취 기 심 심 사　사 쉬 첨 망 할 진 장

현懸 매달리다. 섬주纖珠 여린 구슬. 쇄패碎佩 패옥이 부서지는 것처럼. 쉬淬 담금질하다. 첨망尖鋩 뾰족한 칼끝.

✿

끔찍하던 무더위가 물러간 자리에 아침저녁 선선한 바람이 파고든다. 가을은 귀뚜라미 울음소리로 온다. 교앙(驕昂)하게 울던 매미 소리도 사라지고 없다. 또각또각또각 머리 맡에서 귀뚜라미가 운다. 풀잎 끝에 달린 이슬이 달빛에 춥다. 무슨 할 말이 그리 많아 조금도 쉬지 않고 밤새 노래하는가. 가을이 오면서 나는 부쩍 말수가 적어진다. 가슴속 사념들로 시름시름 앓는다. 담금질해서 잘 벼려둔 예리한 칼끝으로 내 애간장을 마디마디 끊어놓는 것처럼 아프다.

망향

최성대 崔成大, 1691-1761
〈강길에서 빗속에 배를 대고 江行雨泊〉

찬비에 강가 단풍 나그네 배 어둑한데
외론 돛 가을 구름 멀리까지 오르네.
돌아갈 맘 새 기러기 울음소리 못 기다려
푸른 물결 좇아가며 밤낮으로 흐른다.

寒雨江楓暗客舟　孤帆遠上白雲秋
한 우 강 풍 암 객 주　고 범 원 상 백 운 추
歸心不待聞新雁　已逐滄波日夜流
귀 심 불 대 문 신 안　이 축 창 파 일 야 류

원상遠上 멀리로 오른다. 신안新雁 새로 온 기러기.

✿

찬비 맞고 강가 단풍나무가 붉게 물이 들었다. 흰 구름 높이 뜬 가을 하늘 아래 외론 돛이 떠간다. 가을이다. 나도 돌아가야겠다. 겨울을 나려 기러기 떼가 내려올 때까지 기다릴 수가 없다. 돛단배는 물결만 남기고 저 멀리 떠나고, 내 마음도 그 배 따라 고향 길을 헤맨다. 밤낮으로 쉼 없이 강물이 흐른다.

아들 생각

남유용 南有容, 1698-1773
〈어린 아들을 생각하며憶幼子〉

열흘 넘게 장맛비 괴롭게 개지 않아
어린 아들 편지 소식 자꾸만 더뎌지네.
사립문 밖 저 멀리 불어난 물 보고서
낚시터에 매일 올라 긴 낚싯대 드리운다.

積雨連旬苦不開 遲遲幼子信書來
적 우 련 순 고 불 개 지 지 유 자 신 서 래
遙知水濶柴門外 日嚲長竿上釣臺
요 지 수 활 시 문 외 일 타 장 간 상 조 대

적우積雨 장맛비. 불개不開 개지 않다. 요지遙知 멀리서 알겠다. 타嚲 낚싯대를 드리우다. 조대釣臺 낚싯터.

✲

질척거리는 비가 열흘 넘게 내린다. 길 나서려던 사람들도 주춤해서 지루한 장마가 그치기만 기다리고 있겠지. 그래서일까? 이제 막 글자를 배운 아들 녀석의 삐뚤빼뚤한 편지 소식을 목을 빼고 기다리지만, 아무 기별이 없은 지가 한참 되었다. 사립문 밖을 내다보면 앞 강물은 물이 불어 사람이 건너올 형편도 못 된다. 그래도 혹시 강 저편에서 편지 들고 오는 사람이라도 만날까 싶어, 나는 오늘도 낚싯대를 주섬주섬 챙겨들고 강가 바위 위에 나가 앉는다.

헤어진 뒤

최대립 崔大立, 18세기 초
〈연광정에서 헤어진 뒤練光亭別後〉

비단 주렴 모두 걷고 혼자 다락 기댔는데
사람 가고 술이 깨니 또다시 시름 돋네.
복사꽃 물이 불어 봄 강물은 파랗고
어디에서 날아왔나 한 쌍의 흰 갈매기.

鉤盡緗簾獨倚樓　酒醒人去又生愁
구 진 상 렴 독 의 루　주 성 인 거 우 생 수
桃花水漲春水碧　何處飛來雙白鷗
도 화 수 창 춘 수 벽　하 처 비 래 쌍 백 구

구진鉤盡 갈고리로 걸어 발을 걷다. 상렴緗簾 비단으로 만든 주렴. 의루倚樓 누각에 기대다. 기다림의 의미로 자주 씀. 도화수창桃花水漲 복사꽃 필 무렵 불어난 봄 강물을 가리키는 말.

✲

연광정에 비단 주렴을 치고서 풍악을 잡히며 벗을 전별했다. 이윽고 그는 떠나고, 떠나는 그 모습 좀 더 보려고 발을 걷어 올린 채 혼자 누각에 기대선다. 벗의 모습이 시야에서 막막히 사라진 뒤, 취했던 술도 조금씩 깬다. 술이 깨자 잊고 있던 시름이 스멀스멀 돋는다. 복사꽃 피는 시절, 불어난 봄 강물은 쪽빛인 양 푸르고, 벗 떠나보낸 내 마음은 폐허 같다. 내 마음을 안다는 겐지 어디선가 날아온 한 쌍의 흰 갈매기가 정자 난간 앞을 훨훨 날아간다. 끼룩끼룩 날아간다.

꿈 깨어

최대립 崔大立, 18세기 초
〈아내를 잃은 뒤 꿈에서 깨어나 夢醒喪室後〉

향로에 향은 지고 밤은 하마 깊었는데
빈집 꿈을 깨니 잠자리가 썰렁하다.
매화 가지 걸린 달이 어여쁘게 남아 있어
그때에 깨진 거울 다시 보게 하는구나.

睡鴨香消夜已闌 夢回虛閣枕屛寒
수 압 향 소 야 이 란 몽 회 허 각 침 병 한
梅梢殘月娟娟在 猶作當年破鏡看
매 초 잔 월 연 연 재 유 작 당 년 파 경 간

수압睡鴨 조는 오리. 오리 모양의 향로. 란闌 한창이다. 깊었다. 침병枕屛 베개와 병풍. 잠자리. 연연娟娟 아리땁고 고운 모양. 파경破鏡 깨진 거울. 부부의 인연이 끊어짐을 뜻함.

✿

아내 없는 빈방서 꿈을 깬 뒤 허탈한 심경을 노래했다. 향로에 피어오르던 훈향은 싸늘히 식었다. 꿈을 깨어 더듬어보면 옆자리가 텅 비었다. 참 그랬지. 무정한 사람. 갑자기 춥다. 매화 가지 끝에 걸린 반달이 창밖에서 떨고 있다. 변치 말자며 그때 나눠 가졌던 반쪽 거울 같다. 여보! 고맙소. 혼자 자는 빈방이 안쓰러워 하늘 위에서도 나를 지켜보고 있었구려. 내 반쪽과 맞춰서 다시 둥근 거울을 만들 날을 기다리겠소.

사월

문동도 文東道, 18세기 초
〈보리 방아 詠碾麥〉

4월이라 누런 구름 보리밭에 반짝일 때
보리 베자 기분 좋아 아내 얼굴 먼저 피네.
생나무 비에 젖어 불 지피기 힘든 탓에
아침나절 시장기를 대낮에야 요기했네.

四月黃雲潤麥田　刈麥驕氣婦顔先
사 월 황 운 윤 맥 전　예 맥 교 기 부 안 선
青薪雨濕炊何窘　療得朝飢近午天
청 신 우 습 취 하 군　요 득 조 기 근 오 천

연맥碾麥 보리를 방아 찧음. 황운黃雲 보리 누름 무렵, 누렇게 익은 보리가 누런 구름처럼 뭉게뭉게 황금물결을 이룬 모습. 예맥刈麥 보리를 수확하다. 청신青薪 아직 마르지 않은 생나무 땔감. 하군何窘 어찌나 군색한지. 요득療得 요기하다.

✲

4월이라 보리 누름의 시절. 가혹한 보릿고개를 용케 견디며 넘어왔다. 바람이 불 때마다 일렁이는 황금들판을 보면 마음에 기름기가 자르르 돈다. 자못 자신감에 넘쳐 보리를 수확해오니, 집에서 기다리던 아내의 얼굴이 먼저 활짝 펴진다. 새끼들 부황 든 얼굴이 눈물겹다. 막상 밥을 지으려니, 갑자기 주워온 생나무 토막이 비에 젖어 좀체로 불길이 일지 않는다. 이러구러 눈물을 빼며 겨우 밥을 지었다. 구수한 밥 냄새에 창자가 요동을 친다. 해가 중천에 올라온 뒤에야 모처럼 만에 식구대로 배불리 먹었다.

울지 마라

이용휴 李用休, 1708~1782
〈미인이 아이를 어르는 그림에 장난삼아 쓰다 題美人戲嬰圖〉

옥 같은 손끝을 들어서 보여주니
동전 두 닢 푸른 실에 꿰어져 달랑대네.
엿 사 먹든 떡 사 먹든 네 원대로 할 터이니
자꾸 울어 네 에미 속 썩게 하지 마려무나.

玉指尖頭擧示之　銅錢兩箇貫青絲
옥 지 첨 두 거 시 지　동 전 양 개 관 청 사
買飴買餠隨兒願　更勿啼呼惱阿嬭
매 이 매 병 수 아 원　갱 물 제 호 뇌 아 미

옥지玉指 옥 같은 손가락. 갱물更勿 다시는 ~하지 마라. 아미阿嬭 엄마. 어머니.

✿

젊은 엄마가 맛있는 것 사 달라고 앙앙 우는 아이를 달래는 그림을 보고 그 여백에 적은 시다. 1, 2구는 그림의 장면에 대한 설명이다. 아이는 떼를 쓰며 아예 바닥에 앉아 발을 동동 구르고 있고, 엄마는 손가락 끝에 무언가를 매달고 아이를 달랜다. 가만히 보니 손가락 끝에 동전 두 닢이 푸른 실에 꿰어진 채 흔들린다. "아가! 뚝 그쳐라. 그치기만 하면 이 돈을 주마. 이 돈 가지고 가서 엿 바꿔 먹든 떡을 사 먹든 네 마음대로 하렴. 시끄럽게 울어대 에미 속 좀 썩이지 말고! 뚝 그치면 이걸 주지. 안 그치면 안 주겠다."

채마밭

이용휴 李用休, 1708-1782
〈정수에게 부치다寄靖叟〉

시골의 경물은 날마다 꽃다워져
솔그늘 느긋 앉아 조화 기미 살펴보네.
금빛의 잠자리와 은빛의 나비들
채마밭 가운데서 멋대로 나는구나.

村郊景物日芳菲 閒坐松陰玩化機
촌 교 경 물 일 방 비 한 좌 송 음 완 화 기
金色蜻蛉銀色蝶 菜花園裏盡心飛
금 생 청 령 은 색 접 채 화 원 리 진 심 비

방비芳菲 꽃답고 향기롭다. 화기化機 조화의 기미(機微). 청령蜻蛉 잠자리. 진심盡心 마음껏.

✿

신록이 올라오는가 싶더니 물색이 하루가 다르게 바뀐다. 날도 꽤 더워졌다. 솔그늘 아래 다리 뻗고 앉아 대지의 풍성한 잔치를 감상한다. 울긋불긋 꽃 진 자리에 초록이 돋았다. 그 초록도 나무마다 농담(濃淡)이 하나도 같지 않다. 파스텔 톤으로 번져가는 들판은 그 자체로 경이요 축복이다. 장다리꽃 흐드러진 채마밭에선 금빛 잠자리와 은빛 나비 떼가 팔랑거리며 흐뭇한 꽃 잔치를 마음껏 누리고 있다. 솔그늘에 앉아 바라보는 내 마음도 훨훨 날아오른다. 같이 날아오른다.

석류꽃

이용휴 李用休, 1708-1782
〈느낌이 있어有感〉

솔숲을 헤쳐 나자 세 갈래 길 나오는데
언덕 가에 말 세우고 이씨 댁을 묻는다.
농부는 호미 들어 동북쪽을 가리키며
까치집 있는 마을 석류꽃 핀 집이라네.

松林穿盡路三丫　立馬坡邊訪李家
송 림 천 진 로 삼 아　입 마 파 변 방 이 가
田夫擧鋤東北指　鵲巢村裏露榴花
전 부 거 서 동 북 지　작 소 촌 리 로 류 화

삼아三丫 세 갈래. 거서擧鋤 호미를 들다. 로露 보이다. 드러나다.

✲

울창한 송림 사이로 난 소롯길을 한참 지나자 세 갈래 갈림길이 나온다. 벗의 집은 어느 길로 가야 하나? 순간 난감해져 말을 세운다. 밭에서 김매던 농부에게 물으니 호미의 흙을 털며 동북쪽을 들어 가리킨다. "저기 저 키 큰 나무에 까치집 있는 마을이 보이시지요? 거길 가시면 동네 어귀에 울 너머로 붉은 석류꽃이 불 붓듯 핀 집이 나올 겝니다. 바로 그 집입니다." 아! 그는 이제 푸른 솔숲을 빠져나와 붉은 석류 꽃밭 속으로 걸어 들어갈 참이다.

목화밭

신광수 申光洙, 1712–1775
〈골짝 어귀에서 본 풍경峽口所見〉

푸른 치마 아가씨 목화밭에 나왔다가
길손 보곤 몸을 돌려 길가에 서 있구나.
흰둥개가 누렁이를 멀리 따라 가더니만
다시금 짝 지어서 주인 앞에 달려온다.

青裙女出木花田　見客回身立路邊
청 군 녀 출 목 화 전　견 객 회 신 립 로 변
白犬遠隨黃犬去　雙還更走主人前
백 견 원 수 황 견 거　쌍 환 갱 주 주 인 전

청군녀青裙女 푸른 치마를 입은 아가씨. 회신回身 몸을 모로 돌리다.

✲

푸른 치마를 입은 처녀가 목화밭에 목화 따러 나왔다. 지나가는 길손을 보고는 부끄러워 내외하느라 길가에서 몸을 옆으로 돌린다. 주인 아씨 호위병으로 따라나선 두 마리 개가 콩닥콩닥하는 아가씨 마음은 아랑곳 않고 저희들 연애에 골몰하는 중이다. 암컷 누렁이가 새침을 떨며 저만치 앞서 가자 수컷 흰둥개가 같이 놀자며 쫓아간다. 길 위에선 나그네와 아가씨의 탐색전이 한창인데, 제 주인 보란 듯이 뒹굴며 놀던 개 두 마리가 아가씨 앞으로 짝을 지어 내닫는다. 새침데기 아가씨는 속마음을 들킨 것 같아 얼굴이 그만 붉어지고 말았다.

발자국

강세황 姜世晃, 1712-1791
〈길 위에서 본 여인路上所見〉

물결 딛는 비단 버선 사뿐사뿐 가더니만
중문으로 들어서곤 아득히 자취 없다.
다정할사 그래도 잔설이 남아 있어
야트막한 담장 가에 신발 자국 찍혀 있네.

凌波羅襪去翩翩　一入重門便杳然
능 파 라 말 거 편 편　일 입 중 문 편 묘 연
惟有多情殘雪在　屐痕留印短墻邊
유 유 다 정 잔 설 재　극 흔 류 인 단 장 변

능파凌波 물결을 타고 가다. 라말羅襪 비단 버선. 편편翩翩 바람에 나부끼는 모양. 경쾌한 모습의 형용. 편묘연便杳然 문득 아득히 찾을 길이 없다. 극흔屐痕 신발 자국. 류인留印 찍힌 자욱이 남았다.

✿

길 가다 만난 선녀 같은 아가씨. 나도 몰래 걸음은 그녀 따라 옮겨진다. 물결 위를 걷는 듯 사뿐사뿐 맵시 나는 걸음걸이. 뒷모습만 보아도 마음이 두근댄다. 골목길 돌아서더니 대문이 열리고, 중문이 한 번 더 열리더니만 아뿔싸 그녀의 자취는 찾을 데가 없다. 닭 쫓던 개 지붕 쳐다보기 식으로 멍하니 섰자니, 낮은 담장 가 잔설 위에 방금 전 그녀가 찍어놓고 간 발자국이 또렷이 남아 있다. 아! 소녀는 내 가슴을 이리 밟고 나비처럼 사라져갔구나.

절필

이윤영 李胤英, 1714-1759
〈붓을 꺾으며 絶筆〉

오동나무 수런수런 저물녘에 시끄럽고
비 지나는 연못가에 대자리 잠 해맑아라.
이 가운데 꿈 이야기 남에게 얘기 마라
봉래산 높은 성에 응당 들어갈 터이니.

高梧策策晩多聲　雨過西塘睡簟淸
고 오 책 책 만 다 성　우 과 서 당 수 점 청
箇中有夢休傳說　應入蓬山第一城
개 중 유 몽 휴 전 설　응 입 봉 산 제 일 성

책책策策 오동잎에 바람이 스치는 소리. 수점睡簟 대자리에 누워 자다. 개중箇中 이 가운데. 휴전休傳 전하지 마라. 봉산蓬山 신선들이 산다는 봉래산.

✲

이 시를 지을 당시 그는 목숨이 경각에 달려 있었다. 병이 위독하여 며칠째 말도 할 수 없는 상태였다. 그러다 갑자기 앉아 잠꼬대처럼 이 시를 읊고, 그날로 세상을 떴다. 그러니까 '절필'이란 제목은 사람들이 그의 마지막 시라 해서 붙인 이름이다. 그는 어떤 영혼이었기에 죽기 전 의식이 전혀 없는 상태에서 이런 시를 읊조릴 수 있었을까? 바람에 오동잎 수런대는 소리가 시끄러운 걸 보니, 그 넓은 오동잎 위로 비가 지나가는 모양이로구나. 내 잠은 너무도 투명하고 해맑다. 이런저런 말 할 것 없다. 이제 나 떠나련다. 봉래산 제일 꼭대기에 있는 황금 궁궐, 나 처음 왔던 그곳으로 갈란다.

딱따구리

이광려 李匡呂, 1720–1783
〈사촌에서 밤중에 앉아 在社村夜坐〉

산은 차고 인적마저 온종일 끊어지니
고요한 낮 텅 빈 집 솔은 반쯤 구름 잠겨.
딱따구리 쪼는 소리 참으로 반갑구나
보던 글 밀쳐두고 몇 번이나 앉았었네.

山寒人跡斷朝曛 晝靜空齋松半雲
산 한 인 적 단 조 훈 주 정 공 재 송 반 운
偏喜此中聞啄木 屢回淸坐罷看文
편 희 차 중 문 탁 목 누 회 청 좌 파 간 문

조훈朝曛 아침부터 저녁까지. 공재空齋 빈집. 편희偏喜 몹시 기뻐하다.
탁목啄木 딱따구리. 누회屢回 여러 번. 파罷 그만두다.

✿

날이 더워져도 산속엔 여전히 아침저녁으로 선득하다. 해 뜨고 해 지도록 찾는 이 아무도 없다. 적막강산이 따로 없다. 대낮인데도 낙락한 소나무 위쪽은 여태 구름에 잠겨 있다. 빈집에 나 혼자 앉아 책을 읽는다. 똑똑똑똑! 문 두드리는 소리에 반가운 손님이 왔나 싶어 읽던 책을 밀쳐놓고 깜짝 놀라 내다본다. 원, 싱겁기는! 손님이 아니라 딱따구리란 녀석이 부리로 나무를 쪼아대는 소리다. 다시 책에 몰두할 때쯤 해서 딱따구리란 녀석이 한 번씩 내 정신을 빼놓는다. 번번이 속으면서도 자꾸 신경이 문 쪽으로 향하는 것을 어쩔 수 없다. 사람이 문득 그리웠던 게다.

황혼 무렵

이미 李瀰, 1725-1779
〈시골집의 이런저런 노래 村家雜謠〉

황혼녘이 되어서야 일손 겨우 놓여나
앞서거니 뒤서거니 호미 메고 돌아오네.
흰 삽살이 푸렁개가 일제히 꼬리 치며
어스름녘 성근 울서 주인을 맞는구나.

事到黃昏始放閒　男前婦後荷鋤還
사 도 황 혼 시 방 한　남 전 부 후 하 서 환
白狵蒼犬齊搖尾　迎在疎籬暝色間
백 방 창 견 제 요 미　영 재 소 리 명 색 간

하서荷鋤 호미를 메다. 백방白狵 흰 삽살개. 제齊 일제히. 함께. 명색暝色 뉘엿한 일색(日色).

✲

새벽부터 시작한 밭일이 저물녘에야 겨우 끝났다. 남정네가 앞장서고, 아낙은 몇 걸음 뒤쪽에 떨어져 걸어온다. 노동의 거룩한 피로와 저녁때의 허기가 걸음에 묻어 있다. 어깨 위 호미가 저 혼자 달그락거린다. 집이 저쯤 보일 무렵부터 개 짖는 소리가 요란하다. 종일 빈집 지키며 놀던 흰 삽살이 청삽살이 두 녀석이 겅중겅중 허공을 뛰며 난리를 친다. 저도 배가 고팠겠지. 주인보다 주인이 줄 더운 밥이 반가웠던 모양이다. 땅거미는 점차 마을로 내려오고, 굴뚝 위로 밥 짓는 연기가 피어 올라 어둠 속에 가만히 내려앉겠네.

변방

목만중 睦萬中, 1727-?
〈북관의 서리關霜〉

북관 서리 한밤중에 북풍 좇아 날리고
시월이라 빈산엔 나뭇잎 하나 없네.
태평 시절 장사들은 싸울 일 아예 없어
두만강 가 일곱 고을서 매를 사서 돌아온다.

關霜夜逐北風飛　十月空山木葉稀
관 상 야 축 북 풍 비　시 월 공 산 목 엽 희
壯士時平無戰伐　江邊七邑買鷹歸
장 사 시 평 무 전 벌　강 변 칠 읍 매 응 귀

관상關霜 북관(北關)의 서리. 시평時平 시절이 평안함. 매응買鷹 매를 사다.

✿

10월인데 북관에선 밤이면 서리가 눈보라처럼 날린다. 산은 벌써 빈손만 추켜들고 하늘을 바라며 서 있다. 변방을 지키는 병사들, 전쟁의 기억도 아마득하다. 겨울이 온다. 사냥의 계절이다. 전쟁을 잊은 병사들은 이번 겨울 눈밭에서 꿩 사냥, 노루 사냥 할 생각에 두만강 가 토인 마을을 돌며 씩씩한 보라매 한 마리씩 사 가지고 토시에 얹어 돌아온다. 어깨가 절로 떡 젖혀진다.

상심

심익운 沈翼雲, 1734-?
〈아들을 잃고 처음 물가로 나가喪兒後初出湖上〉

약초밭과 꽃동산이 집 양편에 있으니
한가한 삶 어디든지 쫓아가지 않으리.
마음 상해 차마 책을 펼쳐보지 못하나니
다른 때 책 볕 쬐는 날 책 잡던 너 생각나리.

藥圃花園屋左右　閑居何處不從行
약 포 화 원 옥 좌 우　한 거 하 처 불 종 행
傷心未忍開書帙　曬日他時憶爾擎
상 심 미 인 개 서 질　쇄 일 타 시 억 이 경

약포藥圃 약초를 심어 기르는 밭. 미인未忍 차마 ~하지 못하다. 쇄일曬日 책을 꺼내 볕에다 말리는 날. 경擎 책을 손에 들다.

✲

사랑하는 아들을 먼저 떠나보낸 뒤, 첫 나들이를 나갔다가 그만 목이 메어 지은 시다. 집 왼편엔 약초밭이 있고, 오른편엔 꽃밭이 있다. 가만있지 못하고 약초밭과 꽃밭 사이를 오간다. 어느 곳 한 군데 아들의 손길이 닿지 않은 곳이 없는 까닭이다. 눈물이 앞을 가려 방 안으로 들어오면 이번엔 탁자 위에 놓인 책이 눈에 들어온다. 매일 책장을 뒤적이며 소리 내어 책을 읽던 아들의 살았을 적 모습이 눈에 밟히고, 그 목소리가 귀에 쟁쟁하다. 차마 그 책을 펼쳐보지 못하고 바라보기만 한다. 책을 꺼내 볕에 말리는 날에나 이 책을 펼쳐보겠지. 그때에는 네 모습이 마음에 더 사무칠 것만 같구나.

풍랑

심익운 沈翼雲, 1734-?
〈마음을 가라앉히는 노래 定情歌〉

한 물결 막 지나면 한 물결 생기더니
고요한 밤 바람 자자 물결 겨우 잔잔쿠나.
항하(恒河)의 모래 같은 욕심은 끝도 없어
그 가운데 십분 맑음 얻기가 어려워라.

一波纔過一波生　夜靜無風浪始平
일 파 재 과 일 파 생　야 정 무 풍 랑 시 평
慾界河沙淘不盡　箇中難得十分淸
욕 계 하 사 도 불 진　개 중 난 득 십 분 청

재과纔過 겨우 지나다. 욕계慾界 욕심에 젖은 세계. 하사河沙 항하(恒河), 즉 인도 갠지스 강의 모래알. 헤일 수 없이 많다는 뜻으로 씀. 도淘 일다. 걸러내다.

✿

수면에 바람 잘 날이 없다. 한 물결이 일렁이자 만 물결이 따라 움직인다. 깊은 밤, 바람이 잠잠해지면서 물결도 비로소 잔잔해진다. 인간의 마음속에도 인도 갠지스 강가의 모래알처럼 헤일 수 없이 많은 욕심들이 일파만파로 일렁여서 마음속의 파도가 가라앉을 날이 없다. 언제나 저 물결을 잠재워 바닥이 훤히 들여다보일 해맑음을 얻을 것인가?

방 안

박종악 朴宗岳, 1735-1795
〈송참에서松站〉

눈 덮인 마을 서편 하루해가 저무는데
쓸쓸한 빈 마을엔 두세 집 인가로다.
주인은 반겨 맞고 자못 예도 알아서
정갈한 상 밝은 창문 병엔 꽃이 꽂혔네.

雪裡村西日欲斜　蕭條墟落兩三家
설 리 촌 서 일 욕 사　소 조 허 락 량 삼 가
主人好客頗知禮　淨几明窓甁有花
주 인 호 객 파 지 례　정 궤 명 창 병 유 화

소조蕭條 쓸쓸한 모양. 허락墟落 빈터만 남은 마을. 파頗 자못. 정궤명창淨几明窓 깨끗한 책상, 밝은 창.

✿

저물녘이 다 되어 눈 덮인 마을에 도착했다. 황량한 빈 마을엔 인가라곤 두어 채뿐이다. 못 재워주겠다면 어찌하나 싶어 조심스레 대문에서 기척을 하니, 주인이 나와 반갑게 맞이한다. 그도 이 궁벽한 산골에서 사람이 그립고, 바깥세상 돌아가는 이야기가 궁금했던 걸까? 살갑게 나를 끌어 누추하다며 사랑방을 내준다. 가슴을 쓸어내리며 주춤주춤 방에 들어선다. 아! 작은 책상 위엔 먼지 하나 없고, 창에는 지는 햇살이 밝게 비쳐 든다. 그리고 한겨울 화병엔 매화 한 가지가 비스듬히 꽂혀 있는 것이다. 차고 매운 바람 속에 하루 종일 얼었던 몸이 스스로 풀린다. 자꾸만 주인이 궁금해진다.

턱수염

박지원 朴趾源, 1737-1805
〈정월 초하루에 거울을 보다가元朝對鏡〉

몇 올의 수염이 갑작스레 돋았으나
여섯 자의 몸뚱이는 변함없이 그대롤세.
거울 속 내 모습은 해마다 달라져도
어린 마음 오히려 지난해의 나라네.

忽然添得數莖鬚　全不加長六尺軀
홀 연 첨 득 수 경 수　전 불 가 장 육 척 구
鏡裏容顏隨歲異　穉心猶自去年吾
경 리 용 안 수 세 이　치 심 유 자 거 년 오

첨득添得 보태지다. 수경數莖 몇 오라기. 수세이隨歲異 해를 따라 달라지다. 치심穉心 어린 마음. 철없는 마음.

✿

정월 초하루 아침에 거울을 보려니까 턱밑에 거뭇거뭇한 것이 돋아나 있다. 이것이 무엇이냐? 깜짝 놀라 가만히 보니, 어느새 어른이 되었다고 수염이 돋아났다. 여섯 자 되는 몸뚱이가 갑자기 자란 것은 아니다. 그래도 거뭇한 수염 몇 오라기만으로도 새해에는 어른이 된 것만 같아 흐뭇하다. 나는 다만 거울에 비친 내 모습이 하루가 다르게 변해가는 것처럼, 내 정신의 성장 또한 그렇게 하루가 다르게 달라지지 않는 것을 걱정한다. 어린이가 자라 청년이 되고, 듬직한 장년을 지나 연륜을 갖춘 노년으로 변해가듯, 내 정신의 표정도 나이에 맞게 깊어지고 그윽해지기를 희망한다.

형님 생각

박지원 朴趾源, 1737-1805
〈연암에서 돌아가신 형님을 생각하며 燕巖憶先兄〉

형님의 모습이 누구와 닮았던가
아버님 생각나면 형님을 뵈었었네.
오늘 형님 보고파도 어데 가 만나볼까
의관을 정제하고 시냇가로 나가본다.

我兄顏髮曾誰似　每憶先君看我兄
아 형 안 발 증 수 사　매 억 선 군 간 아 형
今日思兄何處見　自將巾袂映溪行
금 일 사 형 하 처 견　자 장 건 몌 영 계 행

증曾 일찍이. 수사誰似 누구와 닮았나? 건몌巾袂 두건과 저고리. 의관(衣冠). 영계행映溪行 냇물에 비쳐보려고 간다.

✲

황해도 연암협에 살 때 먼저 세상을 뜬 형님을 생각하며 지은 시다. 기일이 가까웠던가. 꿈자리에 보였던지 아침에 일어나니 갑자기 죽은 형님 생각이 간절해진다. 보고 싶은 그 모습을 어디서 찾을까? 아무 말 없이 의관을 갖추고서 시냇가로 걸어간다. 시냇가에 서서 물 위를 보면 거기 형님이 계시기 때문이다. 우리 형제는 유난히도 닮았다는 말을 많이 듣고 자랐다. 거기에는 어릴 적 돌아가신 기억조차 가물가물한 아버님의 얼굴도 있다. 덤덤한 표정 위로 그리움이 긴 메아리를 남기며 떠내려간다.

낮달

박지원 朴趾源, 1737–1805
〈산길 山行〉

흰 구름 가에선 이려 이려 소리 나고
아스라한 다랑논은 하늘 위로 솟았구나.
직녀는 어이해 오작교만 바라보나
은하수 서편에 배 같은 달 걸렸는데.

叱牛聲出白雲邊　危嶂鱗塍翠插天
질 우 성 출 백 운 변　위 장 린 승 취 삽 천
牛女何須烏鵲橋　銀河西畔月如船
우 녀 하 수 오 작 교　은 하 서 반 월 여 선

질우성叱牛聲 쯧쯧 이려 이려 하며 소를 모는 소리. 위장危嶂 가파른 산. 린승鱗塍 고기비늘처럼 겹쳐 늘어선 밭두둑. 삽천插天 하늘에 꽂혀 있다. 수須 기다리다.

✲

산길을 가는데 산 위에서 '이려 이려' 소 모는 소리가 들려온다. 고개 들어 올려다보니 고기비늘 같은 다랑논배미가 가파른 산비탈을 타고 끝도 없이 올라간다. 정작 소리의 주인공은 보이지 않는다. 산자락의 끝은 하늘과 맞닿아 아스라하다. 올려다보는데 마침 낮달이 눈에 들어왔겠지. 소 끄는 사람, 말 그대로 견우(牽牛) 때문에 직녀를 떠올렸다. 오늘도 오작교 저편에서 하염없이 칠석날만을 기다리고 있을 그녀. 은하수 서편 물가에서 빈 채로 흔들리는 저 쪽닥배를 타고서 훌쩍 건너온다면 그리운 님과의 재회도 어렵지가 않을 텐데 안타깝다.

소나기

노긍 盧兢, 1737-1790
〈소나기驟雨〉

바람이 쾅 사립 닫자 새끼 제비 놀라는데
소낙비 빗기더니 골 어귀에 자욱하다.
흩어져 푸른 연잎 삼만 자루에 쏟아지자
떠들썩 온통 모두 갑옷 군대 소리로다.

風扉自閉燕雛驚 急雨斜來谷口平
풍 비 자 폐 연 추 경 급 우 사 래 곡 구 평
散入青荷三萬柄 嗷嘈盡作鐵軍聲
산 입 청 하 삼 만 병 오 조 진 작 철 군 성

풍비風扉 바람 먹은 사립문. 연추燕雛 새끼 제비. 병柄 자루. 연꽃의 줄기. 오조嗷嘈 시끄럽게 떠드는 모양.

✲

시인의 눈은 얼마나 섬세한가. 저 멀리서 먹장구름이 몰려온다. 가지 끝이 일제히 한 방향으로 쏠린다. 바람은 '문 닫아라' 하며 사립문을 쾅 닫아버린다. 처마 밑서 제 어미 기다리던 새끼 제비들이 그 소리에 놀라 일제히 소스라친다. 이윽고 소낙비가 45도 각도로 들이친다. 새끼들은 더 움츠러든다. 그러다가 아무래도 재미없다는 듯이 소나기는 곧 어귀 연꽃 방죽 쪽으로 와 하며 몰려간다. 이들이들 삼만 개의 푸른 됫박이 하늘 향해 손 벌리고 있는 그 위로 몰려가서는, 한번 당해보겠느냐며 한꺼번에 들이붓는다. 갑자기 따다다다 갑옷 입은 군대와 푸른 방패 사이에 일대 격전이 벌어졌다. 연못은 순식간에 전쟁터로 변한다.

초가을

노긍 盧兢, 1737-1790
〈이른 가을早秋〉

엷은 구름 성근 버들 둘 다 모두 가을인데
방죽을 더디 보니 물 기운 오싹하다.
물총새 고기 채다 번번이 놓치고서
푸른 연밥 꼭대기에 돌아와 앉는구나.

澹雲疎柳共爲秋　閒看池塘水氣幽
담 운 소 류 공 위 추　한 간 지 당 수 기 유
青鳥掠魚頻不中　還飛端坐碧蓮頭
청 조 략 어 빈 불 중　환 비 단 좌 벽 련 두

청조青鳥 물총새. 략어掠魚 고기를 낚아채다. 빈頻 자주. 불중不中 맞히지 못하다. 단좌端坐 단정하게 앉다.

✲

초가을의 파스텔화 같은 풍경이다. 하늘엔 못 보던 양털구름이 얇게 깔렸다. 버들가지도 어느새 추레하다. 가을이 오려는 모양이다. 느릿느릿 방죽 가를 거닐며 바라보자니 물 기운도 그윽한 빛을 띠고 있다. 연못 위로 솟은 푸른 연밥 꼭대기에 조그만 물총새 한 마리가 꼼짝도 않고 앉아 있다. 멀찍이 떨어져 나도 앉는다. 수면이 출렁하자 물총새는 총알 같이 수면 위로 내리꽂힌다. 하지만 입에 문 것이 아무것도 없다. 멋쩍어 후루룩 날아가는가 싶더니 다시 와 앉는다. 그는 지금 배가 고픈 것이다. 그러고는 다시 유현(幽玄)한 집중. 겉보기엔 도 닦는 스님 같은데, 속마음은 얼마나 복잡할까? 문득 고개 들어 바라보면, 양털구름이 배를 깔고 산마루를 넘어간다.

단오날

이덕무 李德懋, 1741–1793
〈단오에 관헌에 모여 端陽日集觀軒〉

이글이글 석류꽃 초록 가지 태우고
발 사이로 얼비치며 낮 그림자 옮겨가네.
고물고물 연기 멎고 보글보글 찻물 끓어
이 바로 유인(幽人)이 그림 구경 할 때일세.

的的榴花燒綠枝　緗簾透影午暉移
적 적 류 화 소 록 지　상 렴 투 영 오 휘 이
篆烟欲歇茶鳴沸　政是幽人讀畵時
전 연 욕 헐 다 명 비　정 시 유 인 독 화 시

적적的的 밝고 환한 모양. 소燒 태우다. 불붙는 듯하다는 뜻. 상렴緗簾 비단 주렴. 오휘午暉 한낮의 햇빛. 전연篆烟 구불구불 올라가는 연기. 명비鳴沸 우는 소리를 내며 끓다. 독화讀畵 그림을 읽다.

✿

석류나무 가지마다 붉은 불이 붙었다. 푸른 잎이 붉은 불에 다 타버리겠구나. 하늘하늘 드리운 발 사이로 마당을 가로질러 살금살금 지나가는 낮 해의 그림자가 보인다. 향로에서 모락모락 피어오르던 향연(香烟)도 이제는 시무룩하다. 다시금 보글보글 찻물 끓는 소리. 향내는 여전히 코끝에 감돌고, 마당엔 고양이처럼 햇살이 지나간다. 가지엔 여기저기 불이 붙었고, 방 안에선 잘름잘름 물이 끓는다. 관헌(觀軒)의 고요한 방 안에선 벗님 몇이 앉아 말없이 그림 한 장 펼쳐놓고 감상이 한창이다.

매미 소리

이덕무 李德懋, 1741-1793
〈서쪽 외곽에서 교외를 바라보며 西郭郊望〉

옛 누각 너머로 산길은 깊고 깊고
찬 나무엔 매미 울음 맑은 가을 바람 분다.
나그네 맘 고요해라 솔구름에 머무는데
폭포 소리 절벽 갈라 아스라이 흐르누나.

山路深深古閣頭　蟬鳴寒樹颯淸秋
산 로 심 심 고 각 두　선 명 한 수 삽 청 추
客心靜與松雲住　瀑響遙分石壁流
객 심 정 여 송 운 주　폭 향 요 분 석 벽 류

삽颯 소슬하게 바람이 불다. 요분遙分 멀리서 나눈다.

✿

누각에 올라 산 뒤편을 바라보면 산길은 또 굽이굽이 숲 속으로 숨는다. 가을바람 맑아서 매미 울음이 차다. 자차분한 마음으로 소나무 가지에 걸린 구름을 본다. 그 너머로 우렁찬 폭포 소리가 절벽을 반으로 쪼개며 떨어진다. 깊은 산속 매미 소리, 맑은 가을 찬 바람. 구름 얹힌 솔 가지, 절벽에 걸린 흰 폭포. 그 속에서 가만히 내 마음을 헹구었네.

새벽길

이덕무 李德懋, 1741–1793
〈새벽녘 연안을 떠나며曉發延安〉

관사의 동편에선 서리 닭 홰쳐 울고
새벽별 달빛 짝해 허공 밝게 빛나네.
말발굽 소리 갓 그림자 희미한 들판 길에
고운 님 조각 꿈 속 밟고서 지나누나.

不已霜鷄郡舍東　殘星配月耿垂空
불 이 상 계 군 사 동　잔 성 배 월 경 수 공
蹄聲笠影朦朧野　行踏閨人片夢中
제 성 립 영 몽 롱 야　행 답 규 인 편 몽 중

불이不已 쉬지 않고. 그침 없이. 배월配月 달을 짝 삼아. 경耿 환히 빛나다. 제성蹄聲 발굽 소리. 편몽片夢 조각 꿈.

✲

이른 새벽 연안 고을을 떠나며 지은 시다. 관사에서 하룻밤을 묵고 신새벽에 길을 떠난다. 서리 닭은 연신 새벽을 울고, 고개 들어 하늘 보면 샛별이 기운 달빛 곁에서 밝게 빛난다. 오싹한 추위 속에 몸을 잔뜩 웅크리고 말에 오른다. 들리는 것은 말발굽 소리뿐. 희미한 달빛에 어리는 긴 그림자. 들판은 어둠에 싸여 윤곽조차 희미하다. 고향의 아내는 날 기다려 오늘도 꿈길 속을 헤매고 있겠지. 아내의 안타까운 꿈속으로 내가 걸어 들어간다.

옛 생각

남경희 南景羲, 1748-1812
〈경주에서 옛날을 회고함 東都懷古〉

반월성 가에는 가을 풀이 우거졌고
금오산 위에는 저녁 구름 지난다.
슬프다 망한 나라 천 년에 맺힌 한이
나무꾼의 한 곡조에 모두 들어 있구나.

半月城邊秋草多　金鰲山上暮雲過
반 월 성 변 추 초 다　금 오 산 상 모 운 과
可憐亡國千年恨　盡入樵兒一曲歌
가 련 망 국 천 년 한　진 입 초 아 일 곡 가

모운暮雲 저물녘 구름. 초아樵兒 나무꾼 아이.

✿

경주의 반월성은 꼭 어머니 품 속 같다. 그 유장한 솔밭과 풀밭을 서성이면 천 년 전의 옛날로 걸어 들어가는 느낌이 든다. 가을 풀 서걱대는 반월성을 배회하다가 뒷짐 지고 고개를 들자 저기 금오산 위로 저물녘 구름이 뉘엿뉘엿 넘어간다. 이렇게 또 하루해가 가는구나. 덧없이 흘러가버린 천 년 세월이 문득 서럽다. 아무것도 모르는 나무꾼 아이가 혼자 흥얼거리며 부르는 노래 한 곡 속에 천 년의 시간이 아련하다.

낙화

이충익 李忠翊, 1744-1816
〈동량으로 돌아와 歸嶂梁〉

깊은 봄 비바람이 새벽부터 섞불어도
산객의 달콤한 잠 뉘엿해야 깨는구나.
화롯불 남아 있어 차 끓는 소리 나고
문밖에선 분분하게 홀로 꽃이 지누나.

春深風雨曉交加　山客酣眠起日斜
춘 심 풍 우 효 교 가　산 객 감 면 기 일 사
爐烟不散瓶茶響　門外紛紛自落花
노 연 불 산 병 차 향　문 외 분 분 자 락 화

교가交加 엇갈려 더해지다. 차례로 심해지다. 감면酣眠 단잠. 노연爐烟 질화로에서 나는 연기. 병차瓶茶 다구(茶甌)에 든 차. 분분紛紛 어지러운 모양.

✿

봄이 깊었다. 붉은 꽃이 샘났는지 새벽부터 비 오다 바람 불다 한다. 밖에 나가기는 틀렸길래 내처 잠만 잔다. 아침 먹고 자고, 차 마시고 잔다. 나는 그간 너무 바빴다. 바깥일에 정신을 지나치게 쏟았다. 바짝 긴장했던 신경을 느슨히 풀어놓자 졸음이 밀려온다. 해가 뉘엿해서야 정신이 맑아진다. 질화로에 얹어둔 주전자에선 차 끓는 소리가 다랑다랑 들리고, 훈김은 모락모락 올라온다. 문밖에 혼자 피어 있던 꽃은 봐주는 사람 하나 없다며 투덜투덜 진다.

낙방

윤종억 尹鍾億, 1788-1817
〈과거에 낙방하고 돌아오는 길에 광정에 들러下第歸路過廣亭〉

일 년 내내 농가엔 즐거움이 넘치나니
빗속에 삽을 들고 달빛 아래 김을 매네.
부모와 처자가 한 방에서 같이 살고
태어나 책 반 줄도 읽은 적이 없다오.

終歲田家樂有餘　雨中荷鍤月中鋤
종 세 전 가 락 유 여　우 중 하 삽 월 중 서
父母妻孥同一室　生來不讀半行書
부 모 처 노 동 일 실　생 래 불 독 반 행 서

종세終歲 일 년 내내. 한 해를 마치도록. 하삽荷鍤 삽을 어깨에 메다. 서鋤 호미. 생래生來 살아오며.

✲

과거 시험에 미역국을 먹고 돌아오는 길, 광정(廣亭)을 지나다 농가의 풍경을 보고 쓴 시다. 이번 시험도 낙방하고 말았으니 지난 몇 년간의 노력이 참 허망하다. 실망하는 가족들의 낯을 무슨 면목으로 마주한단 말인가. 저 농부들의 삶이 차라리 부럽다. 빗속에 삽을 메고 나가 물꼬를 트고, 달빛을 받으며 텃밭에 김맨다. 단칸방의 비좁은 살림이라 삼대가 한 방에 몸 부비며 잠을 잔다. 태어나 글이라곤 한 줄도 읽은 일이 없다. 그런데도 저들의 표정엔 조금도 구김이 없구나. 글 읽어 나라 위해 큰일 해보겠다던 내 고개가 푹 숙여진다. 어깨를 떨군 채 수심에 겨워 집으로 돌아간다.

비 맞으며

윤종억 尹鍾億, 1788–1817
〈금강을 건너며渡錦江〉

금강의 강물빛은 기름보다 푸르고
빗속에 행인은 나루 어귀 서 있네.
지난날 나라 건져 백성 편케 하자던 뜻
뱃사공의 일엽편주 그만도 못하여라.

錦江江水碧於油　雨裏行人立渡頭
금 강 강 수 벽 어 유　우 리 행 인 립 도 두
初年濟世安民策　不及梢工一葉舟
초 년 제 세 안 민 책　불 급 초 공 일 엽 주

벽어유碧於油 기름보다 푸르다. 도두渡頭 나루 머리. 제세안민濟世安民 세상을 건지고 백성을 편안케 하다. 불급不及 미치지 못하다. 그만도 못하다. 초공梢工 뱃사공.

✿

과거 시험에 떨어지고 그는 참 많이 슬펐던 모양이다. 다시 더 내려와 금강 나루 어귀에서 지은 시다. 금강의 푸른 강물은 넘실넘실 흘러간다. 비 맞은 생쥐 꼴로 젖어 나루 어귀에서 뱃사공을 기다리며 섰다. 처량한 마음을 가눌 길이 없다. 지난날 그 장하던 뜻은 다 어디로 갔는가? 청춘의 격정으로 두 팔을 부르걷던 사내는 어디에 있는가? 세상을 건져 백성을 편안케 하겠다던 푸른 포부는 강물에 다 떠내려갔다. 손님 실어 강 건너로 건네주는 뱃사공만도 못한 신세만 남았다.

비 갠 뒤

박제가 朴齊家, 1750–1805
〈비가 개인 뒤雨收〉

고개 위 붉은 구름 무지개 선 듯하고
빗소리는 여태도 콩 꽃에서 나는구나.
도롱이 쓴 늙은이는 두둑 밖에 서 있는데
도랑물은 뽕나무 밭 동편으로 쏟아진다.

嶺上雲黃似有虹　雨聲猶在荳花中
영 상 운 황 사 유 홍　우 성 유 재 두 화 중
戴蓑老叟立堤外　溝水出來桑樹東
대 사 로 수 립 제 외　구 수 출 래 상 수 동

홍虹 무지개. 두화荳花 콩 꽃. 대사戴蓑 도롱이를 쓰다. 로수老叟 늙은이. 구수溝水 도랑물.

✿

퍼붓던 소낙비가 그쳤다. 고갯마루를 넘어가는 구름이 불그레한 빛을 띠어 마치 무지개가 걸린 느낌을 준다. 밭두둑 가의 콩 꽃 줄기에서는 여태도 빗물이 똑똑 떨어진다. 모처럼 내린 비에 논에 물꼬를 대러 나온 늙은이는 도롱이를 뒤집어쓴 채 두둑 밖에 서서 흐뭇하기 짝이 없다. 도랑물은 논의 물꼬를 다 채우고도 기운이 남아 뽕나무 밭 쪽으로 여세를 몰아 쏟아진다. 아! 시원하다.

작별

김용행 金龍行, 1753-1778
〈영결을 고하며告訣〉

화로 끼고 오도카니 앉아서 잠이 드니
꿈에 고향 찾아가도 사람들 몰라보네.
한밤중 술 깨보니 여전한 나그넨데
뜨락 가득 누런 잎에 비만 주룩 내린다.

擁爐兀兀坐成睡　夢到家山人不知
옹 로 올 올 좌 성 수　몽 도 가 산 인 불 지
半夜酒醒還是客　一庭黃葉雨來時
반 야 주 성 환 시 객　일 정 황 엽 우 래 시

옹로擁爐 화로를 끼고 앉다. 올올兀兀 오도카니 앉은 모습. 환시還是 여전히. 여태도.

✲

그는 26세에 세상을 뜬 천재 시인이었다. 벌열가의 서자로 태어나 갈등에 찬 삶을 살다 떠났다. 죽기 전 벗들에게 영결(永訣)을 고하며 보낸 시다. 누런 잎은 구르고, 가을비는 추적추적 내린다. 낯선 여관방에서 화로를 끼고 앉아 꾸벅꾸벅 졸다가 고향 꿈을 꾸었다. 나는 반가워 어쩔 줄을 모르겠는데, 사람들은 나를 본체만체한다. 그것이 너무 서운해서 뭐라 얘기하다가 잠에서 깼다. 꿈이었구나. 술기운에서 깨어나 돌아보면 병든 몸으로 타관을 떠도는 나그네 하나가 앉아 있다. 여보게들! 그간 참 고마웠네. 나 이제 떠나려네. 부디 잘들 있게나. 다음 생에선 더 좋은 인연으로 만나세.

금붕어

김조순 金祖淳, 1765-1832
〈샘물을 끌어오며引泉〉

대를 쪼개 산 샘물을 뜨락 가로 끌어와
떠지는 곳 반 길 남짓 연못을 만들었지.
일 만드는 꼬마 종은 날마다 일과 삼아
부들 심고 밥을 주며 금붕어를 기르네.

山泉刳竹引庭際　滴處成塘半丈餘
산 천 고 죽 인 정 제　적 처 성 당 반 장 여
好事童奴成日課　栽蒲設飯養金魚
호 사 동 노 성 일 과　재 포 설 반 양 금 어

고죽刳竹 대나무를 반으로 갈라 잇댐. 정제庭際 뜨락의 가장자리. 적처滴處 끌어온 물이 떨어지는 곳. 재포栽蒲 부들을 심다. 금어金魚 금붕어.

✿

대나무를 쪼개 이어 수로를 만들어, 산골 물을 마당으로 끌어왔다. 물이 떨어지는 곳에 작은 연못을 팠다. 하루 종일 물소리가 들린다. 눈만 감고 있으면 깊은 산 계곡에 든 것 같다. 심심한 어린 하인 녀석은 연못에 금붕어 몇 마리 풀어놓고, 그늘 만들어준다며 부들 풀을 구해와 물 위에 띄우고, 저 먹던 밥 한 술 떠다가 먹이며 부산을 떤다. 아예 날마다 연못가에 죽치고 앉아 금붕어만 들여다보고 산다.

수선화

신위 申緯, 1769-1847
〈수선화 水仙花〉

얄미운 매화가 피리 소리 재촉터니
고운 떨기 떨어져서 푸른 이끼 점 찍네.
봄바람 살랑 불자 물결도 푸르른데
눈길 고운 미인은 오는가 안 오는가.

無賴梅花擫笛催　玉英顚倒點青苔
무 뢰 매 화 엽 적 최　옥 영 전 도 점 청 태
東風吹縐水波綠　含睇美人來不來
동 풍 취 추 수 파 록　함 제 미 인 래 불 래

무뢰無賴 믿을 수 없는. 버릇없는. 엽적擫笛 피리를 연주하다. 옥영玉英 옥 같은 꽃떨기. 전도顚倒 꺾여 떨어짐. 취추吹縐 물 위에 주름을 불어 가다. 함제含睇 눈길을 머금다.

✲

김유근(金逌根, 1785-1850)이 신위에게 편지를 보내왔는데, 이런 대목이 있었다. "매화의 일은 이미 지났고, 수선은 아직 꽃이 피지 않았습니다. 참으로 적료하고 견디기 힘든 아침입니다." 이 편지를 받고 기뻐서 지었다는 시다. 매화꽃 피었으니, 겨우내 움츠렸던 몸을 기지개 편다. 봄 술잔을 나누자던 때가 바로 어제 같은데, 매화꽃은 벌써 져서 땅 위로 진다. 봄바람이 강물 위에 잔주름을 만들면, 물결은 열심히 그 주름을 편다. 그러는 사이에 침침하던 강물에 초록빛이 짙어온다. 아! 매화꽃 지고, 봄물이 푸르러 가는 이때, 목 빼고 기다리는 수선화 아가씨는 어째서 여태 소식이 없는가?

대 그림자

신위 申緯, 1769-1847
〈달빛 아래 대 그림자를 베껴 그리며 장난삼아 쓰다月下寫竹影戱言〉

도인이 뜨락 바위 먹으로 그리는데
종이 위에 대 그림자 언뜻 비쳐 보인다.
급히 일어 그리려도 어찌할 수가 없네
달 지고 바람 불자 순식간에 옮겨갔네.

道人戱墨園中石　紙上忽見孤竹影
도 인 희 묵 원 중 석　지 상 홀 견 고 죽 영
急起從之不如何　月落風飜遷俄頃
급 기 종 지 불 여 하　월 락 풍 번 천 아 경

희묵戱墨 먹 장난을 하다. 그림을 그리다. 아경俄頃 잠깐 만에.

✿

마당에 놓인 괴석을 먹 장난으로 그려본다. 한참 그리는데 종이 위로 어른어른 대나무 그림자가 흔들린다. 대나무 그림자는 내게 이렇게 보채는 것 같다. '바위만 그리지 마시고, 저도 좀 그려주시지요. 그래야 죽석도(竹石圖)가 될 게 아닙니까?' 자리에서 급히 일어나 대 그림자를 포착해 그리려 해도 그림자는 잠시도 가만있지 않는다. 달이 옮겨가고 바람이 흔든 것이다. 붓방아를 찧다 말고 화폭 위엔 그리다 만 바위만 멀뚱멀뚱 남았다.

서경

신위 申緯, 1769~1847
〈서경에서 정지상의 시운을 차운하여西京次鄭知常韻〉

빠른 가락 잔 재촉해 이별 시름 깊건만
마셔도 취치 않고 노래도 되지 않네.
하늘은 강물을 서쪽으로 흘리어서
님 위해 동쪽으로 치흐르게 않누나.

急管催觴離思多 不成沈醉不成歌
급 관 최 상 리 사 다 불 성 심 취 불 성 가
天生江水西流去 不爲情人東倒波
천 생 강 수 서 류 거 불 위 정 인 동 도 파

급관急管 관악기의 빠른 가락. 최상催觴 술잔을 재촉하다. 도파倒波 물결이 거꾸로 흐르다.

✿

저 유명한 정지상의 〈송인(送人)〉의 운자를 차운해서 남은 여운을 얻었다. 간드러진 피리 곡조가 절정에 치닫자 휘몰이 장단으로 바뀐다. 가락이 빨라지면서 술잔이 오가는 횟수도 빨라진다. 잔질이 빈번해질수록 이별의 안타까운 마음은 점점 커져간다. 그런데 이상하다. 아무리 술을 마셔도 취하기는커녕 정신이 오히려 또랑또랑 맑다. 취한 서슬에 고성방가(高聲放歌) 한 자락을 부르고도 싶은데, 목은 자꾸 메어와 가락을 못 이룬다. 서해 바다로 달려만 가는 대동강. 사랑하는 그대를 위해 저 물결 치흘러서 저 멀리 떠난 임을 눈앞에 도로 데려다 놓았으면 좋겠다.

그리움

김삼의당 金三宜堂, 1769-?
〈깊은 밤의 노래夜深詞〉

밤빛은 아득히 오경에 가까운데
뜰 가득 가을 달빛 참으로 휘영하다.
이불 덮고 억지로 그리운 꿈 꾸었지만
님의 곁에 이르고선 놀라 깨고 말았다오.

夜色迢迢近五更　滿庭秋月正分明
야 색 초 초 근 오 경　만 정 추 월 정 분 명
凭衾强做相思夢　纔到郎邊却自驚
빙 금 강 주 상 사 몽　재 도 랑 변 각 자 경

초초迢迢 멀고 아득한 모양. 오경五更 새벽 1시부터 3시 사이. 빙금凭衾 이불을 덮다. 강주强做 억지로 하다. 재도纔到 겨우 도달하다.

✲

밤은 얼마나 깊었는가? 가을 달이 뜨락 가득 환한 것을 보니 새벽이 가까운 것을 알겠다. 자야지 하면서도 또랑또랑 정신은 자꾸 맑아만 진다. 그러다 깜빡 든 잠이 님의 곁을 찾아가면 도무지 그게 믿기지 않아서 내가 먼저 깜짝 놀라 잠이 깨고 만다. 그립다는 한마디 말도 채 건네보지 못했는데 말이다. 잠을 깨면 나는 속절없이 하얀 밤을 지새운다. 새벽안개가 한숨처럼 짙다.

반달

이양연 李亮淵, 1771–1853
〈반달半月〉

옥거울 갈아와서 푸른 하늘 걸어두니
밝은 빛 참으로 화장 거울 마침맞네.
복비와 직녀 서로 갖겠다고 다투다가
구름 속에 반만 남고 나머지는 물에 있네.

玉鏡磨來掛碧空　明光正合照粧紅
옥 경 마 래 괘 벽 공　명 광 정 합 조 장 홍
宓妃織女爭相取　半在雲間半水中
복 비 직 녀 쟁 상 취　반 재 운 간 반 수 중

괘掛 걸다. 조장홍照粧紅 화장한 얼굴을 비추다. 복비宓妃 복희씨의 딸. 낙수에 빠져 죽어 수신(水神)이 되었다.

✲

노오란 옥을 갈고 갈아 매끈한 거울 하나 만들었다. 푸른 하늘에 번듯이 걸어두니 단장할 때 비춰 보기에 꼭 알맞다. 하늘나라의 여인들이 서로 비춰 보다가, 아예 제 것으로 만들 작정을 하고 다투었다. 그 바람에 곱던 거울은 그만 반으로 쪼개져, 손잡이 있던 쪽은 하늘에 그대로 걸려 있고, 나머지 반쪽은 강물 위로 떨어지고 말았다. 그래서 하늘 것은 직녀의 차지가 되었고, 물속 달은 복비의 것이 되었다. 복비는 태고적 복희씨의 딸로 낙수(洛水)에 빠져 죽어 물의 여신이 되었다는 여인이다. 하늘에 뜬 달과 강물 위에 찍힌 달을 보다가 떠오른 기발한 상상을 참 예쁘게 노래했다.

따뜻한 봄

이양연 李亮淵, 1771–1853
〈서장대에 올라上西將臺〉

훼나무 울타리 가 지팡이 잠시 쉬고
살림살이 괴로움을 농부에게 물었네.
"헐벗은 백성이야 따뜻하면 제일 좋죠.
요즘은 복사꽃이 열흘이나 붉구먼요."

槐樹籬邊暫植笻 生民苦樂問田翁
괴 수 리 변 잠 식 공 생 민 고 락 문 전 옹
無衣最喜天時暖 近日桃花十日紅
무 의 최 희 천 시 난 근 일 도 화 십 일 홍

서장대西將臺 남한산성에 있던 장대 이름. 괴수槐樹 홰나무. 리변籬邊 울타리 가. 식공植笻 지팡이를 땅에 꽂고 쉬다. 생민고락生民苦樂 백성들 살림살이의 괴로움과 즐거움. 전옹田翁 농사꾼. 무의無衣 입을 옷이 없는 가난한 백성.

✲

남한산성 지나다 서장대로 오르는 길목에 잠시 지팡이를 멈추고 숨을 고른다. 밭에 나와 일하던 농부 보고 실없이 말을 건넨다. "그래 요즘 사는 형편은 좀 어떠신가?" "네, 나으리! 저희 같은 무지렁이들이야 그저 등 따습고 배부르면 그뿐입지요. 저것 좀 보세요. 올해는 어쩐 일로 복사꽃이 열흘도 넘게 저렇게 붉구먼요. 그게 고맙지요. 날 좋으니 그저 살 만합니다. 꽃 보니 그저 살 만합니다. 사는 일이야 늘 그렇고 그렇지요. 그저 날이나 내처 따뜻했으면 좋겠습니다요." 복사꽃 붉은빛에 봄날이 둥둥 떠내려간다. 투덜대지 말아야겠다.

모란

한재렴 韓在濂, 1775–1818
〈산집山居〉

들 밖이 일찍 개어 산을 보고 돌아와
온종일 뜨락에서 사립문 닫고 있네.
모란은 모두 져서 이끼 위에 가득하고
겁 없는 벌들이 얼굴 스쳐 나는구나.

早晴野外看山歸　長日閒庭掩板扉
조 청 야 외 간 산 귀　장 일 한 정 엄 판 비
牧丹落盡蒼苔滿　無賴黃蜂掠面過
목 단 락 진 창 태 만　무 뢰 황 봉 략 면 과

판비板扉 널빤지로 얽은 사립문. 무뢰無賴 버릇없이 함부로 구는 모양.
략면과掠面過 얼굴을 스쳐 지나다.

✲

새벽녘 일어나 들판을 보니 시계(視界)가 멀리까지 툭 트였다. 맑은 들을 더 멀리 보고 싶어 뒷산을 오른다. 모처럼 햇살이 짱짱한 아침, 바위에 앉아 먼 들을 조촐히 바라보고 왔다. 판자로 만든 사립문은 굳게 닫힌 채, 이젠 하루 종일 일 없는 뜨락에서 논다. 횃불처럼 붉게 타던 모란은 이젠 다 져서 바닥의 푸른 이끼 위에 붉은 카펫을 깔았다. 안쓰러워 고개를 숙이는데, 진 꽃 주변을 서성이던 꿀벌이 화들짝 놀라 내 얼굴을 스치며 달아난다.

초여름

한재렴 韓在濂, 1775-1818
〈산장의 초여름 山莊首夏〉

긴 둑에 비 지나자 말쑥하니 깨끗한데
아마득히 수양버들 땅을 쓸며 흔들리네.
서루에서 밥 다 먹고 등상에 앉았자니
꾀꼬리 오후 울음 기다리고 있는 듯.

長堤過雨淨無泥　漠漠垂楊掃地齊
장 제 과 우 정 무 니　막 막 수 양 소 지 제
西樓飯罷藤床坐　恰待黃鸝午後啼
서 루 반 파 등 상 좌　흡 대 황 리 오 후 제

소지제掃地齊 땅을 가지런히 쓸다. 흡대恰待 흡사 기다리는 듯하다. 황리黃鸝 꾀꼬리.

✲

산장의 초여름 풍경이다. 내려다보이는 긴 방죽에 비가 개자 풀잎들 비에 씻겨 이들이들 푸르다. 마음까지 환해진다. 제방 따라 줄지어 선 수양버들 가지는 미풍에 살랑살랑 삼단 같은 머리채를 일렁이며 빗질을 계속한다. 다락집에 올라 밥상을 받고 산나물에 가뜬하게 점심을 했다. 조금 나른하기에 등상에 앉아 등 기대고 앉는다. 무얼 기다리는가? 아침나절 재잘대던 꾀꼬리란 녀석이 지금쯤은 다시 나와 그 명랑한 노래를 들려줄 때가 되었다.

매화

김매순 金邁淳, 1776-1840
〈눈에 보이는 대로 우연히 노래함 觸目偶成〉

구름같이 쌓인 문서 치워내면 또 쌓이니
봄빛이 모르는 새 지나감도 몰랐구나.
오늘 아침 처음으로 동루 올라 바라보니
담장 아래 한 그루 매화 온통 활짝 피었구나.

簿領如雲掃更堆　不知春色暗中催
부 령 여 운 소 갱 퇴　불 지 춘 색 암 중 최
今朝始上東樓望　開遍墻陰一樹梅
금 조 시 상 동 루 망　개 편 장 음 일 수 매

부령簿領 날마다 처리해야 하는 문서. 소갱퇴掃更堆 처리하고 나면 또 쌓인다. 암중暗中 모르는 사이에. 개편開遍 흐드러지게 피다.

✲

일에 치여 살다 보니 오고 가는 계절도 느끼지 못했다. 밀려드는 공문서를 겨우 처리하고 한숨 돌리면 어느새 책상 위에 새로운 서류가 잔뜩 쌓여 있다. 오후 들어 답답하기도 해서 동쪽 다락에 올라보니, 울타리 아래 매화에 온통 꽃 잔치가 벌어져 있다. 봄이란 녀석은 나도 몰래 살금살금 발밑으로 파고들어 저리 흐뭇한 장관을 선사하고 가는구나.

시골집

김정희 金正喜, 1786-1856
〈시골집村舍〉

장독대 동편엔 맨드라미 몇 송이
푸르른 호박 넝쿨 외양간을 타 오르네.
조그만 마을에서 꽃 소식을 묻노라니
접시꽃 한 길 높게 붉은 꽃을 피웠네.

數朶鷄冠醬瓿東 南瓜蔓碧上牛宮
수 타 계 관 장 부 동 남 과 만 벽 상 우 궁
三家村裏徵花事 開到戎葵一丈紅
삼 가 촌 리 징 화 사 개 도 융 규 일 장 홍

수타數朶 몇 떨기. 계관鷄冠 닭벼슬. 맨드라미의 생김새가 닭벼슬 같다 하여 닭벼슬꽃이라 부른다. 장부醬瓿 장독. 남과만南瓜蔓 호박 넝쿨. 우궁牛宮 외양간. 삼가촌三家村 세 집 사는 마을. 작은 마을의 뜻으로 쓴다. 징徵 징험하다. 살펴보다. 융규戎葵 접시꽃의 별칭. 일장홍一丈紅 한 자나 붉다. 접시꽃의 별칭이기도 하다.

✿

닭벼슬처럼 생긴 맨드라미가 장독대 옆에 붉게 피었다. 호박넝쿨은 외양간 옆 벽을 타고 올라 지붕을 덮었다. 한갓진 대낮에 사람은 보이잖고 이리저리 기웃대는 눈길에 멀대같이 큰 키에 붉은 꽃을 주렁주렁 매단 접시꽃도 보인다. 닭벼슬꽃 맨드라미나, 둥근 꽃을 넙직넙직 피우며 꼭대기로 올라가는 접시꽃은 모두 자손들 벼슬길에 올라 승승장구 잘되란 뜻으로 심는 꽃이다. 그 간절한 소망이 이뤄지길 빈다.

길갓집

김정희 金正喜, 1786-1856
〈시골집 벽에 쓰다 題村舍壁〉

두어 칸 초가집에 잎 진 버들 한 그루
노부부의 흰 머리털 모두 쓸쓸하구나.
석 자도 되지 않는 시냇가 길가에서
갈바람에 옥수수로 칠십 년을 보냈네.

禿柳一株屋數椽　翁婆白髮兩蕭然
독 류 일 주 옥 수 연　옹 파 백 발 양 소 연
未過三尺溪邊路　玉蜀西風七十年
미 과 삼 척 계 변 로　옥 촉 서 풍 칠 십 년

독류禿柳 드리운 가지가 듬성듬성한 버드나무. 독(禿)은 대머리란 뜻임. 수연數椽 서까래 몇 개로 지은 집. 작은 집을 말함. 옹파翁婆 늙은이와 노파. 노부부. 소연蕭然 쓸쓸하고 호젓한 모양. 옥촉玉蜀 옥수수. 옥촉서(玉蜀黍). 서풍西風 가을바람. 금풍(金風)이라고도 한다.

✲

길을 가다가 본 풍경이 잊히지 않는다. 대머리 버드나무 한 그루가 추레하게 서 있는 초가삼간. 툇마루에 나와 앉은 흰 머리의 노부부가 해바라기를 하고 있다. 머리에 앉은 세월이 하얗게 바랬다. 시냇가를 따라 난 좁은 길가에서 가을바람이 너무 맵다고 옥수수는 옷자락을 부비며 서걱인다. 이 작은 집에서 길 가는 행인 바라보며, 바람 따라 오가는 세월 보며 보낸 그대들의 칠십 년을 오늘 내가 바라본다. 눈물겹다.

진창

홍길주 洪吉周, 1786-1841
〈길을 가다 진흙탕이 들에 가득한 것을 보고 行途遇泥淖滿野〉

개벽하던 태초에 조화공이 고민하여
물과 흙 나누잖고 한데 섞어놓았었지.
많은 아이 어지러이 잿더미를 내불어
마르고 젖고 높고 깊음 공평하게 맡겼다네.

開闢之初惱化工 未分水土共渾融
개 벽 지 초 뇌 화 공 미 분 수 토 공 혼 융
群童亂向灰堆噴 燥濕高深任至公
군 동 난 향 회 퇴 분 조 습 고 심 임 지 공

뇌惱 번뇌하다. 화공化工 조화의 공. 조물주. 혼융渾融 한데 뒤섞다. 회퇴灰堆 잿더미. 조습燥濕 마르고 젖음. 임지공任至公 지극히 공평하게 내맡기다.

✿

들길을 가다가 진창에 갇혔다. 발목이 묻혀 어쩔 줄을 모른다. 옷은 이미 엉망진창이 되었고, 발을 디딜 때마다 신발이 벗겨진다. 그러다가 문득 천지가 창조되던 태초의 그날을 떠올렸다. 천지창조의 그날도 꼭 이랬겠지? 물과 흙이 한데 뒤섞여 온 천지가 진탕 같았을 것이다. 조물주는 이 사태를 수습해보려고 하늘나라의 꼬맹이들을 불러다가 잔뜩 쌓아둔 잿더미를 진창 위로 마구 붇게 했겠지. 그래서 잿더미가 많이 떨어진 곳은 높이 솟아 산이 되고, 젖은 곳은 움푹 패어 강물이 되었다. 여기에 무슨 작위함이 있었으랴. 진창 속에 갇혀 쩔쩔매면서도 천지창조의 그날을 떠올리며 그는 한번씩 웃는다.

눈 오는 밤

혜즙 惠楫, 1791–1858
〈눈 오는 밤雪夜〉

한 촉 찬 등불에 불경을 읽다 보니
한밤 눈이 뜨락 가득 내린 줄도 몰랐네.
깊은 산 나무들은 아무런 기척 없고
처마 끝 고드름만 섬돌에 떨어진다.

一穗寒燈讀佛經　不知夜雪滿空庭
일 수 한 등 독 불 경　불 지 야 설 만 공 정
深山衆木都無籟　時有檐氷墮石牀
심 산 중 목 도 무 뢰　시 유 첨 빙 타 석 상

일수一穗 심지 하나. 수(穗)는 '이삭'. 심지에 불 붙은 모양이 이삭처럼 생겼으므로 하는 말. 무뢰無籟 소리가 없다. 시時 때때로. 이따금. 첨빙檐氷 처마 끝에 달린 고드름. 타墮 떨어지다.

✲

찬 등불 하나 가물대는 방 안, 불경 읽는 스님의 목소리만 낭창낭창 이어진다. 한참 불경에 몰두하던 스님은 문득 바깥이 여느 때와 달리 이상하리만치 고요하다는 생각을 했다. 골짜기를 불어나가는 회오리바람 소리도 없고, 부연 끝 풍경도 울지 않는다. 이따금씩 처마 골마다 길게 매달렸던 고드름이 제 무게를 못 이겨 섬돌 위로 떨어져 부서지는 소리가 적막을 일깨운다. 대체 무슨 일일까? 방문을 벌컥 여니, 아! 흰 눈은 밤새 소복소복 내려서 빈 뜰을 덮고, 온 숲을 덮고, 천지를 온통 희게 덮었던 것이다.

홍류동 계곡

정환 鄭煥, 생몰미상
〈최치원의 홍류동 시운을 차운하다 次崔孤雲紅流洞韻〉

눈을 뿜고 우레 쳐서 푸른 뫼를 울리니
아득히 흐르는 물 인간 세상 향해 가네.
묻노라 산을 나서 손쉽게 떠나가나
장차 어드메에 이름난 산 있단 말가.

噴雪晴雷戰碧巒 茫茫流水向人間
분 설 청 뢰 전 벽 만 망 망 류 수 향 인 간
問爾出山容易去 其將何處有名山
문 이 출 산 용 이 거 기 장 하 처 유 명 산

분설噴雪 눈을 뿜어내는 듯한 물보라. 청뢰晴雷 마른 하늘에 치는 우레. 계곡 물소리가 우레 소리 같다는 뜻임. 전戰 벌벌 떨다. 망망茫茫 물이 아득히 흘러가는 모양. 문이問爾 너에게 묻는다. 이(爾)는 물을 가리킴. 용이容易 쉽다.

✲

가야산 홍류동 계곡의 물소리가 시끄럽다. 바위에 부딪치는 포말은 아닌 여름에 눈보라를 날리고, 날은 말짱히 개었는데 마른 우레가 꽝꽝 울려대는 듯하다. 푸른 산이 온통 진동한다. 굴곡진 계곡을 부딪치며 돌고 돌아 흐르는 물은 뒤도 쳐다보지 않고 인간 세상을 향해 내달린다. 그 옛날 최치원은 이곳에서 귀를 먹게 하는 그 소리로 하여 인간 세상의 시비성(是非聲)이 이르지 않는 것을 기뻐했는데, 오늘날 시냇물은 무에 그리 바쁜지 세상 쪽으로만 달려나간다. 아서라! 막상 떠나기는 손쉬워도, 막상 나가본들 이만한 명산을 만날 수야 있겠느냐. 늘 눈앞의 것에 고마운 줄 모르고 멀리 마음 두는 인간의 욕심을 보는 것 같다.

머리카락

홍석모 洪錫謨, 1781–1850
〈머리털을 태우며燒髮〉

한 해 동안 빠진 머리 빗접에 담았다가
초저녁 되자마자 문 앞에서 불태우네.
범날에 백발을 불태워 사른다면
역질을 피한다는 묘방이 전한다네.

一年退髮貯梳匣　纔到初昏燒戶門
일 년 퇴 발 저 소 갑　재 도 초 혼 소 호 문
寅日亦聞燒白髮　千金辟瘋妙方傳
인 일 역 문 소 백 발　천 금 피 풍 묘 방 전

퇴발退髮 빠진 머리카락. 소갑梳匣 빗접. 재纔 겨우. 막. 인일寅日 간지로 따져 첫 번째로 맞는 범의 날. 피풍辟瘋 풍(瘋)은 문둥병. 전염병을 피하다.

✿

아침마다 일어나면 머리부터 빗는다. 참빗으로 빗으면 머리카락이 떨어진다. 떨어진 머리카락은 한 올도 그저 버리지 않고 빗접에 모아둔다. 일 년을 모으면 한 뭉치가 된다. 머릿속 온갖 근심에 머리털이 빠진다. 허옇게 센 머리카락 뭉치는 세상살이의 시름인 듯 애틋하다. 그렇게 모은 머리카락을 새해 처음 맞는 범날 땅거미가 깔리는 초저녁에 문 앞으로 가져 나가 불살라 태운다. 역질을 피하는 천금의 묘방이다. 지난 한 해 동안 내 머리에서 빠져나간 시름의 더미들이 불이 확 붙어 순식간에 재로 변한다. 세상 건너가는 이런저런 시름들도 그렇게 훅 스러졌으면 참 좋겠다.

장안사

신좌모 申佐模, 1799–1877
〈장안사에서長安寺〉

우뚝하고 뾰족하고 괴상하고 기이하니
사람인지 신선인지 귀신인가 부처인가.
평생에 시 지음을 금강 위해 아꼈더니
금강산 막상 오자 문득 시를 못 짓겠다.

矗矗尖尖怪怪奇 人仙鬼佛摠堪疑
촉 촉 첨 첨 괴 괴 기 인 선 귀 불 총 감 의
平生詩爲金剛惜 及到金剛便廢詩
평 생 시 위 금 강 석 급 도 금 강 변 폐 시

촉촉矗矗 우뚝 솟은 모양. 첨첨尖尖 뾰족하고 날카로운 모양. 총감의摠堪疑 온통 의심스럽다. 급도及到 이름에 미쳐. 폐시廢詩 시를 그만둠.

✲

금강산 장안사에 여장을 풀었다. 우뚝 솟은 묏부리들, 들쭉날쭉 뾰족한 바위의 형상이 기괴하기 그지없다. 사람이 둘러선 것 같다가 신선 같기도 하고, 갑자기 귀신 같다. 문득 부처가 열 지어 늘어선 것도 같다. 평생에 시 지을 일이 있어도 금강산 가서 제대로 지으리라 싶어 참아왔었다. 그런데 막상 오늘 장안사에 이르러 만 이천 봉 앞에 서니 그만 기운이 탁 꺾여서 시 지을 엄두가 나지 않는다.

백발

장지완 張之琬, 생몰미상
〈백발을 자조하며 白髮自嘲〉

흰 머리털 미워하나 나는 외려 어여쁘니
오래 살면 오히려 소주선(小住仙)이 되겠네.
돌아보매 몇이나 흰머리에 이르렀나
검은 머리 다투어서 북망 길로 가는 것을.

人憎髮白我還憐　久視猶成小住仙
인 증 백 발 아 환 련　구 시 유 성 소 주 선
回首幾人能到此　黑頭爭去北邙阡
회 수 기 인 능 도 차　흑 두 쟁 거 북 망 천

증憎 미워하다. 환련還憐 도리어 사랑하다. 구시久視 늙지 않고 오래 삶. 소주선小住仙 인간 세상에 잠시 머물러 사는 신선. 북망천北邙阡 북망산으로 가는 길. 북망산은 예전의 공동묘지. 죽는다는 의미.

✲

거울 보니 머리 위에 흰 눈이 내렸다. 흰 눈이 내렸으니, 이제 갈 날이 얼마 남지 않았구나 싶어 사람들은 백발을 미워한다. 나는 그렇지 않다. 장생구시(長生久視), 즉 늙지 않고 오래 살아야 마침내 신선의 경지에 오를 수 있을 테니, 오늘의 내 백발은 장생으로 가는 입구에 선 것을 축하하는 신호탄이 아니겠는가? 되돌아보면, 무엇이 바쁜지 머리도 희지 않은 나이에 서둘러 북망산천으로 상여 타고 떠난 사람이 어디 한둘이란 말인가? 나는 백발이 되도록 큰 허물 없이 이 험한 세상을 건너온 것이 스스로 대견스럽고 자랑스럽다.

연잎

서헌순 徐憲淳, 1801–1868
〈우연히 읊조리다 偶詠〉

산창(山窓)서 온종일 책 안고 잠을 자니
돌솥엔 상기도 차 달인 내 남았구나.
주렴 밖 보슬보슬 빗소리 들리더니
못 가득 연잎은 둥글둥글 푸르도다.

山窓盡日抱書眠 石鼎猶留煮茗烟
산 창 진 일 포 서 면 석 정 유 류 자 명 연
簾外忽聽微雨響 滿塘荷葉碧田田
염 외 홀 청 미 우 향 만 당 하 엽 벽 전 전

포抱 안다. 배 위에 책을 얹고 자는 모습. 석정石鼎 돌솥. 유猶 오히려. 아직도. 자명煮茗 차를 끓이다. 홀忽 갑자기. 느닷없이. 전전田田 연잎이 둥글둥글 수면 위에 떠 있는 모양.

✲

산집에 일이 없다. 하루 종일 책 펴 들고 이리 뒹굴 저리 뒹굴 했다. 읽다가 졸리면 배를 덮고 자고, 잠 깨면 일어나 차를 끓여 마신다. 읽다가 자고, 일어나 마시다 하루가 간다. 방 안에는 여전히 차 향기 한 자락이 감돈다. 혼자 심심하게 노는 게 보기에 민망했던지 보슬비 소리가 창을 노크한다. 좀 내다보란 말이겠지. 무슨 일인가 싶어 밖을 보니, 작은 연못 가득 둥글둥글 이들이들한 연잎들이 비 구슬을 모아 됫박질이 한창이다. 마른 스펀지에 물 스미듯 생기가 돋는다.

방생

조운식 趙雲植, 1804-?
〈물고기를 기르다 養魚〉

씨고기 새로 풀어 한 치도 못 되는데
어린 자식 낚싯바늘 두드리고 있구나.
곳 얻었다 기뻐하며 양양대지 말려무나
방생은 원래가 살생할 마음인걸.

新種魚苗未滿寸　已看穉子却敲針
신 종 어 묘 미 만 촌　이 간 치 자 각 고 침
爾莫洋洋欣得所　放生元是殺生心
이 막 양 양 흔 득 소　방 생 원 시 살 생 심

신종新種 새로 씨뿌리다. 어묘魚苗 씨고기. 새끼 물고기를 말함. 미만촌未滿寸 채 한 치도 안 되다. 치자穉子 어린 아들. 고침敲針 바늘을 두드려 낚싯바늘을 만듦. 이爾 너. 흔득소欣得所 장소를 얻었다고 기뻐하다.

✿

집 가 작은 방죽에 한 치도 못 되는 씨고기를 풀어놓았다. 작은 동이가 답답하던 녀석들은 세상을 만난 듯이 좋아하며 사방으로 흩어진다. 저놈들이 굵어지고 살이 올라 가을날 술 생각이 거나할 때 맛진 안주가 되어줄 걸 생각하니 마음이 흐뭇하다. 어린 아들 녀석은 송사리만 한 치어(穉魚)를 보고 벌써 낚시를 하겠다며 바늘을 만든다며 부산하다. 고기야! 물 만난 고기야! 덮어놓고 좋아만 말아라. 너를 방생하는 것은 장차 너를 키워 잡아먹으려는 심보인 줄을 네가 아직 모르는 게로구나.

봄날 저녁

김진항 金鎭恒, 19세기 초
〈이계에서 돌아오는 길耳溪歸路〉

구름 나무 겹겹인데 저녁볕 이읏하여
어지런 산 푸르게 초가집에 비치누나.
저물녘에 나무꾼이 삽살개와 내려오니
한 묶음 봄 나뭇단 반 넘어 풀꽃일세.

雲樹重重落照斜　亂山青映白茅家
운수중중낙조사　난산청영백모가
樵兒晩帶村狵下　一束春柴半草花
초아만대촌방하　일속춘시반초화

운수雲樹 구름안개에 잠긴 숲. 백모가白茅家 흰 띠로 지붕을 얹은 집.
초아樵兒 나무꾼 아이. 방狵 삽살개. 일속一束 한 묶음.

✿

구름안개 자옥한 봄 숲 너머로 하루해가 뉘엿하다. 어지러운 산자락엔 흰 띠로 얽은 초가집 한 채가 보인다. 둘레를 에워싼 푸른빛에 가려 잘 보이지 않는다. 어디선가 컹컹 개 짖는 소리가 들린다. 잠시 후 나무꾼 아이는 지게 위로 가득 나무를 한 짐 지고 삽사리와 함께 산을 내려와 숲 속의 초가집으로 향한다. 지게 위엔 온통 봄꽃 천지다.

철없는 아내

이제영 李濟永, 영조조
〈아내를 골려주다 嘲內〉

꿈속에서 자꾸만 다원 골로 찾아가니
인간의 낙원은 어버이 곁일레라.
다정해라 석 달 내리 기나긴 비 내리면
한 달은 머리 빗고 한 달은 잠잘래요.

夢裏重行茶院天　人間樂園是親邊
몽 리 중 행 다 원 천　인 간 락 원 시 친 변
多情三月長長雨　一月梳頭一月眠
다 정 삼 월 장 장 우　일 월 소 두 일 월 면

중행重行 자꾸 가다. 다원茶院 아내의 친정이 있는 곳. 지명. 친변親邊 부모님 곁. 소두梳頭 머리를 빗다.

✿

말은 아내를 골려준다고 했지만, 시집와서 무서운 시부모님 섬기랴, 크고 작은 집안일 모두 살피랴 눈코 뜰 새 없는 아내를 보며 안쓰러워 위로를 겸해 지어준 시다. 여보! 당신 속마음을 내가 잘 알지. '잠을 자면 늘 친정 가는 꿈만 꾸지요. 부모님 품이 곧 인간의 낙원인 것을 예전에는 왜 느끼지 못했던 걸까요? 친정에 가기만 하면 석 달 열흘 장맛비가 내려 꼼짝도 할 수 없게 발을 꼭 묶어주었으면. 그러면 방 안에 콕 틀어박혀 처음 한 달 동안은 잠만 잘 테고, 그다음 한 달은 머리 빗고 분단장하며 보낼 테야요.'

눈

김병연 金炳淵, 1807-1863
〈눈雪〉

하늘 임금 죽으셨나 땅의 임금 죽었는가
푸른 산 나무마다 모두 소복 입었네.
밝는 날 해님더러 조문하게 한다면
집집 처마마다 눈물이 뚝뚝 지리.

天皇崩乎人皇崩 萬樹青山皆被服
천 황 붕 호 인 황 붕 만 수 청 산 개 피 복
明日若使陽來弔 家家簷前淚滴滴
명 일 약 사 양 래 조 가 가 첨 전 루 적 적

피복被服 상복을 입다. 약사若使 만약 ~로 하여금 ~하게 한다면. 양래조陽來弔 태양이 와서 조문을 하다. 첨전簷前 처마 밑. 적적滴滴 물방울이나 눈물이 똑똑 떨어지는 모양.

✿

온 세상이 모두 소복으로 갈아입었다. 푸른 산의 나무들도 온통 흰옷 입고 어깨를 숙였다. 순백의 세상을 바라보다가 시인은 순간 엉뚱한 연상을 하였다. 하늘나라에서 옥황상제가 돌아가셨나? 아니면 나랏님이 밤새 세상을 뜨기라도 하셨더란 말인가? 이제 아침 해가 떠올라 조문을 오면 집집 처마 끝에선 죽음을 애도하는 눈물이 뚝뚝 떨어질 것이다. 눈물겹게 아름다운 눈 온 아침의 설렘을 이렇게 노래했다.

뭉게구름

김병연 金炳淵, 1807–1863
〈여름 구름엔 기이한 봉우리가 많다 夏雲多奇峯〉

한 봉우리 두 봉우리 다시 서너 봉우리
다섯 봉 여섯 봉 일고여덟 봉우리
잠깐만에 다시금 천만 봉이 생겨나
구만리 긴 하늘이 온통 봉우리로다.

一峯二峯三四峯　五峯六峯七八峯
일 봉 이 봉 삼 사 봉　오 봉 육 봉 칠 팔 봉
須臾更作千萬峯　九萬長天都是峯
수 유 갱 작 천 만 봉　구 만 장 천 도 시 봉

수유 須臾 잠깐 만에. 어느새. 도 都 모두. 온통.

✿

김삿갓다운 재치가 넘쳐나는 작품이다. 여름날 버섯처럼 피어오르는 뭉게구름이 하늘 위에 순식간에 멧부리들을 만들어놓는다. 저편에서 한두 봉우리가 피어나는가 싶더니, 잠깐 사이에 다섯여섯을 지나 열 개 백 개를 넘어 이루 헤아릴 수 없이 많은 봉우리들이 뭉게뭉게 피어난다. 피어나는 산 봉우리가 피어나는 꽃봉오리 같다. 여기 저기 눈이 바쁜 사이에 어느새 구만리 긴 하늘엔 아마득한 히말라야 산맥 하나가 턱 걸쳐져 있다.

세월

김병연 金炳淵, 1807–1863
〈제목 없음 無題〉

해마다 해는 가고 끝없이 가고
나날이 날은 오고 쉼 없이 오네.
해가 가고 날이 오고 오고 또 가니
하늘 때 사람 일이 이 속에 바빠.

年年年去無窮去　日日日來不盡來
연 년 년 거 무 궁 거　일 일 일 래 불 진 래
年去日來來又去　天時人事此中催
연 거 일 래 래 우 거　천 시 인 사 차 중 최

일일 日日 날마다. 불진래 不盡來 다함없이 오다. 최 催 재촉하다. 바쁘다.

✿

김삿갓 특유의 말장난이 재치로운 시다. 시 한 편에서 같은 글자가 두 번 나오는 것도 마땅찮은데, 한 구절에 같은 글자가 세 번과 두 번씩 나온다. 년(年)과 일(日) 자가 모두 4번, 거(去)와 래(來)도 4번씩 썼다. 해가 가고 달이 가도 새날은 끊임없이 온다. 내게로 오는 매일이 쌓여 한 달이 되고 한 해가 간다. 사람은 시간 속을 지나가는 나그네일 뿐이다. 오는 인연 받고 가는 인연 보낼 뿐, 가는 사람 잡지 말고 오는 사람 막지 말 일이다. 숨 가쁘게 오가는 시간 속에 공연히 부산한 건 세월이 아닌 바로 나다.

봄은 가고

현기 玄錡, 1809-1860
〈봄이 가시는 날春盡日〉

오늘 진 이 꽃은 어제엔 붉었던 것
가득하던 봄빛이 거의 다 텅 비었네.
만약 피지 않았더면 떨어짐도 없었으리
봄바람 원망 않고 꽃샘바람 원망하네.

今日殘花昨日紅　十分春色九分空
금 일 잔 화 작 일 홍　십 분 춘 색 구 분 공
若無開處應無落　不怨東風怨信風
약 무 개 처 응 무 락　불 원 동 풍 원 신 풍

춘진일春盡日 음력 3월의 마지막 날. 잔화殘花 시든 꽃. 약무若無 만약 ~하지 않았다면. 신풍信風 꽃샘바람.

✿

'춘진일(春盡日)', 즉 3월 말일에 쓴 시다. 마지막 남았던 꽃송이가 마저 떨어진다. 어제까지 붉음을 자랑하던 녀석들. 둘러보니 열에 아홉은 다 스러지고, 꽃 진 자리에 녹음이 짙어졌다. 지는 꽃잎을 애닯다 하랴. 피어남이 있으면 지는 것이 마땅한 것을. 인생이 늘 꽃 시절이라면 무에 고맙고 달겠는가? 꽃을 재촉하던 바람이 어느새 꽃을 시샘하는 바람으로 바뀌고, 태풍이 되었다가 잎새를 물들이는 가을바람이 된다. 원망할 것 없다. 안타까워할 것 없다. 그저 물 흐르듯 순리대로 살다 갈 일이다.

모내기

윤정기 尹廷琦, 1814–1879
〈시골집의 여름날村居夏事〉

외꽃과 콩잎에 들바람 시원한데
사립문에 소 발자국 한 줄로 나 있구나.
달빛도 이슥하고 사람들 잠든 뒤에
모내기한 봇물에서 개구리 울음 듣노라.

瓜花荳葉野風淸 牛迹柴門一逕成
과 화 두 엽 야 풍 청 우 적 시 문 일 경 성
好是月斜人定後 新秧陂水聽蛙聲
호 시 월 사 인 정 후 신 앙 피 수 청 와 성

과화瓜花 오이꽃. 두엽豆葉 콩잎. 우적牛迹 소 발자국. 시문柴門 사립문. 일경一逕 한 줄기 소롯길. 인정人定 사람들이 잠들다. 신앙新秧 새로 심은 모. 피수陂水 봇물. 와성蛙聲 개구리 소리.

✲

외꽃이 노랗게 피고, 보드라운 콩잎이 들바람에 까불댄다. 어느새 여름이 온 것이다. 사립께엔 매일 논일하느라 들락거리며 남긴 소 발자국이 길 따라 나 있다. 모심기를 다 마친 저녁, 바람에 찰랑대는 논물과 물 위로 빼꼼히 얼굴 내민 볏모를 보니 세상 부러울 것이 없다. 달빛이 이슥하도록 피곤한 줄도 모르고, 논에서 울어대는 개구리 울음소리에 귀를 열어놓고 있다. 참 좋다.

그네뛰기

황오 黃五, 1816–?
〈그네뛰기秋千〉

관왕묘 밖으로 황혼이 가까워서
오래 입은 비단 치마 바람에도 안 날리리.
계집종 몰래 보내 먼저 살펴보게 하니
마을 사람 다 돌아가 달만 문에 걸렸다고.

關王廟外近黃昏　舊着羅裙風不飜
관 왕 묘 외 근 황 혼　구 착 라 군 풍 불 번
暗遣奚兒先覘得　村人已去月橫門
암 견 해 아 선 점 득　촌 인 이 거 월 횡 문

추천秋千 그네뛰기. 추천鞦韆과 같다. 관왕묘關王廟 촉한蜀漢의 명장名將 관우를 모신 사당. 전국 여러 곳에 있었다. 구착舊着 오래 입은. 라군羅裙 비단 치마. 암견暗遣 몰래 보내다. 해아奚兒 어린 계집종. 점득覘得 엿보다. 월횡문月橫門 달이 문에 가로 걸리다.

✲

단오절을 맞아 그네뛰기를 하러 나가는 새색시의 새틋한 마음을 담았다. 다섯 수 연작 중 세 번째 수다. 관왕묘 너머로 땅거미가 밀려든다. 몸에 착 붙는 비단 치마는 그네를 뛴다 해도 자락을 펄럭여 속곳을 보일 염려가 없다. 더구나 때는 황혼 무렵. 어둑어둑 잘 보이지 않을 시간이다. 새색시는 그네가 뛰고 싶어서 종일 안타까웠다. 멋진 솜씨를 뽐내보고 싶은데 낭군에게 들키기라도 하면 민망해서 어쩌겠는가? 속없는 어린 시누이는 저 혼자 신이 나서 그네를 탄다. 날더러도 한번 타보라고 권해주면 못 이기는 체하고 물찬 제비처럼 허공을 가를 텐데. 그네를 안 타고는 못 배기게 생긴 새색시는 계집종을 조용히 불러 그네터의 정황을 살펴보게 했다. 계집종이 쪼르록 달려와 보고한다. "아씨! 마을 사람들은 벌써 다 가서 아무도 없고, 문가에 달빛만 걸려 있어요. 어서 나오시지요." "응! 그래 볼까?" 그녀는 벌써 비단 치맛단을 홱 돌려 묶고 뒤뜰로 내려선다.

겨울밤

강후석 姜後奭, 생몰미상
〈큰 바람大風〉

외론 밤 등불 아래 책 읽고 앉았자니
찬 소리 문득 일어 빈 창을 치는구나.
비렴(飛廉)은 어인 일로 이 늙은이 속여서
궁한 마을 마구 들어 초가지붕 걷어가나.

獨夜殘燈坐讀書　寒聲忽起打窓虛
독 야 잔 등 좌 독 서　한 성 홀 기 타 창 허
飛廉何事欺吾老　偏入窮村捲草廬
비 렴 하 사 기 오 로　편 입 궁 촌 권 초 려

잔등殘燈 가물대는 등불. 비렴飛廉 바람을 몰고 온다는 전설 속의 새 이름. 기欺 속이다. 편입偏入 마구 들어오다. 권捲 말아가다.

✲

초가집 아래서 심지 낮춰 기름 아껴가며 책을 읽는다. 가난을 이고 가는 삶은 언제나 신산(辛酸)스럽다. 가락에 맞춰 청을 돋우는데, 천지가 뒤집힐 듯 빈 창이 마구 흔들린다. 초가지붕에 얹은 띠조차 다 날려갈 것만 같다. 이것마저 날려가면 추운 겨울을 또 어찌 날 것인가? 밤이 깊어갈수록 바람은 점점 더 심해져서 나중엔 집채마저 다 날려가 버릴 것만 같다. 3구의 비렴은 전설 속의 새 이름이다. 사슴의 몸을 하고, 머리는 참새 모양이다. 뱀의 꼬리에 머리엔 뿔이 달렸고, 표범 무늬가 있다고 했다. 바람을 몰고 온다는 신금(神禽)이다.

장마철

남병철 南秉哲, 1817–1863
〈여름날 우연히 읊다 夏日偶吟〉

온종일 빗소리에 사립문 닫아거니
섬돌 뜨락 물이 갉아 풀뿌리 드러났네.
정원 일 근래 들어 어떻게 되었는가
앵도는 열매 맺고 대나무는 손주 봤네.

雨聲終日掩柴門　水齧階庭草露根
우 성 종 일 엄 시 문　수 설 계 정 초 로 근
園事近來修幾許　櫻桃結子竹生孫
원 사 근 래 수 기 허　앵 도 결 자 죽 생 손

엄掩 닫아걸다. 시문柴門 사립문. 설齧 물어뜯다. 물이 풀뿌리의 밑둥을 파헤친 것을 표현한 말. 로근露根 뿌리가 드러나다. 기허幾許 얼마나. 결자結子 열매를 맺다. 생손生孫 손주를 낳다.

✲

장마철에 진종일 비가 내린다. 사립문을 꽁꽁 닫고 방 안에만 틀어박혀 있다. 마당에도 잡풀이 꽤 돋았다. 찾는 사람 없으니 굳이 뽑지 않는다. 처마 끝으로 연신 떨어지는 빗줄기에 땅이 패여 맨뿌리가 다 드러났다. 갑자기 오래 거들떠보지 않았던 정원 소식이 궁금하다. 미안해서 빼꼼히 내다보니, 저런 세상에! 앵도는 그 붉은 열매를 송송 달았고, 대나무는 비 맞고 새 죽순을 여기저기서 쑥쑥 밀어 올렸다. '저휜 끄떡없어요!' 하고 외치는 것 같다.

기러기

강위 姜瑋, 1820-1884
〈도중에 기러기 소리를 듣고 느낌이 있어道中聞雁有感〉

밥 먹을 궁리만 구구하게 어이하리
가을에 와 봄에 가니 어찌 그리 바쁘던고.
마음껏 툭 터진 찬 하늘을 사랑하니
진흙탕의 날은 적고 구름 위의 날 많으리.

豈爲區區稻粱計　秋來春去奈忙何
기 위 구 구 도 량 계　추 래 춘 거 내 망 하
只愛寒空如意濶　在泥日少在雲多
지 애 한 공 여 의 활　재 니 일 소 재 운 다

구구區區 잔다란 모양. 도량계稻粱計 농사지을 계획. 내하奈何 어찌.

✿

길 위에서 끼룩끼룩 울고 가는 기러기의 울음소리를 들었다. 달 밝은 가을밤에 찬 서리 맞고 날아와서, 봄소식을 물고서 북녘으로 올라간다. 기러기들이 저리 바삐 그 먼 길을 오가는 것이 어찌 단지 주린 배를 채우기 위해서겠는가? 아무 걸릴 것 없이 툭 터진 하늘 박차고 올라 대오를 이루어 날아갈 때, 높은 하늘의 맵싸한 찬 공기와 시원스런 날갯짓이 자랑스럽기 때문이다. 비록 잠시 잠깐 허기진 배를 채우려 물가 진흙탕에 내려앉지만, 잠시뿐, 어느새 날아올라 구름을 벗 삼는다. 먹고살기 위해 저리 바쁜 모양이라고 말하지 마라. 그것이야말로 슬픈 말이다. 시인은 자유롭게 훨훨 나는 기러기를 보다가, 진흙탕 속의 제 인생이 문득 슬펐던 모양이다.

노처녀

육용정 陸用鼎, 1843–1917
〈노처녀의 노래 老處女吟〉

가난한 집 남자의 배필이 되지 마오
나이 든 사내에게 시집도 가지 마오.
먹고살 일, 뒤치다꺼리 어찌할 수 없거니
네 한 몸 그르침은 남자에게 달렸다네.

戒君勿配貧家夫　戒君勿適沖年夫
계 군 물 배 빈 가 부　계 군 물 적 충 년 부
治生辦事均無奈　誤汝一身摠在夫
치 생 판 사 균 무 내　오 여 일 신 총 재 부

계군戒君 그대에게 경계한다. 물배勿配 배필로 삼지 마라. 물적勿適 시집 가지 마라. 치생판사治生辦事 먹고살 일과 일 뒤치다꺼리.

✲

가난한 남자에게 시집가면 먹고살 일이 걱정이다. 손가락 빨며 살 수는 없지 않은가? 나이 많은 남자에게 시집가도 딸린 식솔들 뒤치다꺼리가 보통 일이 아니다. 가난한 집, 나이 든 남자에게 시집가느니, 차라리 노처녀로 늙어 죽겠다. 돈 많고 나이 젊고, 잘생긴 남자는 다 어디 갔는가? 세상사 즐거울 일이 하나도 없다. 그녀가 왜 노처녀로 늙었는지 내가 이제 잘 알겠다.

대답

육용정 陸用鼎, 1843-1917
〈남자의 답장 男子答詞〉

예로부터 진실로 좋은 사내 드물고
지아비 잘 받드는 아낙네도 드물다오.
칠거지악 삼종지도 다 말하긴 어려워도
그대여 이제부턴 사내 허물 마시소.

自來固是罕良夫 亦罕婦人善事夫
자 래 고 시 한 량 부 역 한 부 인 선 사 부
七去三從難盡道 請君自此勿尤夫
칠 거 삼 종 난 진 도 청 군 자 차 물 우 부

자래 自來 예전부터. 한 罕 드물다. 선사부 善事夫 지아비를 잘 섬기다.

✿

앞의 시에 대한 답장이다. 백마 탄 왕자님은 어디에도 없지요. 다소곳한 아내도 세상엔 드물어요. 남녀가 만나 부부의 인연을 맺고 사는 것이 어찌 재물과 나이만으로 따질 일이겠는지요. 칠거지악, 삼종지도의 거창한 얘기를 하자는 게 아닙니다. 툭하면 남자 탓하고, 걸핏하면 나이 타박하다 보면 정말로 노처녀로 늙을 수도 있답니다.

복사꽃

이기 李沂, 1848-1909
〈복사꽃 桃花〉

필 적엔 비가 오고 질 때는 바람 부니
복사꽃 보자 한들 몇 날이나 붉을손가.
이 모두 복사꽃의 일신상의 일이거니
바람이 무슨 죄며 비가 무슨 공이 있나.

開時有雨落時風　看得桃花幾日紅
개 시 유 우 락 시 풍　간 득 도 화 기 일 홍
自是桃花身上事　風曾何罪雨何功
자 시 도 화 신 상 사　풍 증 하 죄 우 하 공

간득 看得 보자 하니. 기일 幾日 며칠. 자시 自是 이 절로. 증 曾 일찍이.

✿

봄비 맞아 꽃이 피더니, 봄바람에 꽃이 진다. 열흘 붉은 꽃 없다지만, 애써 피워놓고 바람 불어 떨구는 그 심사가 얄궂다. 얄궂은 것이 어디 그것뿐이겠는가? 또 막상 며칠 더 피어 있는대도 달라질 것도 없다. 꽃은 애석할 것도 아쉬울 것도 없는데, 공연히 사람이 서운하다고 안달이다. 꽃을 피운 비가 꽃에게 무슨 공이 있으며, 꽃을 떨군 바람이 꽃에게 무슨 죄가 있겠는가? 따지지 마라. 가르지 마라. 만사 인연 따라 왔다가 인연 따라 스러질 뿐이다.

권면

신기선 申箕善, 1851-1909
〈독서하는 제생들에게 주다 示讀書諸生〉

가슴속에 한 점 티끌 용납하지 않으니
갈고닦아 거울 빛이 환하고도 새롭구나.
어이하여 환히 밝은 보배를 던져두고
취해 살다 꿈에 죽는 사람 즐겨 되려 하나.

方寸不容一點塵　磨來磨去鏡光新
방 촌 불 용 일 점 진　마 래 마 거 경 광 신
如何擲却光明寶　甘作醉生夢死人
여 하 척 각 광 명 보　감 작 취 생 몽 사 인

방촌方寸 사방 한 치. 마음의 비유. 불용不容 용납하지 않다. 척擲 내던지다. 광명보光明寶 빛나는 보배. 감작甘作 즐겨 ~이 되다. 취생몽사醉生夢死 술 취해 살다가 꿈속에 죽다. 아무 정신 없이 사는 생활.

✲

열심히들 공부하게. 마음속에 티끌 하나도 허락해서는 안 되지. 절차탁마(切磋琢磨), 갈고닦고 하다 보면 빛나는 광채가 쏟아져나오게 된다네. 마음에 빛나는 보배를 품고서, 이를 갈고닦아 제 빛을 밝힐 생각들은 하지 않고, 허랑방탕 취생몽사(醉生夢死)하는 허망한 삶을 살아서야 되겠는가? 이 마음이란 것이 잠시만 닦지 않고 방심하면 금세 때가 덕지덕지 끼는 것일세. 열심히들 공부하게. 그 빛으로 이 나라를 환하게 밝혀주게.

불면

신기선 申箕善, 1851-1909
〈긴 밤이 괴로워苦夜長〉

느릿느릿 긴 밤은 어이 이리 기나긴가
자려 해도 잠 못 자니 괴로워 미치겠네.
창 앞에 홰를 치는 닭 울음을 듣고 나니
붉은 해가 부상 나라 가까웠음 알겠구나.

漫漫長夜一何長　欲眠未眠苦欲狂
만 만 장 야 일 하 장　욕 면 미 면 고 욕 광
聽得窓前鷄一唱　也知紅日近扶桑
청 득 창 전 계 일 창　야 지 홍 일 근 부 상

만만漫漫 아득한 모양. 시간이 더디 가는 모양. 야지也知 알다. 부상扶桑 동해 바다 위의 해가 떠오른다는 장소.

✲

잠이 오지 않는다. 전전반측(輾轉反側) 뒤척거려도 정신은 점점 더 또랑또랑해져 온다. 일 초 일 초가 딱딱 분절되어 한없는 시간 속으로 부서진다. 으아악 하고 미쳐버릴 것만 같다. 일어나 다른 일을 할 수도 없다. 그저 지쳐 잠들거나 날 새기를 기다릴밖에. 마침내 창밖에서 닭이 홰를 친다. 곧 날이 밝아오겠지. 하얗게 지새운 불면의 밤이 퀭한 눈 위로 달아난다.

양계

김옥균 金玉筠, 1851-1894
〈닭을 치다가 養鷄〉

병아리 십여 마리 얻어다 기르는데
이따금 까닭 없이 돋우워 다툰다네.
몇 번을 푸득대다 우두커니 멈춰 서선
계속해서 서로 보다 문득 그만두는구나.

養得鷄雛十許頭 時來挑鬪沒因由
양 득 계 추 십 허 두 시 래 도 투 몰 인 유
數回腷膊還貯立 脉脉相看便罷休
수 회 픽 박 환 저 립 맥 맥 상 간 편 파 휴

계추鷄雛 병아리. 십허十許 열 마리 남짓. 도투挑鬪 도발하여 싸우다. 몰인유沒因由 까닭 없이. 픽박腷膊 닭이 날개를 푸득이는 모양. 저립貯立 우두커니 서다. 맥맥脉脉 서로 보는 모양. 끊이지 않는 모양. 파휴罷休 그만두다.

✲

갑신정변 실패 후 일본에 망명 가서 오가사와라(小笠原) 섬에 추방당해 있을 때인 1886년 무렵에 지은 시다. 하도 심심해서 이웃에서 병아리 십여 마리를 구해다가 마당에 놓아 기른다. 아직 털이 보송보송한 놈들도 무슨 성나는 일이 있는지 잘 놀다가 까닭 없이 서로를 쪼아대며 대거리를 한다. 깃촉도 박히지 않는 여린 날개를 몇 차례 푸득이며 으르다가는 또 언제 그랬느냐는 듯이 우두커니 서서 애틋하게 바라보며 평화롭게 놀기도 한다. 병아리들의 노는 양을 보다가, 한번 싸웠다 하면 끝까지 물고 늘어져 상대가 쓰러질 때까지 끝장 보자며 악다구니를 쓰는 인간 세상에 대해 그는 쓴소리를 한번 하고 싶었던 모양이다.

계집종

이건창 李建昌, 1852-1898
〈매화 梅花〉

진종일 맑은 집 작은 방에 앉았자니
부엌 종이 쫑알대는 소리가 들려온다.
"실실이 버들 실로 옷 지으면 좋겠고
알알이 매화 꽃잎 밥 지으면 달겠네."

盡日淸齋坐小龕 時聞廚婢語呢喃
진 일 청 재 좌 소 감 시 문 주 비 어 니 남
絲絲楊柳裁衣好 粒粒梅花作飯甘
사 사 양 류 재 의 호 입 립 매 화 작 반 감

청재淸齋 깨끗한 집. 소감小龕 작은 방. 주비廚婢 부엌일하는 계집종. 니남呢喃 쫑알대는 소리. 재의裁衣 옷을 마름질하다. 입립粒粒 한 톨 한 톨.

✲

친구 서주보(徐周輔)가 가난해 끼니 거르기 일쑤인 주제에 거금을 주고 세 길 되는 매화 한 그루와 실버들 한 그루를 사와 뜨락에 심었다는 말을 듣고 써준 시다. 양식이 떨어져 식구들은 쫄쫄 굶고 있는데, 주인이란 양반이 아무짝에 못 쓸 매화와 버드나무를 빚을 내서 사다가 마당에 심어놓고 기분이 좋아 엉덩이가 들썩들썩한다. 분을 못 이긴 계집종이 부엌에서 구시렁구시렁 거리는 소리가 자기 귀에까지 들려오는 것만 같다는 이야기다. 그러니까 3구의 '좋겠네'는 '조오켔네'라야겠고, 4구의 '달겠네'는 '달기도 하겠다'로 읽어야겠다. 그 뒤에 '으이구, 내가 속 터져!'가 다시 더 붙어야겠지. 여보게! 가난해 굶주릴망정 좋은 매화 만나기란 쉽지가 않으니, 그 매화꽃 피면 내 꼭 꽃구경 감세. 기별 주게나.

관동별곡

이건창 李建昌, 1852–1898
〈송강정에서松江亭〉

어릴 적 〈관동별곡〉 즐겨 애송하여서
"강호에 병이 깊어" 여태도 기억하네.
송강정 아래로 오늘 지나가자니
강물 빛 대나무 색 마음만 구슬퍼라.

兒時愛誦關東曲 猶記江湖臥竹林
아 시 애 송 관 동 곡 유 기 강 호 와 죽 림
今日松江亭下過 江光竹色悵人心
금 일 송 강 정 하 과 강 광 죽 색 창 인 심

송강정松江亭 전라남도 담양에 있는 정자. 관동곡關東曲 송강 정철이 지은 〈관동별곡〉을 말함. 유기猶記 아직도 기억한다. 강호와죽림江湖臥竹林 〈관동별곡〉의 첫 구절인 "강호에 병이 깊어 죽림에 누웠더니"를 가리킴. 창悵 슬퍼하다.

✿

"강호에 병이 깊어 죽림에 누웠더니, 관동 팔백 리에 방면을 맡기시니, 어와 성은이야 가디록 망극하다."를 외우던 때가 내게도 있었다. 지금도 "꿈에 한 사람이 날다려 닐온 말이, 그대를 내 모르랴 상계의 진선이랴." 하면 겨드랑이 밑이 근질근질해지면서 금세라도 날개가 돋아 허공으로 오를 것만 같다. 전남 담양 땅 송강이 머물던 송강정을 지나다가 지은 작품이다. 강물 빛과 댓잎의 빛깔은 송강의 그때와 다를 것이 없는데, 인걸만 간데없어 허전한 감회를 가누지 못한다. 나도 이제는 강호의 깊은 병을 되뇌이며 대숲에 눕고 싶은 나이가 되었다.

홍류동

이건창 李建昌, 1852-1898
〈가야산 홍류동에서 장난삼아 짓다 紅流洞戲題〉

홍류동 안에는 산들 온통 푸른데
둘러선 사방 벽은 옥을 깎은 병풍일세.
고금의 나그네들 새겨놓은 이름자가
팔만대장경 글자보다 더욱더 많구나.

紅流洞裏萬山青　四壁周遭削玉屛
홍 류 동 리 만 산 청　사 벽 주 조 삭 옥 병
古今遊人題姓字　多於八萬大藏經
고 금 유 인 제 성 자　다 어 팔 만 대 장 경

홍류동紅流洞 경상도 합천 가야산 해인사 어귀의 계곡. 주조周遭 두루 만나다. 삭옥병削玉屛 옥을 깎아 만든 병풍. 제성자題姓字 바위 위에 새겨 놓은 이름.

✲

신라 말 최치원이 가야산 안개 속으로 숨어 다시는 세상에 나오지 않았다던 그 홍류동 계곡에 왔다. 붉은 강물이 흐른다는 홍류동 계곡은 온통 푸른빛 뿐이다. 사방엔 깎아 세운 옥병풍이 물가를 따라 길게 이어진다. 바위를 보면 온통 이곳에 놀러왔던 이들이 알량한 제 이름 새겨놓은 글씨뿐이다. 그 많은 옥병풍이 온통 낙서투성이다. 해인사 팔만대장경이 아무리 많다 한들, 계곡에 새겨놓은 이름자보다 많을까. 원, 인간들이 놀러 와서 자연이나 구경하고 갈 일이지, 웬 놈의 이름을 저리도 덕지덕지 새겨놓고 갔더란 말인가?

종소리

한용운 韓龍雲, 1879–1944
〈눈 오는 밤雪夜〉

사방 산 감옥 에워 눈은 바다 같은데
찬 이불 쇠와 같고 꿈길은 재와 같네.
철창조차 가두지 못하는 것 있나니
밤중의 종소리는 어디에서 오는 걸까.

四山圍獄雪如海 衾寒如鐵夢如灰
사 산 위 옥 설 여 해 금 한 여 철 몽 여 회
鐵窓猶有鎖不得 夜聞鐘聲何處來
철 창 유 유 쇄 불 득 야 문 종 성 하 처 래

위옥圍獄 감옥을 에워싸다. 쇄鎖 닫다. 잠그다.

✲

일제강점기 철창에 갇혀 그 혹독한 추위를 견디며 날 때 지은 시다. 1, 2구에만 '여(如)' 자가 세 번 거듭 나왔으니, 한시의 형식미로 치면 빵점이다. 하지만 정신의 높이로 읽어야 할 시가 있다. 이 시가 그런 시다. 철창으로 내다보면 온통 푸른 산에 포위당해 그 너머 바깥세상은 보이지 않는다. 산속에 눈이 펑펑 쏟아지자, 창밖은 어느새 광풍 노도에 일렁이는 바다가 된다. 얼음장보다 더 찬 홑이불 속에서 벌벌 떨다 보니, 아련하던 꿈길은 재처럼 싸늘히 식어 이빨만 덜덜 떨린다. 밖으로 나갈 수 없는 육신을 비웃기라도 하듯, 깊은 밤 종소리가 철창을 넘어들어온다. 어디서 온 종소리냐? 누가 보낸 종소리냐? 육신이야 비록 갇혀 영어(囹圄)의 신세라 해도, 깨어 있는 내 자유로운 정신의 풋대만은 아무도 꺾을 수가 없다.

강극성 姜克誠 1526-1576

조선 중기의 문신. 본관은 진주晋州. 자는 백실伯實, 호는 취죽醉竹. 1555년 이량李樑 등과 함께 사가독서賜暇讀書하였다. 1564년 그의 정치적 배경 인물로 꼽혀온 권신權臣 이량이 축출되자, 대간의 탄핵으로 파직되어 고향으로 돌아갔다. 1574년 과거 급제자인 점이 고려되어 제용감정濟用監正에 재기용되고 이어 장단도호부사長湍都護府使를 지냈다. 사가독서 때 지어 바친 시로 명종으로부터 찬탄과 함께 말한 필을 하사받았다.

강세황 姜世晃 1712-1791

조선 후기의 문신·화가. 본관은 진주. 자는 광지光之, 호는 표암豹菴. 호조와 병조의 참판을 지냈다. 서화書畵에 뛰어나 1784년 천추부사千秋副使로 중국에 갔을 때 그의 서화를 구하려는 사람이 줄을 이었다 한다. 글씨는 왕희지王羲之·왕헌지王獻之·미불米芾 등의 서체를 본받았고, 전서篆書·예서隷書 각체에 모두 신묘하였고, 산수·사군자에도 뛰어났다. 시는 육유陸游의 풍을 본받아 독자적인 풍격을 갖추었다.

강위 姜瑋 1820-1884

조선 후기의 시인. 본관은 진주. 자는 중무仲武·위옥韋玉·요초堯草. 호는 추금秋琴. 당대의 대시인으로서 전국을 방랑하며 시주詩酒로 세월을 보내다가 판서 정건조鄭健朝에게 초빙되어 삼정三政의 폐단에 대한 장문의 시정책을 적어주었다. 1876년 강화도조약이 체결될 때 필담을 책임 맡았다. 김택영·황현과 함께 한말 3대 시인으로 불렸다.

강항 姜沆 1567-1618

본관은 진주. 자는 태초太初, 호는 수은睡隱. 경사백가經史百家에 통달하고, 포로로 일본에 있을 때 후지와라 세이카藤原惺窩(1561~1619)에게 성리학을 전함으로써 일본 성리학의 원조元祖가 되었으며, 많은 명유를 배출시켰다. 그림에도 뛰어나 인물화와 송화松畵에 특기가 있었다. 영광 용계사龍溪祠에 배향되었다. 저서로는

《수은집》 등이 있다.

강회백 姜淮伯 1357-1402

고려 말 조선 초의 문신. 본관은 진주. 자는 백보伯父, 호는 통정通亭. 권근權近의 문하에서 성리학을 배웠고 시문에 능하였다. 조준趙浚·정도전의 탄핵에 동조하였다가 1392년 정몽주가 살해된 후 진양으로 유배되었다. 조선 건국 후 1398년 동북면도순문사東北面都巡問使가 되었다. 저서에 《통정집》이 있다.

강후석 姜後奭 생몰미상

조선 후기의 시인. 본관은 진주. 자는 창로昌老. 《대동시선大東詩選》에 시가 실려 있고 그 밖에 생애는 알려진 것이 없다.

강희맹 姜希孟 1424-1483

조선 초기의 문신. 본관은 진주. 자는 경순景醇, 호는 무위자無爲子. 인품이 겸손하고 치밀하여 맡은 일을 잘 처리하였다. 또 경사經史와 전고典故에 통달한 명문장으로 유명하였고, 서화에도 뛰어난 재능이 있었다. 저서에 《사숙재집私淑齋集》이 있다.

경한 景閑 1299-1374

호는 백운白雲. 백운화상白雲和尙이라고도 한다. 어려서 출가하여 40여 년 불도를 닦다가, 1351년 원나라에 들어가 석옥石屋(임제臨濟의 18대손)에게서 심心을 전해 받고, 지공指空에게 법法을 물었다. 1365년 혜근惠勤(나옹懶翁)의 추천으로 해주 신광사神光寺의 주지가 되어 종풍宗風을 크게 떨쳤다. 1370년에는 공부선工夫選의 시관試官이 되어 불교계를 지도하다가 76세에 천녕의 취암사鷲岩寺에서 입적하였다.

고경명 高敬命 1533-1592

조선 중기의 문인. 의병장. 자는 이순而順, 호는 제봉霽峯·태헌苔軒. 시호는 충열忠烈. 임진왜란 때 의병 6, 7천 명을 거느리고 북상하다가 금산 싸움에서 전사하였다. 시문과 글씨에 모두 뛰어났다. 문집 《제봉집》이 전한다.

고조기 高兆基 ?-1157

본명은 당유唐愈. 고려 예종 때 과거에 급제, 벼슬이 정당문학政堂文學에 이르렀다. 청백리로 이름이 높았고 이자겸 일파를 반대하는 데 앞장섰다. 농촌 생활을 노래한 작품을 많이 남겼고 특히 5언시에 능하다는 이름이 있었다.

곽여 郭輿 1058-1130

고려 예종 때의 문인. 본관은 청주淸州. 자는 몽득夢得, 시호는 진정眞靜. 궁중의 순복전에 천거, 왕의 스승으로 담론에 응했다. 왕이 성동城東의 약두산若頭山에 산재山齋를 지어주고 허정재虛靜齋라는 편액扁額을 하사하였는데, 왕이 산책할 때 여기에 들러 함께 시를 읊으며 즐겼다. 사후 왕이 정지상을 시켜 《산재기山齋記》를 써 비碑를 세웠다.

곽예 郭預 1232-1286

고려시대의 문신. 본관은 청주. 자는 선갑先甲. 원종 때 홍저洪泞와 함께 일본에 왜구의 침범을 중지시킬 것과 잡혀간 고려인의 송환을 요구했다. 충렬왕 때 우부승지·좌승지 국자감 대사성문한학사大司成文翰學士 등을 거쳤다. 원나라에 사신으로 다녀오다가 도중에 죽었다. 성품이 맑고 학문이 깊었다. 문장과 글씨에 뛰어났다.

권근 權近 1352-1409

조선 초기의 학자·명신. 본관은 안동安東. 자는 가원可遠·사숙思叔, 호는 양촌陽村. 1396년 찬표撰表를 잘못 쓴 정도전을 대신해서 자진하여 명나라에 건너가 해명을 잘하여 명 황제로부터 지극한 예우를 받고 돌아왔다. 포은圃隱 정몽주의 문하에서 수학하였다. 성리학에 조예가 깊었고, 문장에 능하였다.

권만 權萬 1688-1749

조선 후기의 문신. 본관은 안동. 자는 일보一甫, 호는 강좌江左. 1721년 사마시에 합격하였고, 1725년 증광문과에 급제하였다. 1728년 정자正字로 재직시 이인좌의 난이 일어나자 의병장 유승현柳升鉉을 도와서 반역을 꾀한 무리들을 진압하는 데 공을 세웠다. 1746년 병조좌랑으로 문과중시에 급제하였고, 병조정랑이 되었다. 정조 때 창의倡義의 공으로 이조참의에 추증되었다. 저서에 《강좌집》이 있다.

권벽 權擘 1520-1593

조선 중기의 문신. 본관은 안동. 자는 대수大手, 호는 습재習齋. 서장관으로 명나라에 두 차례 다녀왔고, 여러 차례 제술관과 종사관을 지냈다. 아들 5형제가 모두 시에 뛰어났다. 시문詩文에 뛰어나 명나라로 내왕하는 외교문서를 주관하였다. 문집에 《습재집》이 있다.

권우 權遇 1363-1419

고려 말 조선 초의 학자. 자는 여보慮甫, 호는 매헌梅軒. 정몽주 문하에서 수학하고, 공양왕 말에 이조좌랑이 되었다. 조선 건국 뒤, 예문관제학에 올랐다. 충녕세자의 빈객으로 경사를 강론하였다. 글씨, 시문에 능하였으며, 성리학과 주역에 밝았다. 문집에 《매헌집》, 글씨에 〈화산군권근신도비花山君權近神道碑〉가 있다.

권필 權韠 1569-1612

조선 중기의 문신. 자는 여장汝章, 호는 석주石洲. 권벽權擘의 아들로 어려서부터 시명이 높았다. 이정구李廷龜의 천거로 백의로 종사관에 임명되었다. 시정時政을 풍자하는 시를 많이 지어 권귀權貴의 미움을 받았다. 광해군의 어지러운 정치를 풍자하는 궁류시宮柳詩를 지었다가 그때 일어난 무옥誣獄에 연좌되어 광해군의 친국을 받고 귀양 가는 도중에 죽었다. 허균은 그의 시의 아름다움과 여운을 높이 평가한 바 있다.

길재 吉再 1353-1419

고려 말 조선 초의 학자. 자는 재보再父, 호는 야은冶隱 · 금오산인金烏山人. 시호는 충절忠節. 이색 · 정몽주 · 권근의 제자로 성리학에 조예가 있었다. 고려가 망하자 두 왕조를 섬길 수 없다 하여 끝내 출사하지 않았다.

김광현 金光炫 1584-1647

자는 회여晦汝, 호는 수북水北. 김상용金尙容의 아들이다. 광해군 때 진사에 합격했다. 어지러운 조정을 보고 벼슬길에 뜻을 끊었다. 인조반정 후 벼슬에 올라 부제학이 되었으나, 간신을 탄핵하다가 왕의 미움을 받아 삼수로 귀양 갔다. 시문에 능하였다.

김굉필 金宏弼 1454-1504

조선 전기의 성리학자. 본관은 서흥瑞興. 자는 대유大猷, 호는 사옹蓑翁·한훤당寒暄堂. 시호는 문경文敬. 1498년 무오사화가 일어나자 평안도 희천에 유배되었는데, 그곳에서 조광조를 만나 학문을 전수하였다. 1504년 갑자사화로 극형에 처해졌으나 중종반정 이후에 신원되어 도승지가 추증되고, 1517년에는 정광필鄭光弼 등에 의해 우의정이 추증되었다. 문집에 《한훤당집》, 저서에 《경현록景賢錄》, 《가범家範》 등이 있다.

김구 金坵 1211-1278

고려 말기의 학자. 본관은 부령扶寧. 자는 차산次山, 호는 지포止浦. 시호는 문정文貞. 어려서부터 시문詩文에 능하였다. 원나라에 다녀온 후 《북정록北征錄》을 지었으며, 우간의대부右司議大夫·정당문학·중서시랑평장사中書侍郎平章事 등을 역임하였다. 통문관의 설치를 건의하였다. 이장용·유경 등과 함께 신종·희종·강종 3대의 실록을 찬수하고, 고종실록 편찬에 참여하였다. 문집에 《지포집》이 있다.

김구용 金九容 1338-1384

고려 말의 문신. 자는 경지敬之, 호는 척약재惕若齋·육우당六友堂. 특히 시에 능하였고, 이색은 그의 시를 두고, "붓을 대면 구름과 연기처럼 뭉게뭉게 시가 피어나온다"고 극찬한 바 있다. 명나라와의 외교 관계가 원만하지 못하던 1384년에 행례사行禮使로서 명나라에 가던 중 요동에서 붙잡혀 남경으로 압송, 영녕현에서 병사하였다. 저서에 《척약재집》이 있다.

김극기 金克己 고려 명종조

고려 명종 때의 시인. 본관은 경주慶州. 호는 노봉老峯. 어려서부터 문장에 뛰어나 문명이 높았다. 진사에 올랐으나 산림에서 시작詩作에 몰두하였다. 명종이 그의 재주를 아껴 한림翰林을 시켰으나 얼마 되지 않아 죽었다. 문집 150권이 있었다 하나 전하지 않고, 《동국여지승람東國輿地勝覽》에는 그의 작품이 가장 많이 실려 있다.

김득배 金得培 1312-1362

고려 말기의 문신. 본관은 상주尙州. 호는 난계蘭溪. 강릉대군(공민왕)을 따라 원나라에 갔고 홍건적 침입으로 의주·정주·인주 등이 함락되자 이를 방어했다. 서경을 탈환하여 적을 압록강 밖으로 격퇴했으며 홍건적이 다시 침입하자 개경을 수복했다. 이때 정세운과 권력을 다투던 평장사平章事 김용金鏞의 위계로 정세운 · 안우가 모살되자, 그도 체포되어 상주에서 효수梟首되었다. 그의 문생인 정몽주는 왕에게 청하여 그의 시신을 거두고 제문을 지어 억울한 죽음을 개탄하였다.

김득신 金得臣 1604-1684

본관은 안동. 자는 자공子公, 호는 백곡柏谷. 당시 한문 4대가인 이식李植으로부터 "그대의 시문이 당금의 제일"이라는 평을 들음으로써 문명文名이 세상에 알려졌다. 공부할 때 옛 선현과 문인들이 남겨놓은 글들을 많이 읽는 데 주력했고 특히 〈백이전伯夷傳〉은 1억 번이나 읽었다고 하여 자기의 서재 이름을 억만재億萬齋라 지었다. 저서에 《백곡집》, 《종남총지終南叢志》 등이 있다.

김류 金瑬 1571-1648

조선 중기의 문신. 본관은 순천順川. 자는 관옥冠玉, 호는 북저北渚. 송익필宋翼弼의 문인으로 문장의 기력氣力을 숭상하고 법도가 엄격하였다 한다. 시율詩律도 정련청건精鍊淸健하고 서체 또한 기묘하여 비문을 많이 남겼다. 저서로는 《북저집》이 있으며 시호는 문충文忠이다.

김매순 金邁淳 1776-1840

조선 후기의 학자. 본관은 안동. 자는 덕수德叟, 호는 대산臺山. 시호는 문청文淸. 1795년 정시문과에 급제하였으며, 그 후 검열檢閱 · 사인舍人 등을 거쳐 초계문신抄啓文臣이 되었다. 예조참판 · 강화부유수 등을 지냈으며, 고종 때 판서에 추증되었다. 덕행德行으로 저명하였으며, 문장에 뛰어나 여한십대가麗韓十大家의 한 사람으로 꼽혔다. 문집에 《대산집》 등이 있다.

김병연 金炳淵 1807-1863

본관은 안동. 호는 난고蘭皐이다. 그가 다섯 살 때 그의 조부 김익순金益淳이 홍경래에게 항복하였던 것이 화근이 되어 처형되었다. 할아버지의 사연을 모르고 자란 김병연은 할아버지의 죄를 호되게 나무란 글을 써서 장원을 하였다. 후에 어머니한테 이 사실을 듣고 조상을 지탄한 죄책감과 운명에 대한 회의로 삿갓을 쓰고 방랑길에 나섰다.

김삼의당 金三宜堂 1769-?

정조 때의 여류시인. 전북 남원 태생으로, 한 마을에 사는 하욱河煜과 생년월일시가 같다 하여 결혼하였다. 어려서부터 시문에 능하여 많은 시작을 남겼다. 주로 남편과 주고받은 시문을 모아 엮은 문집《삼의당고》가 전한다.

김부식 金富軾 1075-1151

고려 때 문신. 자는 입지立之, 호는 뇌천雷川. 시호는 문열文烈. 우리나라 고문古文의 대가로, 송나라 사신 서긍徐兢은 "박학강지博學强識하여 글을 잘 짓고 고금을 잘 알아 학사의 신복信服을 입으니 능히 그보다 위에 설 사람이 없다"고 평하였다. 박승중·정극영 등과 예종실록을 수찬하였고, 1134년 묘청의 난 때에는 원수가 되어 이를 토벌하였다. 1145년《삼국사기三國史記》50권을 편찬하였고, 인종실록 편찬에도 참여하였다.《김문열공집》20권이 있었다 하나 전하지 않는다.

김부의 金富儀 1079-1136

고려시대 문신. 자는 자유子由, 초명은 부철富轍. 시호는 문의文懿. 부식富軾의 동생. 인종이 세자로 있을 때, 첨사부사직詹事府司直이 되어 문학으로 우대를 받았고, 어사중승御史中丞으로 특진하였다. 묘청이 난을 일으키자, 평서십책平西十策을 올리고 좌군수左軍帥·추밀원사樞密院事가 되어 출정하였으며, 평정하고 돌아와 금대를 하사받았다. 시문에 능하였다.

김상용 金尙容 1561-1637

조선 중기의 문신. 본관은 안동. 자는 경택景擇, 호는 선원仙源·풍계楓溪 혹은 계옹溪翁이다. 1636년 병자호란 때에 묘사주廟社主를 받들고 왕족을 수행하고 강화로 피난했다가 이듬해 강화성이 함락되자 남문루南門樓에 있던 화약에 불을 지르고 순절하였다. 성혼成渾과 이이의 문인으로 글씨에 뛰어났다. 저서로《선원유고》등이 있다.

김시습 金時習 1435-1493

조선 초기 생육신 중의 한 사람. 자는 열경悅卿, 호는 매월당梅月堂이다. 5세에 이미 신동이라는 말을 들었을 정도였으나, 수양대군의 단종 폐위 소식을 듣고는 3일을 통곡한 후 책을 불사르고 중이 되어 방랑 생활을 하였다. 중종 때에 이조판서에 추증되고 육신사六臣祠에 배향되었다. 저서로는《금오신화金鰲神話》,《매월당집》

이 있다.

김시진 金始振 1618-1667

조선 후기의 문신. 본관은 경주. 자는 백옥伯玉, 호는 반고盤皐. 1644년 문과에 급제하여 이듬해 검열檢閱이 되었다. 1647년 지평持平이 된 뒤 문학文學·수찬修撰·부교리副校理·교리校理·집의執義 등을 거쳐, 1659년에 전라도관찰사가 되었다. 이때 이몽학李夢鶴의 당여로 오해받아 장살당한 김덕령金德齡의 신원을 건의하였다. 1662년 승지를 지낸 뒤 경기좌균전사京畿左均田使로 파견되었으며, 1666년 사은부사謝恩副使로 청나라에 다녀와서 한성부좌윤·수원부사·호조참판 등을 지냈다.

김안국 金安國 1478-1543

자는 국경國卿, 호는 모재慕齋. 시호諡號는 문경文敬. 조광조·기준奇遵 등과 함께 김굉필의 문인으로 도학에 통달하여 지치주의至治主義 사림파의 선도자가 되었다.

김약수 金若水 생몰미상

고려 중기의 시인. 생몰미상

김옥균 金玉均 1851-1894

조선 후기의 정치가. 본관은 안동. 자는 백온伯溫, 호는 고균古筠·고우古愚. 갑신정변을 주도하였는데, 갑신정변에 투영된 김옥균의 사상 속에는 문벌의 폐지, 인민 평등 등 근대사상을 기초로 하여 낡은 왕정사 그 자체에 어떤 궁극적 해답을 주려는 혁명적 의도가 들어 있었다. 갑신정변이 삼일천하로 끝나자 일본으로 망명, 10년간 일본 각지를 방랑한 후 1894년 상하이로 건너갔다가 자객 홍종우洪鍾宇에게 살해되었다. 저서에 《기화근사箕和近事》, 《치도약론治道略論》, 《갑신일록甲申日錄》 등이 있다.

김용행 金龍行 1753-1778

자는 순필舜弼, 호는 석파石坡 또는 포도인泡道人. 영의정을 지낸 문충공文忠公 김수항金壽恒의 서증손庶曾孫이다. 이덕무·유득공·박제가 등과 가까웠고, 뛰어난 문재로 크게 인정받았다. 기이한 행동을 좋아하고, 검속함이 적었다. 26세의 젊은 나이로 병에 걸려 객사했다. 저서에 《영영쇄쇄집零零瑣瑣集》 몇 권이 있었다 하나 전하지 않는다.

김이만 金履萬 1683-1758

조선 후기의 문신. 본관은 예천醴泉. 자는 중수仲綏, 호는 학고鶴皐. 1713년 사마증광시에 급제, 전적典籍·병조좌랑 등을 거쳐 양산군수가 되었다. 양산군수 재직 때 수재를 막기 위하여 자기의 녹봉으로 제방을 쌓았다. 이에 백성들이 그 은혜를 칭송하여 비를 세우고, 이름을 청전제青田堤라고 불렀다. 1745년 장령掌令으로서 민생 안정의 저해 요인으로 풍속의 사치스러움과 수령·감사의 탐오함을 들어, 현명한 지방관을 선임하도록 주장하여 영조의 치하를 받았다. 1756년 국가에서 노인을 우대하는 정책에 따라, 통정대부通政大夫에 올랐고 이어 첨지중추부사僉知中樞府事에 이르렀다.

김인후 金麟厚 1510-1560

조선 중기의 문신. 자는 후지厚之, 호는 하서河西·담재湛齋. 시호는 문정文正. 김안국金安國의 제자로 1540년 과거에 급제하여 홍문관 부수찬을 지냈고, 윤원형과 윤임 사이의 당쟁을 염려하다가 을사사화 이후 고향 장성으로 내려가 성리학 연구에 몰두하였다. 저서에 《하서집》이 있다.

김정 金淨 1486-1521

조선 전기 문신. 자는 원충元沖, 호는 충암沖菴이다. 중종이 왕후 신씨愼氏를 폐하고 장경왕후章敬王后를 옹립한 일을 명분에 어긋난다 하여 격렬히 반대하였다. 이후 장경왕후가 죽자 신씨 복위를 극간하다가 유배되었으며, 기묘사화 때 조광조 일파로 몰려 제주도에 귀양 갔다가 그곳에서 이듬해에 사사賜死되었다.

김정희 金正喜 1786-1856

조선 후기의 학자, 서예가. 본관은 경주. 자는 춘원春元, 호는 완당阮堂 또는 추사秋史. 실학파의 학자이며 금석학자. 시명 또한 높았다. 순조 때 벼슬이 대사성에 올랐다. 그 후 제주도, 북청 등지로 오랜 동안 귀양살이를 하였다. 저서에 《완당집》과 《금석과안록金石過眼錄》 등이 있다.

김제안 金齊顔 ?-1368

본관은 안동. 자는 중현仲賢. 문과에 급제, 정몽주·이숭인李崇仁·정도전 등과 사귀었다. 1366년 군부좌랑軍簿佐郎으로 전녹생田祿生의 서장관書狀官이 되어 하남왕河南王 쿼쿼티무르[擴廓帖木兒]에게 국서를 전달한 공으로 대언代言에 임명될 뻔했으나, 신돈의 저지로 좌천된 후 전前 밀직부사密直副使 김정金精 등과 함께 신돈을 모살謀殺하려다가 잡혀 죽었다.

김종직 金宗直 1431-1492

조선 초기 학자. 자는 계온季昷 · 효관孝盥, 호는 점필재佔畢齋이다. 여말선초의 학자 길재의 학통을 이어 김굉필 · 정여창 등의 수많은 제자를 길렀으며, 특히 경술經術과 문장에 뛰어났다. 무오사화 때에 부관참시剖棺斬屍를 당하였다. 저서로는 《점필재집》, 《동문수東文粹》, 《청구풍아靑丘風雅》 등이 있다.

김조순 金祖淳 1765-1832

조선 후기의 문신. 본관은 안동. 자는 사원士源, 호는 풍고楓皐. 시호는 충문忠文. 초명은 낙순洛淳. 정조 때 여러 관직을 역임하였으며, 1802년에 딸이 순조의 비로 책봉되면서, 안동 김씨 세도정치의 기틀이 마련되었다. 정조의 신임이 두터웠으며, 정조가 작고하자 어린 순조를 도와 국구國舅로서 30년간이나 보필한 공적이 컸다. 문집에 《풍고집》이 있다.

김진항 金鎭恒 19세기 초

자는 중산仲山, 호는 녹문鹿門. 몇 차례의 벼슬 기회를 마다한 채 시문에 묻혀 살았다.

김창협 金昌協 1651-1708

조선 후기의 학자 · 문신. 본관은 안동. 자는 중화仲和, 호는 농암農巖 · 삼주三洲. 숙종 때 대사성 등의 관직을 지냈으나, 기사환국으로 아버지 수항壽恒이 사사賜死된 뒤 은거하고 후에 관직도 사양하였다. 그의 학설은 이기설로 이이보다는 이황에 가까웠으며, 문학과 유학의 대가로서 이름이 높았고, 호론湖論을 지지하였다. 당대의 문장가이며 서예에도 뛰어났다. 문집에 《농암집》 등이 있다.

김창흡 金昌翕 1653-1722

조선 후기의 학자 · 문인. 본관은 안동. 자는 자익子益, 호는 삼연三淵. 벼슬에 나아가지 않고 학문에 전념하여 일가를 이루었다. 문장에도 매우 능하여 후세 문인들에게 큰 영향을 끼쳤다. 저서로는 《삼연집》, 《심양일기瀋陽日記》, 《문취文趣》 등이 있다.

김천령 金千齡 1469-1503

조선 성종 때의 문신. 본관은 경주. 자는 인로仁老. 1498년에는 사가독서하였다. 이어 홍문관에 들어가 부응교副應敎에 올랐다. 학문이 뛰어나고 언동이 강직하며, 정사에 민활하여 촉망을 받았다. 청빈한 대간으로 칭송을 받았으나, 1503년 35세로 요절하였다. 죽은 이듬해의 갑자사화 때, 앞서 대간으로 재직하면서 정침鄭沈의 가자加資를 주장한 일로 부관참시의 추형을 당하였다. 중종반정으로 신원되고 도승지에 추증되었다.

남경희 南景羲 1748-1812

조선 후기의 학자. 본관은 영양英陽. 자는 중은仲殷, 호는 치암癡菴. 1777년 국왕의 즉위 기념 증광시에 합격, 진사가 되었고, 동시에 문과에도 급제하였다. 8세 때 《십구사략十九史略》을 읽고 비평할 정도의 재능을 보였으며, 이상정李象靖에게서 학문을 배우고 의리에 투철하여 《근사록近思錄》과 《맹자의난孟子疑難》을 애독하였다. 저서로 《치암선생문집》이 전한다.

남극관 南克寬 1689-1714

조선 숙종 때의 문인으로, 문장이 뛰어났다. 영의정 구만九萬의 손자이고, 명학鳴鶴의 아들이다. 26세에 요절하였다. 특히 시문에 조예가 깊어 당대 문인의 시문평詩文評을 실어놓았다. 고사故事를 많이 인용하였으며, 특히 묘사나 서정에는 재치가 뛰어났다. 저서에는 그의 시와 잡저雜著 및 수필 등이 수록된 《몽예집夢囈集》이 있다.

남병철 南秉哲 1817-1863

조선 후기의 문신 · 과학자. 본관은 의령宜寧. 자는 자명子明 · 원명原明. 호는 규재圭齋 · 강설絳雪 · 구당鷗堂 · 계당桂塘. 시호는 문정文貞. 박학하고 문장에 뛰어났으며, 수학과 천문학에 탁월하여 수륜水輪 · 지구의地球儀 · 사시의四時儀를 만들었다. 한때 철종의 총애를 받아 김씨 일파를 눌렀으나, 나중에는 그들에게 눌리어 서화와 성색聲色으로 소일하였다. 저서에는 《규재집》, 《추보속해推步續解》(4권) 등이 있다.

남유용 南有容 1698-1773

본관은 의령. 자는 덕재德哉, 호는 뇌연雷淵. 고문에 능하여 한유와 구양수를 따랐고, 고체시에 뛰어났다. 서예도 일가를 이루었다. 영조 때 대제학을 지냈다. 시호는 문청文淸. 문집에 《뇌연집》이 있다.

노긍 盧兢 1737-1790

조선 후기의 문인. 본관은 교하交河. 자는 신중愼仲 · 여림如臨, 호는 한원漢源. 그는 당대에 심익운 · 이가환과 함께 조선 후기 3대 시인으로 언급될 정도로 문명이 높았다. 당대 세도가인 홍봉한의 집안에서 과거 선생을 하기도 하였다. 1771년 1월 과거에서 과문을 팔았다는 죄목으로 평안도 오지인 위원군에 유배돼 6년 귀양살이를 했다. 문집에 《한원유고》가 있다.

노수신 盧守愼 1515-1590

조선 중기의 문신 · 학자. 본관은 광주光州. 자는 과회寡悔. 호는 소재蘇齋 · 이재伊齋 · 암실暗室 · 여봉노인茹峰老人. 문장과 서예에 능하였다. 양명학을 연구하여 주자학파의 공격을 받았다. 휴정休靜 · 선수善脩 등과도 교제하여 불교의 영향을 받기도 하였다. 문집에 《소재집》이 있다.

목만중 睦萬中 1727-?

조선 후기 순조 때의 문신. 본관은 사천泗川. 자는 공겸公兼 · 유선幼選, 호는 여와餘窩. 1759년 별시문과에 급제, 도사都事를 지냈다. 1786년 문과중시에 장원, 도정都正 · 태산현감을 지냈다. 1801년 신유박해 때 대사간으로 있으면서, 영의정 심환지와 함께 남인南人 · 시파時派 계열의 천주교도에 대한 박해를 주도하였다. 후에 판서가 되었다. 저서에 《여와집》이 있다.

문동도 文東道 18세기 초

조선 후기의 시인. 본관은 단성丹城. 자는 성원聖源, 호는 경암敬菴. 유일遺逸로 천거되어 부솔副率을 지냈다.

박상 朴祥 1474-1530

자는 창세昌世, 호는 눌재訥齋. 이행 · 신광한 · 김정 · 정사룡 등과 함께 중종 연간의 시단을 빛낸 시인이다. 그는 각체시各體詩를 두루 제작하면서 고사古事 전고典故를 능숙하게 운용하고 있다. 그래서 《시경詩經》, 《초사楚辭》와 이백李白 · 두보杜甫의 시에 깊지 않은 사람은 그의 시를 이해하기 어렵다고 한다. 저서에 《눌재집》

이 전한다.

박상립 朴尙立 경종조

조선 후기의 시인. 자는 입지立之, 호는 나재懶齋. 부친은 박경남朴擎南이다.

박순 朴淳 1523-1589

조선 선조 때의 재상. 자는 화숙和叔, 호는 사암思菴. 시호는 문충文忠. 서경덕에게서 글을 배웠다. 1553년 정시庭試에 장원급제한 후 1572년 우의정이 되고 1579년에 영의정이 되었다. 서인으로, 동서분당이 심각해지자 영평 백운산에 은거하였다. 저서에 《사암집》이 있다.

박영 朴uoc 생몰미상

조선 후기의 시인. 자는 군철君哲, 호는 야족옹也足翁. 본관은 밀양密陽이고, 초서를 잘 썼다.

박의중 朴宜中 여말선초

고려 말 조선 초의 문신. 자는 자허子虛, 호는 정재貞齋. 공양왕 때 서운관書雲觀에서 한양 천도를 상소하자 음양설의 허황함을 역설하여 이에 반대하였다. 성리학에 밝았고, 문장이 우아했다. 저서에 《정재집》이 있다.

박인량 朴寅亮 ?-1096

고려의 문신. 본관은 죽산竹山. 자는 대천代天, 호는 소화小華. 시호는 문열文烈. 문종 때 요나라가 압록강 동쪽을 국경선으로 획정하려고 하자, 그 부당성을 지적한 진정표를 지었다. 요나라 왕이 문장에 감탄, 주장을 철회했다. 문장이 우아 미려하여, 중국에 보내는 외교문서를 도맡아 작성하였다. 《고금록古今錄》, 《수이전殊異傳》 등이 있다.

박제가 朴齊家 1750-1805

자는 차수次修, 호는 초정楚亭. 19세 때 연암 박지원의 문하에서 실학을 연구, 이덕무 · 유득공 · 이서구 등 실학자들과 교류하였다. 1776년 《한객건연집韓客巾衍集》이 청나라에 소개되어 우리나라 시문 4대가의 한 사람으로 알려졌다. 《북학의北學議》 내외편을 저술, 실사구시의 사상을 토대로 내편에서는 기구와 시설의 개선을 다루었고, 외편에서는 정치 · 사회제도의 모순점을 지적하여 개혁 방안을 개진하였다. 저서로는 《정유시고貞蕤詩稿》 등이 있다.

박종악 朴宗岳 1735-1795

본관은 반남潘南. 자는 여오汝五, 호는 창암蒼岩. 1766년 진사가 되고, 이어서 성균관에서 학업을 연마하여 1768년 문과에 급제하였다. 정조가 즉위하여서는 성균관 사성 · 승지를 거쳐 충청도관찰사가 되었다. 그 후 공조 · 예조판서를 역임하고, 1792년 우의정에 올랐다. 이어서 판중추부사判中樞府事가 되어 청나라에 사신으로 갔다가 귀환 도중 평안도 정주에서 객사하였다. 시호는 충헌忠獻이다.

박지원 朴趾源 1737-1805

조선 후기의 문인. 본관은 반남. 자는 중미仲美, 호는 연암燕巖이다. 1780년 친족형 박명원朴明源이 청나라에 갈 때 동행했다. 이때 지은 《열하일기熱河日記》는 기행문의 명저로 잘 알려져 있다. 북학파의 영수로 이용후생의 실학을 강조했으며, 특히 기발한 문체를 구사하여 당대와 후세에 큰 영향을 끼쳤다. 저서에 《연암집》이 있다.

박태보 朴泰輔 1654-1689

조선 후기의 문신. 본관은 반남. 자는 사원士元, 호 정재定齋. 중추부판사中樞府判事 세당世堂의 아들이다. 1689년 기사환국 때 서인을 대변, 인현왕후仁顯王后의 폐위를 강력히 반대하다가, 모진 고문을 당한 뒤 진도에 유배 도중 노량진에서 죽었다. 학문과 문장에 능하고 글씨도 잘 썼으며, 비리를 보면 참지 못하고 의리를 목숨보다 소중히 여겼다. 문집에 《정재집》 등이 있다.

백광홍 白光弘 1522-1556

본관은 해미海美. 자는 대우大祐, 호는 기봉岐峰. 1552년 식년문과에 급제하고, 수학修學할 때부터 시문에 능하였다. 평안도평사平安道評事로 있다가 사직하고 돌아올 때 지은 한글로 된 가사 《관서별곡關西別曲》은 정철의 《관동별곡關東別曲》과 함께 널리 애송되어 전하고 있으며, 문집으로는 《기봉집》이 있다.

백광훈 白光勳 1537-1582

조선 중기의 문인. 본관은 해미海美. 자는 창경彰卿, 호는 옥봉玉峯. 최경창 · 이달과 함께 삼당시인三唐詩人으로 불렸다. 풍류성색風流聲色을 중시하였으며 낭만적 시풍을 지녔다. 이정구李廷龜는 그의 시가 천기天機로 이루어진 것이라 평하며, 당나라 천재 시인 이하李賀에 견주었다.

백문절 白文節 ?-1282

고려의 학자. 본관은 남포藍浦. 자는 빈연彬然. 고종 때 문과에 급제하였다. 충렬왕 때 사의대부司議大夫에 임명되었다. 그때 공로도 없는 자들이 가문을 배경으로 관직에 오르자 고신告身에 서명하지 않았으며, 왕의 재촉에도 불응하였다가 투옥되었으나 곧 풀려났다. 그 뒤 국학대사성國學大司成·보문각학사寶文閣學士에 이르렀으며, 문장에 뛰어났다.

백암 栢庵 1631-1700

조선 중기의 고승. 호는 백암栢庵. 성은 이씨. 남원 출신. 1660년부터 순천 송광사松廣寺, 낙안 징광사澄光寺, 하동 쌍계사雙溪寺 등지에서 많은 학승學僧들을 지도하였다. 그는 선종과 교종에 두루 통하였을 뿐 아니라 정토문淨土門에도 귀의하여 극락왕생을 염원하였다. 또한 그의 참선 공부법은 철저히 임제종臨濟宗의 것을 따라 후학을 지도하였으며, 유학에도 조예가 깊어서 유사儒士들의 배불론에 대해서는 철저히 변호하기도 하였다. 저서로는 《백암집》 등이 있다.

백이정 白頤正 1247-1323

고려 후기의 학자. 본관은 남포藍浦. 호는 이재彝齋. 중국 연경에서 주자학을 연구하여 한국에 성리학을 전파하는 데 공헌하였다. 충선왕 때 상의회의도감사商議會議都監事가 되었고 나중에 상당군上黨君에 봉해졌다.

서거정 徐居正 1420-1488

조선 전기의 문인·학자. 본관은 달성達城. 자는 강중剛中, 호는 사가四佳. 문학과 경서뿐 아니라 천문·지리·의학 등 여러 분야에 정통하였다. 문장과 도덕으로 당대에 으뜸이었다. 23년 동안 대제학의 벼슬을 지냈으며 수많은 금석문을 저술하였다. 저서에 《동인시화東人詩話》 등이 있고 문집으로 《사가집》이 있다.

서경덕 徐敬德 1489-1546

조선 중종 때의 학자. 자는 가구可久, 호는 화담花潭이다. 어머니의 명령으로 사마시에 합격했을 뿐 벼슬은 단념하고 오직 도학道學에만 힘을 쓰며 제자를 양성했다. 평생 가난했어도 흔들리지 않고 학문을 연구하였으나, 정치의 잘못을 들을 때에는 개탄함을 금하지 못하였다. 유고로 《원리기原理氣》, 《이기설理氣說》, 《태허설太虛說》 등이 남아 있다.

서헌순 徐憲淳 1801-1868

조선 후기의 문신. 사헌부 대사헌 · 공조판서 등을 지냈다. 헌종실록 편찬에 참여하기도 하였다. 1862년 경상도관찰사가 되어 동학 교조 최제우와 교도들을 붙잡아 처벌하였다. 정사를 다스리는 데 청렴결백하며, 일의 옳고 그름을 판단하는 데 뛰어난 재주를 가지고 있었다.

성간 成侃 1427-1456

조선 초기의 문인. 본관은 창녕昌寧. 자가 화중和仲, 호는 진일재眞逸齋이다. 도연명과 포조鮑照 등의 고시를 즐겨 효작效作하였고, 절구는 당 악부樂府의 법을 얻었다는 평이 있었다. 임경任璟은 《현호쇄담玄湖瑣談》에서 그의 시를 두고 "청천靑田에 학이 나는 듯, 단혈丹穴에 봉황이 깃드는 듯하다"고 했다. 저서에 《진일유고》가 있다.

성몽정 成夢井 1471-1517

조선 전기의 문신. 본관은 창녕. 자는 응경應卿, 호는 장암場巖. 1496년 식년문과에 급제하였으나 연산군의 난정亂政을 보고 벼슬을 단념, 물러나 있다가 1506년의 중종반정에 가담하여 정국공신靖國功臣 4등에 녹훈되고 전한典翰에 발탁되었다. 천성이 단아하고 순수하며, 학문에 힘쓰고 남과 다투기를 피하고 사람을 아꼈었던 관계로 조광조 등의 신진사류와 가까웠다. 예조판서에 추증되었고, 시호는 양경襄景이다.

성수침 成守琛 1493-1564

본관은 창녕. 자는 중옥仲玉, 호는 청송聽松 · 죽우당竹雨堂. 시호는 문정文貞. 조광조의 문인. 1519년 기묘사화 때 스승 조광조가 처형되고 많은 선비들이 화를 입자 벼슬길을 포기하고 학문에 몰두했다. 글씨를 잘 써서 명성을 떨치고 문하에서 많은 석학들을 배출했다. 좌의정에 추증, 파주 파산서원坡山書院에 제향되었다. 문집에 《청송집》이 있다.

성운 成運 1497-1579

본관은 창녕. 자는 건숙健叔, 호는 대곡大谷. 1545년 형이 을사사화로 화를 입자 보은 속리산에 은거했다. 그 후 참봉으로 임명되었으나 사퇴, 선조 때도 누차 임관되었으나 취임하지 않았고, 이지함·서경덕·조식 등 명현들과 교유하며 학문에 전심했다. 문집에 《대곡집》이 있다.

성임 成任 1421-1484

조선시대의 문인. 성간成侃의 형. 호는 일재逸齋 혹은 안재安齋, 자는 중경重卿. 시호는 문안文安. 1453년 계유정난 때 세조를 도와 공을 세워 원종공신原從功臣 2등에 책록되었다. 시문 중에서도 특히 율시에 뛰어났고, 글씨도 뛰어나 여러 체에 두루 능하였다. 저서에 《안재집》, 《태평광기상절太平廣記詳節》 등이 있다.

성효원 成孝元 1497-1551

조선 전기의 문신. 본관은 창녕. 자는 백일伯一, 호는 어부漁夫. 1522년 생원시에는 합격하였으나 이후 문과에는 급제하지 못하였다. 이조의 천거로 내시교관內侍敎官에 등용되어 상서원주부尙瑞院主簿·공조좌랑을 거쳐 용인현령에 이르렀다. 관직을 물러나서는 공주·인천·용산 등지에 정자를 세워 문인 생활을 하면서 호를 스스로 '어부漁夫'라고 하였다. 시문과 글씨에 뛰어났다.

손필대 孫必大 1599-?

조선 후기의 문신. 본관은 평해平海. 자는 이원而遠, 호는 세한재歲寒齋. 1624년 생원시를 거쳐 식년문과에 급제하였다. 1630년 공청도도사公淸道都事를 지내고, 사복시정司僕寺正·통례지제교通禮知製敎 등을 역임하였다. 1660년 시관試官을 지냈으며 시문에 능하였다

송시열 宋時烈 1607-1689

본관은 은진恩津. 자는 영보英甫, 호는 우암尤庵·화양동주華陽洞主. 시호는 문정文正. 주자학의 대가로서 이이의 학통을 계승하여 기호학파畿湖學派의 주류를 이루었다. 성격이 과격하여 정적을 많이 가졌으나 그의 문하에서 많은 인재가 배출되었으며 글씨에도 일가를 이루었다. 저서에 《송자대전宋子大全》, 《우암집》 등이 있다.

송익필 宋翼弼 1534-1599

본관 여산礪山. 자는 운장雲長, 호는 구봉龜峰·현승玄繩. 시호는 문경文敬. 서출이라 벼슬은 못하였으나 이이·성혼 등과 학문을 논하여 성리학과 예학禮學에 통하였다. 문장에도 뛰어나 '8문장가'의 한 사람으로 꼽혔으며 시와 글씨에도 일가를 이루었다. 고양에서 후진 양성에 힘써 문하에서 많은 학자가 배출되었는데, 그중 김장생金長生은 예학의 대가가 되었다. 지평持平이 추증되었으며, 문집에 《구봉집》이 있다.

송준길 宋浚吉 1606-1672

조선 중기 문신·학자. 본관은 은진. 자는 명보明甫, 호는 동춘당同春堂. 시호는 문정文正. 이이·김장생의 문인. 송시열 등과 함께 북벌 계획에 참여했으며 서인에 속해 분열된 서인 세력을 규합하는 데 힘썼다. 학문적으로는 송시열과 같은 경향의 성리학자로서 특히 예학에 밝고 이이의 학설을 지지하였으며, 문장과 글씨에도 뛰어났다. 저서에 《동춘당집》이 있다.

송희갑 宋希甲 광해조

조선 중기의 시인. 본관은 은진恩津. 송유宋愉의 측실 소생. 시인 권필의 시제자로 강화까지 찾아가 시를 배웠으나 병으로 일찍 세상을 떴다.

신광수 申光洙 1712-1775

본관은 창녕. 자는 성연聖淵, 호는 석북石北 또는 오악산인五嶽山人이다. 서예에도 뛰어났고, 시로 문명을 떨쳤다. 1764년 제주도에 가서 그곳의 풍토와 산천, 조수鳥獸와 항해 상황 등을 적어 《부해록浮海錄》을 지은 바 있고, 그 밖에 민간의 생활 감정을 노래한 악부시가 많다. 과시科詩에 능하여 특히 〈관산융마關山戎馬〉는 대표작으로 널리 애송되었다. 문집 《석북집》이 전한다.

신광한 申光漢 1484-1555

자는 한지漢之, 호는 낙봉駱峰·기재企齋·청성동주青城洞主. 신숙주의 조카이다. 어려서 부모를 잃고 15세까지 글을 배우지 못하다가 뒤늦게 배움에 힘써 두각을 드러내었다. 1510년 식년시에 급제하여 벼슬이 대사성, 홍문관 제학이 이르렀다. 영성부원군靈城府院君에 봉하여졌고, 문간文簡의 시호가 내렸다. 시풍이 웅건하고 호방하다.

신기선 申箕善 1851-1909

호는 양원陽園. 16세에 당대 큰 유학자인 임헌회任憲晦의 문하에 들어가 수학하였다. 26세에 문과에 급제하여, 학부대신, 법부대신, 군부대신, 의정부참정 등의 요직을 두루 거쳤다. 저서에《양원유집》18권과《유학경위儒學經緯》등이 있다.

신위 申緯 1769-1847

본관은 평산平山. 자는 한수漢叟, 호는 자하紫霞 · 경수당警脩堂. 신동으로 소문이 나서 14세 때 정조가 궁중에 불러들여 칭찬을 하였다. 1799년 문과에 급제, 벼슬은 도승지를 거쳐 이조 · 병조 · 호조의 참판에 머물렀으나, 당시 시詩 · 서書 · 화畵의 삼절三絶이라 불렸으며, 후세의 시인들도 그의 작시법作詩法을 본받았다. 저서로는《경수당전고》등이 있다.

신익성 申翊聖 1588-1644

조선 중기의 문신. 본관은 평산. 자는 군석君奭, 호는 낙전당樂全堂 · 동회거사東淮居士. 선조의 사위. 척화5신斥和五臣의 한 사람이다. 12세에 선조의 딸 정숙옹주貞淑翁主와 결혼하여 동양위東陽尉에 봉해졌다. 1627년 정묘호란에는 세자를 호위, 전주로 피란, 1636년 병자호란 때 왕을 호종하고 남한산성에 있으면서 끝까지 척화를 주장하여, 선양으로 붙잡혀갔다가 뒤에 풀려났다. 문장과 글씨에 능하였다. 글씨로〈영창대군비〉가 있고 저서에《낙전당집樂全堂集》등이 있다.

신잠 申潛 1491-1554

조선 중기의 문신. 본관은 고령高靈. 자는 원량元亮. 호는 영천자靈川子 · 아차산인峨嵯山人. 기묘사화로 파직, 1521년 신사무옥辛巳誣獄으로 장흥에 17년 동안 유배되었다. 1543년 등용, 사옹원주부司饔院主簿 · 태인현감 · 간성군수 등을 역임하고 1553년 상주목사를 지냈다. 선정을 베풀어 백성들이 부모처럼 받들었다. 시 · 서 · 화에 모두 능하여 삼절三絶이라 하였다. 저서에《영천집靈川集》등이 있다.

신종호 申從濩 1456-1497

조선조 문신. 본관은 고령. 자는 차소次韶, 호는 삼괴당三槐堂. 신숙주의 손자. 1480년에 문과에 급제, 수찬修撰 · 교리校理를 지냈다. 1486년 문과중시에 장원, 과거가 생긴 이래 세 번 장원은 처음 일이라 칭송을 받았다. 대사헌으로 있을 때 북호北胡의 변경 침입 사건으로 논쟁하다가 영의정을 모욕했다 하여 파면되었으나 다시 등용되어 도승지·동지중추부사同知中樞府事·예조참판·예조참판·경기도관찰사를 지냈다. 1497년에 병을 무릅쓰고 하정사賀正使로 명나라에 다녀오던 길에 개성에서 죽었다. 저서로는《삼괴당집》이 있다.

심의 沈義 1475-?

조선 초의 문신. 본관은 풍산豐山. 자는 의지義之, 호는 대관재大觀齋. 심정沈貞의 동생. 성품이 강직하여 직언을 잘해 공신들의 미움을 사 여주부驪州府 교수教授로 좌천되었다. 작품에 〈대관재몽유록大觀齋夢遊錄〉이 있다.

신좌모 申佐模 1799-1877

조선 후기의 문신. 본관은 평산. 자는 좌인左人, 호는 담인澹人. 1827년 사마시에 합격하고, 1835년 증광문과에 급제하였다. 1849년에는 사헌부집의를 거쳐 사간원사간 등을 지내고, 1855년 진위진향사進慰進香使의 서장관으로 청나라에 다녀온 뒤 이조판서에 이르렀다. 은퇴한 뒤에는 향리에 화수헌花樹軒을 짓고 종친과 후진들을 교육, 많은 학자를 배출하였다. 저서로는《담인집》이 있다.

신흠 申欽 1566-1628

본관은 평산. 자는 경숙敬叔, 호는 상촌象村 또는 현옹玄翁. 어려서부터 문장으로 이름이 높아 한문 4대가의 한 사람으로 꼽힌다. 1586년 별시문과에 급제, 1592년 임진왜란 당시에는 삼도수변사 신립을 따라 종군하였다. 인조 때 벼슬이 대제학, 영의정에 이르렀고, 만년에는 자연에 묻혀 지냈다. 시호는 문정文貞. 도연명을 사모하여 그의 시를 차운한 수백 수의 시를 남겼다. 문집에《상촌집》이 있다.

심익운 沈翼雲 1734-?

조선 후기의 문신. 본관은 청송青松. 자는 붕여鵬如, 호는 지산芝山. 1759년 진사로 정시문과에 장원, 이조좌랑을 거쳐 1765년 지평持平에 올랐다가 1776년 패륜悖倫의 죄로 대사헌 박상로朴相老의 탄핵을 받고 대정에 유배되었다. 저서에《백일집百一集》이 있다.

심희수 沈喜壽 1548-1622

본관은 청송. 자는 백구伯懼, 호는 일송一松·수뢰누인水雷累人. 1568년 성균관에 입학, 이황이 죽자 성균관 대표로 제사에 참여하였다. 1591년 응교應教로서 동래에서 일본 사신을 맞았다. 한때 직언하다 선조의 미움을 샀으나, 1592년 임진왜란 때 의주로 왕을 호종, 중국 사신을 만나 능통한 중국어로 명장明將 이여송李如松을 맞았다. 1606년 좌의정, 1608년 광해군 때의 권신 이이첨의 정권에서 우의정을 지냈다. 저서에 《일송문집》이 있다.

안응세 安應世 1455-1480

호는 월창月窓. 남효온과 가깝게 지냈고, 가난 속에서도 부귀에 뜻을 두지 아니하고 자연 속에 묻혀 시를 지으며 안빈낙도하였다. 시는 민요풍의 서정이 풍부한 작품을 많이 남겼다. 26세의 젊은 나이에 요절하였다.

양경우 梁慶遇 1568-?

조선 중기의 문신. 본관은 남원南原. 자는 자점子漸. 호는 제호霽湖 · 점역재點易齋 · 요정蓼汀 · 태암泰巖. 1597년 참봉으로 별시문과에 급제, 죽산 · 연산의 현감에 이어 판관判官이 되었다. 1616년 문과중시에 병과로 급제, 교리校理를 거쳐 봉상시첨정奉常寺僉正에 이르렀다. 이조참의가 추증되었으며, 문집에 《제호집》이 있다.

유몽인 柳夢寅 1559-1623

조선 중기의 문신. 본관 고흥高興. 자는 응문應文. 호는 어우당於于堂 · 간재艮齋 · 묵호자默好子. 문장이 뛰어난 그는 1593년 세자시강원문학世子侍講院文學이 되어 왕세자에게 글을 가르쳤다. 성리학의 대가 성혼의 문인이기도 한 그는 스승을 모욕하는 글을 써서 비난을 받았다. 1623년 인조반정으로 역모로 몰려 아들 약과 함께 사형되었는데, 정조 때 신원되어 이조판서가 추증되었다. 저서로 《어우야담》, 《어우집》 등을 남겼다.

유방선 柳方善 1388-1443

조선 초의 학자. 자는 자계子繼, 호는 태재泰齋. 권근과 변계량卞季良 등에게서 배워 문명을 떨쳤다. 만년에는 《주역周易》에 몰두하였고, 문하에서 서거정 · 이보흠李甫欽 등의 학자를 배출했다. 산수화를 잘하였다. 저서에 《태재집》이 있다.

유숙 柳潚 1564-?

본관은 고흥高興. 자는 연숙淵叔, 호는 취흘醉吃이다. 1597년 문과에 급제하여 검열檢閱을 거쳐 1608년 사가독서하였다. 대사간 · 형조참판 등을 지냈으나, 1623

년 인조반정 직후 광해군 때 역신逆臣의 심복이었다는 죄로 청하에 위리안치되었다. 뒤에 숙부 유몽인柳夢寅의 역모 사건에 연좌되어 다시 위리안치되었다. 고산의 삼현영당三賢影堂에서 제향祭享하였다.

유정 惟政 1544-1610

조선 전기의 고승. 자는 이환離幻, 호는 송운松雲 또는 종봉鍾峯이다. 사명당泗溟堂이란 당호로 더 알려져 있다. 속명은 임응규任應奎로 서하 사람이다. 13세 때 황악산 직지사에서 신묵화상信默和尙에게서 머리를 깎고 불문에 들었다. 선과禪科에 급제하였고, 임진왜란 당시 서산대사를 도와 승병을 지휘했다. 사후 자통홍제존사慈通弘濟尊師의 시호를 내렸다. 저서에 《사명당집》 7권이 있다.

유호인 兪好仁 1445-1494

조선 초의 문신. 자는 극기克己, 호는 천방天放·임계林溪. 《동국여지승람》의 편찬에 참여했으며 1490년 《유호인시고유兪好仁詩藁》를 편찬하여 왕이 표리表裏를 하사하였다. 시문과 글씨에 뛰어나 당대에 삼절三絶로 일컬어졌다. 저서에 《임계유고》가 있다.

유희경 劉希慶 1545-1636

조선 중기의 학자. 본관은 강화江華. 자는 응길應吉, 호는 촌은村隱. 남언경南彦經에게 주문공朱文公의 《가례家禮》를 배워 모든 예문에 밝았고 특히 상례喪禮의 일인자로 국상國喪 절차도 그에게 문의하였다. 1592년 임진왜란 때는 의사義士들을 규합, 관군을 도왔으며 광해군 때 이이첨이 폐모廢母의 소를 올리기를 간청하였으나 거절하고 그와 절교하였다. 인조반정 후 왕은 그 절의를 가상히 여겨 가의대부嘉義大夫로 승진시켰다. 문집으로 《촌은집》, 저서로 《상례초喪禮抄》가 있다.

육용정 陸用鼎 1843-1917

조선 말기의 유학자. 본관은 옥천沃川. 호가 의전宜田. 임헌회任憲晦의 문인. 저서에 《의전기술宜田記述》 외에 여러 책이 있다.

윤두서 尹斗緖 1668-1715

조선 후기의 선비 화가. 시·서·화에 두루 능했고, 유학과 경제·지리·의학·음악 등에도 뛰어났었다 한다. 산수화를 비롯한 일반 회화 작품은 대체로 조선 중기의 화풍을 바탕으로 한 전통성이 강한 화풍을 보인다. 그러나 인물화와 말 그림은 예리한 관찰력과 뛰어난 필력으로 정확한 묘사를 하였다.

윤선도 尹善道 1587-1671

본관은 해남海南. 자는 약이約而, 호는 고산孤山. 공조참의·동부승지 등을 역임했다. 치열한 당쟁으로 일생의 거의 반을 벽지의 유배 생활로 보냈다. 시조 문학의 대가로서, 그의 시조는 정철의 가사 문학과 쌍벽을 이루었다. 작품은 《고산유고》에 수록되어 있다. 이조판서에 추증되었다. 시호는 충헌忠憲이다.

윤정기 尹廷琦 1814-1879

조선 후기의 학자. 자는 기옥奇玉·경림景林, 호는 방산舫山·한금寒琴. 외조부 정약용에게 학문을 배웠으며 경사經史에 밝았다. 정약용의 문장과 중국 송나라 미불의 체體를 터득한 글씨로 유명하다. 저서에 《물명유고物名遺稿》, 《방산유고》 등이 있다.

윤종억 尹鍾億 1788-1817

조선 후기의 문인. 자는 윤경輪卿, 호는 취록당醉綠堂. 다산 정약용의 문인.

윤현 尹鉉 1514-1578

본관은 파평坡平이다. 자는 자용子用, 호는 국간菊磵. 1537년 식년문과에 장원하고, 광주목사·형조참판·호조판서를 역임했다. 청렴한 성품이었으나, 치산治産과 이재理財에 밝아 벼슬길에서 흥미로운 일화를 많이 남겼다. 백성들의 고통스런 삶을 외면하지 않고 시로 형상화했다. 특히 1천 자가 넘는 장시 〈영남탄嶺南歎〉이 유명하다. 문집에 《국간집》 3권 1책이 있다.

이건 李健 1614-1662

조선 후기의 문인·예술가. 1628년 인성군이 역모의 혐의로 대역처분을 받았을 때 두 형과 함께 15세의 나이로 제주도에 유배되었다. 1637년 풀려나 1657년 해원군海原君에 봉해졌다. 성품이 온화하고 검소했으며 작은 서실에서 시·서·화에 힘썼다. 그림에서는 송죽松竹·새·짐승 그림이 뛰어났다. 저서로는 제주도의 유배 생활 동안 보고 느낀 생활과 풍속을 여러 각도로 소개한 〈제주풍토기濟州風土記〉가 전해진다.

이건창 李建昌 1852-1898

본관은 전주全州. 자는 봉조鳳藻, 호는 영재寧齋 또는 명미당明美堂. 고종조에 15세로 문과에 급제하고 23세에 서장관으로 청나라에 가서 문장으로 이름을 떨쳤다. 조선 말의 뛰어난 문장가로 김택영과 강위 등 구한말의 문장가들이 그의 영향을 받았다. 문집으로《명미당집》과《당의통략黨議通略》이 전한다.

이경여 李敬輿 1585-1657

조선 후기의 문신. 본관은 전주. 자는 직부直夫, 호는 백강白江 · 봉암鳳巖. 1642년 배청친명파로서 청나라 연호를 사용하지 않은 것을 이계李烓가 청나라에 밀고함으로써 심양에 억류되었다가 이듬해 세자와 함께 귀국하여 우의정이 되었다. 1650년에 다시 영중추부사領中樞府事가 되었다. 이어 영의정으로 다시 사은사가 되어 청나라에 다녀온 뒤 청나라의 압력으로 영중추부사로 전임하였다. 시문에 능하고 글씨에도 뛰어났다. 저서로는《백강집》이 있다.

이경전 李慶全 1567-1644

조선 중기의 문신. 자는 중집仲集, 호는 석루石樓. 1608년 정인홍鄭仁弘 등과 함께 영창대군의 옹립하는 소북小北의 유영경柳永慶을 탄핵하다 강계로 유배 갔다. 광해군 즉위 후 충청도와 전라도관찰사를 지냈다. 1623년 인조반정 후 주청사奏請使로 명나라에 가서 인조의 책봉을 요청했다. 한평부원군韓平府院君에 진봉進封되고 1637년 삼전도三田渡의 비문 작성의 명을 받았으나 병을 빙자하고 거절했다. 1640년 형조판서를 지냈다. 시문으로 어려서부터 명성이 높았다. 문집에《석루유고》가 있다.

이계 李烓 1603-1642

조선 중기의 문신. 본관은 전주. 자는 희원熙遠, 호는 명고鳴皐. 그는 간관諫官으로 있으면서 청나라와의 관계에서 주화파로서 척화파 김상헌金尙憲 등을 공격하는 데에 앞장섰다. 1641년말 선천부사로 있을 때에 명나라 상선과 밀무역하다가 청나라에 발각되어 의주에 구금, 청나라 장군 용골대龍骨大의 심문으로 처형을 받게 되자 구명책으로 최명길崔鳴吉 등이 명나라와 밀통한다는 사실과 또 우리나라의 음사陰事 12조를 고하였다. 청나라 장군은 이 사람이 국가와 왕을 배신하는 자로 판단하고 우리나라에서 처단하도록 연락하여 조정에서는 1642년에 그를 참수하였다. 문장과 시에 능하였다.

이곡 李穀 1298-1351

자는 중보中父, 호는 가정稼亭. 고려 말의 대학자이며 시인. 고려와 원나라에서 과거에 급제하였고 벼슬이 정당문학政堂文學에 이르렀다. 원나라의 침입을 물리치기 위해 힘을 쏟았다. 이제현과 민지가 편찬한 《편년강목編年綱目》을 보충하였고, 충렬왕 · 충선왕 · 충숙왕 3대의 실록을 편찬하였다. 문장이 유창하고 뜻이 심오하여 중국 사람들의 찬탄을 받았다. 시호는 문효文孝. 문집 《가정집》이 전한다.

이광려 李匡呂 1720-1783

조선 후기의 학자. 본관 전주. 자는 성재聖載, 호는 월암月巖 · 칠탄七灘. 학행으로 천거되어 참봉에 임명된 적이 있을 뿐 관직에 나아가지 않았다. 조선의 대표적인 양명학자인 정제두鄭齊斗의 학문을 이어받은 강화학파江華學派의 일원이었다. 개성을 존중하는 양명학을 바탕으로 하고 있었으므로 시문 역시 명분이나 격식에 구애되지 않고 자연 그대로의 성령性靈을 발현하는 방향으로 중요한 성과를 거두었다. 문집으로 《이참봉집李參奉集》을 남겼다.

이규보 李奎報 1168-1241

본관은 황려黃驪. 초명은 인저仁氐. 자는 춘경春卿, 호는 백운거사白雲居士. 명종 때 급제하였으나 불우하게 지냈다. 강직한 성품으로 당시 조정에서 인중룡人中龍이란 평이 있었다. 이인로 등 이른바 죽고칠현竹高七賢과 더불어 망년의 사귐을 나누었다. 최충헌 정권 아래에서 집현전학사, 태보평장사太保平章事 등의 관직을 역임하였다. 시호는 문순文順. 문집에 《동국이상국집東國李相國集》이 전한다.

이기 李沂 1848-1909

자는 백설伯雪, 호는 해학海鶴이다. 전북 만경에서 태어났다. 서세동점西勢東漸의 때에 개화를 주장했던 개명한 선비였다. 한성사범학교 교관으로 있으면서 후진 양성에 힘 쏟았고, 대한자강회, 〈호남학보〉 등을 조직 · 발행하여 계몽 활동에도 앞장섰다. 저서에 《해학유서》 12권이 있다.

이달 李達 1539-1612

자는 익지益之, 호는 손곡蓀谷. 선조조의 시인으로, 당시풍을 배워 백광훈 · 최경창과 더불어 삼당시인으로 일컬어졌다. 풍류를 즐겨 행동에 검속함이 없었다. 임경은 《현호쇄담》에서 그의 시를 "가을 물의 부용꽃이 바람을 맞아 방긋 웃는 것만 같다"고 하여 그 시의 아름다움을 높인 바 있다. 문집으로 《손곡집》이 전한다.

이담지 李湛之 고려 명종조

고려 명종·신종 때의 문인. 자는 청경淸卿, 좌사左思. 죽림고회竹林高會의 한 사람으로 이인로 등과 친하게 지냈으며, 평소 술을 즐겨서 이인로가 술친구로 꼽았다. 죽림고회의 한 사람인 함순咸淳과 함께 최충崔冲이 설립한 사학인 문헌공도文憲公徒 출신으로 여겨지며, 임춘林椿보다 먼저 개경에 돌아와 과거에 급제하였다. 이규보의 《동국이상국집》에 그와 공부共賦한 시를 보면 자신의 시에 대한 자부심과 빈약한 처지에 대한 한탄을 엿볼 수 있다.

이덕무 李德懋 1741-1793

본관은 전주. 자는 무관懋官. 호는 형암炯菴·청장관靑莊館·아정雅亭·선귤당蟬橘堂·영처嬰處 등. 박제가·유득공·이서구 등과 함께 이른바 사가시인四家詩人의 한 사람으로 이름을 날렸다. 문자학文字學인 소학小學, 박물학博物學인 명물名物에 정통하고, 전장典章·풍토風土·금석·서화에 두루 통달하여, 박학적 학풍으로 유명하였다. 저술로 《청장관전서》가 있다.

이명한 李明漢 1595-1645

조선 중기의 문신. 본관은 연안延安. 자는 천장天章, 호는 백주白洲. 이경여李敬輿·신익성申翊聖 등과 척화파라 하여 심양에 잡혀갔다가 풀려났다. 성리학에 밝았고 시와 글씨에 뛰어났다. 아버지 정구廷龜, 아들 일상一相과 더불어 3대 대제학으로 유명하다. 병자호란 때의 치욕에 대한 울분을 노래한 시조 6수가 전한다. 저서로 《백주집》이 있다.

이미 李瀰 1725-1779

조선 후기의 문신. 본관은 덕수德水. 자는 중호仲浩. 대사간·이조참의를 거쳐 벼슬이 이조참판에 이르렀다.

이민성 李民宬 1570-1629

조선 중기의 문신. 본관은 영천永川. 자는 관보寬甫, 호는 경정敬亭. 1608년 사헌부 지평이 되었으며 사가독서했다. 1617년 폐모론廢母論에 반대하다 삭직되자 낙향하여 그림과 글씨로 소일하였다. 1627년 정묘호란 때 경상좌도 의병대장이 되어 전주에 있던 왕세자를 보호했다. 1629년 형조참의에 제수되었으나 병으로 사직하고 그 해에 죽었다. 그는 글씨와 시에 능했는데 현재 1천여 수의 시가 전한다. 경상북도 의성의 장대서원藏待書院에 제향되었으며 저서로《경정집》등이 전한다.

이산해 李山海 1539-1609

조선 중기의 문신. 자는 여수汝受, 호는 아계鵝溪, 종남수옹終南睡翁. 시호는 문충文忠. 1561년 과거에 급제하였고, 1590년 영의정이 되었다. 왕세자 책봉 문제로 정철 등 서인과 심각한 대립이 있었고, 뒤에 아성부원군鵝城府院君에 피봉되었다. 대북大北의 영수. 저서에《아계유고》가 있다.

이색 李穡 1328-1396

고려 말의 성리학자. 여말삼은三隱의 한 사람. 본관은 한산韓山. 호는 목은牧隱. 시호는 문정文靖. 어려서부터 총명하여 14세에 성균시에 합격, 중서사전부中瑞司典簿로 원나라에서 일을 보던 아버지 이곡李穀으로 인해 원나라의 국자감國子監 생원이 되어 3년간 유학하였다. 1367년 성균대사성이 되었고 정몽주 · 김구용金九容 등과 명륜당에서 학문을 강론, 정주程朱의 성리학을 처음으로 일으켰다. 문하에 권근 · 김종직 · 변계량 등을 배출하여 조선 성리학의 주류를 이루게 하였고, 불교에도 조예가 깊었다.

이성 李晟 1251-1325

고려시대의 문신. 본관은 담양潭陽. 충숙왕 때 좌사보左思補에 임명되었다. 〈귀전영歸田詠〉을 짓고는 벼슬을 버리고 고향으로 돌아갔다. 어려서부터 배움에 힘을 쏟아 당시 사람들은 그를 '오경사五經笥', 즉 오경을 담고 다니는 상자라고 불렀다.

이수광 李睟光 1563-1628

조선 중기의 문인. 자는 윤경潤卿, 호는 지봉芝峯. 시호는 문간文簡. 1592년에 문과에 급제하였고, 주청사奏請使로 중국을 다녀왔다. 광해군 때 폐모廢母 사건으로 두문불출하다가 인조반정 이후 다시 등용되어 도승지와 대사간을 역임하였다. 벼슬은 이조판서를 지냈고, 사후에 영의정에 추증되었다. 저서에《지봉집》과《지봉유설》이 있다.

이순인 李純仁 1533-1592

조선 중기의 문신 · 학자. 본관은 전의全義. 자는 백생伯生 · 백옥伯玉, 호는 고담孤潭. 이황 · 조식의 문인이다. 1564년 사마시에 합격하였고, 1572년 문과별시에 급제, 승문원정자 · 예문관검열 등을 지냈다. 그는 처음에 이중호李仲虎의 문하에서 공부하다가 뒤에는 이황 · 조식의 문하에서 수업하여 성리학을 연구하였으며, 특히 문장에 뛰어나 당시 이산해 · 최경창 · 백광훈 등과 함께 '8문장'이라고 불렸다.

이안눌 李安訥 1571-1637

자는 자민子敏, 호는 동악東岳. 목릉성세기穆陵盛世期에 권필과 함께 이재二才로 칭송받는 시인으로 강서시파江西詩派로 알려진 이행李荇의 증손이며 박은朴誾의 외증손으로 가학家學을 이어받은 시인이다. 그는 권필과 함께 전대 문학의 폐해를 시정하고 새로운 문풍을 개척하는 데 주력하였으나 권필과는 달리 시작詩作에 있어 정련精鍊을 중시하였다. 두보의 시 정신을 수용했기 때문에 그의 시풍은 혼융混融하면서도 침울한 분위기를 갖게 되었다.

이양연 李亮淵 1771-1853

조선 후기의 문인. 본관은 전주. 자는 진숙晋叔, 호는 산운山雲 또는 임연臨淵. 유일遺逸로 동중추同中樞에 올랐다. 어려서부터 뛰어난 재능으로 고금서적을 섭렵하여 모르는 것이 없다는 평이 있었다. 성리학에 밝았으며 《심경心經》, 《근사록近思錄》을 스승으로 삼았다. 또한 제자백가를 비롯하여 역대의 전장典章 · 문물文物 · 성력星曆 · 술수術數 · 전제田制 · 군정軍政에 박통하였다. 문장은 전아典雅하고 간고簡古하였다. 저서에는 《산운집》이 있다.

이언적 李彦迪 1491-1553

조선 중기 문신 · 학자. 본관은 여주驪州. 초명은 적迪, 자는 복고復古, 호는 회재晦齋 · 자계옹紫溪翁. 1531년 사간司諫에 있으면서 김안로金安老의 중임을 반대하다 파직되어 경주 자옥산에 들어가 성리학 연구에 전념했다. 1547년 양재역 벽서 사건에 무고하게 연루, 강계로 유배되어 그곳에서 죽었다. 조선조 유학, 곧 성리학의 정립에 선구적인 인물로서 유학의 방향과 성격을 밝히는 데 중요한 구실을 하였다. 저서에 《회재집》 등이 있다.

이영보 李英輔 1687-1747

조선 후기의 학자. 본관은 연안延安. 자는 몽여夢輿, 호는 동계東溪. 유가의 경전은 물론 제자백가에 통하였다. 《사기史記》를 깊이 연구하여 역사학에도 일가견을 가지고 고대 인물의 선과 악, 정치의 잘잘못을 기탄없이 비판하였다. 특히 당시에 이단으로 지목되던 《장자莊子》, 《이소경離騷經》, 《노자老子》 및 불경 등을 깊이 연구하여 유가의 경전과 비교 분석한 뒤 옳은 것은 인정하고 그르다고 인정되는 것은 비판하였다. 저서로는 《동계유고》가 있다.

이옥봉 李玉峰 1550-1592

조선 중기의 여류시인. 이름은 숙원淑媛. 군수 이봉李逢의 딸로 아버지의 후임인 조원趙瑗의 소실이 되었다. 가정생활은 불행하였다. 여성의 섬세한 감정을 노래한 많은 한시를 남겼다. 그녀의 시는 《명시종明詩宗》과 《열조시집列朝詩集》 등에 실려 중국에까지 알려졌다. 따로 문집은 전하지 않고, 《가림세고嘉林世稿》 가운데 부록으로 32편의 시가 실려 전한다.

이용휴 李用休 1708-1782

본관은 여주驪州. 자는 경명景命, 호는 혜환惠寰. 실학파의 중심인물인 성호星湖 이익의 조카이다. 남인 문단의 영수로 30여 년 동안 재야 문단을 주도했던 인물이다. 남인 문단에서의 영향력뿐 아니라, 여항시단에도 많은 기여를 했던 것으로 알려져 있다. 저서로는 《혜환잡저》, 《혜환시집》 등이 있다.

이유태 李惟泰 1607-1684

조선 중기의 문신 · 학자. 본관은 경주. 자는 태지泰之, 호는 초려草廬. 효종 때 송시열 등과 북벌 계획에 참여하였다. 숙종 때 복상 문제의 제2차 예송 때 남인의 배척으로 유배되었다. 예학에 조예가 깊고, 경장론更張論을 전개하였다. 향촌 조직, 오가작통법 실시, 양전, 사창 설치 등을 주장하였다. 이조판서가 추증, 금산서원錦山書院에 배향되었다. 문집에 《초려집》 등이 있다.

이윤영 李胤永 1714-1759

조선 후기의 서화가. 본관은 한산韓山. 자는 윤지胤之, 호는 단릉丹陵 · 담화재澹華齋. 문장이 뛰어났고 글씨 또한 정묘하여 전서篆書 · 예서隸書에 능하였으며 화법畵法에도 통하여 산수와 인물 묘사에 뛰어났다. 고서古書와 화기畵器를 수집하고 시주詩酒를 즐겼으며 단양의 경관을 사랑하여 장차 이곳에 정착하려고 스스로 호를 단릉산인丹陵山人이라 하였다. 저서에 《단릉유집》 등이 있다.

이인로 李仁老 1152-1220

고려 후기의 학자 · 문인. 본관은 인주仁州. 자는 미수眉叟, 호는 쌍명재雙明齋. 고아가 되어 중 요일寥一에게서 성장했고 정중부의 난에 중이 되었다가 후에 환속했다. 문과에 급제, 비서감秘書監 · 우간의대부右諫議大夫 등을 역임하였다. 시에 능했고, 글씨도 잘 썼다. 저서에 《은대집銀臺集》, 《쌍명재집》 등이 있었으나, 현전하는 것은 《파한집破閑集》뿐이다.

이이 李珥 1536-1584

조선 중기의 학자. 자는 숙헌叔獻, 호는 율곡栗谷 · 석담石潭. 시호는 문성文成. 아버지는 증좌찬성 원수元秀이며, 어머니는 사임당師任堂 신씨申氏이다. 퇴계 이황과 함께 조선 성리학의 큰 흐름을 이끌었고, 그의 사상은 '기발이승氣發理乘'의 일원론을 주장하여 퇴계의 학설과 대립하였다. 저서에 《율곡전서》 외에 《동호문답東湖問答》, 《성학집요聖學輯要》 등이 있다.

이정구 李廷龜 1564-1635

호는 월사月沙, 자는 성징聖徵. 임진왜란 당시 대외 관계 문서를 기초하였고 사신으로 명나라를 여러 차례 다녀왔다. 인조 때 벼슬이 우의정에 올랐다. 문명이 높아 신흠 · 장유 · 이식 등과 더불어 한문 4대가의 일컬음이 있었다.

이제영 李濟永 영조조

자는 내홍內洪, 호는 동아東阿. 영조 때 활동한 시인으로, 생애는 거의 알려진 것이 없다.

이제현 李齊賢 1287-1367

초명은 지공之公, 자는 중사仲思, 호는 익재益齋 또는 역옹櫟翁. 본관은 경주이다. 충선왕을 모시고 연경에서 조맹부 등 중국의 문인들과 교유하였다. 서촉西蜀에 사신 갔다가 돌아와 김해군金海君에 봉하여졌다. 벼슬은 섭정승攝政丞에 이르렀다. 시호는 문충文忠. 남용익南龍翼은 《호곡시화壺谷詩話》에서 그의 시가 "색운色韻의 정아精雅함으로는 마땅히 고려조의 으뜸"이라고 하였고, 임경은 《현호쇄담》에서

"안개비를 뱉고 삼키는 듯, 무지개가 어지럽게 변화하는 듯하다"고 그 시상의 아름다움을 높이 평가한 바 있다. 저서에 《익재난고》와 《익재집》, 《역옹패설》 등이 전한다.

이조년 李兆年 1269-1343

고려시대의 문신. 본관은 성주星州. 자는 원로元老, 호는 매운당梅雲堂 · 백화헌百花軒. 시호는 문열文烈. 1306년 왕유소王惟紹 등이 서흥후瑞興侯 전典을 충렬왕의 후계로 삼으려 하자, 최진崔晉과 충렬왕을 보필했다. 심양왕瀋陽王 고暠의 왕위 찬탈 음모를 원나라에 상소했다. 충혜왕 복위 후 정당문학, 예문관대제학이 되어 성산군星山君에 봉해졌다. 시문에 뛰어났다.

이진 李瑱 1244-1321

고려의 문신. 시호는 문정文定. 이제현李齊賢의 부친. 과거에 급제하여 광주사록廣州司錄을 거쳐 직한림원直翰林院 · 안동부사를 역임했다. 저서에 《동암집東庵集》이 있다.

이집 李集 1314-1387

고려 말의 문인 · 학자. 본관은 광주廣州. 자는 성로成老. 호는 묵암자墨巖子 · 호연浩然 · 둔촌遁村. 문과에 급제한 뒤, 정몽주 · 이색 등 당대의 거유들과 교유하였다. 시에 특히 뛰어나 꾸밈과 가식이 없고, 직설적이면서도 자연스러운 시풍으로 당대에 이름을 얻었다. 성격 역시 솔직 담백하고 뜻이 곧아 옳지 않은 것을 보면 지나치지 못하였다. 저서에 《둔촌유고》가 있다.

이집 李楫 1668-1731

조선 후기의 문신. 본관은 전주. 자는 제경濟卿, 호는 수분와守分窩. 1725년 왕세자의 책봉을 위한 주청사로 청나라에 다녀왔다. 효행이 독실하였으므로 여정閭旌에 이록移錄되었으며, 젊어서부터 서도에 힘써 양왕兩王(왕희지 · 왕헌지)의 필법을 터득하여 글씨에 뛰어났고 팔분체에도 정묘하였다.

이첨 李詹 1345-1405

고려 말의 문장가. 자는 중숙中叔, 호는 쌍매당雙梅堂. 시호는 문안文安. 고려 공민왕 때 과거에 급제하고, 고려 마지막 왕인 공양왕 때에 대언代言 벼슬로 있었다. 박식하기로 유명하였고, 시명이 높았다. 작품에 종이를 의인화한 〈저생전楮生傳〉이 있다. 시상이 화려하고 아름다워, 남용익은 《호곡시화》에서 영무榮茂하다는 평을 남겼다. 문집으로 《쌍매당집》이 전한다.

이충익 李忠翊, 1744-1816

조선 후기의 학자. 본관은 전주. 자는 우신虞臣, 호는 초원椒園이다. 그는 정제두의 학통을 계승, 연구하였고, 공안파公安派의 성령문학性靈文學에 기본을 두고 있다. 또 유학 이외에 노장·선불禪佛에도 해박하였으며, 시와 음악 및 서화에도 상당한 조예가 있었다. 저서로 《초원유고》가 있다.

이행 李荇 1478-1534

본관은 덕수. 자는 택지擇之, 호는 용재容齋이다. 연산군 때 18세에 과거에 급제하였다. 강직한 성격으로 직언을 서슴지 않아, 연산군과 중종조에 걸쳐 10여 차례나 귀양살이를 하는 등 벼슬길에 부침이 많았다. 문형文衡을 맡았고, 벼슬은 좌의정에 이르렀다. 남용익은 《호곡시화》에서 그의 시를 원혼圓渾하다고 평하였다. 시호는 문정文定, 뒤에 고쳐 문헌文獻의 시호가 내렸다. 문집으로 《용재집》이 있다.

이현 李袨 1584-1637

조선 중기의 문신. 본관은 연안延安. 자는 자장子章, 호는 탄옹灘翁 혹은 월탄月灘. 글씨로 당대에 이름이 높아 1630년 〈목릉지穆陵誌〉를 썼고 2년 후에는 국장도감國葬都監 서사관書寫官을 역임하기도 하였다. 자헌대부資憲大夫 좌찬성에 추증되었다. 시호는 충정忠貞이다.

이호민 李好閔 1553-1634

조선의 문신. 자는 효언孝彥. 호는 오봉五峰·남곽南郭·수와睡窩. 시호는 문희文僖. 1592년 이조좌랑으로 임진왜란이 일어나자 의주에 왕을 호종扈從, 그 후 요양에 가서 명나라에 지원을 요청, 명장明將 이여송 군대를 이끌어 들이는 데 크게 활약했다.1612년 김직재金直哉의 무옥에 연루, 문외출송門外黜送당했다가 1623년 인조반정으로 풀려 나와 향리에서 시주詩酒로 소일했다.

임유후 任有後 1601-1673

조선 중기 문신. 본관은 풍천豐川. 자는 효백孝伯, 호는 만휴당萬休堂·휴와休窩. 효

종이 즉위한 후 기용되어 종성부사 때는 여진족에 대한 방비를 하고, 백성들에게 유학을 가르쳤다. 1660년 예조참판을 거쳐 승지를 지내고 공조참판 · 병조참판 · 경기도관찰사 · 경주부윤 등을 지내고 은퇴했다. 저서에 《만휴당집》 등이 있다.

임인영 林仁榮 경종조

조선 후기의 시인. 생몰에 대해서는 알려진 것이 없다.

임제 林悌 1549-1587

자가 자순子順, 호는 백호白湖. 소치笑癡로 자호하기도 하였다. 1577년 알성문과에 급제하여 예조정랑을 지내다가 동서 분당에 즈음하여 시국을 개탄하며 사직하였다. 이후 명산을 찾아 유람하면서 속리산에 들어가 대곡大谷 성운成運에게 사사하였다. 이이 · 허봉 · 양사언 등과 사귀면서 당대에 문명이 높았다. 성품이 호방하여 얽매임이 없었다. 시는 두목杜牧을 배웠다. 염정풍艷情風의 염려艷麗하고 아름다운 시를 많이 남겼고, 〈수성지愁城誌〉와 〈화사花史〉 등의 소설도 남긴 바 있다.

임춘 林椿 고려 인종조

고려 인종 때의 문인. 죽고칠현의 한 사람. 자는 기지耆之. 서하 사람. 과거에 여러 번 실패하고, 1170년 정중부의 난에 겨우 목숨을 건졌다. 당시唐詩에 특히 뛰어났고 극심한 곤궁 속에서 불우하게 살다가 죽었다. 저서에 《서하선생집》이 있다.

장유 張維 1587-1638

조선 중기 문신. 본관은 덕수. 자는 지국持國, 호는 계곡谿谷. 시호는 문충文忠. 양명학을 익혀 기일원론氣一元論을 취하였으며, 수양의 방법으로 성리학의 거경居敬이 아니라 정일精一을 내세웠다. 문장이 뛰어나 조선 중기의 4대가로 꼽혔을 뿐만 아니라 철학적 규범에 대한 문학의 독자성과 순수성을 옹호하는 경향을 보였다. 신풍부원군新豊府院君에 봉해졌고 영의정에 추증되었다. 문집에 《계곡집》이 있다.

장일 張鎰 1207-1276

고려시대 문신. 본관은 창녕. 자는 이지弛之. 시호는 장간章簡. 삼별초가 난을 일으켜 진도에 거점을 만들자 대장군으로서 경상도 수로방호사水路防護使가 되어 이를 진압하고 중추원동지사中樞院同知事가 되었다. 1276년 첨의부지사僉議府知事 · 보문서대학사寶文署大學士 · 수국사修國史로 물러났다.

장지완 張之琬, 생몰미상

18세기 후반 또는 19세기 초반의 학자. 본관은 인동仁同. 자는 옥산玉山, 호는 침우당枕雨堂. 이학서李鶴棲의 문인으로 과거에 뜻을 두지 않고 학문에만 몰두하였다. 김초암金初菴과 홍직필洪直弼에게서 성리학을 배우고, 《주역》과 《상서尙書》를 연구하여 기삼백도수朞三百圖數의 잘못된 부분을 바로잡았다. 만주와 요동까지 두루 다니며 가는 곳마다 시문을 지어 남겼다. 저서에 《침우당집》 6권이 있다.

정도전 鄭道傳 1342-1398

고려 말 조선 초의 문신. 자는 종지宗之, 호는 삼봉三峯. 문인이면서 무략武略을 겸비하였고, 성격이 호방하여 혁명가적 소질을 지녔다. 조선조 개국 과정에서 자신의 위치를 한나라 장량張良에 견주면서 한고조漢高祖가 장량을 이용한 것이 아니라 장량이 한고조를 이용하였다고 하며 스스로 조선 개국의 주역이라 믿었다. 저서에 《삼봉집》과 《경국육전經國六典》이 있다.

정린경 鄭麟卿 인조조

인조 때 문신. 본관은 온양溫陽. 자는 성서聖瑞, 호는 창곡蒼谷.

정몽주 鄭夢周 1337-1392

본관은 연일延日. 자는 달가達可, 호는 포은圃隱. 여말삼은의 한 사람. 고려 말 이성계를 추대하려는 음모가 있음을 알고 그를 제거하려 하였으나, 이를 눈치챈 이방원에 의해 선죽교에서 격살당하였다. 고려 말 여진과 왜구를 물리치는 전투에 참여하였고, 외교적 사명을 띠고 명나라와 일본을 왕래하였다. 일본에 가서는 왜구에게 붙잡혀간 고려 백성 1백 명을 귀국시키기도 하였다. 성리학에 있어서만 아니라 시문과 서화에도 능하여 많은 시문이 전한다. 문집으로 《포은집》이 전한다.

정수 鄭脩 생몰미상

조선 후기의 시인. 자는 영숙永叔, 호는 우촌牛村. 본관은 동래東萊. 기타 생몰은 알려진 것이 없다.

정습명 鄭襲明 ?-1151

고려시대 문신. 본관은 연일. 인종 때 국자사업國子司業 · 기거주起居注 · 지제고知制誥를 역임했으며 인종의 신임을 얻어 승선에 올랐다. 한림학사翰林學士에 이어

추밀원주지사樞密院奏知事를 지냈다. 선왕의 유명을 받들어 의종에게 거침없이 간함으로써 왕의 미움을 사기도 했다.

정여창 鄭汝昌 1450-1504

본관은 하동河東. 자는 백욱伯勗, 호는 일두一蠹. 김종직의 문인. 1498년 무오사화로 종성에 유배되었다. 1504년 죽은 뒤 갑자사화에 연루되어 부관참시되었다. 성리학의 대가로서 경사에 통달하고 실천을 위한 독서를 주로 하였다. 저서로는《용학주소庸學註疏》,《주객문답설主客問答說》,《진수잡저進修雜著》등이 있었으나 무오사화 때 부인이 태워 없애 그 유집遺集 일부가 정구鄭逑의《문헌공실기文獻公實記》속에 전할 뿐이다.

정온 鄭蘊 1569-1641

조선 중기 문신. 본관은 초계草溪. 자는 휘원輝遠, 호는 동계桐溪·고고자鼓鼓子. 1614년 부사직副司直으로 영창대군의 처형이 부당함을 상소, 가해자인 강화부사 정항鄭沆의 참수斬首를 주장하다가 제주도 대정에서 10년간 유배 생활을 하였다. 1636년 병자호란 때 이조참판으로서 김상헌과 함께 척화를 주장하다가 화의가 이루어지자 사직하고 덕유산에 들어가 은거하다가 5년 만에 죽었다. 문집에《동계문집》이 있다.

정이오 鄭以吾 1347-1434

본관은 진주. 자는 수가粹可, 호는 교은郊隱·우곡愚谷. 1374년 문과에 합격하면서 벼슬길에 들어섰다. 젊어서는 이색·정몽주 등의 문인과 교유하였고 늙어서는 성석린·이행 등과 교유하였다. 〈남산팔영南山八詠〉을 지어 조선왕조의 태평성대를 기원하였다. 영의정에 추증되었으며, 저서로는《교은집郊隱集》,《화약고기火藥庫記》가 있다. 시호는 문정文定이다.

정인홍 鄭仁弘 1535-1623

조선 전기 문신. 본관은 서산瑞山, 자는 덕원德遠, 호는 내암萊菴이다. 남명 조식의 문인이다. 임진왜란 때 제용감정濟用監正으로 합천에서 의병을 모아 성주에서 왜병을 격퇴하여 영남 의병장의 호를 받았다. 대사헌에 승진, 중추부동지사中樞府同知事·공조참판을 역임했으며 인목대비를 폐위하여 서궁에 유폐시키고 영의정에 올랐다. 이듬해 물러났다. 1623년 인조반정 뒤 참형되고 가산은 적몰되었으며, 이

후 대북은 정계에서 거세되어 몰락하였다.

정지상 鄭知常 ?-1135

고려 인종 때의 시인. 본관은 서경西京. 호는 남호南湖, 초명은 지원之元. 서울을 서경으로 옮길 것과 금나라를 정벌하고 고려의 왕도 황제로 칭할 것을 주장한 고려시대 문신 겸 시인. 묘청이 서경 천도 운동을 일으키자 여기에 적극 가담하였다가 김부식에게 죽음을 당했다. 고려시대를 통틀어 손꼽는 시인으로 이름이 높은데, 정작 현재 남은 작품은 20수 정도뿐이다. 저서로는《정사간집鄭司諫集》이 있다.

정지승 鄭之升 1550-1589

호는 총계당叢桂堂. 북창北窓 정렴鄭磏의 조카. 평생 과업에 힘쓰지 않고, 산수간을 노닐며 음풍영월과 기행으로 시종했다.

정총 鄭摠 1358-1397

고려 말 조선 초의 학자. 본관은 청주. 자는 만석曼碩, 호는 복재復齋. 우왕 초 문과에 장원, 이조판서를 거쳐 정당문학에 이르렀다. 조선 초에 개국공신 1등으로 서원군西原君에 봉해졌으며, 정도전 등과 함께《고려사高麗史》를 편찬하여 1395년 완성하였다. 이 해 예문춘추관藝文春秋館 태학사大學士로서 왕의 고명誥命 및 인신印信을 줄 것을 청하러 명나라에 파견되었다가 표사表辭가 불손하다고 명제明帝에게 트집 잡혀 대리위代理衛에 유배 도중 죽었다. 글씨를 잘 썼다. 시호는 문민文愍. 저서에《복재유고》가 있다.

정포 鄭誧 1309-1345

고려 후기의 문신. 본관은 청주. 자는 중부仲孚, 호는 설곡雪谷. 문과, 좌사의대부左司議大夫 역임. 시문과 글씨에 뛰어났다.

정환 鄭煥 생몰미상

호는 역암櫟庵, 동래 사람. 나머지 행적은 미상

조성기 趙聖期 1638-1689

조선 중기의 문인. 본관은 임천林川. 자는 성경成卿, 호는 졸수재拙修齋. 어려서부터 학문에 힘써 20세에 이미 이황·이이의 학설을 논변할 정도였고 사마시에 여러 번 합격하였으나 고질병으로 관직에 나가지 않고 성리학 연구에만 몰두했다. 숙종실록의 졸기卒記에 그는 경사經史를 두루 꿰고 있었으며 말이 찬연하고 조리가 있어 상대방이 압도될 정도였다고 기록하고 있다. 김창협 · 홍세태 등과 교유하였으며 저서로《졸수재집》이 있다.

조식 曺植 1501-1572

본관은 창녕. 자는 건중楗仲, 호는 남명南冥. 37세에 어머니의 권유로 과거에 응시했다가 낙방하자 평생 벼슬에 뜻을 두지 않기로 작심했다. 칼 같은 사직소를 올려 윤원형 일파의 척신 정치 폐단을 요구하는 등 평생 재야의 비판적 지식인으로 일관했다. 저서에《남명집》등이 있다.

조운식 趙雲植 1804-?

조선 후기의 시인. 자는 헌경軒卿, 호는 청사晴蓑. 본관은 한양漢陽. 음직으로 직산 현감을 지냈다.

조운흘 趙云仡 1332-1404

고려 말 조선 초의 문신. 본관은 풍양豐壤. 호는 석간石磵. 전라판서에 기용되어 창왕 즉위 후 서해도관찰사로 나가 왜구를 토벌하고, 밀직사첨서사사密直司簽書司事 · 밀직사동지사사密直司同知司事 · 계림부윤鷄林府尹을 역임했다. 1392년 조선 개국 뒤 강릉부사 때 선정한 후 신병으로 사직, 다시 검교정당문학檢校政堂文學에 임명되었으나 물러나 광주에서 여생을 마쳤다. 저서에는《석간집》,《삼한시귀감三韓詩龜鑑》등이 있다.

조위한 趙緯韓 1567-1649

조선 중기의 문신. 자는 지세持世, 호는 현곡玄谷. 1609년 문과에 급제하고, 인조반정 후 사성司成을 거쳐 공조참판에 이르렀다. 젊은 시절 권필 · 이안눌 등과 시로 교유하였고, 소설〈최척전崔陟傳〉으로 유명하며, 저서에《현곡집》이 있다.

진화 陳澕 생몰미상

고려 중기의 시인. 호는 매호梅湖. 1200년에 과거에 급제한 후 한림원에 들어가 우사간右司諫에 이르렀다. 시에 능하고 사어詞語가 청려淸麗하여 묘경妙境에 달하였으며, 변태백출變態百出한 표현으로 이규보와 더불어 이름을 떨쳤다. 문집《매호유고》에 시 몇 편이 전한다.

참료 參寥 명종조

조선 명종 때 승려. 요승 보우普雨에게 미움을 받아 성천으로 귀양 갔다.

차천로 車天輅 1556-1615

조선 선조 때의 문장가. 자는 복원復元, 호는 오산五山이다. 문장이 수려秀麗하여, 임지왜란 때 명나라에 원군을 청하는 서한을 비롯하여 중국으로 보내는 서한을 전담하였다. 명의 장수 이여송에게 써준 6백 운에 달하는 송별시는 명나라에 널리 알려져 그곳에서는 동방문사東方文士라 일컬을 정도였다. 저서로 《오산집五山集》이 있다.

청학 淸學 1570-1654

승려. 자는 수현守玄, 호는 영월詠月. 서산대사의 문인이다. 속성은 홍씨이고 어머니는 강씨姜氏다.

최경창 崔慶昌 1538-1583

조선 중기의 시인. 본관은 해주海州. 자는 가운嘉雲, 호는 고죽孤竹. 이달 · 백광훈과 더불어 삼당시인으로 일컬어 졌다. 또 이이 · 송익필 등과 함께 8문장으로 일컬어졌다. 글씨를 잘 쓰고 퉁소도 잘 불어 왜적에게 포위되었을 때 퉁소를 불어 적을 감복시키고 빠져나온 일도 있었다.

최대립 崔大立 18세기 초

조선 후기의 역관, 시인. 자는 수부秀夫, 호는 창애蒼崖 또는 균담筠潭. 시상이 호방하여 낡은 투식에 얽매이지 않았다. 해학을 좋아하여 우스갯소리 가운데 세상에 대한 풍자의 뜻을 담았다.

최사립 고려 충숙왕 때

미상

최성대 崔成大 1691-1761

조선 후기의 문신. 본관은 전의全義. 자는 사집士集, 호는 두기杜機. 음사로 별제別

提가 되었으며, 1732년 정시문과에 급제하였다. 시문에 뛰어나, 김창흡 이후의 제1인자라 칭해졌다. 신유한과 친교를 맺고 화답한 것이 많았다. 그의 시 11수를 모아 엮은《두기시집杜機詩集》이 남아 있다.

최숙생 崔淑生 1457-1520

조선 전기의 문신. 본관은 경주. 자는 자진子眞, 호는 충재盅齋. 시호는 문정文貞. 1496년 사가독서한 뒤, 1504년 응교應敎로 있을 때 갑자사화로 신계에 유배되었다가, 중종반정으로 풀려나 1508년 문신정시에 장원, 대사간·대사헌을 역임하고 1518년 우찬성에 올랐으나 이듬해 기묘사화로 파직되었다. 영의정이 추증되었다. 문집에《충재집盅齋集》이 있다.

최치원 崔致遠 857-?

신라 때 학자·문인. 자는 고운孤雲·해운海雲. 15세에 당나라에 건너가 과거에 급제하였고, 황소黃巢의 난에 고병高騈의 종사관으로 출전하여 토벌 격문으로 천하에 문명을 떨쳤다. 귀국하여서는 육두품 출신의 한계를 절감하고 가야산 해인사에 은거하여 삶을 마쳤다. 저서에《계원필경桂苑筆耕》20권과《사륙집四六集》1권이 있었다.《사산비명四山碑銘》이 특히 유명하다.

최항 崔沆 ?-1024

고려시대의 문신. 본관은 경주. 자는 내융內融, 시호는 절의節義. 991년 문과에 장원, 우습유지제고右拾遺知制誥 등을 지냈다. 1009년 이부시랑吏部侍郎 때 김치양金致陽이 자기의 사생아를 즉위시키려는 음모를 탐지, 채충순蔡忠順 등과 함께 현종을 즉위시켜 음모를 막았다. 1010년에는 30년간 폐지되었던 팔관회를 부활시켰다. 청렴결백하고 불심이 깊었으며, 글씨를 잘 썼다.

최해 崔瀣 1287-1340

자는 언명보彦明父·수옹壽翁, 호는 졸옹拙翁·예산농은猊山農隱. 1320년 원나라 과거에 급제하고 요양로개주판관遼陽路蓋州判官을 지내다가 귀국하여 검교·성균관대사성이 되었다. 만년에는 농사를 지으며 저술에 힘써 역대 명현의 시문을 뽑아《동인지문東人之文》25권을 편찬하였다. 강직한 성품으로 세상 사람의 미움을 받아 굴곡이 많은 삶을 살았다. 저서에《졸고천백拙藁千百》이 있다.

충지 冲止 1226-1292

고려 후기의 승려. 17세에는 사원시司院試를 마쳤다. 그는 유사儒士들처럼 천명을 믿고 운명에 안주하는 유선조화儒禪調和의 사상 조류를 보였고, 상제상천上帝上天의 신앙을 통하여 유도이교儒道二教를 불교 속에 수용하기도 하였다. 또한 그의 선풍은 무념무사無念無事를 으뜸으로 삼았고, 지관止觀의 수행문 중 지止를 중시하였으며, 선교일치禪教一致를 주장하여 지눌의 종풍을 계승하였다. 저서로는 《원감국사집圓鑑國師集》이 남아 있다.

하응림 河應臨 1536-1567

조선 중기의 문신. 본관은 진주. 자는 대이大而, 호는 청천菁川. 맹윤孟潤의 증손이다. 문장이 뛰어나서 조선 중기의 학자들 중에 선망의 대상이 되었으며, 송익필 등과 함께 8문장으로 일컬어졌다. 그는 항상 면학에 힘쓰는 한편 송나라 소식蘇軾의 문장을 사숙하였으며, 시詩와 서書는 물론 그림 솜씨도 뛰어났다.

한경기 韓景琦 1472-1529

조선 중기의 문신. 본관은 청주. 자는 치규稚圭, 호는 향설당香雪堂. 1489년 사마시에 합격한 뒤 벼슬에 뜻이 없어 대과에 응시하지 않았으나, 원훈元勳 명회明澮의 적손嫡孫이므로 돈령부봉사敦寧府奉事에 등용되어 돈령부정敦寧府正에 이르렀다. 남효온 · 홍유손 등과 함께 죽림칠현의 한 사람으로 시명詩名이 높았다. 문집에 《향설당시집香雪堂詩集》이 있다.

한교여 韓皦如 고려 예종조

고려 예종 때의 문신. 생애 사실은 특별히 알려진 것이 없다.

한용운 韓龍雲 1879-1944

독립운동가 겸 승려 · 시인. 일제 시대 때 시집 《님의 침묵》을 출판하여 저항 문학에 앞장섰고, 불교를 통한 청년 운동을 강화하였다. 종래의 무능한 불교를 개혁하고 불교의 현실 참여를 주장하였다. 주요 저서로 《조선불교유신론》 등이 있다.

한재렴 韓在濂 1775-1818

본관은 서원西原. 자는 제원霽園. 어릴 때부터 총명해서 신동이라 일컬어져서 아버지의 기대를 한 몸에 받았다. 한재렴은 이가환 · 유득공 · 박제가 · 신위 등과 창화

唱和하면서, 자신의 시재詩才를 인정받았다. 저서로《고려고도징高麗古都徵》등이 있다.

허균 許筠 1569-1618

자는 단보端甫, 호는 교산蛟山 또는 성소惺所. 의고주의 문풍에 반대하여 정情의 문학을 주창하였으며 시를 보는 안목이 당대에 으뜸이라 하였다. 그는 송시宋詩가 성리학적 도리道理에 치우쳐 시의 참맛을 잃게 했다고 보아 당시唐詩를 시의 전범으로 삼았다. 남대문 벽서 사건으로 인해 저자거리에서 능지처참을 당했다. 저서로는《성수시화惺叟詩話》,《학산초담鶴山樵談》,《국조시산國朝詩删》등이 있다.

허난설헌 許蘭雪軒 1563-1589

허엽許曄의 딸이며 허균의 누이이다. 이달에게 시를 배워 천재적인 시재詩才를 발휘했다. 서당西堂 김성립金誠立에게 시집갔다. 8세 때〈광한전백옥루상량문廣寒殿白玉樓上樑文〉을 지어 세상을 놀라게 하였고, 시재가 뛰어나 중국에까지 시명을 크게 떨쳤다. 섬세한 필치와 여인의 독특한 감상을 노래하여, 애상적 시풍의 시 세계를 이룩하였다. 28세에 요절하였다.

허봉 許篈 1551-1588

자는 미숙美淑, 호는 하곡荷谷. 허엽의 아들. 1572년 문과에 급제하여 창원부사가 되었다. 이이를 탄핵하였다가 갑산에 귀양 갔고, 이후 이곳저곳을 방랑하다가 금강산에 들어갔다. 시를 잘하고 문장에 능하였다.

허장 許檣 생몰미상

조선 중기의 시인. 자는 중진仲鎭. 본관은 양천陽川. 판서 허완許完의 아들. 진사로 문명이 있었다.

허후 許厚 1588-1661

조선 중기의 문신. 본관은 양천. 자는 중경重卿. 호는 관설觀雪·돈계遯溪·일휴逸休. 정묘호란 때 의병장 김창일을 도와 공을 세웠다. 형조·공조좌랑·은산현감을 거쳐 세자익위사좌익위世子翊衛司左翊衛가 되었다. 이후 예송禮訟이 일어나자 서인의 기년설朞年說(1년)을 반대하고, 남인으로서 3년설을 주장하였다. 글씨에 능해 전서篆書·주서籒書에 뛰어났다. 원주의 도천서원陶川書院에 배향되었다. 문집에

《돈계집》이 있다.

현기 玄錡 1809-1860

조선 말기의 여항시인. 본관은 천녕川寧. 자는 신여信汝, 호는 희암希庵. 중인 가문으로 대대로 의과 · 역과 · 음양과 합격자를 많이 배출하였으며, 그 자신도 한어역과漢語譯科에 합격하였다. 특히, 시작에 뛰어나 당시의 사람들이 시신詩神이라고 불렀다. 그러나 중인 출신이라는 신분상의 제약으로 인하여 자신의 능력을 발휘할 길이 없자 낙백落魄하여 음주와 시작으로 평생을 보냈다. 당시의 저명한 여항시인 정수동鄭壽銅과 친한 사이로 아울러 능시能詩로 유명하였다. 한말의 시인 김석준金奭準이 그의 시 제자이며, 저서로는 김석준이 간행한 《희암시략希庵詩略》 1권 1책이 있다.

혜근 慧勤 1320-1376

고려 말의 고승. 호는 나옹懶翁. 시호는 선각禪覺. 영해 출생. 20세 때 친구의 죽음을 보고, 출가하여 공덕산 묘적암妙寂庵의 요연了然에게서 득도하였다. 그는 견문을 더욱 넓히기 위해 중국 각지를 편력하며, 특히 평산처림平山處林과 천암원장千巖元長에게서 달마達磨로부터 내려오는 중국 선禪의 영향을 받았다.

혜심 慧諶 1178-1234

호는 무의자無衣子. 진사에 급제, 태학에 들어갔으나 어머니의 병으로 돌아와 시탕侍湯하다가 관불삼매觀佛三昧에 들어 중이 되고, 후에 보조국사普照國師의 의발을 받았다. 시에 뛰어나 많은 작품을 남겼다. 저서에 《선문강요禪門綱要》, 《선문염송禪門拈誦》 등이 있다. 시호는 진각국사眞覺國師.

혜즙 惠楫 1791-1858

호가 철선鐵船이며, 수룡袖龍의 법을 받았다. 성씨는 김씨로서 전남 영암 출신이다. 5세 되던 해 아버지를 여의고 14세 되던 해인 1804년 해남 두륜산 대흥사로 출가하여 성일性一 스님 문하에서 머리를 깎고 스님이 된다. 이후 각처를 돌아다니며 20여 년간 학인들을 교육하고 지관을 닦았다. 문집으로는 《철선소초鐵船小艸》가 있다.

홍귀달 洪貴達 1438-1504

조선 전기 문신. 본관은 부계缶溪. 자는 겸선兼善, 호는 허백당虛白堂·함허정涵虛亭. 시호는 문광文匡. 1469년 장령으로 춘추관편수관이 되어 세조실록 편찬에 참여하였다. 1498년 무오사화 때 좌참찬으로서 왕의 난정亂政 10여 조목을 들어 간하다가 좌천당하였다. 1504년 손녀(홍언국洪彦國의 딸)를 궁중에 들이라는 왕명을 거역, 장형杖刑을 받고 경원으로 귀양 가던 도중 단천에서 승명관承命官에게 교살당하였다. 중종반정 후 복관되고 이조판서를 추증받았으며, 숙종 때 함창의 임호서원臨湖書院에 배향되었다.

홍길주 洪吉周 1786-1841

본관은 풍산豊山. 자는 헌중憲仲, 호는 항해沆瀣. 1807년 생원·진사 향시에 합격한 뒤 학문에 전심. 만년에 잠시 군읍郡邑을 다스렸으나 벼슬에 뜻이 없어 사직했다. 연천淵泉 홍석주洪奭周는 아우인 항해의 문장에 대해 "내 아우는 고문사에 힘을 쏟아 천재千載의 위로 장자·사마천과 어깨를 겨룰 만하다"라 평가한 바 있다. 저서에 《현수갑고峴首甲藁》, 《표롱을첨縹礱乙籤》, 《항해병함沆瀣丙函》, 《숙수념孰遂念》 등이 있다.

홍석모 洪錫謨 1781-1850

조선 후기의 문인·학자. 본관은 풍산. 호는 도애陶厓·구화재九華齋. 순조 때 음사로 남원부사에 이르렀고, 뚜렷한 관계 진출은 보이지 않는다. 말년에 자신의 시문집을 정리 편찬하고 풍속에도 관심을 가져 《동국세시기東國歲時記》 등을 저술하기도 하였다. 그는 9세부터 70세에 이르기까지 연월의 순서에 따라 총 21책으로 정리된 시집을 남겼다. 저서로는 《도애시집》 등이 있다.

홍세태 洪世泰 1653-1725

조선 후기의 시인. 본관은 남양南陽. 자는 도장道長, 호는 창랑滄浪·유하柳下. 평생 가난하게 살았으며, 8남 2녀의 자녀가 모두 앞서 죽어 불행한 생애를 보냈다. 이러한 궁핍과 불행은 그의 시풍에도 영향을 끼쳐 암울한 분위기의 시를 많이 남기고 있다. 또한 위항문학의 발달에도 중요한 구실을 하였는데, 중인층의 문학을 옹호하는 천기론天機論을 전개하였으며, 위항인의 시를 모아 《해동유주海東遺珠》라는 위항시선집을 간행하였다. 저서에 《유하집》이 있다.

홍우원 洪宇遠 1605-1687

본관은 남양南陽. 자는 군징君徵, 호는 남파南坡. 1680년 경신대출척庚申大黜陟으로 파직당하여 명천으로 귀양 갔으며 문천으로 옮겨 그곳에서 죽었다. 그는 성품이 곧고 화평하여 효성과 우애가 지극했다 한다. 안성의 남파서원南坡書院에 제향되었고 시호는 문간文簡이다. 저서로《남파집》이 있다.

홍적 洪迪 1549-1591

조선 중기의 문신. 본관은 남양. 자는 태고太古 · 준도遵道, 호는 양재養齋 · 하의자荷衣子. 이황의 문인이다. 경학經學에 밝고 논사論思를 잘하여 홍문관에서 '학사전재學士全才'라 불렸으며, 시문에 능하고 글씨도 잘 썼다. 저서로는《하의집》,《하의시십荷衣詩什》이 있으며, 작품으로는 시조 한 수가 전한다.

홍주세 洪柱世 1612-1661

조선 후기의 문신. 본관은 풍산. 자는 숙진叔鎭, 호는 정허당靜虛堂. 1633년 사마시에 합격한 뒤, 1650년 증광문과에 을과로 급제하여 벼슬이 영천군수에 이르렀다. 문장이 뛰어났으며, 저서로는《정허당집》이 있다.

홍춘경 洪春卿 1497-1548

조선 중기의 문신. 본관은 남양. 자는 명중明仲, 호는 석벽石壁. 1522년 사마시를 거쳐, 1528년 식년문과에 을과로 급제하여 저작著作 · 정자를 지내고, 1536년 문과중시에 장원하여 사성司成 · 보덕輔德 · 집의執義를 거쳐 예조참의에 올랐다. 1541년 성절사聖節使로 명나라에 다녀왔다. 성품이 강직하여 권세에 굽히지 않았고, 또한 권세가의 집을 찾은 일이 없었다 한다. 글씨에 뛰어나 김생체金生體에 능하였다.

황오 黃五 1816-?

자는 사헌四彥이고, 초명은 이노里老였다. 호는 녹일綠一 · 녹차綠此 · 녹차거사綠此居士 등이다. 녹일綠一이라는 호는 '압록강 이남에서 제일'이라는 뜻이며, 녹차綠此는 '압록강 이남에선 이 사람뿐'이라는 대단한 문인적 자부가 담겨 있다. 황오는 열 살에《시경》과《서경書經》을 외웠고, 스무 살에 서울을 유람하였다. 서른 살에 절뚝발이 나귀와 시 주머니를 차고 명산대천을 유람하였다. 서른여섯 살인 1852년 겨울에는 상주 중모仲母 집에 화재가 나서 서화들이 모두 불탔다. 저서에는 《녹차집》이 있다.

황정욱 黃廷彧 1532-1607

자는 경문景文, 호는 지천芝川. 노수신 · 정사룡과 함께 호소지湖蘇芝 삼가三家로 불린다. 이들은 모두 문형文衡의 영예를 누렸지만 그들이 재능을 발휘한 것은 시이기 때문에, 시로써 이름 높은 세 사람의 문형을 일컬어 '호소지湖蘇芝'라 부른다. 그는 힘들여 시를 썼기 때문에 시인으로서의 명성에 비해 남긴 시가 적다. 젊어서부터 문명文名이 있었으나 불우하여 만년에야 문병文柄을 잡았다. 임진왜란 때 함경도에서 두 왕자와 함께 왜군에게 포로가 되었다가 항복 권유문을 쓴 죄로 삭탈관직당하였다.

황희 黃喜 1363-1452

고려 말 조선 초의 문신. 본관은 장수長水. 호는 방촌厖村. 고려가 망하자 두문동에 은거했으나, 이성계의 간청으로 다시 벼슬길에 올라 18년간 영의정에 재임하면서 세종의 가장 신임받는 재상으로 명성이 높았다. 인품이 원만하고 청렴하여 모든 백성들로부터 존경을 받았으며, 시문에도 뛰어나 몇 수의 시조 작품도 전해진다. 문집에 《방촌집》이 남아 있다.

휴정 休靜 1520-1604

조선 중기의 승려 · 승군장僧軍將. 본관은 완산完山. 자는 현응玄應, 호는 청허淸虛. 별호는 서산대사西山大師, 법명은 휴정이다. 임진왜란 때 그는 문도 1천 5백 명의 의승을 순안 법흥사法興寺에 집결시키고 스스로 의승군을 통솔하였으며, 명나라 군사와 함께 평양을 탈환하였다. 선조가 서울로 돌아오자 그는 승군장의 직을 물러나 묘향산으로 돌아와 열반을 준비하였다. 1604년 1월 묘향산 원적암圓寂庵에서 설법을 마치고 입적하였다. 저서로는 《청허당집》이 있다.

우리 한시漢詩 삼백수

7언절구 편